KB262575

# 김규동 깊이 읽기

맹문재 엮음

푸른사상
PRUNSASANG

1

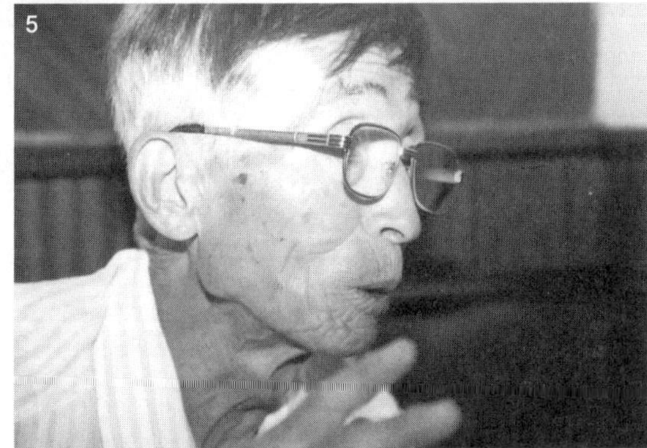

1. 시 전각[詩刻] 작업 모습
2. 김일성종합대학 2학년 때 남으로 나오며 철원에서 후배들과(1948.1)
3. 연극 「푸른 언덕」을 쓰고 연출하다(1949.9)
4. '후반기' 동인 운동 시절(1951)
5. 『창작21』 대담 중

## 1.

이 책은 '푸른사상 깊이 읽기' 시리즈의 첫 번째로 선보이는 것이다. 연구 대상으로 정한 김규동 시인은 주지하다시피 한국 현대 시문학사의 산증인이었다. 1948년 『예술조선』에 시 「강」을 발표하며 문단에 나온 뒤 2011년에 타계하기까지 남긴 시작품과 시론, 그리고 실천 행동은 격동의 시대와 함께한 것이어서 소중하기만 하다. 따라서 김규동 시인의 작품세계를 본격적으로 연구할 필요가 있는데, 이 책이 그 시발점이 될 수 있기를 희망한다. 귀중한 논문으로 함께해준 필자 분들과 사진을 제공해준 문창길 시인께 감사함을 표한다.

김규동 시인은 대학생 신분으로 교복을 입은 채 월남한 뒤 고향에 돌아가지 못했다. 따라서 그의 시작품에 들어 있는 그리움이나 아픔이나 사랑 등은 개인적인 것이면서도 역사적이고 민족적인 것이 된다. 그가 1951년 이후 '후반기' 동인 활동을 한 것이나, 1974년 '민주회복국민선언대회'에 참가한 이후 독재정권에 맞선 것도 같은 맥락으로 이해할 수 있다.

김규동 시인은 시작품뿐만 아니라 시론에도 매우 깊은 인식을 보여주었다. 『새로운 시론』『지성과 고독의 문학』『현대시의 연구』『어두운 시대의 마지막 언어』 등의 시론집과 평론집에서 제시한 과학정신이며 저항정신은 오늘날의 시인들이 귀담아 들을 필요가 있다. 이 책에 실린 논문들이 김규동 시인의 그 정신을 환기하거나 새기는 데 역할을 할 수 있을 것이다.


2.


이 책의 본문은 총 4부로 구성되었다. 제1부는 김규동 시인의 전체 시세계를 다룬 논문들이고, 제2부는 김규동 시인의 초기 시를 집중적으로 고찰한 논문들이다. 그리하여 제1부는 시문학사론으로, 제2부는 주제론으로 묶어보았다. 제3부는 김규동 시인의 면모를 그린 시인론이고, 그리고 제4부는 김규동 시인이 생전에 후배 시인들과 나눈 대담이다.

제1부에는 이동순, 김홍진, 한강희, 박몽구, 김효은, 맹문재의 논문을 수록했다.

이동순은 「김규동 시세계의 변모 과정과 회복의 시정신」에서 김규동 시인이 발간한 아홉 권의 시집을 시 정신사의 차원으로 고찰했다. 그리하여 김규동 시인의 시세계를 검은색(분단 상태와 죽음), 나비(분단 초극의 의지), 어머니(분단 상황의 위안) 등 세 개의 이미지로 집약시키고 그 특성을 정리했다. 초기의 시가 실향민으로서의 좌절감이나 고립감을 나타내었다면, 나비 이미지를 통해서는 좌절감이나 고립감을 서서히 극복해나갔고, 그리고 어머니를 그린 작품들에서는 일체의 심리적 혼돈이며 고통을 정제하는 모습을 띠었다고 보았다.

김홍진은 「모더니티에서 민중적 현실인식으로서의 시적 갱신―김규동의 시적 편력과 변신의 의미 자장」에서 김규동 시인이 모더니스트로 출발해서 리얼리스트로 변모한 과정을 추적했다. 김규동 시인이 '후반기' 동인들 가운데 가장 현실에 민감하게 반응했다는 점을 주목하고, 1970년대 이후 리얼리즘으로 전환한 고리를 발견한 것이다.

한강희는 「'분열과 부정'에서 '통일 염원'에 이르는 도정―김규동론」에서 김규동 시인의 초기 시부터 후기 시에 이르는 과정을 통해 시세계의 원형을 찾았다. 첫 시집과 제2시집(1948~1958)의 시세계를 '모더니즘에 관한 주체적 호명 : 분열과 부정'으로, 제2집에서 제3집(1958~1977)의 시세계를 '삶과 현실을 넘어 민중과 민족의 발견'으로, 제4시집에서 제6시집(1977~1991)의 시세계를 '반성과 희망, 혹은 통일에 대한 희구'로, 제7집(1991~2005)의 시세계를 '망향 딛고 귀향 향한 채비'로 집약했다. 김규동 시인이 1950년대부터 모더니스트로 활동했지만 조국과 민족이라는 타자를 향한 순일한 모더니스트였음을 밝힌 것이다.

박몽구는 「모더니티와 비판정신의 지평―김규동론」에서 김규동 시인의 모더니즘 시와 리얼리즘 시가 현실과 어떠한 관계를 갖는지 살피고 두 세계의 차이점과 공통점을 정리했다. 김규동 시인의 모더니즘 시는 단순히 도시적 감수성이나 미적 자의식을 추구한 것이 아니라 속물주의가 고착화된 기득권 계급에 대한 저항 의지를 담은 것이고, 민중시는 다른 시인들에 비해 시어의 조탁과 고도의 상징 등을 통해 독특한 시세계를 확보한 것으로 평가했다.

김효은은 「허망의 광장에서 희망의 느릅나무에게로―김규동의 후기 시세계」에서 시인으로서의 자부심과 긍지로 마지막까지 "나는 시인이다"라고 언명한 김규동 시인의 후기 시를 살폈다. 김규동 시인은 초기 시부터 모더니즘을 추구하면서도 민족의 상황과 세계사적 현실을 외면하지 않고 적극적으로 인식했음을 민족의 통일을 지향한 후기 시를 통해 확인한 것이다.

맹문재는 「나비와 광장의 시학―김규동의 시」에서 김규동의 「나비와 광장」은 김기림의 「바다와 나비」를 계승한 것이면서 아울러 최인훈의 「광장」에 영향을 끼친 것이라고 주장했다. 다시 말해 김규동의 「나비와 광장」은 김기림의 모더니즘을 계승한 것이면서 최인훈의 모더니즘 세계를 이루는 데 토대가 된 것이고, 또 김기림의 리얼리티를 반영한 것이면서 최인훈의 리얼리티에 거울이 된 것으로 본 것이다. 결국 김기림, 김규동, 최인훈 간의 영향관계를 통해 분단문학의 계보를 마련하려는 것이었다.


제2부에는 강정구, 김종회, 윤여탁, 박윤우, 김지연, 김은영의 논문을 수록했다.

강정구·김종회는 「1950년대 김규동의 문학에 나타난 모더니티 고찰」에서 김규동 시인의 시와 시론에서 현대 문명이 진보한다고 믿는 이성주의의 모습과 그와 같은 것을 믿지 못하는 반이성주의의 모습이 함께 나타난 것에 주목했다. 이성의 가치에 대한 혼재, 충돌, 모순 등의 양상이 1950년대 김규동 시인의 시세계라는 점을 세밀하게 살핀 것이다. 그리하여 한국전쟁으로 인한 혼란과 무질서를 질서 속에 용해시키고자 했던 김규동 시인의 시세계를 새롭게 발견했다.

또한 강정구·김종회는 「1950년대 김규동의 문학담론에 나타난 과학 표상 고찰」에서 김규동 시인이 시론에서 제시한 과학 표상의 개념과 의의를 살폈다. 김규동의 과학 표상은 1930년대 주지주의 시론으로 제기되었던 비평의 방법론 차원을 넘는 것으로, 한국전쟁과 분단으로 야기된 역사적·사회적 혼란과 불안한 상황을 극복해내려는 지적인 사고방식의 일환으로 파악한 것이다.

윤여탁은 「1950년대 모더니스트의 자기 모색—김규동의 경우」에서 김규동 시인의 시집 『나비와 광장』 『현대의 신화』 『평화에의 증언』에 나타난 시대상황과 그 대응 양상을 살폈다. 그 결과 김규동의 전기 시와 후기 시가 서로 단절되었다거나 변모했다고 보는 기존의 평가와는 달리 일관된 시선으로 민족의 문제를 고민했음을 발견했다. 김규동 시인이 모더니즘 시론을 시도하면서도 분단으로 말미암아 상실한 고향과 어머니를 품은 면을 찾아낸 것이다.

박윤우는 「1950년대 김규동 시론에 나타난 현실성 인식」에서 김규동 시인이 추구한 모더니즘 시론의 부정적 사유의 양상을 고찰했다. 김규동 시인은 청록파를 위시한 순수시 운동이 과학적 사고에 입각하지 않았다고 비판했는데, 그와 같은 관점으로 당대의 혼란한 현실 또한 비판했다. 김규동 시인은 그 극복을 위한 시적 방법론으로 사물과 현상을 감각적으로 재현한 것이 아니라 주지적으로 이미지와 형식을 추구했음을 밝혔다.

김지연은 「1950년대 김규동 시의 시정신」에서 1950년대의 시문학사에서 차지하는 김규동 시인의 시세계를 조명했다. 김규동 시인의 시집 『나비와 광장』과 『현대의 신화』에 수록되어 있는 「나비와 광장」 「진공회담」 「밤의 신화」 등의 작품을 고찰하면서 한국전쟁으로 인한 비극적인 상황 속에서도 새로운 정신과 신화의 세계를 추구한 면을 조명한 것이다.

김은영은 「김규동의 시세계 연구—초기 시와 영화의 친연성을 중심으로」에서 모더니스트이면서 현실주의자였던 김규동 시인의 시론과 시세계를 영화와의 친연성(親緣性)을 통해 고찰했다. 그리하여 김규동 시인이 과학적 시의 방법론으로 초현실주의를 바탕으로 하는 아방가르드 영화에 집중했는데, 한국전쟁 후의 암울하고 절망적인 상황을 표현하려는 시도였음을 밝혔다.

제3부는 김규동 시인의 인간적인 면모를 그린 시인론이다.

김시철은 김규동 시인의 출생지, 문단활동, 시세계, 시론, 전각 활동, 자식 사랑, 후배들을 챙겨주는 마음 등을 구체적으로 기록했다. 파란만장한 역사의 길을 걸어온 김규동 시인의 삶의 면면이 생생하게 보인다.

제4부는 김규동 시인이 생전에 후배 시인들과 나눈 대담이다.

문창길과의 대담에서는 함경도 두만강변에서 자란 유년 시절이며 집안 형편, 학교생활, 8·15해방의 상황, 한국전쟁의 상황, 동인지『백안』의 발간 과정, '후반기' 동인 활동, 민주화 운동 등에 대한 회고와 아울러 환경 문제와 민족 분단 및 통일에 대한 깊은 식견을 들려주고 있다.

맹문재와의 대담에서는 박인환 시인과의 첫 만남, '후반기' 동인 활동의 면모, 박인환 시인과의 일화, 박인환 시인과 김수영 시인과의 관계 등을 구체적으로 들려주고 있다. 박인환 시인의 탄생 80주년, 타계 50주년을 기념해서 이루어진 특별 대담이었다.

3.

이 책은 김규동 시인의 타계 1주기를 기념하는 것이기도 하다. 이 책의 엮은이는 김규동 시인을 평생 선생님으로 모셔야 할 만큼 많은 사랑을 받았다. 선생님께서 이 세상에 발표한 마지막 작품이 「인사」인데, 이 글을 쓰는 필자의 이름을 부제로 넣었다는 사실만으로도 얼마나 아껴주셨는지 알 수 있다.

필자는 선생님께서 베풀어주신 사랑을 통해 시인으로서 어떻게 살아야 하는지, 어떻게 작품을 써야 하는지 분명 배웠다. 또한 어떻게 공부하고 운명을 사랑해야 하는지도 배웠다. 따라서 선생님께서 가르쳐주신 대로 실천하는 일만 남았다.

그 다짐의 징표로 선생님께서 하신 말씀을 따라 "나는 시인이다"라고 외쳐본다.
진정 시인으로서 자긍심을 가지고 완강하게 걸어갈 일이다.
역사의식이 필요하다.

2012년 9월 9일 늦은 밤에
맹문재

## 제3부  시인론



## 제4부  대담

# 제1부
## 문학사론

# 김규동 시세계의 변모 과정과 회복의 시정신

이동순

## 1. 서론

　김규동(金奎東:1925~2011) 시인은 함북 종성(鐘城) 출생으로, 1948년 『예술조선(藝術朝鮮)』지에 시 「강」을 발표하면서 문단활동을 시작하였다. 시인의 회고에 의하면 어수선하던 해방정국 시절, 서울에서 활동하던 편석촌(片石村) 김기림(金起林:1908~?) 시인의 근황이 궁금해서 서울로 내려왔다가 그 길로 다시는 고향에 돌아가지 못하게 되었다고 한다. 1930년대의 대표적인 모더니스트 김기림은 김규동의 경성고보 시절의 은사이기도 하다. 김기림은 일제말 경성고보에서 영어를 가르치던 멋쟁이 시인 교사였었다. 이 무렵부터 김규동은 스승 김기림의 시인적 풍모와 사상성에 심취하여 그를 흠모하고 영향을 깊이 흡수하는 돈독한 관계가 되었다. 하지만 서울에서 만났던 스승 김기림은 그 후 북으로 납치되어 떠나갔고, 스승이 없는 서울에서 김규동은 지난날 스승의 가르침과 추억을 되새기며 모더니즘적 창작방법론을 선호하는 한 사람의 독자적 청년시인으로 살아가게 되었다. 하지만 전쟁은 모든 것을 강제로 중단시키고 파괴했으며 원대한 포부마저 해체시켜버렸다.

1950년대 한국전쟁 이후 문단의 분위기는 반공이념의 강화와 더불어 경색된 냉전시대 문단의 전형성을 고스란히 드러내고 있었다. 이러한 여건 속에서 김규동은 1951년 피난지 수도 부산에서 박인환(朴寅煥:1926~1956), 조향(趙鄕:1917~1985), 김경린(金璟麟:1918~2006), 이봉래(李奉來:1926~1998), 김차영(金次榮:1923~1994) 등과 더불어 '후반기(後半期)' 동인을 결성하여 1930년대 모더니즘이 거두었던 성과를 계승하고, 문제점을 극복해가려는 활동을 펼쳤다.[1] 김규동은 시 「불안한 속도」를 발표하면서 과거 1930년대 모더니스트들이 그러했던 것처럼 낡은 과거와의 결별을 선언하며 새로운 스타일을 창조하려는 시도를 전개하였다.

'후반기' 동인들의 비평적 관점은 낡은 인식에 기초를 둔 서정시에 대한 배척이었고, 그러한 표본이야말로 청록파(靑鹿派) 시인들의 창작스타일이야말로 그 표본이었다. 그들은 연약하고 허전한 서정성과는 과감하게 결별하고, 불안한 도시문명과 인간존재에 대한 즉물적 탐구에 중심목표를 두었다. 말하자면 전쟁으로 모든 것이 파괴된 황폐한 여건 속에서 현대 문명이 지니는 메커니즘과 그 음영에 대한 시적 언술 및 표현

---

1 부산 피난 시절, 문인들은 주로 다방에 집결했다. 피난 직후엔 밀다원(蜜茶園)에서 모이다가 곧 춘추(春秋), 녹원(綠園), 청구(靑丘) 등으로 분산되었다고 한다. '후반기' 동인도 이런 다방에서 결성된 것으로 보인다. "금강(金剛)엔 조연현, 황순원, 오영수, 김동리, 곽종원, 허윤석, 박용구, 김말봉, 손소희, 이종환을 비롯한 많은 사람이 드나들었고, 춘추, 녹원, 청구에는 김광주, 임긍재, 박인환, 김규동, 김송, 김종문, 박연희, 조영암, 전봉래를 비롯한 이 주변 사람들이 모여들었다."(이봉구, 「피난부산문단」, 『해방문학20년』, 정원사, 108쪽)

을 탐구하는 것이 그들의 주요 목적이었다. 하지만 그들의 노력은 어디 가지나 모색과 실험이란 기치와 명분으로 이루어졌으므로 관념적 추구에 머물러버렸다는 비판을 모면하지 못하였다.[2] 당시 '후반기' 동인들의 이러한 활동은 모더니즘적 가치관과 방법론을 신봉하는 청년기그룹 시인들에게서 일반적으로 나타나던 실험정신의 구현이자 전형적인 모습이었다 할 것이다.

이후 김규동은 언론계, 출판계에서 일하며 생계를 꾸려갔고, 그 힘들고 열악한 환경 속에서도 좋은 문학을 이룩하겠다는 시인적 꿈과 열망을 잃지 않았다. 하지만 당시 문단의 정황이란 순수한 꿈과 열망에 상처와 좌절을 주는 일들의 연속이었고, 이 때문에 김규동 시인은 1962년경부터 약 10년가량 절필을 하게 된다.

1970년대로 접어들며 한국 사회는 이른바 산업화의 혼란과 소용돌이에 휘말려 심각한 내홍을 겪게 된다. 그러한 혼돈의 표본적 사례들이란 바로 인권유린, 계층 간의 불평등, 빈부격차의 심화, 정치적 비리와 부조리의 횡행 따위였다. 말하자면 한 지식인이 온전한 자기양심을 지키며 살아가기란 참으로 힘든 정황이 되고 만 것이다. 그리하여 김규동 시인은 과거 자신의 은사 김기림이 그러했던 것처럼 종래 자신이 추구해오던 가치관과 방법론을 과감하게 변화시켜 대사회적 관점과 해석론적 입장을 중시하기 시작한다. 정치적 부조리를 격렬하게 비판하고 사회정

---

2 '후반기' 동인의 활동과 성과에 대하여 가장 비판적인 견해를 나타내 보인 경우는 고은 시인이다. 그는 『1950년대』(『고은전집』 10, 청하, 1989, 165쪽)에서 혹독한 비판으로 일관한다. 한형구도 '생경한 언어유희의 차원', 혹은 '감상적 휴머니즘' 따위로 고은과 유사한 비판적 견해를 나타낸다.(「1950년대의 한국시」, 『1950년대 문학연구』, 예하, 1991, 91쪽)

의와 민주주의를 실현하려는 운동의 대열에 적극적으로 참여하는 활동
이 바로 그것이었다. 김기림 시인도 1930년대 모더니즘운동을 선도했던
한 시대의 기린아였으나 해방정국의 혼란을 맞이한 뒤로 종래의 안일한
모더니즘 추구에서 벗어나 과감한 현실참여로 돌아섰던 것이 아닌가.
시집 『새노래』(1948)의 경우가 바로 그러한 소산(所産)이다. 한 시인에게
있어서 이러한 자기갱신, 혹은 자기극복의 변화는 참으로 놀라운 모습
이라 하겠다.[3]

김규동 시인 또한 온건하고 평범한 모더니스트에서 사회적 인식을 결
합한 모더니즘으로 방법론적 변화를 이루어나갔다. 김규동 시인은 최근
까지 도합 9권의 시집을 펴내었다. 그 목록은 다음과 같다.

1. 『나비와 광장』(1955)
2. 『현대의 신화』(1958)
3. 『죽음 속의 영웅』(1977)
4. 『깨끗한 희망』(1985)
5. 『하나의 세상』(1987)
6. 『오늘 밤 기러기떼는』(1989)
7. 『생명의 노래』(1991)
8. 『길은 멀어도』(1991)
9. 『느릅나무에게』(2005)

아홉 권이란 분량은 시력 60여 년이 넘는 시인으로서는 비교적 과작(寡
作)이라 하겠다. 이는 김규동 시인의 창작에 임하는 철저한 자세, 즉 제대

---

3 이동순, 「'흰 나비' 이미지와 모더니즘의 자기부정 – 김규동론」, 『시정신을 찾아서』,
  영남대 출판부, 1998, 104~113쪽.

로 발효와 숙성의 과정을 거친 작품이 아니면 결코 발표를 하지 않는 완벽주의의 결과가 아닐까 한다. 1950년대에 발간한 두 권의 시집에는 '후반기' 동인으로 참가하던 시절의 창작스타일이 잘 나타나 있으며, 1960년대의 공백을 거쳐 1970년대 이후의 시집들은 주로 시인의 사회적 인식과 가치관이 반영된 작품들로 엮여 있다. 하지만 김규동 시인은 모더니즘적 창작방법론을 포기한 것이 아니라, 시인의 사회적 인식과 결합되어 한층 발전되고 정제된 창작스타일로 승화되어 나간 것이라 하겠다.

이 글은 1950년대 한국의 대표시인 중 한 사람인 김규동 시세계에 대한 비평적 정리와 분석이다. 분석대상으로 김규동의 시집 아홉 권 전체를 통찰하고자 한다. 연구의 전반적인 진행방법은 김규동 시의 주제론적 분석과 아울러 김규동 시의 이미지가 특징적으로 변화되어온 그 과정과 배경을 분석해보게 될 것이다. 뿐만 아니라 이 글이 의도하는 또 다른 목적은 김규동 시에 대한 종래의 편견을 극복하고, 모더니스트로서의 자기갱신, 자기극복을 위한 특별한 노력을 주목하려는 점에 있다.

## 2. '검은 색' – 분단 상태와 죽음

김규동 시인이 해방시기 북의 고향을 떠나 서울로 내려왔을 때는 잠시 왔다가 일정한 시기에 집으로 다시 돌아갈 생각을 했을 것이다. 왜냐하면 함경도의 고향집에는 홀어머니와 두 명의 누나, 남동생 등 가족들이 살고 있었기 때문이다. 그러나 시인은 그로부터 두 번 다시 고향에 돌아가지 못하였다. 분단이라는 엄청난 장벽이 가로막혀 오도가도 못하는 실향민의 처지가 되고 만 것이다. 한국전쟁과 피난생활을 겪으며 시인은 항상 고향에 두고 온 그리운 가족들을 생각하면서 오로지 이산

(離散)을 강제하고 가족들과 만날 수 없게 하는 분단에 대한 극도의 증오
심으로 가득하였다. 이것은 결과적으로 시인의 시에서 근대물질문명의
메커니즘과 그를 둘러싼 시대적 불안감을 죽음의식과 관련지어 나타나
도록 이끌었고, 그러한 우울함과 불투명성은 대체로 검은 빛깔의 색채
감각으로 나타났다.

검은색은 모든 것의 시작을 뜻하는 원초적 생성을 의미하기도 하지만
불길함, 완전한 나락으로 떨어지게 되는 실패와 좌절, 분해와 해체를 의
미하기도 한다. 그리하여 검은색은 죽음의 빛깔 그 자체이다. 외형상 보
라색과 유사한 의미를 내포하고 있지만 한편으로는 대상에 대한 죄책감
이 근저에 깔려 있으며, 자신의 능력에서 벗어난 외부사태를 도저히 감
당하지 못하는 비극적 수동성을 나타내기도 한다. 이와 더불어 검은색
은 생명력이나 재생가능성에 대한 회의와 우울성을 상징하는 색이기도
하다. 아메리카인디언들의 삶에서 검은색은 이른바 밤의 색채로써 죽은
자에 대한 위로를 상징하는 빛깔이며, 기독교에서는 지옥, 혹은 악마의
세계를 지칭하는 상징으로 온갖 나쁘고 불길한 것의 포괄적인 총칭이
다. 불교에서는 인연에 의한 속박을 가리키는 색채로 인식되기도 한다.

시집 『나비와 광장』의 서두는 우선 방황심리로 전개된다.

　　애수에 젖어
　　소리에 젖어
　　오늘도 나는 이 거리에서
　　도대체 어디로 가는 것인가.

— 시 「하늘과 태양만이 남아있는 도시」 부분

비교적 장형화(長形化) 모델의 기법으로 전개되는 이 작품에는 실향민

으로서의 고적함과 상실감이 농도 짙게 반영되어 있다. 살아가는 시간이 안정성을 잃은 '몽유병자'와 다를 바 없다는 시적 언술이 등장한다. '까마귀와 같은/환상의 행렬을 따라/검은 층계를 올라가면'(시「화하(花河)의 밤」) 등의 표현도 마찬가지다. 첫 시집에서 이와 유사한 사례를 새롭게 찾아보는 일이란 그리 어렵지 않다.

'검은 운하'(「기도」), '세기의 종말 위에/검은 화환을 뿌리며' '오! 화려한 그림자여/검은 날개여.'(「검은 날개」), '검은 육체와/죽음의 폭풍 속에서'(「밤의 계제에서」), '해저와 같이 검은 공간에서'(「장송의 노래」), '검은 포신'(「포대가 있는 풍경」), '검은 공간을 기웃거리는/1953년의 검은 얼굴들'(「눈 내리는 밤의 시」), '너의 검은 유선의 머리 위에'(「날지 못하는 새」), '열에 들뜬 검은 기계와 탄도'(「참으로 난해한 시」, '회색건물의 층계를 기어오르는/까만 그림자'(「전쟁은 출렁이는 해협처럼」), '검은 음악' '검은 의상의 여인들' '폐허의 사막으로 가는/바람 속엔 검은 나비가 난다'(「항공기는 육지를 떠나고」) 등이 바로 그러한 본보기이다.

이러한 시의식은 두 번째 시집 『현대의 신화』(1958)에서도 동일한 양상으로 펼쳐진다. 시「비」의 경우 '검은 밤이 너의 가슴에/절망과 비애를 흘리고 갈 때'로 그려지고, 시「위기를 담은 전차」에서는 '밤의 얼굴'로 나타난다. 이러한 또 다른 사례로는 '까맣게 내려다보이는 작은 조감도', '몽롱한 암흑'(「거리에서 흘러오는 숨소리는」), '검은 가로수와 초연 냄새-'(「밤의 신화」), '인간의 가슴에 검은 문장을 찍어놓은 손'(「풍경으로 대신하는 진단서」), '사형수의 가슴에 새겨진 검은 문자'(「세 사람의 사형수」), '검은 구름과 선혈의 강'(「그 소리는」) 등이 바로 그것이다.

세 번째 시집 『죽음 속의 영웅』(1977)에 다다라 검은색의 우울한 색조는 현저히 엷어진다. 흑색에 대한 직접적 언술도 발견하기 어렵다. 기껏 '검은 산비탈에서/주저 없이 꿩이 울었다'(「흐르는 생명」), '죽음이 딛고 가는 소리도 들리지 않는/검은 암석 밑'(「죽음 속의 영웅」), '노한 바람 검은 구름이 지나듯'(「운명」), '기류처럼 흘러드는 검은 물리' '싸늘한 수면에 어리는/시꺼먼 물체'(「서글픈 무기」) 등의 문맥들만 겨우 확인할 수 있을 뿐이다. 이후 시집들에서는 놀랍게도 검은색과 관련된 색채상징이 전혀 나타나지 않는다. 그것은 시인이 스스로 다부진 자기정착을 통한 허무주의와 패배주의의 극복, 혹은 놀라운 자기극복의 성취와 어떤 관련이 있지 않을까 추정된다.

김규동 시인의 초기 시에서 이렇듯 검은색에 대한 선호가 특별하게 나타나는 것은 실향민으로서의 고립감, 가족관계에 대한 타율적 절연의 심정, 사회불안, 이로 인한 미래시간의 불안정성 따위가 혼합된 총체적 심리반영에 다름아니다. 단적으로 말하자면 검은색은 분단시대의 반인간적, 반역사적 특성을 상징적으로 그려낸 비유적 표현이었던 것이다.


## 3. '나비' – 분단 초극의 의지

김규동 시인에게 있어서 가장 절실한 것은 모더니즘도 아니고, '후반기' 동인도 아니었다. 또한 언론과 출판활동도 아니었다. 다만 가슴속 한편에 품은 고향집에 두고 온 가족들에 대한 그리움, 다시는 만날 수 없다는 절박한 심정 바로 그것이었다. 이것을 달리 가까운 그 누구에게도 속내를 털어놓고 말할 수 있었으리. 분단의 세월이 경과하면 할수록 가슴속에 쌓여가는 깊은 한을 과연 그 무엇으로 풀어내고 해소하는 일이 과연 그 무엇으로 가능했겠는가. 오로지 시의 방법으로, 상상력을 근본으로 삼는 시작품의 창작과정을 통해서 삶의 평정을 바로잡고 기우뚱거리는 중심을 세워갈 수 있었을 것이다. 가장 애타는 갈망을 충족하기 위해서 인간은 상상력의 기능을 발동하고, 상상세계를 통해서 성취 불가능한 것을 가능한 것으로 만들어간다. 사랑과 이별, 물질과 욕망과 관련된 인간의 삶에서 나비 상징은 특히 그러한 방식으로 운용되었다.

일반적으로 나비 상징은 부귀, 아름다움, 행운, 행복 등과 관련되는 것으로 해석된다. 기독교에서는 부활, 혹은, 새 생명을 얻는 구원의 상징으로 활용되기도 한다. 불가에서는 자아의 완성, 진정한 아름다움, 불타의 존재성 등으로 인식하며, 무속에서는 영혼의 메신저, 혹은 죽은 사람의 영혼으로 인식한다. 나비는 대체로 그 존재의 연약함으로 인해 무상한 것, 덧없는 것, 순수성 따위를 지칭한다.

김규동은 이러한 시적 인식을 바탕으로 나비 이미지를 설정하여 자주 자신의 시에서 떠올린다. 첫 시집 제목이 『나비와 광장』인 것도 고보 시절부터의 스승 김기림의 시집 『바다와 나비』로부터 받은 영향이 워낙 크고 강렬했기 때문이었을 것이다. 이에 대하여 필자는 지난날 김규동 시선집 『길은 멀어도』(미래사, 1991)의 해설요청을 받고 다음과 같이 정리한 바가 있다.

> 작품의 어투나 전반적인 분위기가 김기림의 시 「바다와 나비」 「공동묘지」 등과 정지용의 시 「유리창」에서 풍기는 문맥의 서술성을 방불케 하는 바가 있다. 즉 '굽어본다' '이즈러진 날개를 파닥거린다'와 같은 대목이 그것이다. 그러나 이 시는 김기림의 「바다와 나비」보다는 한층 더 진전된 세계를 보여준다. 김기림의 '나비'는 바다를 청무밭으로 잘못 생각해서 내려갔다가 다시 되돌아오는 착각 속에서의 패배의식을 나타내고 있지만, 김규

동의 '나비'는 활주로 위의 피곤함 속에서도 지치지 않고 끝끝내 대결의 자세를 포기하지 않고 있는 것이다.[4]

이렇듯 김규동 시인은 자신의 시세계에서 항시 가슴을 짓누르는 실향 민으로서의 단절감, 고립감 따위를 나비 상징의 구사와 활용을 통해 해 소하고 충족시켜나간다. 김규동의 시에 등장하는 나비 이미지는 '영적 인 힘의 떠오르기'라 할 수 있다.[5] 여기서 '떠오르기'란 인간의 조건을 더욱 높은 수준으로 승화시키려는 욕망에서 비롯된다. 나비가 보여주는 날갯짓은 그 자체가 하나의 초월적인 행동으로 인식된다. 또한 그것은 인간을 구속시키고 있는 온갖 외부사슬에서 벗어날 수 있는 하나의 방 법이기도 하다. 나비는 무중력 속에서도 비상의 꿈을 언제나 잃지 않고 있다. 이러한 관점에서 김규동 시인이 구사하고 있는 나비 이미지는 하 나의 아름다운 상승(ascention)의 의미이다. 때로는 높은 곳에서 들려오는 말씀의 형상이기도 하고, 보금자리와 내부의 상징이기도 하며, 때로는 희생적 존재와 시간의 형상으로 설정되기도 한다.

첫 시집 『나비와 광장』에서 나비 이미지가 등장하고 있는 작품들은 「나비와 광장」을 비롯하여 「전쟁과 나비」「날지 못하는 새」「전쟁은 출 렁이는 해협처럼」「항공기는 육지를 떠나고」 등이다. 「전쟁과 나비」에 서는 결말부를 통해 연약한 상징적 존재로서의 나비와 그 초월성을 다 루고 있다.

새하얀 광선을 쓰며
전쟁의 언덕을 올라오는

---

4 김규동 시선집, 『길은 멀어도』, 미래사, 1991, 이 책에 수록된 이동순의 해설 편 참조.
5 이동순, 앞의 책, 107쪽.

> 어린 나비들은
> 믿기 어려운 네온사인의 영상(影像) 속에
> 마그네슘처럼 투명한 아침을 폭발시키는 것이다
> —시 「전쟁과 나비」의 결말부

이 시에 나타나는 이미지의 구사는 햇살의 시적 표현으로 읽힌다. 평범한 햇살의 표현에서 나비 이미지는 현실의 답답한 분위기를 폭파시키는 전투요원 같은 형상으로 독특하게 재현된다. 나비가 전쟁, 우울함, 공포 따위로부터 벗어나게 하는 촉매장치나 도구로서의 역할을 담당하는 것이다.

반면 「나비와 광장」에서 나비는 비극적 현실을 응시하는 신적인 존재성으로 떠오르기도 한다.

> 현기증 나는 활주로의
> 최후의 절정에서 흰나비는
> 돌진의 방향을 잊어버리고
> 피묻은 육체의 파편들을 굽어본다
> —시 「나비와 광장」 부분

이 시작품은 한국전쟁을 겪으면서도 진정한 전쟁시 한 편을 제대로 생산해내지 못한 1950년대 한국문학사의 척박한 환경에서 전쟁과 나비의 극명한 대조를 통해 전쟁의 비극성을 환기하는 데 성공한 전형적이고 모범적인 전쟁시로 새롭게 재조명되어야 한다.

이와 비슷한 이미지로 「날지 못하는 새」에 등장하는 나비는 어둡고 우울한 현장성의 분위기를 강화시키고 있다. '너의 검은 유선(流線)의 머리 위에 날아와 앉는 나비들의 속삭임'이란 대목이 바로 그것이다. 이러한 표현기법은 시 「전쟁은 출렁이는 해협처럼」에 등장하는 나비 이미지의 경우도 마찬가지다. '나비는/상장(喪章)처럼 휘날리며 오고'에 나타난 나비는 죽음의 불길한 소식을 전달하는 전령사이다. 시 「항공기는 육지를 떠나고」에서도 '폐허의 사막으로 가는/바람 속엔 검은 나비가 난다'에서와 같이 나비 이미지는 불안과 우울한 기류를 강화시키는 도구적 기능을 수행하고 있다.

이후 약 20여 년 동안 김규동의 시에서는 한참동안 나비 이미지가 등장하지 않았다. 그러다가 두 번째 시집 『죽음 속의 영웅』이 출간된 1977년경에 이르러 나비 이미지는 시 「어둠을 앓는 병」을 통해 다시 비상의 흔적을 나타내 보인다. '스산한 밤물결이/고독의 빈 구석에 스밀 때/일월은 화조 노니는/내 지난 시절의 병풍 뒤에/흰나비의 그림자를 떨구었다'란 대목이 바로 그것인 바, 여기서는 밝고 긍정적인 광명의 상징성을 함축하고 있다.

「어떤 사기술」은 초현실주의란 이름으로 위장된 저질의 시작품에 대한 통렬한 비판을 담고 있는데 여기서 나비 이미지는 '맛대가리 없는 무같은 그림이나/나비 같은 고운 시는 해될 것은 없지만'에서처럼 정직한 직유로써 연약성과 관련된 단순한 의미전달로 일관하고 있다. 또한 「시의 천국」에서는 고독, 혹은 절망과 대결하는 구원과 희망의 상징으로 구사된다. '눈물이여. 내 시의 천국엔 흰나비 한 마리'란 종결부에서 그러한 여운을 느끼게 한다.

이후 나비 이미지는 다시 침잠하다가 1991년 일곱 번째 시집 『생명의 노래』에 이르러 새롭게 비상한 시 「나비들의 전설」에서는 일체의 관념성이 완벽하게 정제된 상태로 고향에 대한 실향민의 투명하고 선연한 갈망이 담담하게 전개된다.

두 마리 나비가
너훌너훌 날아갑니다
한 마리는 남에서 백두산 향해 날고
다른 한 마리는 북에서
한라산으로 날고 있습니다

— 시 「나비들의 전설」 부분

이 시에서 나비 이미지는 그야말로 실향민의 원초적 갈망을 실현하는 시적 자아로서 훌륭한 시적 성취를 거두고 있다. 비록 연약한 나비의 날개이지만 그 나비 앞에서 분단의 장벽, 휴전선, 비무장지대, 지뢰매설지역, 철조망, 차단기, 통제소 따위는 무력하기 짝이 없다. 오로지 아름답고 화려한 남북강산의 감격만이 그들 앞에 펼쳐질 뿐이다.


## 4. '어머니'—분단 상황의 위안

「나비들의 전설」에 등장하는 시적 장엄성이 본격적으로 성취되고 있는 김규동의 시작품들은 대개 어머니를 다룬 노작(勞作)들이다. 더불어 그것은 김규동 시세계의 발단에서 절정까지 그 모든 추구의 절대적 경지에 도달해 있다. 우선 그 전반적 경과부터 살펴보기로 하자.

첫 시집 『나비와 광장』(1955)에서 어머니 테마는 「포대가 있는 풍경」 「열차를 기다려서」 「조국」 「고향」 「잠 아니 오는 밤의 시」 등 5편이다. 두 번째 시집 『현대의 신화』(1958)에서는 「공상의 날개」 「사월의 어머니」 등 2편이다. 세 번째 시집 『죽음 속의 영웅』(1977)에는 「북에서 온 어머님 편지」 「어머님전 상서」 「길」 「빈손으로」 등 4편이다. 네 번째 시집 『깨끗한 희망』(1985)에서는 「안부」 「초상」 「모정」 「청년화가전」 등 4

편이다. 다섯 번째 시집 『하나의 세상』(1987)에서는 「우리 어머님들」 1편이다. 여섯 번째 시집 『오늘 밤 기러기떼는』에서는 「형벌」「징소리」「돌아가야 하리」 등 3편이다.

일곱 번째 시집 『생명의 노래』(1991)에서 어머니 테마는 14편으로 놀라운 증가추세를 보인다. 「어머님의 손」「북행길」「만남」「연가」「어머니 오시다」「찾지 말아요」「빈자리」「백두산에 올라」「대신할께요 어머니」「어머니」「나비들의 전설」「장수비결」「조선의 어머니 가시다」「김광섭」 등이 그것이다. 여덟 번째 시집 『길은 멀어도』(1991)에서는 「3월의 꿈」「기러기」「기다림」 등 3편이다. 아홉 번째 시집 『느릅나무에게』(2005)에서는 13편으로 비약적인 증가추세를 나타내 보인다. 「어머니는 다 용서하신다」「아침의 편지」「두만강에 두고 온 작은 배」「어머니에게」「천」「저승사람들 오시다」「어떤 유언」「누님」「비문」「죽여주옵소서」「인제 가면 언제 오나」「저승에서 온 어머님 편지」「플라워다방」 등이 바로 그것이다. 시집에 수록되지 않은 미간 편 원고에서도 「강물이 가고 있소」 등 1편이 확인된다.

김규동 시인의 전체 시작품 중에서 어머니 테마 시는 약 10% 가량에 다다를 정도로 양적으로도 다수의 비중을 차지한다. 뿐만 아니라 북에 두고 온 어머니를 연상케 하는 절절한 그리움의 정서가 시작품의 창작과정에 반영된 경우까지 보탠다면 그보다 훨씬 많은 분량으로 정리될 것이다. 이를 통해 보더라도 김규동 시인이 그의 시적 출발에서부터 최근에 이르기까지 오로지 어머니 표상을 시작품의 가장 절대적 가치로 삼았다는 사실을 미루어 짐작할 수 있다. 굳이 헤르만 헤세의 걸작 『데미안(Demian)』을 사례로 들지 않더라도 어머니는 우리 모두의 전재의 근원이자 시발점인 것이다.

'나' 라는 자아의 출생은 어머니의 신체와 정신의 일부를 크게 손상시키면서 비로소 가능하다. 그러므로 모든 자녀들은 삶의 가장 고통스런 절정에서 어머니란 존재를 떠올림으로써 현실의 고통을 너끈히 이겨나가는 힘과 의지를 스스로 얻는다. 프로이트는 어머니란 존재를 자녀들의 심신을 의탁하며 쉬도록 하는 편안한 주택에 비견하였으며, 랑구랄은 천칭(天秤)의 한쪽 편에 세계를 온통 실어놓고, 다른 편에 어머니를 싣게 된다면 아마도 세계의 편이 훨씬 가벼울 것이라고 하였다. 그만큼 어머니란 존재가 숭고함과 막중한 가치를 지녔음을 강조한 표현한 것이라 하겠다. 수필가였던 청천(聽川) 김진섭(金晉燮:1903~?)도 그의 유명한 「모송론(母頌論)」에서 어머니는 자식에게 영양제공자였고, 생명의 부여자(附與者)였으며, 괴롭고 힘든 시간을 겪는 자녀들에게 가장 적절한 피난처이자, 기쁨을 함께 나누는 동감자라 설파하였다.

무릇 어머니의 마음은 이렇듯 그 아들과 항시 함께 하거늘, 김규동 시인의 어머니는 차디찬 북녘 함경도 땅에서 보고 싶은 남쪽의 아들을 몽매간에도 그리워하다 세상을 떠나셨으리라. 어머니의 자식 사랑과 염려하는 마음은 시공과 생사를 초월할 것이니, 그리하여 남녘의 시인 아들은 북녘 어머니의 자식 사랑을 바람결에 느끼며 모정에 대한 절절히 사무치는 그리움을 그때마다 시로 쏟아내었을 것이다.

먼저 첫 시집 『나비와 광장』(1955)에 수록된 어머니 테마 시작품을 살펴보기로 하자.

「포대가 있는 풍경」은 고국의 어머니에게 편지를 쓰는 이국병사의 모습을 통해 모정에 대한 그리움을 표현하고 있으며, 「열차를 기다려서」에서는 어머니와 헤어진 다섯 해 동안 가슴속에 쌓인 그리움이 드러난다. 시인은 '육십오 세의 흰머리 날리시며/어머니/돌아가시면 안됩니다’ 라며 간절한 화법으로 말한다. 「조국」에서는 어머니의 나라, 즉 모국의 이미지를 통하여 모성과 조국이 구별되지 않는 하나란 사실을 강조하고 있다.

「고향」에서는 어머니란 시어가 단 한 군데도 등장하지 않고 있지만 사실상 고향은 어머니가 계신 곳, 즉 어머니 그 자체란 인식으로 다가온다. 「잠 아니 오는 밤의 시」에서는 ‘다시는 돌아가 볼 수 없을 것만 같은/북쪽 옛 마을의 육친들을 생각하여/잠 아니 오는 밤들이 있었던 것은/아득한 어저께의 일이다’ 란 대목에서 가족이산과 결별을 기정사실화하는 과거형으로 짐짓 어법을 돌림으로써 그리움과 갈망을 한층 고조시키고 있다.

두 번째 시집 『현대의 신화』(1958)에서 어머니를 다룬 시는 「공상의 날개」이다. 이 작품에서 우리는 어머니와 아들의 감격적인 상봉을 공상(fancy)의 세계 속에서 쓸쓸하게 그려내는 시인의 모습을 발견하고 가슴이 아린다.

> 어머니
> 그곳에 가만히 계셔주세요
> 당신의 말씀 듣고 싶어요
>
> 오랫동안 혼자 계시게 했군요
> 밤 중 아들이 오는 꿈을 꾸며
> 몇 번이나 소스라쳐 깨셨는가요
> 눈길이 차군요
> 꿈에도 잊지 못하던 그 길
> 햇빛에 빛나던 하얀 벌판

눈이 어찔거려요

어머니 그곳에 가만히 계셔주세요

— 시 「공상의 날개」 부분

이 대목만 따로 분리시켜 읽어도 가히 명편이라 할 만하다.

세 번째 시집 『죽음 속의 영웅』(1977)에서 어머니 테마는 절창에 도달한다. 「북에서 온 어머님 편지」와 「어머님전 상서」 등이 바로 그러한 사례다. '꿈에 네가 왔더라/스물세 살 때 훌쩍 떠난 네가/마흔일곱 살 나그네 되어/네가 왔더라' 로 시작되는 「북에서 온 어머님 편지」는 꿈결에 이룩한 모자상봉의 눈물겨운 감격을 다정하고 담담한 어머니의 화법으로 엮어낸다. 전체가 구어체 형식으로 전개되는 형식이 적절한 효과적 반향으로 아름답게 살아난다. 같은 시집에 실린 「어머님전 상서」는 앞의 시에 대한 아들의 화답 형식으로 작성된 듯하다.

네 번째 시집 『깨끗한 희망』(1985)의 「안부」라는 시는 비록 어머니란 직접적 호칭이 등장하진 않으나 그리움의 대상이 필시 어머니와 가족형제들임을 짐작하게 하는 강렬함이 느껴진다. 사찰에서 부처님께 불공을 드리는 어머님의 모습을 떠올리는 장면이 선연한 스크린 기법으로 묘사되고 있는 시 「초상(肖像)」에서도 어머니와 아들의 상봉과 결합의 필연성이 강조되고 있다. 「모정」은 아들과 헤어진 북녘 땅의 어머니가 30여 년 동안 줄곧 38선 부근에 와서 서성거리다 쓸쓸하게 되돌아가는 모습을 통해 아들에 대한 어머니의 사무치는 그리움을 그려낸다. 이러한 표현은 시 「청년화가전」이 환기하는 여운효과와도 일맥상통한다.

다섯 번째 시집 『하나의 세상』(1987)에서 「우리 어머님들」의 시적 울림과 효과는 매우 크고 웅변적이다. 시적 화자는 어머님의 목소리를 시시각각 환청으로 듣는다.

> 문득
> 걸음을 멈추고 쳐다보면
> 애야 애야 ─
> 빈 허공 저 끝에서
> 어머님이 부르시는 소리
> 번개 치는 소리에 가려
> 들리지 않는다

— 시「우리 어머님들」부분

시인은 또한 「3월의 꿈」에서 마치 영화의 장면이동처럼 바뀌어가는 전개과정을 통하여 눈 쌓인 산맥의 준봉들과 두만강 물소리를 떠올린다. 그리고 고향집 가까운 지역으로 다가가면서 문득 신작로를 혼자 걷고 있는 그립던 어머니의 모습을 발견한다.

여섯 번째 시집 『오늘 밤 기러기떼는』(1989)의 어머니는 깊은 죄의식으로 표현되고 있다. 시간이 갈수록 어머니를 만나지 못한다는 사실이 심한 자책감과 탄식, 그리고 뜨거운 통한으로 다가온다. 「형벌」과 「징소리」가 바로 그러하고, 「돌아가야 하리」도 필연적 귀환에 대한 강렬한 욕망을 환기하고 있다.

「기러기」는 북녘 땅에서 내려오는 철새들의 끼룩거리는 소리를 통해서 고향마을의 어머니와 일가친척을 떠올린다는 내용을 담고 있다. 그것은 마치 일본의 시인 이시카와 다쿠보쿠(石川啄木, 1886~1912)의, 그리운 고향 말소리를 들으려고 정거장의 인파 속으로 들어가 정겨운 사투리에 귀를 기울인다는 시 「연기─2」를 연상시키는 작품이기도 하다. 「기다림」은 어린 시절 어머님께 시간을 묻던 버릇을 상기하며 지금도 항상 어머님께 시간을 묻는 버릇을 유지하며 살아간다는 내용을 담고 있다. 이러한 유소년 시절의 생활습관이 유지되는 한 어머니와 아들의 관계는 비극적인 분리 상태를 회복하여 본래의 하나로 통합되는 것이다.

일곱 번째 시집 『생명의 노래』(1991)에서는 두고 온 어머니에 대한 그리움이 막혔던 봇물처럼 쏟아져 나온다. 어머님의 손을 마치 깎인 나뭇조각처럼 차다고 표현한 「어머님의 손」, 남북이산가족 상봉의 감격적 소식을 접하며 쓴 것으로 추정되는 「북행길」에서 시인은 마치 자신의 고향집 귀환을 상상하며 설레는 마음을 피력하고 있다. 몽매간에도 잊지 못하던 고향집에 돌아와 누님들과 감격적 상봉을 실현하는 장면을 상상으로 떠올리는 시 「만남」도 독자의 가슴을 아리게 한다. 두만강을 떠올리며 그리움을 담아내고 있는 시 「연가」도 같은 느낌으로 다가온다. 남녘 땅 아들을 만나러 어머니가 함경도에서 서울까지 찾아오셨다는 시적 상상으로 도입부가 전개되는 「어머니 오시다」는 서사성을 담보한 형태로 읽힌다. 비록 누님을 다루고 있지만 어머니 테마와 순조롭게 부합되는 시 「찾지 말아요」와 「빈자리」의 경우도 앞의 시작품들과 함께 읽을 수 있는 작품이다.

김규동 시인이 남녘의 시인들과 함께 백두산을 방문한 감격은 함께 갔던 다른 시인들의 경우와는 사뭇 달랐을 것이다. 「백두산에 올라」가 바로 그것일 터인즉 천지의 물을 마실 때도 어머니는 어김없이 나타나 아들에게 삶의 지혜를 다정한 목소리로 일러준다. 「대신할께요 어머니」는 북녘 땅 어머니를 그리워하며 부르는 남녘 땅 아들의 애타는 사모곡(思母曲)이다. 어머니에 대한 그리움은 때로 시인 자신이 어머니가 되어서 어머니의 화법으로 아들에게 간절한 목소리를 들려주기도 한다. 시 「어머니」가 바로 그러한 사례이다.

「나비들의 전설」에 등장하는 '두 마리 나비'는 곧 북녘 땅 어머니와 남녘 땅 아들의 모습에 다름 아니다. 하늘 끝까지 닿는 깊은 한을 지니고 살거나, 똥같이 비천하게 살아가면 저절로 오래 살게 된다는 시 「장수비결」은 또 다른 슬픈 여운으로 독자들에게 다가온다. 함경도 동향의 선배시인 김광섭(金光燮:1905~1977)을 다룰 때에도 '곰처럼 산처럼 막아서서/미동도 하지 않는 함경도 든든한 분'(「김광섭」)이란 대목에서 결국은 그 표현주체가 사실상 어머니와 동질적인 문맥으로 읽힌다.

아홉 번째 시집 『느릅나무에게』(2005)에서 어머니 테마 시작품은 표현의 절정을 이룬다.

시 「어머니는 다 용서하신다」에 나타나는 어머니는 이미 시인 한 사람의 어머니가 아니라 이 땅의 모든 어머니로 그 의미가 확장되고 있다. 「아침의 편지」에는 어머니란 시어가 전혀 나타나 있지 않지만 고향집과 마을, 그리고 주변의 정겨운 정서가 고스란히 재현되어 있다. 불과 4연 8행의 이 작품은 김규동의 전체 시작품 가운데서 가장 높은 시적 성취를 보인 절창의 하나로 평가될 것이다.

함경북도
우리 고향 아득한 마을

행준네 넓은 콩밭머리에
이 아침 장끼가 내렸는가 보아라

칙칙거리기만 하고
아직 못 가는 이 기차

해는 노루골 너머에서
몇 자쯤 떴는가 보아다오

— 시 「아침의 편지」 전문

그 어떤 절박한 감정의 속박도 느껴지지 아니한 상태로 정갈하고 맑은 시적 정서가 작품형태의 완벽한 짜임새를 통하여 한층 빛나고 있다. 한반도 전역의 토속적인 정취와 아름다움, 분단의 아픔, 고향 회복에 대한 기대와 희망에 대한 염원 따위가 적재적소에 배치되어 참으로 경이로운 시적 하모니를 형성한다.

남도의 음식을 먹으면서도 그 음식 맛의 고유성을 어머니에게 전해주려는 「어머니에게」, 어머님의 마지막 목소리를 환청으로 듣는 듯한 「어떤 유언」, 무서운 자책감에 시달리며 어머니에게 아들을 매질해달라며 간청하는 「죽여주옵소서」, 자식이 집을 떠날 때 항상 '인제 가면 언제 오나' 라시던 어머니의 모습을 떠올리는 「인제 가면 언제 오나」, 아들을 보는 날까지 기다리며 살아왔다는 어머니가 세상을 떠나서 38선 없애고 빨리 오라는 기별을 저승에서 보내온 내용을 담고 있는 「저승에서 온 어머님 편지」 등을 읽으며 독자들은 김규동 시인이 평생토록 '어머니'란 시적 화두를 떠올리며 살아온 그 장엄한 내력과 곡절에 대하여 어느 정도 깊은 속을 헤아려보게 되었을 것이다. 진정 시인이란 이렇듯 처연한 슬픔 하나쯤 가슴속에 끼고 살아야 하는 운명을 타고난 것인가.


## 5. 결론

지금까지 이 글은 김규동 시인이 발간한 시집 아홉 권을 대상으로 김규동 시인의 시세계를 비평적으로 정리하고, 그 특성을 죽음, 나비, 어머니 등 세 개의 이미지를 중심으로 분석하였다.

초창기 작품세계에서는 줄곧 죽음의식이 반영된 사례가 빈번하게 확인된다. 하지만 그것은 실향민으로서의 좌절감, 삶의 막다른 고립의식

등이 변용된 또 다른 표현양식으로 나타난 소산이라 할 수 있다. 죽음의
식을 서서히 극복하게 되면서 시인의 내적 추구는 나비 이미지와 그 상
징성의 육화로 그려지고 있다. 두고 온 북녘 고향, 그리운 가족들에 대
한 애타는 심정과 갈구가 표현된 시세계라 하겠다. 이어서 시인의 작품
의식은 어머니 테마의 작품들로 이동해가고 있다. 이러한 모든 과정은
시인의 작품의식에서 일체의 심리적 혼돈과 고통이 정제되고 여과되어
가는 정신사의 궤적을 말해주고 있는 것에 다름 아니다.

월남한 직후 시인은 1930년대 모더니즘이 나타내보였던 신선하고도
광휘로운 성과를 바탕으로 새로운 시대의 변화된 모더니즘을 구축해야
겠다는 강한 열망을 갖고 있었다. '후반기' 동인의 결성이 바로 그러한
관심과 노력들의 총체적 결산이다. 그러나 모더니즘이 지니고 있는 근
원적 중량의 결핍과 부박성(浮薄性)을 인식하기 시작하면서 과거적 삶에
대한 반성과 자기갱신의 시기로 접어들게 된다. 역사주의를 표방하면서
문학의 현실참여에 대한 적극성을 띠기 시작하는 활동들이 바로 그러한
점을 말해준다.

김규동 시인이 발간했던 전체 시세계를 통찰하는 과정에서 확실히 파
악할 수 있는 점은 시인의 작품세계가 줄곧 '회복'의 시정신으로 일관
해 왔다는 사실이다. 그 회복의 대상은 바로 그리운 어머니와 잃어버린
고향이다. 뿐만 아니라 그 회복의 정신은 분단체제하에서 항시 서로 대
립 갈등해온 남북한의 통일과 민족동질성의 회복으로도 확장된다. 나아
가서는 민주주의의 발전과 정착, 진정한 낙토(樂土)의 건설, 또한 격동기
에 심각한 유린과 상처를 입었던 모든 한국인의 자존심까지 회복되기를
갈망하고 있다.

이처럼 회복의 시정신으로 충만한 김규동 시인의 시세계에서 고향은

우리가 항상 되찾아야 할 곳, 반드시 돌아가야 할 곳으로 떠올려진다. 그 고향은 아무리 세월이 흘러가도 살던 집과 가족 친지들의 얼굴, 함경도 고향 주변지역의 풍광들이 시인의 기억 속에서 생생하기만 하다. 그리하여 김규동 시인의 분단서사(分斷敍事)는 언제나 회복의 시정신으로 가득 채워져 있다.

# 모더니티에서 민중적 현실인식으로의 시적 갱신

## ― 김규동의 시적 편력과 변신의 의미 자장

김홍진

## 1. 부정의 문법

김규동(1925~2011)은 함경북도 종성(鐘城)에서 태어나 1946년 연변의 과대학을 수료하고 1948년 『예술조선』지에 「강」이 입선되면서 문단에 나왔다. 그의 시집으로는 시선집을 포함하여 첫 시집 『나비와 광장』 (1955), 『현대의 신화』(1958), 『죽음 속의 영웅』(1977), 『깨끗한 희망』 (1985), 『하나의 세상』(1987), 『오늘 밤 기러기떼는』(1989), 『생명의 노래』(1991), 『길은 멀어도』(1991), 『느릅나무에게』(2005)가 있다. 2011년 9월에 시인이 작고하기 전 창작과비평사에서 그간 발표한 시와 미간행 시를 포함하여 『김규동 시전집』(2011)을 간행하여 그의 시세계를 전체적으로 살펴볼 수 있게 되었다.

김규동은 등단 이후 전후(戰後) 모더니즘을 전략적으로 표방하는 '후반기' 동인으로 활동하면서 모더니스트로서의 시세계를 보여준다. 김규동의 초기 시는 도시적 감수성에 토대를 두면서 자연대상에 시적 상상력의 수원을 두는 전통적 서정 문법을 부정하고 새로운 문명의 현실과 시대에 걸맞는 시적 문법을 개척하려는 모더니스트로서의 성향을 보여준다. 그러던 그는 1958년 두번째 시집을 낸 후 10여 년간 시적 침묵을 지키다 1972년부터 활동을 재개하기 시작하면서 이전의 시세계와는 현격하게 차별화된 리얼리스트로 변신한다. 말하자면 '후반기' 동인이라는 모더니스트로서의 면모는 사라지고 민중적 현실인식에 토대를 둔 작품을 제작하면서 리얼리스트로서의 시적 방향 전환을 이룩한다.

잘 알려진 대로 한국 시단에서 모더니즘의 미적 방법론이 전경화되는 시기는 1930년대의 일이다. 이후 1950년대 전후(戰後)의 '후반기' 동인을 거쳐 1960년대 '현대시' 동인으로 그 계보를 잇는다. 그들은 주로 "현실 생활의 충실한 반영보다는 미적 가공"과 "시인의 내면성을 추구"(서준섭, 「모더니즘과 문학의 신비화」, 『감각의 뒤편』)하는 경향을 보인다. 말하자면 그들은 미적 자의식과 반재현주의적 입장을 전면에 내세운다. 이는 시대의 혼돈에 대한 미적 반응의 형식이며, 문명이 야기한 혼돈과 파괴, 세계 자본주의와 산업화의 증대, 무의미와 부조리 속에 던져진 실존 등과 관련되다. 서구의 새로운 예술양식으로서 모더니즘의 미학적 태도는 리얼리즘을 부정하고 미적 자의식을 전면에 내세운다. 이러한 미적 방법론에서 출발한 김규동의 시는 그가 거부했던 현실의 반영과 재현에 충실한 리얼리즘으로 귀화한다는 점이 이채롭다.

김규동의 시적 여정을 살필 때 무엇보다도 두드러진 점은 단절적 변신의 폭이 어느 시인보다도 크다는 사실이다. 그의 시세계는 대체로 전반기와 후반기의 시기로 나누어볼 수 있겠는데, 이러한 도식적인 구분을 가능하게 하는 요인은 모더니즘을 지향하는 초기의 시적 태도에서

긴 공백기를 거친 뒤 민중의식을 기반으로 하는 리얼리즘적 세계로의 뚜렷한 변화에서 비롯한다. 한 시인의 시세계가 변화한다는 점은 지극히 자연스러운 일이다. 그럼에도 불구하고 그의 시적 변모가 특별히 관심을 끄는 이유는 모더니즘의 시와 민중의식에 기반한 리얼리즘 시의 단절적이며 이질적인 차이 때문이다. 이러한 연유로 그동안 김규동 시에 대한 평가는 대체로 양방향에서 이루어져 왔다. 이를테면 모더니스트로서 주지주의나 쉬르리얼리즘의 경향에 대한 관심과 1970년대 이후부터 사회 현실 내지 역사의식을 토대로 하는 사회성 짙은 리얼리즘의 시에 대한 관심이 그것이다.

김규동의 초기 시는 대개의 당대 모더니스트들이 그러하듯 내면의식의 추구를 기반으로 하고 있다. 이후 긴 시적 침묵을 깨고 발표하는 시들은 민중의식 및 분단의식에서 비롯한다. 이 글은 이러한 시적 변화를 연속적 단절, 혹은 단절적 연속의 맥락에서 김규동의 시를 전체적으로 규명하려 한다. 김규동의 시에 대한 평가는 대개 서평 형식의 단편적인 것들에 불과한 실정이다. 이러한 언급들도 대개는 초기 시에 집중하여 모더니스트로서의 시적 특질을 밝히거나, 아니면 이후 리얼리스트로서의 면모에 초점을 둔 논의가 대부분이다. 즉 그의 시가 보여주는 단절적 연속 혹은 연속적 단절이 내포하는 의미를 규명하거나, 이를 통해서 전체적인 시적 특질과 의미를 밝힌 글은 아직 제출되지 않은 상태이다. 따라서 김규동의 모더니스트로서의 면모와 리얼리스트로서의 상반된 면모에서 발생하는 연속적 단절 혹은 단절적 연속의 의미를 이끌어냄으로써 그의 시의 전체적인 의미를 구성하는 작업은 시의적절한 일이다. 이는 김규동의 시적 변화의 궤적과 그것이 포함하는 의미를 전체적으로 조망하는 작업과 다르지 않다.

이 글은 그의 시적 갱신의 궤적을 따라가면서 소략하게 그의 전체적인 시적 면모를 단절적 연속 혹은 연속적 단절의 맥락에서 살펴볼 것이다. 특히 초기 모더니스트의 면모와 후기 리얼리스트로서의 변신이 함유하는 의미를 범박하게나마 조명하고자 한다. 김규동 시인은 어느 시인보다도 시적 변모의 보폭을 크게 보여주지만, 방법을 달리 할 뿐 모순과 부조리의 현실에 대한 비판적이며 부정적인 태도에서는 동일한 포즈를 취한다. 이를테면 전후의 황폐한 문명 현실에 대한 모더니스트로서의 관심과 분단의 현실을 비판적으로 지각하고 이를 극복하려는 리얼리스트로서의 태도는 동일하게 시대의 재난과 비극, 현실의 모순과 부조리, 인간 실존의 소외와 불안으로부터 출발하는 부정의 문법에서 기원한다.

## 2. 시적 자각과 변신의 논리

전후 피폐한 사회적 분위기 속에서 김규동은 박인환, 조향, 김경린, 이봉래, 김차영 등과 '후반기' 동인으로 활동하면서 1930년대 모더니즘의 정신을 계승 극복하려는 활동을 펼친다. 그는 '후반기' 동인들이 그랬던 것처럼 과거의 낡은 시적 문법과 결별하고 새로운 스타일의 시를 제작하려 시도한다. 주지하다시피 '후반기' 동인들이 전면에 내세운 시적 방법은 재래의 서정 문법의 배격이었고, 그 극복대상은 청록파 시인들의 시적 방법과 태도였다. 그런 만큼 김규동은 청록파가 보여주는 과거의 전통적 서정 문법을 과감하게 배격하고 도시문명의 변화된 삶의 조건에서 파생하는 불안한 내면의식과 전후 인간의 존재론적 문제에 대한 즉물적인 탐구를 창작의 중심에 둔다.

‘후반기’ 동인에서 주도적인 역할을 담당했던 김규동은 전후 모더니스트로서 시 창작뿐만 아니라 다수의 평론을 통하여 그가 주창하는 ‘새로운 시’의 탄생을 역설한다. 특히 재래적인 서정 문법을 고수하는 청록파에 대한 시적 저항과 반발에서 비롯한 시론집 『새로운 시론』은 ‘후반기’ 동인들의 미적 자의식과 지향점, 시적 태도와 창작방법을 가장 명료하게 드러내준다. 즉 현실의 충실한 반영과 재현이 아닌 미적 자의식과 도시적 감수성, 그리고 주체의 내면 탐구를 변화한 시대의 ‘새로운 시’로 옹호하고, 이를 전략적으로 추구한다. 현실이 야기하는 모순을 행동으로써가 아닌 시로써 극복함으로써 모순된 현실에 도전하고자 했던 김규동은 청록파로 대변되는 지배적인 시적 방법론을 배격하고 심층의 내면의식과 문명의 도시성 탐구에 매진한다. 그러나 ‘후반기’ 동인들을 비롯한 김규동의 노력은 새로운 시대의 시에 대한 모색과 실험을 관념적으로 추구했다는 비판적 평가에서 또한 자유롭지 못하다.

초기의 김규동 시는 ‘후반기’ 동인들의 시에서 공통적으로 발견되고, 또 개별 동인들 사이에 차이를 달리 하지만 그들의 공통된 지향점이라 할 수 있는 반전통성, 도시적 감수성, 그리고 서구 모더니즘의 기법을 수용하려는 정신이 짙게 투영되어 있다. 이러한 측면은 고등학교 재학 시절 은사인 김기림의 영향이 크다. 김기림의 영향에 의한 것─사실 그의 『새로운 시론』은 1930년대 김기림의 그것과 별반 다르지 않다─이라고도 볼 수 있는 그의 초기 모더니즘의 시는 전쟁으로 인해 황폐해진 도시와 불안한 실존의 정신세계가 시적 문맥을 구축하는 데 주요하게 기능한다. 다음의 인용은 모더니스트로서의 시적 출발을 시작하는 데 있어서 김규동의 시적 입장은 물론이거니와 ‘후반기’ 동인의 입장을 분명하게 가늠해볼 수 있게 해준다.

오늘날 한국 시단의 선진적 주류를 형성하여 나가고 있는 계층을 새로운 시인 즉 모더니스트들의 활약이라고 본다면 이와 정반대로 현실의 암흑을 피하여 지나간 과거의 낡은 전통 속에서 쇠잔한 회상의 울타리 안으로만 움츠려 들려는 유파들이 또 하나 다른 흐름을 형성하고 있다는 사실은 한국 시단만이 가지는 슬픈 숙명인 동시에 참을 수 없는 비극이 아닐 수 없다. 「청록파」를 중심으로 한 시인들의 순수시 운동이 그것이었다.

—『새로운 詩論』

김규동을 비롯한 '후반기' 동인은 자신들을 "한국 시단의 선진적 주류를 형성하여 나가고 있는 계층"이라 평가하면서 스스로를 "새로운 시인 즉 모더니스트들"이라 규정한다. 그는 "청록파를 중심으로 한 시인들의 순수시 운동"을 정면으로 비판하면서 자신들의 논리를 뚜렷하게 부각한다. 말하자면 과거의 재래적 서정과 감성에 의지한 창작방법에서 벗어나 전통적인 서정 문법과는 다른 모더니즘의 수법에 입각한 '새로운 시'를 제작하고자 하는 태도가 명료하게 드러나 있다. 그가 말하는 '새로운 시'란 전통적 서정성에 기반한 시의 창작방법이 아니라 서구 모더니즘의 전략적 창작방법을 말하는 것으로 이해할 수 있다. 그에 따르면 시는 현실감각을 기초로 해야 한다는 것이고, 재래적 서정성을 거부하는 부정의 정신을 바탕으로 해야 한다는 것이다. 청록파의 전원 시향 내지는 고전 지향의 창작방법은 낡은 것이어서 청록파가 입각한 시적 태도는 시대착오이다. 따라서 이를 부정하고 도시적 감수성과 문명의 현실적 감각에 충실한 '새로운 시'를 제작해야 한다는 논지이다. 김규동은 이러한 청록파의 낡은 방법에서 벗어나 모던한 도시적 감수성과 표현기법을 추구하고자 한다.

'후반기' 동인으로 활동하며 모더니즘 운동에 참여했던 김규동의 초기 시들은 전후(戰後)의 피폐한 인간상과 불안한 실존의 내면의식, 야만적인 물질문명에 대한 비판과 휴머니즘의 회복을 주지적이고도 감각적으로 표현한다. 그러던 그는 1960년대 들어서 시보다는 생업에 충실하면서 한동안 시적 침묵을 지킨다. 신문사와 출판사에 근무하며 보내던 시인은 군사정권의 폭압이 절정으로 치닫던 1970년대부터 시국에 관심을 가지며 시단에 다시 등장한다. 그가 시단에 다시 돌아온 것은 1974년의 일이다. 그해 그는 백낙청, 고은 등과 '자유실천문인협의회' 결성에 적극적으로 참여하면서 군사독재정권의 폭압에 저항하는 실천을 펼친다. 이후 시인은 '자유실천문인협의회', '민족문학작가회의' 고문을 역임하고, 시적으로는 민중의식과 남북분단에 대한 역사의식의 자각, 그리고 변혁에의 의지를 담아내는 데 주력한다.

> 젊어서는
> 발레리도 읽고 릴케와 에세닌도 애독했으나
> 정신분석이니
> 쉬르레알리즘 선언 따위도 흥미로웠으나
> 지금은
> 쌀을 안치고 불을 켜
> 군말없이 밥 짓는 일에 애정을 바친다
>
> —「하나의 세상」 중에서

　민중과 역사의식의 자각에 의한 시적 변신의 이유는 위의 인용 시에서 분명하게 드러나 있다. 부언하면 과거 젊은 시절 그가 지향했던 모더니즘의 미적 세계에서 떠나 "지금은/쌀을 안치고 불을 켜"서 "밥 짓는" 민중의 구체적 삶에 관심을 두고 있다는 진술이다. 관념적 추상이 아닌 삶의 구체, 즉 "쌀을 안치고 불을" 지펴 "밥 짓는 일에 애정을 바친다"는 진술을 통해 확인할 수 있듯이 시인은 민중의 구체적 삶에 애정과 관심을 둔다. 이러한 시적 자각과 변신은 민중의 구체적이며 개체적인 사람살이의 형상과 정서에 육박해가겠다는 시인의 의지의 표명이다. 이를 계기로 김규동은 그간의 모더니즘적 세계에서 벗어난다.

> 8·15 해방 이후 50년대의 10여 년에 걸쳐 나는 모더니즘이 이 땅의 시를 위해 낡은 전통주의를 극복하고 인류의 새 세계와 만나는 길이라는 신념 밑에 쉬르를 중심한 문학운동에 경도된 바 있다. 그러나 이것은 세계사와의 막연한 접촉과 교류라는 흐름에 있어서 어떤 의미를 지녔는지 몰라도 내가 사는 당면한 민족 현실과 거리가 멀다는 것을 깨달음과 동시에 우리의 모더니즘이 절름발이 구실밖에 못했다는 사실을 아울러 느끼게 되었다. 이 땅의 시인인 이상 분단이라는 다급하고 절실한 문제를 떠나서는 존재의 의를 찾을 수 없다는 생각과 목을 조이는 분단의 사슬을 문제삼지 않고는 시의 문제를 해결할 수 없다는 자각을 갖게 된 것이다. 이후 나의 시의 방향은 억압에 저항하여 싸우는 이 땅의 민중과 더불어 있게 되었으며 나는 이것을 무한한 영광으로 생각하고 있다.
>
> —『깨끗한 희망』의 자서

위의 인용은 초기의 모더니즘에 입각한 시적 입장을 부정하고 시적 자각을 통해 민중적 역사의식으로의 방향 전환을 이루는 단절적 계기가 피력되어 있다. "모더니즘이 이 땅의 시를 위해 낡은 전통주의를 극복하고 인류의 새 세계와 만나는 길이라는 신념 밑에 쉬르를 중심한 문학운동에 경도"되었던 김규동은 이것이 "내가 사는 당면한 민족 현실과 거리가 멀다는 것"을 반성적으로 깨닫는다. 여기에서 당면한 민족 현실이라는 것은 "분단이라는 다급하고 절실한 문제"에 대한 자각이다. 이러한 자각은 그의 시의 미적 규범이었던 모더니즘이 사실은 우리가 당면한 구체적 현실과 삶을 떠나 "절름발이 구실밖에 못했다"는 부정적 자각에서 비롯한다. 이후 그의 시의 방향은 "억압에 저항하여 싸우는 이 땅의 민중"과 함께하게 되었다는 고백에 잘 나타나 있듯이 분단의 민족 현실에 시적 관심을 집중한다.

김규동의 현실에 대한 반성적 자각은 민족, 역사, 현실, 분단 모순에 대한 비판적 인식인 동시에 억압적 현실에 대한 저항을 포함한다. 이러한 모순의 역사 현실에 대한 자각은 당면한 민족 현실에 관심을 집중하게 만들며, 이로써 민중의 개체적 삶이나 삶의 구체적 체험에서 비롯하는 정서가 서정의 밑변을 형성하게 되는 것이다. 이것은 모더니즘의 미적 규범에서 리얼리즘의 미적 규범으로, 세계사 대신에 민족사를, 문명 대신에 당면한 민족 현실에 대한 관심으로의 이동을 뜻한다. 비극적 민족 현실에 대한 관심은 단절된 역사의식의 회복으로서 "억압에 저항하여 싸우는" 민중의식에 대한 자각이다. 이러한 자각은 당면한 현실에서 문명의 위기와 불안이 아닌 민족적 상황의 위기와 모순에 대한 인식으로의 전환을 함축하는 것이다. 이로부터 김규동은 모더니즘의 미적 세계관과 인식방법을 버리고 당면한 민족적 역사 현실과 맞서는 리얼리스트로 변신한다.

## 3. 실존의 불안과 미적 자의식

척박한 전후의 풍토에서 김규동은 '후반기' 동인들과 더불어 전통 서정파의 대척점에서 모더니즘의 미학적 세계관과 창작방법을 주창한다. 하지만 그들이 추구한 모더니즘의 내용은 미적 자율성이나 자의식, 반재현주의와는 다소 차이가 있다. 그가 모더니즘의 시론으로 내세우고 있는 『새로운 시론』은 전후 현실에 대한 맹목적인 저항과 전통 서정파들에 대한 반발과 비판적 성격이 강하다. 이승훈의 적절한 지적처럼 김규동을 비롯한 '후반기' 동인들은 반전통성, 도시성, 그리고 서구 모더니즘 기법의 수용과 창작을 기치로 삼았지만 그 시적 실천의 측면에서는 피상적인 수준에 머무는 것이었다. 말하자면 시대가 야기한 혼돈과 문명의 파괴적 양상, 무의미와 부조리 속에 던져진 실존 등에 관련하여 다소 맹목적인 실천에서 벗어나지 못하고 있다.

김규동이 모더니즘에 입각해 내세운 『새로운 시론』은 서구 모더니즘의 미적 인식과 세계관의 구체적 실천이라기보다는 청록파에 의해 계승되던 전통 서정미학을 부정하는 태도에서 비롯한 측면이 강하다. 모더니티에 대한 갈망과 태도에도 불구하고 "오늘도 나는 이 거리에서/도대체 어디로 가는 것인가."(「하늘과 태양만이 남아있는 도시」)에서처럼 길을 잃고 방황하는 자아의 내면에서 우러나오는 탄식과 고독한 개인의 내면 풍경을 여과 없이 풀어내는 수준에 머물러 있다. 이렇듯 그의 모더니티는 도시적 감수성에서 출발하고 있지만 다분히 통속적이며 애상적인 시적 기교의 수준을 벗어나지 못하는 것이었다. 그것은 전후 피폐한 현실적 상황과 시인이 고향에 가족을 남겨두고 단신으로 월남해 온 이산의 이력에서 기인하는 것으로 보인다.

현기증 나는 활주로의
최후의 절정에서 흰나비는
돌진의 방향을 잊어버리고
피 묻은 육체의 파편들을 굽어본다

(…중략…)

하얀 미래의 어느 지점에
아름다운 영토는 기다리고 있는 것인가
푸르른 활주로의 어느 지표에
화려한 희망은 피고 있는 것일까

신도 기적도 이미
승천하여 버린 지 오랜 유역—
그 어느 마지막 종점을 향하여 흰나비는
또 한번 스스로의 신화와 더불어 대결하여본다.

— 「나비와 광장」 중에서

첫 시집 『나비와 광장』의 표제작이기도 한 인용 시는 김규동의 초기 시의 세계를 비교적 분명하게 보여준다. 문명과 도시의 어두운 그늘 속에서 방황하는 현대인의 불안한 실존을 주지적인 감각으로 형상화하는 데 치중하는 인용 시는 현기증 나는 현실의 광장에서 나약한 흰나비에 불과한 화자의 모습이 불안하게 표상된다. 바다는 현실의 광장과 대비되는 공간으로 나비의 지향처일 텐데 현실에서는 도달할 수 없는 곳이다. 주요 소재인 나비는 날개의 자유가 있지만 그 꿈의 지향처를 향해 "돌진의 방향을 잊"고 "피 묻은 육체의 파편들을 굽어"보는 나약하고 불안한 존재이다. 나비는 "작은 심장을 축일 만한" "한 모금의 샘물도 없는" 불모의 공간인 광장에서 방향을 상실한 채 불안에 떠는 것이다. 그 허망한 광장에서 나비는 다만 "이즈러진 날개를 퍼덕"일 뿐인 나약하고 가엾은 존재이다. 광장은 "아름다운 영토"의 "화려한 희망"이 사라지고, "신도 기적도 이미/승천하여 버린 지 오랜 유역"으로 활력을 잃은 채 황폐하게 남아있을 뿐이다. 광장으로 은유된 피폐한 현실에서 나비는 미래의 희망과 전망과 방향을 상실한 채 상처를 입고 떠돌 뿐이다. 전후의 피폐한 현실은 그만큼 궁핍하고 쓰라리며, 그 안에서 불안한 실존은 나약한 나비처럼 방향을 상실하여 정처를 잃고 만 형국이다.

이경수는 김규동의 초기 시세계를 '불안과 충돌의 시학'(조남현 외, 『1950년대의 시인들』)이라 이름 붙인 바 있다. 그의 말마따나 위의 인용 시에서 두드러지게 표백되는 정서는 실패의 예감, 이상과 동경의 좌절, 그리고 상실과 패배의식에서 오는 고독한 개인의 불안감과 공포감이다. 미래에 대한 방향도 전망도 상실한 채 방황하는 나비는 불안한 실존의 모습을 그대로 표상한다. 불안은 바로 전후 피폐한 현실에서 미래에 대한 전망과 방향을 상실한 데에서 비롯한다. 김규동의 초기 시에서 전쟁 체험은 시적 문맥을 형성하는 데 주요하게 작용한다. 불안은 바로 여기에서 연유하는 듯하다. 가령 "戰爭의 언덕을 올라오는/어린 나비들은/검은 影像속에 마구네슘처럼/透明한 아침을 暴發시키는 것이었다."(「전쟁과 나비」)에서처럼 폭력을 상징하는 전쟁과 여린 생명체인 나비가 형성하는 대립되는 이미지는 시 전체에 불안의 정서를 배가한다. 나비는 여기에서도 역시 미래를 지향하지만 전쟁의 현실적 폭력 앞에 좌절할 수밖에 없는 존재로 부각되어 있다. 그의 초기 시에 빈번히 등장하는 '나비'의 이미지는 그의 은사인 김기림의 '나비'가 그랬던 것처럼 현실의 폭력 앞에 상처입고 패배할 수밖에 없는 불안한 실존의 상징이다.

갈수록 괴로워지는 현실 때문에
말이 없는 청년과
숱한 피곤한 얼굴을 붙안은 그림자
모두가 제각기
붙잡히지 않는 행복을 서글피 여기며

밤의 어둠 속을 굴러가고 있을 때
안전에 어른거리는
내 가난한 가족의 헐벗은 정경이
황폐한 지평에 쓸쓸히 남는다.

(…중략…)

나는 나일 수가 없다
그렇다고 좀더 안온한 시대에 살았던
어린 정신의 귀족인 프루스트처럼
흘러간 시대의 시간에 목메어 울 수도 없어
이 밤은
차창에 불어드는 훈훈한 바람이
오히려 불안하기만 하다.

―「危機를 담은 電車」 중에서

　　모더니즘의 미적 인식과 창박방법을 지향하는 김규동의 시에 표상되는 불안의식은 전쟁과 이산, 죽음과 상실의 체험에서 비롯한다 해도 과언이 아니다. 전후 사회에서 불안한 의식은 개체적 차원에 머무는 현상이 아니라 사회 전체적이며 집단적인 보편적 심리 정황을 반영하는 증상으로 볼 수 있다. 불안정한 정신의 건강하지 못한 심리 상태로서 불안을 유발하는 요인과 조건은 다양할 것이다. 말하자면 불안은 개인적 조건과 상황에 의해서 유발되는 경우도 있겠지만, 역사 사회적인 현실상황에 의하여 조성되고 유발될 수도 있다. 그런 만큼 불안의 증상은 개인적 차원의 것이면서도 동시에 사회문화적인 현상이기도 하다. 특히 전쟁, 재난, 죽음, 가족의 이산 등 극단적인 체험은 개인의 불안한 심리를 조성하고 유발하는 데 결정적인 요인으로 기능하기 마련이다. 김규동의 경우도 이러한 문맥에서 크게 벗어나기 않는 것처럼 보인다.

인용 시는 "갈수록 괴로워지는 현실" 속에서 불안에 떠는 자아의 내면의식이 표백되어 있다. 화자는 어두운 현실 앞에서 말이 없고 피곤한 얼굴을 하고 있다. 또한 그의 내면은 우울하고 정신은 피폐해 있다. 피곤하고 지친 불안한 표정의 내면의식은 물론 화자의 것만은 아니다. "내 가난한 가족의 헐벗은 정경이/황폐한 지평에 쓸쓸히 남는" 현실에서 사람들은 "모두가 제각기" "숱한 피곤한 얼굴을" 하고 있으며, 그 얼굴 위로 "불안은 그림자"로 떠오른다. 게다가 덜컹거리며 어둠을 달리는 전차의 속도는 불안한 의식을 더욱 가중시킨다. 화자는 물론이거니와 전철 안의 사람들은 모두 다 "붙잡히지 않는 행복을 서글피 여기며/밤의 어둠 속을 굴러가고" 있을 뿐이다. 이를테면 "숱한 피곤한 얼굴"은 곧 불안한 시대의 초상이기도 하다. 그러므로 이 불안한 시대의 초상은 전후 사회의 보편적인 심리적 정황을 의미한다.

전후의 황폐한 현실에서 비롯하는 불안의식은 화자를 실존적 위기의식으로 이끄는 동인이다. 말하자면 "학문과 직업과 생활/또는 애정"조차도 화자의 의식에서는 불안하고 음울한 표정으로 인화된다. 불안정한 심리로 인해 화자는 "목메어 울 수도 없어" 그저 "정신의 쇠잔한 흐느낌"으로 나직이 속으로 울 뿐이다. 시대는 밤이고 나아갈 길은 보이지 않고, 하여 화자의 내면세계는 암울하고 불안하기만 하다. 이러한 불안은 전차의 속도와 굉음으로 인해 더욱 두렵게 느껴지기만 한다. 헐벗은 광장과 전쟁의 포화 속 나약한 나비처럼 가중되는 공포 속에서 화자는 실존적 위기의식을 느끼는 것이다. 밤의 표상은 어쩌면 불안하고 어두운 시대에 대한 알레고리로 전후의 피폐한 현실에 대한 인식을 반영한다.

무거운 하늘의
회색 뚜껑을 열어 제끼고
모든 신들은
세기의 종말 위에
검은 화환을 뿌리며
地上의 희극 앞에
눈을 감는다.

—「검은 날개」 중에서

검은 육체와
죽음의 폭풍 속에서
머리카락 날리며 사랑하는 숙녀는
아다린처럼 희어간
그 영상을 잊을 수 없었다
유서를 쓸 아무런 필요도 없기에
까뮈의 虛妄을 테이블위에 놓았다는
청년의 자살이 보도된
신문지의 경사면에
오늘도 밤은 콜로타이프처럼
찬란히 켜지고
애정과 증오에의 회상마져
死 되어가는 불모의 땅에서

—「밤의 계단에서」 중에서

김규동의 초기 시에서 빈번하게 사용되는 무정형의 밤과 어둠, 그리고 검은색의 이미지는 불안한 실존의 내면을 투사하는 은유이다. 위의 인용 시들은 당시 모더니스트들이 즐겨 사용하는 소재와 감상풍의 시어들이 즐비하게 나열되어 있다. 황폐한 도시문명의 "비인간화 또는 통합된 개인의 붕괴"[1]된 내면탐구를 관념적이고 애상적인 시어들을 과도하게 동원하여 사용한 나머지 다소 생경하게 느껴진다. 특히 이러한 유행적인 감각은 '검은색'이나 '밤'과 같은 이미지들과 어울리면서 불안한 시적 자아의 내면의식을 더욱 두드러지게 표상한다. 한결 같이 어둡고 우울한 내면의식을 발산하는 이러한 이미지들은 도시적 감수성을 기반으로 하면서도 외부로 시선을 돌리기보다는 세계로부터 고립되고 단절된 자아의 내면으로 눈을 돌리고 있음을 볼 수 있다.

세계로부터 고립된 시적 자아의 내면 풍경은 대체로 고독하고 절망적이며 암울하다. "모든 신들은/세기의 종말 위에/검은 화환을" 뿌린다거나 "죽음의 폭풍", "청년의 자살", "死 되어가는 불모의 땅" 등 관념적이고 생경한 시어들은 퇴폐적이며 허무주의적 감상을 자아낸다. 이와 같이 시적 무의식을 이루는 고독과 불안의 심리적 풍경이 밤과 어둠, 죽음과 종말, 검은색과 회색 등의 관념적이며 암울한 시어들로 치장되면서 불안한 시적 자아의 내면의식이 고스란히 드러난다. 세계로부터 고립된 자아의 불안과 절망적 의식에서 언어의 형상화를 꾀하다 보니 당연히 흐리며 어둡고, 그 어둡고 흐린 이미지는 밤과 죽음이라는 시어로 응축된다. 고독과 불안의 절망은 그의 시에서 밤이라는 시어로 상징화된다. 이렇듯 시적 자아의 내면의식을 불안하고 우울한 심정으로 이끄는 것은 그가 실향민으로서의 단절함과 고립감, 전쟁으로 인한 피폐한 현실, 이로 인한 전망의 상실과 불안의식 등이 결합되어 나타난 현상이라 할 수 있다.

그러나 한편으로 김규동은 '후반기' 동인들 누구보다도 사회적 자아

---

1 서준섭, 「1960년대 이후 한국 모더니즘 시의 전개」, 『감각의 뒤편』, 문학과지성사, 1995, 142쪽.

를 엷게나마 간직하고 있는데, "포대를 지키고 선/이국병사"(「포대가 있
는 풍경」), "나는 언제까지/기관단총의 표적이 되어야만 하는가"(「밤의
계제에서」), "창백한 문명의 위기에/서글픈 진단서"(「위기를 담은 전
차」) 등에서 보이는 바와 같이 당대 현실과 우리 민족이 직면한 현실적
모순에 대한 알레고리에서 그러한 단초를 발견할 수 있다. '후반기' 동
인은 물론이거니와 김규동이 모더니즘에 대한 지향에도 불구하고 그의
시가 관념적이며 애상적이고 피상적인 수준에 머물러 있다는 비판은 적
절한 것이다. 그러나 그러한 평가에도 불구하고 사실 김규동은 언제나
현실에 민감하게 반응하는 시인이었다. 이 지점에서 그의 변신은 단절
적 연속 혹은 연속적 단절로 이어진다.


## 4. 분단 현실과 역사의식의 자각

김규동은 1962년경부터 약 10여 년을 시적 침묵으로 일관하다가 1970
년 이후부터 다시 활동을 재개하기에 이른다. 이때부터 그는 종래 자신
이 추구해오던 모더니즘적 미의식과 방법론을 과감하게 버리고 사회 현
실과 분단의 역사에 대한 관점으로 시적 관심의 방향을 획기적으로 전
환한다. 이를테면 정치적 부조리를 비판하고 사회정의와 민주주의를 실
현하려는 문학 외적 운동에의 적극적 참여가 그것이고, 시집 『깨끗한 희
망』의 자서에서 "내가 사는 당면한 민족 현실과 거리가 멀다는 것을 깨
달음과 동시에 우리의 모더니즘이 절름발이 구실밖에 못했다는 사실을
아울러 느끼게 되었다."는 고백에 잘 나타나 있듯이 자신의 창작방법에
대한 비판적 성찰을 통해 시적 변신을 이룩한다. 즉 정신 본질은 외면한
채 표현 본질에만 급급한 모더니즘의 한계를 자각하고 민중의식을 자각

했다는 시인의 고백은 시적 변신의 계기가 무엇인지를 말해준다.

긴 침묵의 시간을 깨고 간행한 세번째 시집 『죽음 속의 영웅』(1977)은 김규동이 모더니즘적인 시세계에서 민중적 현실인식의 세계로 전환하는 과도기적 면모를 살필 수 있다. 이 과도기적 성격의 시집은 죽음에 대한 시인의 자세와 태도, 현실 감각에 기초한 역사의식, 일상의 창에 비친 사적 사유의 편린과 삶에 대한 사색이 주조를 이룬다. 그런데 중요한 점은 전체적으로 흐르는 비애와 자기소외의 정서, 사변적이며 현학적인 태도에도 불구하고 「북에서 온 어머니의 편지」, 「노을과 시」, 「4월의 어머니」, 「재회」, 「길」 등 여러 작품에서 분단의 역사 현실에서 시제를 취하고 있다는 점이다. 앞서 「노을과 시」에서 살펴본 것처럼 이 시집에서부터 개인과 민족, 오늘의 현실과 역사, 분단의 상처와 고통, 실향과 이산의 비극이 절절하게 관류하기 시작하면서 김규동의 시세계는 초기 시와는 현격하게 다른 변모를 보인다. 한마디로 민중적 현실에 대한 자각 내지는 역사의식으로의 시적 갱신과 전환이 그것이다. 이러한 면모는 이후 김규동 시의 정신을 규제하고 미적 자질을 구축하도록 기능한다.

> 혼자만 와서 불타는 저녁 노을은
> 내게 있어 고통거리다
> 가슴을 헤치고
> 혼자만 와서 불타는 저녁 노을을
> 원망하며 바라본다
> 노을 속에서는
> 언제나 우렁찬 만세 소리가 들리고
> 누님의 얼굴이 환히 비친다
> 이러한 때
> 노을은 신이 나서 붉은 물감을

함부로 칠하며
북을 치고 농부들같이 춤을 춘다
한 컵의 냉수를 마시고
오늘도 빈손으로 맞는 나의 저녁 노을
저녁 노을을 처다보는 사람은 벌써
도시에 없다.

—「노을과 시」 전문

분단의 아픔과 비극을 짙은 서정성과 명징한 이미지를 통해 드러내는 인용 시는 모더니스트를 자처하는 그의 시적 면모를 의심하게 하는 작품이다. 세번째 시집 『죽음 속의 영웅』(1977)에서 가져온 「노을과 시」는 실향민의 정신적 풍경과 분단 현실에 대한 비극적 인식을 엿볼 수 있게 한다. 모더니스트를 자임하면서 보여준 이전의 다른 시들과는 전혀 다른 짙은 서정성에 토대를 두고 전개되는 시상은 분단으로 인한 이산의 비극과 불안한 현실에서 우리 민족이 겪고 있는 고통을 진솔하게 느낄 수 있게 한다. 예컨대 붉게 물든 저녁 노을 속으로 북쪽 고향에 두고 온 "누님의 얼굴이 환히 비"치면서 화자의 심경은 분단과 이산의 아픔에 빠져든다. 분단과 이산으로 인해 고통 받는 자신의 내면과는 상관없이 "노을은 신이 나서 붉은 물감을/함부로 칠하"고, 노을은 또 "북을 치고 농부들같이 춤을 춘다"는 표현에서 알 수 있듯이 서정적 풍경은 화자의 내면을 더욱 고통스럽게 만든다. 분단과 이산이 초래한 고통스런 현실은 아름답게 채색된 저녁 노을의 서정적 풍경조차도 슬픔으로 맞아들이게 하는 것이다. 이와 같이 화자의 의식은 현실에 대한 암울한 인식으로 말미암아 비극적으로 채색되어 있다. 결국 어둠이 밀려오는 노을의 저녁은 민족의 염원을 등진 채 고정된 분단과 이산의 비극적 상황을 암유한다.

어느만큼 더 기다려야

어느만큼 더 떠나 살아야

길은 열리고

앞은 보일 것이냐

어느만큼 더 싸워야

어느 만큼 더 저주하고 신음해야

길은 뚫리고

해는 어둠의 한가운데 솟아

소리칠 것이냐

―「새벽」 중에서


시인의 검은 치욕의 검이거니

가장 합리적인 웃음과 눈짓을 거부하고

자유를 가두는 운동을 미워하며

체제를 또한 믿지 않으리라

날개가 아니며

형태가 아니며

관념이 아니리

숨쉬는 자유와 만나는 자유를

백두산에서 한라산 끝까지

하나 되이 솟구칠 통일이 갖은 노래하리라

피 흐르는 화목을 이뤄가리라

시인의 검은

묶인 것을 자르는 바람결이거니

화살보다 빠른 뇌성이거니

육중한 한 기름진 것을 모조리 불태우리

억압을 푸는 날랜 손이다.

―「詩人의 劍」 중에서

　인용 시에서 살필 수 있듯이 도시적 감수성으로 무장한 채 불안한 내
면의식에 침잠해 들어갔던 시세계는 사라지고 민족적 역사 현실에 눈을
주고 있음을 발견할 수 있다. 인용 시는 특히 분단상황과 체제의 정치적
억압에서 통일과 자유에 대한 염원과 투쟁을 가시화한다. 이로써 오늘
의 암흑을 노래하는 시인은 새로운 '현대의 신화'와 같은 관념적이며
추상적인 세계와 결별한다. 화자는 "시인의 검"이 "날개가 아니며/형태
가 아니며/관념이 아니리"라고 술회하면서 시대의 비극인 암흑의 현실
을 초극하고자 하는 날카로운 정신을 보여주는 것이다. 자유를 속박하
는 현실의 체제에 대한 미움과 역사에 대한 불신에서 비롯하는 현실인
식을 통해 "숨쉬는 자유와 만나는 자유를/백두산에서 한라산 끝까지/하
나 되어 솟구칠 통일"을 염원하며, "길은 뚫리고/해는 어둠의 한가운데
솟아/소리칠"(「새벽」) 새벽의 여명을 염원한다. 이때 새벽의 빛은 짙은
어둠을 물리친 이상적 세계의 지향태를 은유한다.

　민족의 분단상황에 대한 인식과 체제에 대한 부정과 저항의식은 초기
모더니즘을 지향했던 시와 다르더라도 "어린 나비"가 "투명한 광선의
바다"(「바다와 광장」)를 욕망했던 것처럼 "지적 이상주의의 변형"(최동
호)이라는 점에서는 크게 다르지 않다. 말하자면 다소 추상적이며 관념
적이었던 세계에서 삶의 구체 속으로 투신이 보여주는 시적 변신은 연
속적 단절이라는 의미를 함유한다. 연속적 단절의 차이가 있다면 현실
에 보다 깊이 천착해 있다는 점이다. 인용 시는 분단의 아픔과 체제의
억압에 대한 역사적 현실을 직시하면서 통일과 자유의 회복을 위한 실
천의지를 엿볼 수 있다. 이러한 염원은 "두 마리 나비가/너훌너훌 날아
갑니다/한 마리는 남에서 백두산 향해 날고/다른 한 마리는 북에서/한
라산으로 날"(「나비들의 전설」)아가는 꿈을 통해서도 나타나듯이 분단

을 초극하려는 의지에서도 발견된다. 이와 같이 김규동의 후기 시는 분
단의 고통과 민족 통일에의 열망이 결합하면서 민중의식으로 무장한 새
로운 시적 변신을 이룩한다.

어머니
조금 쉬세요
가을 옥수수대같이
가느다란 모습 하시고
무슨 일 그리도 많이 하시나요
백두산 가까운 곳
멀리 두만강이 흐르고
바라뵈는 것은 산과 하늘뿐인 고향마을
그곳에
어머니 그저 계시니 집 나간 아들 기다려
백세까지도
살아 계시니
넘지 못하는 휴전선을 사이에 두고
언제나 서 계시는 어머니를
일 그만 하시라고 만류 못 하는 게 쓸쓸하여
40년 동안
허공에 대이고 덧없이 어머니를 외었다
— 「대신할게요 어머니」 전문

50년 전 작별한 나무
지금도 우물가 그 자리에 서서
늘어진 머리채 흔들고 있느냐
아름드리로 자라
희멀건 하늘 떠받들고 있느냐
8·15 때 소련병정 녀석이 따발총 안은 채

네 그늘 밑에 누워 자던 나무
우리 집 가족사와 고향 소식을
너만큼 잘 알고 있는 존재는
이제 아무 데도 없다

—「느릅나무에게」 중에서

이산과 실향의식에서 비롯하는 분단 초극의 의지는 어머니를 소재로 하는 시에서도 두드러지게 나타난다. 당대 민족 민중시인들이 반독재와 분단 현실을 목청 높여 고발할 때 김규동은 실향민의 아픔과 염원을 절실하게 노래함으로써 그들과는 다른 변별적 위상을 갖는다. 인용 시는 『길은 멀어도』(1991)와 『느릅나무에게』(2005)의 표제 시에서 가져온 것인데, 실향민으로서 느낄 수밖에 없는 어머니에 대한 그리움과 분단의 아픔 내지는 슬픔이 절절하게 표현되어 있다. 그러면서 한편으로는 어머니와 느릅나무로 상징되는 무한한 모성과 생명성을 통해 낙관적 전망을 획득해내는 것을 볼 수 있다. 이러한 시적 공감을 통해 그는 분단을 초극하려는 개인적 의지를 민중적인 것으로 확대한다.

모더니스트를 자임하면서도 김규동의 초기 시가 '후반기' 동인들의 시와 다른 면모를 보이는 점은 현실에 천착하고 있다는 점이다. '후반기' 동인들의 시가 관념과 추상을 통해 기법상의 모호성을 모더니티라 믿고 있었던 점과는 차이가 있다. 이런 점에서 기법이 아닌 현실인식의 층위에서 리얼리즘의 그것과 꽤 닮은꼴이다. 그는 모더니즘을 표방하면서도 전후 현실의 모순과 부조리에 저항하는 지식인의 정신적 풍경을 잘 담아내고 있다. 특히 자유를 선택해 가족을 북쪽 고향에 남겨두고 월남했지만, 그가 직면한 오염된 현실은 역사에 대한 비판정신을 내면화하는 계기로 작동한 것으로 보인다.

# 5. 단절적 연속의 시적 분단서사

김규동은 모더니스트로 출발하여 역사 현실을 의식을 토대로 하는 리얼리즘적 시세계로 시적 갱신을 이룩하는 독특한 시인이다. 모더니즘이 단순히 도시적 감수성이나 미적 자의식을 시작의 모토로 삼는다고 하지만 그것은 또한 자본주의적 문명 현실에 대한 부정과 저항에서 비롯한 것이다. 이렇게 볼 때 김규동의 시는 '후반기' 동인들 가운데 가장 현실에 민감하게 반응한 시인이며, 이러한 점이 후에 리얼리즘적인 현실인식으로 전환하는 단절의 연속적 고리를 제공한 것으로 이해할 수 있다. 그는 당대의 시적 동지였던 박인환이나 조향 등과 일정 부분 시적 공통성을 함께 공유하고 추구했다. 그러나 그들과의 변별적 위치는 전쟁으로 인한 황폐한 풍경과 내면적 상처, 고통을 진솔하게 표현했다는 점이다. 이와 같이 왜곡된 전후의 현실에 민감하게 반응하면서 현실부정과 비판적 의식을 전면에 내세웠다는 문맥에서 그의 시는 새롭게 조명되어야 할 것이다.

김규동은 분단 극복을 줄기차게 노래하는 한편 실향민과 체제의 권력에 억압받으며 살아가는 민중들의 삶에 따스하고 애정 어린 관심을 보인다. 그럼으로써 그는 1970년대 이후 시대의 지배적 경향이었던 민중민족 계열의 대표적 시인으로 변신한다. 정치적으로는 반독재와 저항하는 동시에 통일에 대한 염원을 담은 시들을 주로 창작한다. 그는 통일에 대한 윤리적 실천의지를 전면에 내세우고 관념적 통일이 아닌 실향민으로서의 절실한 아픔과 슬픔의 체험을 통해 여타의 민중 민족문학 계열의 시인들과는 다른 변별적 특질을 획득하였다. 또한 한편으로는 개인적 체험에서 우러나오는 실향민으로서의 의식을 낮은 목소리와 언어의 세련된 조탁, 그리고 고도의 서성성과 시적 상징성을 추구함으로써 일정한 미적 자질을 구축한다. 아마도 그가 줄곧 꿈꾼 것은 분단으로 인한 고향 상실과 어머니의 부재를 궁극적으로 회복하고자 하는 정신이었는지 모른다. 그의 시는 민족적 동질성을 회복하고자 하는 단절적 연속의 시적 분단 서사이다.

# '분열과 부정'에서 '통일 염원'에 이르는 도정

— 김규동론

한강희

## 1. 머리말

김규동(1925~2011)은 1950년대 전후(戰後) 모더니즘의 근간인 인간 실존[자아분열과 현실부정]에서 출발하여 역사적 현실, 민족공동의 염원을 기저로 시적 모색과 지향을 일관되게 추구한 시인이다. 1948년 문단 데뷔 후, 특히 1951년부터 1953년까지는 '후반기' 동인으로 활동하며 그는 불안과 죽음, 허무와 실존의 냄새가 짙은 모더니즘 경향의 "나비와 광장", "현대의 신화" 등 내적 체험을 쏟아낸다.[1]

---

1 윤여탁, 「1950년대 한국 시단의 형성과 참여시의 전개」, 『한국 전후문학의 형성과 전개』, 태학사, 1993 참조.
조달곤, 「새롭다는 것의 의미―김규동의 『새로운 시론』 비판」, 『동악어문논집』 제9집, 1999. 12, 145쪽 인용.
'후반기'란 이 시기 피난지 부산에서 모더니즘을 표방하면서 문학활동을 전개한 김

　　김규동 시의 기반이 된 1950년대 ‘모더니티’는 이 땅에 모더니즘을 수입하기 시작한 1930년대의 그것과 일정한 차별성을 갖는 것으로 인식되고 있다. 전후 주지주의 시론은 감정보다 지성, 특히 이미지의 조형성에 중점을 두고 언어의 기술적 측면을 탐구하며 시각적 영상뿐만 아니라 주관적 심리 흐름과 환상적 요소를 가미한 초현실주의적 영역에 걸쳐 있는 등 독특한 양상을 보인다. 문학의 정치적 개입을 비판하는 측면과 문학의 연결고리로서 전통을 중요시한 점도 주목된다. 이들은 대체로 ‘사회적 모더니티’에 대해 ‘미적 모더니티’를 추구하고 있다. 칼리네스쿠(M. Calinescu)에 의하면 ‘미적 모더니티’는 전통, ‘사회적 모더니티’, 내면 주체의 변증법적 대립 속에 내포된 ‘위기’의 한 형식으로 읽히는 바, ‘사회적 모더니티’가 내장한 과학과 문명, 속도와 시간 등에 대해 안티테제로서 ‘미적 모더니티’의 경향을 드러낸다.[2]

　　우리 현대시사에서 1950년대 모더니즘 시의 기획이 1930년대 모더니즘의 단순한 모방이나 아류에 그치지 않고 나름의 가치를 인정받을 수

---

규동, 박인환, 김경린, 이봉래, 조향, 김수영 등 일군의 시인을 가리킨다. 이 동인은 비록 동인지를 내지는 못했지만, 전쟁 후 불안에 싸인 현대인의 정신과 내면의식을 직접적으로 드러내지 않고 시적 오브제인 객관적 상관물로서 드러내거나 인간과 거리가 먼 대상을 모더니티의 의장을 입혀 입체적인 이미지로 시화한다. 그들은 목전에 놓인 문명과 현실의 위기에서 전통적인 음풍농월 류의 서정주의적 시 풍토로부터 탈각하여 현대인의 위기의식과 도시문명을 노래하는 데 주목하였지만 무분별한 서구 사조 지향과 육화되지 않은 생경한 시어, 유행에 편승한 시적 포즈로 인해 견고한 터전을 마련하지는 못한 것으로 평가되고 있다. 잘 알려진 바와 같이 김규동이 ‘모더니티’를 시적 기반으로 포섭한 것은 스승인 김기림에 사사한 바 크다.

2　Calinescu, M, 이영욱 외 역, 『모더니티의 다섯 얼굴』, 시각과언어, 1993. 류순태, 「전후 현실과 1950년대 모더니즘시의 표상」, 『한국 전후시의 미적 모더니티 연구』, 도서출판 월인, 2002. 2, 10~12쪽 재인용.

있는 근거는 모더니티의 위기를 추상적인 '문명의 위기'가 아니라 구체적인 '삶과 생활의 위기'로 인식한 데서 찾아진다.[3] 그들은 인간 실존의 위기를 모더니티가 초래한 위기로 파악하고, 이를 극복하는 데 주력한다. 그 방법으로 모더니티가 부여한 주체와 현실에 대한 억압에 대해 주체와 의식의 부정·분열·해체, 생활의 발견과 공동체적 운명 모색, 지성과 사유를 바탕으로 한 이미지즘 추구를 통해 배제보다는 '수용'의 자세를 취한다. 이러한 '모더니티'와 실존에 대한 '수용'의 태도는 몇몇 시인의 경우 타자와의 부단한 교섭을 통해 시의 전략적 기획과 재구성을 기약하는 발판으로 작용한다.[4]

　김규동의 모더니즘 역시 시적 입지와 출구는 이전과는 다른 '새로움'을 추구하는 데서 찾을 수 있다. 첫 시집 서문에서 밝혔듯이 그는 '우리 시단의 분류(奔流)와 상징주의의 완고한 잠재적 요소'에 대해 저항하기 위해 모더니즘이라는 방법을 차용한다. 그는 1930년대 모더니즘을 창조적, 비판적으로 계승하는 한편 '청록파'를 극복하는 입장에서 당대 흐름에 부합한 '새로운 모더니즘'을 모색한다. 그 골자는 '19세기적인 것에 대해 20세기적인 것', '동양적인 것에 대한 서양적인 것', '무방법론

---

3　류순태, 위의 글, 10~12쪽 참조.
　　모더니즘의 기반이 1930년대부터 조성되면서 질적, 양적으로 성숙했다는 것은 이론의 여지가 없는 부분이다. 일부 논자(김춘수, 김흥규)는 1950년대 모더니즘이 1930년대보다 결코 나아지지 않았다고 평가하기도 한다. 이러한 배경에서 최근 연구의 한 경향은 모더니즘 시의 1950년대적 독자성, 차별성에 대해서 주목하는 방향으로 나아가고 있다.
4　이러한 인식은 1990년대 중반 이후 발표된 남기혁, 박윤우, 금동철, 진순애, 남진우, 류순태, 이소영, 고봉준(이상 미주 참고문헌 참조) 등 논고에서 방법론적 전제로 원용되고 있다. 이들이 주로 다루고 있는 대상시인들은 1950년대 이전인 이상부터 당대의 김수영, 전봉건, 문덕수, 박인환, 송욱 등 비교적 광범위하게 걸쳐 있다.

적인 것에 대한 방법론적인 것', '주정에 대한 주지', '전통적 서정시에 대해 모더니즘 시를 지향'하며, 감정 편향이나 주관적 작시 태도에 대해 반대하는 입장을 취한다.[5]

여타 전후파 시인에 비해 초기 김규동의 시와 시론은 '에피고넨'이라 할 만큼 '김기림적 특성'이 강하게 드러나지만[6], 그가 일관되게 견지한 시적 자아는 구체적 현실로부터 분리된 추상적인 주체가 아니라 구체적인 현실과 지속적으로 관계 맺는 '주체 생성'이라 호명할 만하다. 그가 표방한 절대적 주체로부터 과정 중에 있는 '운동'하는 주체로의 이행은 타자로 대표되는 외부적 조건이 주체 형성에 긴밀하게 관여하고 있음을 의미한다.

김규동 시의 초점은 '광장'의 한 구석에서 '모던'하지만 나약한 '흰 나비'의 몸짓에서 출발해 시적 기획과 연장, 이동과 고양에서 시적 자아 찾기, 전쟁과 분단, 어머니와 고향, 그리고 통일에의 희원으로 겹쳐서 전경화한다. 요컨대 김규동 시의 원형질을 해명하기 위해서는 초기 시에서 중기 시, 중기 시에서 후기 시에 이르는 연대기적 구획보다는 시적 화자가 새로운 단계를 모색하는 단초와 동인, 형상화과정을 면밀히 살

---

5 고봉준, 「한국 모더니즘 문학의 미적 근대성 연구― 이상과 김수영의 문학을 중심으로」, 경희대 대학원 박사논문, 2005. 2, 43~53쪽 참조. 논자는 근대성 비판으로서의 모더니티를 사회정치적 관점과 태도로서의 시간성의 코드로 읽고 있다. 물론 이러한 학적 관심은 아도르노(Adorno), 벤야민(Benjamin), 하버마스(Habermas)에 이어 칼리네스쿠(M. Calinescu), 버만(M. Berman) 등의 근대성 비판과 맥락이 닿아 있다. 위의 진술(context)을 내포하고 있는 '후반기' 동인의 유일한 시론집인 『새로운 시론』은 김규동의 역작으로, 1950년대 모더니즘론의 완결판이라 할 수 있다.

6 윤여탁, 「1950년대 모더니티의 자기모색―김규동의 경우」, 『선청어문』 제25집, 1998, 130~134쪽 참조.

펴보는 게 온당할 것이다.[7]

## 2. 모더니즘에 관한 주체적 호명(呼名)−분열과 부정 (1948∼1958)[8]

첫 시집 『나비와 광장』(1955), 제2시집 『현대의 신화』(1958)를 펴낸 전쟁 후 모든 부문의 문제는 폐허로 파괴된 질서가 내적 트라우마로 연결된다. 시의 흐름에도 불안한 실존의 그림자가 드리운다. 김규동 시인 역시 불안과 죽음, 허무와 실존이 엄습하는 내적 체험을 겪게 된다. 그의 초기 시집, 『나비와 광장』, 『현대의 신화』에는 '절망', '불안', '허망', '어두운', '암흑', '묘지', '까마귀', '검은' 등 암울한 부정적 시어와 '열차', '비행기', '나비', '날개' 등 희망의 시어들이 섞여 혼란한 이미

---

7 지금까지 김규동을 본격적으로 거론한 성과로는 윤여탁, 조달곤, 김지연, 문혜원 등의 논고가 있다. 이들은 주로 1950년대 전후 김규동 시와 시론만을 중심으로, 혹은 당대에 활약상을 보인 여타 시인들과 함께 묶어 전후 모더니즘의 성격을 고찰하는 주변적 대상으로 다루고 있다. 그러다 보니 1950년대 미적 근대성인 모더니즘 경향을 연역적·귀납적으로 설명하는 노구직 범주에 미무를 뿐, 이후 그의 시가 보여쥬 리얼리즘적 요소는 포섭하지 못하고 있다. 김규동 시는 분열의 대상이 아닌 주체로서의 모더니티, 즉 현실의 형상화보다는 현실과 주체의 직접적 연관을 드러내는 데 주목한 본고의 의도와는 범주를 달리한다.

8 김규동, 「김규동 주요 문학 연보」, 『시와사람』 40호, 시와사람사, 2006. 5, 173쪽 참조. 최근까지 이 시기 김규동이 월남한 사실과 배경, 학력 등이 명확히 밝혀지지 못했는데 이는 분단 현실의 경색된 분위기 때문으로 사료된다. 김규동은 1948년 24세에 김일성대학 조선어문학과를 중퇴하고 교모와 교복을 입은 채 철원과 포천 등지로 월남했다. 최근 그는 2∼3년 후면 고향에 돌아갈 수 있으리라 생각했고, 부모와 영원한 이별이 될 줄 알았다면 남하하지 않았을 것이라 술회하고 있다. 그는 이 해 가을 『예술조선』에 「강」이 입선해 등단했다.

지가 교차돼 나타난다. 그 시어들은 대다수 모더니즘 시들이 갖는 일반적 특성인 난해성, 모호성, 관념성, 피상성 등으로 집약된다. 김규동 역시 이 시기 모더니즘 시의 일반적 경향인 부정의식을 통한 기존 가치질서의 거부로 나타나고 있다.[9]

> 현기증 나는 활주로의/최후의 절정에서 흰나비는/돌진의 방향을 잊어버리고/피 묻은 육체의 파편들을 굽어본다.//기계처럼 작열한 작은 심장을 축일//한 모금 샘물도 없는 허망한 광장에서//어린 나비의 안막을 차단하는 건//투명한 광선의 바다뿐이었기에— //진공의 해안에서처럼 과묵(寡默)한 묘지 사이사이/숨가쁜 Z기의 백선과 이동하는 계절 속−/불길처럼 일어나는 인광(燐光)의 조수에 밀려/이제 흰나비는 말없이 이즈러진 날개를 파닥거린다.//하얀 미래의 어느 지점에/아름다운 영토는 기다리고 있는 것인가./푸르른 활주로의 어느 지표에/화려한 희망은 피고 있는 것일까.//신도 기적도 이미/승천하여 버린 지 오랜 유역— /그 어느 마지막 종점을 향하여 흰나비는/또 한 번 스스로의 신화와 더불어 대결하여 본다.
>
> — 「나비와 광장」 전문[10]

위 시에서 시적 화자는 전쟁으로 인해 피폐된 인간성 회복에 대한 소망을 감각적으로 표현하고 있다. '나비'는 세상의 무거운 육신을 벗고 가볍게 날기를 갈망하는 '나비'가 아닌 광장으로 표상된 이 세계의 고통과 불안과 절망을 끌어안는 포즈하고 있다. 화자인 나비는 "현기증 나

---

9 이소영(「1950년대 모더니즘시 연구」, 명지대 박사논문, 2003. 12, 30~55쪽.)은 이를 전쟁체험으로 인한 주체의 위기로서, 주체에 대한 부정은 절대자인 신의 죽음으로 연결되는 것으로 파악하고 있다. 이러한 현상은 박인환, 전봉건, 김수영의 경우에도 해당한다.
10 김규동, 『나비와 광장』, 위성문화사, 1955.

는 활주로의/최후의 절정"에서 돌진의 방향을 잃어버린 자아를, 그리고 "한 모금 샘물도 없는 허망한 광장"에 선 현대인의 초상을 의미한다.[11]

구체적으로, '흰나비'라는 시적 화자를 내세워, '활주로', '제트기', '피 묻은 육체', '묘지' 등의 피비린내 나는 전쟁을 환기시키고, '돌진하려는 흰나비', '차단하는 투명한 광선의 바다', '불길처럼 일어나는 인광' 등의 날카로운 이미지를 등장시켜 죽음과 직면한 화자의 결기를 내보인다. 여기에는 전쟁이라는 비극적 상황에 대항하여 인간성을 회복하고자 하는 시적 화자의 주체적 의지가 개입돼 있다.[12]

시인은 "한 마리의 연약한 나비는 어쩌면 물결치는 환상과 어둡고 슬픔 상념을 지닌 시인 자체의 변신이거나 한 조고마한 육편(肉片)과도 같은 것인지도 모른다"(「현대시의 난해」)고 첨언하고 있다. 이 시편 외에도 「전쟁과 나비」에서는 '전쟁의 검은 언덕을 나는 어린 나비'로, 「뉴-스는 눈발처럼 휘날리고」에서는 전쟁의 해안(海岸)에 질식한 '비둘기의 울음소리'로, 「검은 날」에서는 쇠잔한 태양과 침묵하고 있는 해협의 '거대한 검은 날개'로, 「날지 못하는 새」에서는 해저와 같은 바다의 공간인 벽에 '포위당한 나비의 모습'을 형상화한다. 이들은 모두 현대 문명의 구조적 모순 속에서 살아가는 인간 실존의 음영이 상징적으로 표현된

---

11 김지연, 「1950년대 김규동 시의 시정신」, 『가톨릭대어문논문집』, 2000. 1, 155쪽 인용. 스승인 김기림의 「바다와 나비」의 '나비'가 '수심'에 대한 무지를 체험하는 나약한 지식인을 표상한다면, 김규동의 '나비'는 비극의 '광장'에 처한 시적 자아를 의미한다. 즉 생의 절망과 부딪쳐 극복하려는 의지가 내재돼 있다.
12 문혜원, 「전후 주지주의 시론 연구—김규동, 문덕수, 송욱의 시론을 중심으로」, 『한국문화』 33집, 2004.6, 99쪽 재인용. 이러한 일단의 심회를 시인은 "자아의 내부에서 걷잡을 수 없이 혼란과 모순을 극하는 전쟁의 이미지를 붙잡아 보고 싶었던 것"이라 술회하고 있다.

사례라 할 수 있다.

「진공회담(眞空會談)」은 암울한 역사적 상황에 놓인 시인의 내면세계가 다소 이질적인 기법으로 형상화하고 있는 예다.

> 프로이드 박사는 흰 가운에 하얀 마스크를 치고/간호원 큐리와 함께 층계를 올라오는 것이다./〈체온은 영도 평온입니다.〉/—처음 날은 황제의 결혼식에 영구차를 타고 참석했습니다./—다음날은 열차의 특등실에서 여자를 강간한 일이 있습니다/—다음날엔 애인 나타리의 유방을 권총으로 사격했지요/—그 다음날 나는 커피 깡통을 삼켜 버렸습니다/—그리고 마지막 날 오후엔 대학의 하늘 닿는 고층에서 투신자살을 기도하였습니다.
>
> —「진공회담(眞空會談)」 부분[13]

이 작품에서 시인은 정신분석학자인 프로이드를 외과의사로, 물리학자인 퀴리를 간호사로 등장시킨다. 정신과 육체를 치유하기 위한 수단으로서 등장한 이들 앞에 선 환자는 시체더미 앞에서 복음을 암송하고 있는 '체온 영도'의 비정한 인간이다. '체온 영도'의 환자, 황제의 결혼식에 영구차를 타고 참석한 행위는 기존 가치관에 대한 부정의식을 표현한 것이고, '열차의 특등실에서 여자를 강간한' 것은 패륜의 상징이다. 이러한 정신분열적 증상에서 서구 자본주의의 상징인 커피 깡통을 삼켜버리는 이상징후까지 보여주며 투신자살에 이른다. 즉 이 작품은 화자의 지적 갈등과 죽음으로 이어진 몸부림이 시화(詩化)한 것이다. 즉 전후의 불안의식과 기존 전통에 대한 조소, 구조적 모순의 팽배로 인한 가치전도 현상, 자본주의에 대한 혐오, 자아분열의 병적 징후 등을 실험

---

13 김규동, 위의 책.

적 기법으로 그려내고 있다.[14]

이 또한 현실에 대한 깊은 통찰력과 날카로운 비판의식의 소산이라 하겠다. 그렇다면 뒤틀린 당대 사회 속에서 시인이 궁극적으로 꿈꾸는 세계[신화]는 무엇이었을까. 그가 지향한 세계는 '밤의 신화'를 통해 짐작할 수 있다. 「밤의 신화」는 동화적 상상력을 발휘하여 평화를 지향하는 시인의 내면의식을 잘 보여주는 작품이다.

이렇듯이 김규동이 초기 시에서 보여준 관념적인 시세계는 사회비판에 대한 강한 의지와 맞물려 내적 갈등을 초래한다. 이러한 부류에 속한 작품으로 「나체(裸體) 속을 뚫고 가는 무수(無數)한 구토(嘔吐)」, 「포대(砲台)가 있는 풍경(風景)」, 「하늘과 태양만이 남아 있는 도시」, 「한 시대」, 「하나의 무덤」, 「침묵의 소리」를 꼽을 수 있다.

그런데 김규동 시는 모더니즘으로 풍미하는 출발 단계부터 현재에 이르기까지 고향 산천에 대한 그리움이 어머니와 통일로 귀일하고 있다. 내면적 정서의 세계인 고향과 자연에 대한 회억은 정지용, 오장환, 백석, 이용악이 펼쳐 보인 「고향」과 크게 다르지 않다. 시인에게 고향은 "무슨 뜨거운 연정이 기다리고 있는 것이 아닌"(「고향」, 『나비와 광장』), "풀벌레의 울음 소리가 뼈에 사무쳐, 두고 온, 꿈속에서 아련한"(「현대의 신화」) 곳이지만 자연을 있는 그대로의 서정적 구현보다는 이산의 '슬픔과 한'이 교직되면서 화해와 조화의 상징인 '어머니', 그리고 그

---

14 배개화, 「1930년대 후반 전통담론의 탈식민성 연구」, 서울대 대학원 박사논문, 2004. 2, 국문초록 참조. 이를 요약하면 기존의 전통담론에 대한 부정의식이라 할 수 있다. 이는 1930년대 일제 강점기 식민지배체제로부터 당대에 이르는 조선=과거=전통이라는 등식의 식민성을 일순에 탈각하려는 몸부림, 즉 시적 화자의 주체성과 정체성에 대한 '동일시하기' 과정이라 구획할 수 있다.

궁극적 결집인 민족과 조국이라는 '공동체적 관심―통일'로 확대되고 있다.

## 3. 삶과 현실을 넘어 민중과 민족의 발견으로(1958~1977)

두 번째 시집에서 세 번째 시집 『죽음 속의 영웅』(1977)에 이르는 동안 김규동 시는 의식과 현실의 교착상태를 맞이한다. 몇몇 문예이론을 제기한 것 외엔 창작 부문에선 공백기라 할 수 있다. 시작(詩作)보다는 신문사 문화부장, 출판사 편집장 등을 맡으면서 생활인으로서 충실했던 때로 기록된다. 시인에게 모더니즘이 한계라고 절감, 극복의 대상이 된 동인은 주지하다시피 이 땅의 역사를 가로막는 이승만 자유당 정권과 박정희 군사독재라는 1960~1970년대적 상황이었다.[15]

이때부터 개인사적, 가족사적 고뇌가 민중과 국가라는 공동체적 관심으로 확대되기 시작한다. 때문에 많은 평자들은 이 시기를 김규동 시의 분기점이자 방향전환으로 간주하고 민중의 고난과 민족통일에 주목, '리얼리즘'이 발현되는 시점으로 파악하고 있다. 모더니즘 시 운동만을 두고 거론한다면 모더니즘을 계승하고 활용하는 측면과 모더니즘의 허구성을 비판하고 넘어서고자 하는 측면이 혼효한 시기다. 시적 정체성에 해당하는 모더니즘에 대해 미련을 걷어내지 못하면서, 역사적 당면 과제인 분단과 통일을 시적 형상화의 장으로 수렴한다.

---

15 정치권력의 억압과 횡포가 문단은 물론 무고한 국민의 안녕을 위협하자, 그는 1970년대 들어 백낙청, 김윤수, 김정한, 김병걸, 고은 등과 함께 민주회복국민회의에 문인 대표, 자유실천문인협의회 고문, 한국민족예술인총연합 고문 등으로 참가하게 된다.

얼음이 하도 단단하여/아이들은/스케이트를 못 타고/썰매를 탔다./얼음
장 위에 모닥불을 피워도/녹지 않는 겨울 강./밤이면 어둔 하늘에/몇 발의
총성이 울리고/강 건너 마음에서 개 짖는 소리 멀리 들려왔다./우리 독립군
은/이런 밤에/국경을 넘는다 했다./때로 가슴을 가르는/섬뜩한 파괴음은/
긴장을 못 이긴 강심 갈라지는 소리./이런 밤에/나운규는 '아리랑'을 썼고/
털모자 눌러 쓴 독립군은 /수많은 일본군과 싸웠다./지금 두만강엔/옛 아
이들 노는 소리 남아 있을까?/강 건너 개 짖는 소리 아직 남아 있을까? /통
일이 오면/할 일도 많지만/두만강을 찾아 한번 목 놓아 울고 나서/흰 머리
날리며/씽씽 썰매를 타련다./어린 시절에 타던/신나는 썰매를 한번 타 보
련다.

— 「두만강」 전문[16]

김규동의 시사적(詩史的) 변화를 보여준 「두만강」은 민족분단의 비원
이 통일조국 건설이라는 과업으로 연결되는 1970년대 민족문학의 성장
과 궤를 같이한 대표적인 시편이다. 위 시는 '과거 회상→현재 의문→미
래에 대한 희망' 의 시간적 추이로 구성되는 바, '독립군', '일본군', '나
운규' 등 역사적 사건이 유년의 추억과 만나면서 분단 현실이 제시되고
나아가 통일 조국을 염원하고 있다. 시적 화자에게 '두만강' 은 고향과
유년을 넘어 민족과 역사가 숨 쉬는 추억의 강으로 재현되고 있다.

위 시가 실린 『죽음 속의 영웅』(1977)은 1959년부터 1977년까지 시들
을 모아 묶은 것으로 화자에게 비로소 '민중과 민족' 이 발견되는 지점
을 보여준다. 그는 "분열되어 가는 의식의 슬픈 노래가 어찌 힘을 솟게
하며 비탄에 젖은 절망의 노래가 어찌 사회와 민중의 내일을 위하여 빛
이 될 수 있을까"라 의문을 제기하며, "하나의 존재로서 하나하나의 작

---

16 김규동, 『죽음 속의 영웅』, 근역서재, 1977.

품은 위치를 가져야 하며 그 고정된 위치에서 무슨 작용을 타자와의 사이에 가져 주는 그러한 운동을 시가 스스로 맡아 준다면 족하리라"(서문)고 다짐한다. 이러한 다짐은 새로운 시적 전환으로서 선언적 의미를 넘어서 리얼리즘으로의 방향전환을 예감할 수 있는 대목이다. 그 분수령이 되는 정조가 '북에 계신 어머님에 대한 그리움'이다.

> 꿈에 네가 왔더라/스물세 살 때 훌쩍 떠난 네가/마흔일곱 살 나그네 되어/네가 왔더라/살아생전에 만나라도 보았으면/허구한 날 근심만 하던 네가 왔더라/너는 울기만 하더라/내 무릎에 머리를 묻고/한마디 말도 없이/어린애처럼 그저 울기만 하더라/목놓아 울기만 하더라/네가 어쩌면 그처럼 여위었느냐/멀고먼 날들을 죽지 않고 살아서/네가 날 찾아 정말 왔더라/너는 내게 말하더라/다신 어머니 곁을 떠나지 않겠노라고/눈물어린 두 눈이/그렇게 말하더라 말하더라.
>
> —「북에서 온 어머님 편지」 전문[17]

위 시는 단순히 어머니와 자식 간 이산과 만남을 재현하는 데 포즈하고 있지만 고향산천 회고, 분단극복(민족통일)이라는 비원이 행간에 스며 있다. 고향과 어머니가 등장하는 밀도 높은 서정은 「4월의 어머니」, 「어머님전 상서」, 「편지」, 「한 시대」, 「기다림」, 「고백」 등에서도 보여준다.

그런데 1970년대 이후 김규동 시인이 발견한 '민중과 민족'은 엄밀히 말해 재발견에 해당하거니와 초기 모더니즘 시와 완전히 유리된 세계라 할 수 없다. 시인이 성취한 '민중'의 발견이 통일의 염원을 담아 분단 현실을 극복하는 기제로 형상화하면서 구체성을 띤 것은 전술한 바와

---

17 김규동, 위의 책.

같이 초기 모더니즘부터 일관되게 견지한 '현실 연관'에 대한 재반증으로 이해된다.

## 4. 반성과 희망, 혹은 통일에 대한 희구(1977~1991)[18]

이 시기는 제4시집 『깨끗한 희망』(1985)과 시선집 『하나의 세상』(1987), 제5시집 『오늘 밤 기러기떼는』(1989), 그리고 제6시집 『생명의 노래』를 상재한 시기다. 즉 1970년대 중반 이후 김규동은 통일운동의 산 파역을 자임한다. 『깨끗한 희망』 서문에서 그는 삶과 현실에서 민족과 역사가 어느 항목보다 선편에 위치해야 함을 역설하고 있다. 즉 "내가 사는 당면한 민족현실과 거리가 멀다는 것을 깨달음과 동시에 우리의 모더니즘이 절름발이 구실밖에 못했다"는 고백은 기왕에 행한 모더니즘 시 운동에 대한 혹독한 자기반성을 포함하는 것이었다. 이 땅의 시인으로서 분단을 외면하고는 존립 근거가 없다는 판단에 이르면서 한 시절을 풍미한 모더니스트로서의 모습은 퇴색하게 된다.

여기에 실린 많은 시편, 예를 들면 「유모차를 끌며」, 「안부」, 「송년」, 「시인의 검」, 「새 아침의 시」, 「흰시」, 「통일이 얼굴」, 「무서운 아이들」, 「청년화가전」은 통일에 대한 강렬한 염원을 담고 있다. 많은 시편들은 시가 단순히 언어적 형상화나 관념적 유희가 아닌 현실에 적극적으로 복무해야 한다는 확연한 입장을 보여준다.

---

18 『깨끗한 희망』은 회갑을 맞아 이전의 시력 전체를 조망 대표작 선집이다. 보다 엄밀히 말하자면 1, 2부는 신작이고, 직전의 제3시집과도 시간적 격차를 가지고 있으므로 제4시집이라 해도 무방하다.

밤낮 무슨 실험 같은 것이나 하고 사는/이런 남편을 믿고 평생을 사는 아내가/가엾은 생각이 들었으나/마음은 새로이 안정을 얻은 듯 싶었다

—「달아오를 아궁이를 위한 시」 부분[19]

산다는 것은 더욱 갇힌다는 것이고/어디를 바라봐도/약속처럼 매여 있다는 것이다/무의미한 말의 집적에 눌려/타인같이 어두운 거울 앞에/자신의 얼굴을 가꿔본다는 것이다

—「이카로스 비가(悲歌)」 부분[20]

시인의 검은 치욕의 검이거니/가장 합리적인 웃음과/눈짓을 거부하고/자유를 가두는 운동을 미워하며/체제를 또한 믿지 않으리라/날개가 아니며/형태가 아니며/관념이 아니리니/숨쉬는 자유와 만나는 자유를/백두산에서 한라산 끝까지/하나 되어 솟구칠 통일의 강을 노래하리라

—「시인의 劍」 부분[21]

아무것도 모른 채 방실거리고 자랄/미국도 일본도 소련도/핵폭탄도 식민지도 모르고 자랄/통일조선의 아이들을 생각한다/이 아이들 내일을 위해선/우리네 목숨쯤이야 초로 같은 것이면 어떠냐/탄환막이라도 되어주마/우리를 딛고 일어서라/우리 시대는 틀렸다지만/너희들은 기어이 통일된 나라 만나리라

—「유모차를 끌며」 부분[22]

첫 번째, 두 번째 시의 경우가 시인으로서의 주체적 인식과 반성에 해당하는 과정이라면 나머지 두 편은 새로운 세계를 모색하는 방법적 추

---

19 김규동, 『깨끗한 희망』, 창작과비평사, 1985.
20 김규동, 위의 책.
21 김규동, 위의 책.
22 김규동, 위의 책.

구라 할 수 있다. 시인은 한나절을 들여 겨우 고친 '아궁이'로 안정을 얻어보지만, 여전히 '무의미한 말의 거울에 갇혀 있는 자'다. 짐짓 시인의 소명과 당위성은 '합리적인 웃음'과 '눈짓', '형태'와 '관념'을 걷어내고 '숨쉬는 자유'와 '통일'을 노래하는 데 있다. 화자는 통일조선의 아이들이 통일된 나라에서 살 수 있다면 기꺼이 '유모차를 끌'겠다는 결의에 이른다.[23)]

　　젊어서/발레리도 읽고 에세닌도 애독했으나/정신분석이니/쉬르레알리슴 선언 따위도 흥미로왔으나/지금/쌀을 안치고 불을 켜/군말 없이 밥 짓는 일에 애정을 바친다/그리고 생각한다/고문과 분신과 한 맺힌 싸움으로/막내아이보다 어린 젊은 것들이 죽고/국토의 분단은 이대로인채/장차 무슨 일이 벌어질지 알 수 없는 나날 속에서/시인은/무엇을 해야 할까를 곰곰 생각해 본다/헛된 상상력은 허공중에 날고/두려움은 무겁게 쌓여/핵폭탄 깔린 땅에서/밥이 끓는 소리를 들으면/이것만은 믿을 수 있는 말을 전해주는데/남도 북도 없는 하나의 세상?

— 「하나의 세상」 전문[24)]

　우리는 위 시 「하나의 세상」에서 시적 개아의 서정적 상상력이 사회역사적 상상력으로, 민족적 상상력으로 확장되고 있음을 목도할 수 있다. 위 시는 시인의 일생을 파노라마처럼 반추하거니와, 시인이 일련의 '상징과 모던의 숲'에 들어선 이후, 한때 흥미롭기도 했지만 삶의 현실, 의식과 정신은 '쌀을 안치고 밥 짓는 일'보다 공허할 때가 많았다. 화자

---

23　이러한 통일에 대한 염원과 의지는 이후 시선집 『하나의 세상』, 제5시집 『오늘 밤 기러기떼는』, 제6시집 『생명의 노래』 등으로 이어지면서 고양되고 있다.
24　김규동, 『하나의 세상』, 자유문학사, 1987.

는 질곡으로 가득 찬 역사적 모순을 해소하는 데 크게 도움이 되지 못한 다고 생각한다. 때문에 시는 허공중에 존재한 '헛된 상상력'이라는 반성과 회오가 이어진다. 그리고 궁극적으로 시적 화자의 관심은 가공할 무기인 핵을 조국에서 걷어내고 '하나의 세상'을 건설하는 데 초점을 모은다. 많은 시편에서 보인 시적 정조는 동시대인과 시적 화자가 맞이 한 '불우'와 '불화'의 근인과 원인이 분단에서 연유하고 이의 해소는 민족 공동체의 희망에서 찾을 수 있다는 것으로 요약된다. 이는 『생명의 노래』에서도 연속적으로 변주되고 있다. 그런 점에 비춰 이 시집 역시 '살아남은 자의 부끄러움과 이를 해소하는 소망의 언어'로 규정할 수 있다. 그는 여기서 민족분단이 삶을 왜곡시킨 것이므로, 통일만이 아름 다운 사회를 건설하는 전제조건이라고 굳게 믿고 있다.

## 5. 망향 딛고 귀향 향한 채비(1991~2005)

김규동이 팔순을 맞아 14년 만에 상재한 제7시집 『느릅나무에게』 (2005)는 이산과 망향의 한과 슬픔을 넘어 고향을 향한 헌사, 즉 귀향가 로 읽힌다. 여기에는 기약할 수 없는 고향에 대한 애잔한 그리움, 뜻하 지 않게 헤어진 가족, 유년기 친구들과 추억, 통일에 대한 열망 등을 계 열화하고 있다. 시인에게 이번 시집까지의 14년은 반성과 묵상의 시간 이었다. 이 시집은 3백여 편의 시 중 83편을 고른 것이다.

나무/너 느릅나무/50년 전 나와 작별한 나무/지금도 우물가 그 자리에 서서/늘어진 머리채 흔들고 있느냐/아름드리로 자라/희멀건 하늘 떠받들 고 있느냐/(…)/우리 집 가족사와 고향 소식을/너만큼 잘 알고 있는 존재는

/이제 아무도 없다/그래 맞아/너의 기억력은 백과사전이지/어린시절 동무들은 어찌 되었나/산목숨보다 죽은 목숨 더 많을/세찬 세월 이야기/하나도 빼지 말고 들려다오/죽기 전에 못 가면/죽어서 날아가마/나무야/옛날처럼/조용조용 지나간 날들의/가슴 울렁이는 이야기를/들려다오/나무, 나의 느릅나무.

—「느릅나무에게」 부분[25]

너를 보게 될까 하여/오래도록 기다렸다/(…)/애야, 38선 없애버리고 빨리 오너라.

—「저승에서 온 어머님 편지」 부분[26]

놀다보니 다 가버렸어/산천도 사람도 다 가버렸어/……/북녘/내 어머니시여/놀다 놀다/세월 다 보낸 이 아들을/백두산 물푸레나무 매질로/반쯤 죽여주소서 죽여주옵소서.

—「죽여주옵소서」 부분[27]

이손/더러우면/그 아침/못맞으리//내 넋/흐리우면/그 하늘/쳐다 못 보리//반백년 고행길 걸은/형제의 마디 굵은 손/잡지 못하리/이 손 더러우면//내 넋 흐리우면/아, 그것은/영원한 죽음.

—「아, 통일」 전문[28]

1948년 20대 초반 고향을 등지고 문학청년에 들어선 이후 현재 80대 노경에 이르러 이산(離散) 반세기, 시력(詩歷) 반세기를 훌쩍 넘었다. 어머

---

25  김규동, 『느릅나무에게』, 창작과비평사, 2005.
26  김규동, 위의 책.
27  김규동, 위의 책.
28  김규동, 위의 책.

니도, 유년을 같이한 친구들도 수명을 다했고 고향의 풍경도 많이 달라졌을 것이다. 그렇기 때문에 그가 고향을 대상으로 말이나마 걸어보고 소식을 물을 수 있는 것은 추억 속에 존재한 느릅나무에 의탁해서다. 느릅나무만이 고향 소식과 어머니의 모습이 현현된 가족사, 유년의 친구들을 기억하리라 믿는다.

두 번째 시는 50여 년이 넘도록 뵙지 못한 어머니에 대한 사무친 격정이 담겨 있다. 귀향하지 못한 불효자이지만 아마 어머니는 용서할 것이고, '38선 없애고 빨리 오너라'고 주문할 것이 분명하다. 1천 리밖에 되지 않는 고향 땅이지만 분단의 벽은 귀향을 막고 가족과의 상봉을 막는 절망스런 장애다. 어머니의 품을 떠나 남쪽으로 내려온 뒤 다시는 어머니의 품으로 돌아가지 못한, 가고 싶어도 갈 수 없는 설움이 배어 있다. 많은 시편은 화자에게 필생의 한으로 자리한 분단의 아픔이 궁극적으로 어머니를 향해 있고, 그리움과 회한의 정서를 동반한다. 「어머니는 다 용서하신다」, 「육체로 들어간 진달래」, 「이북에 내리는 눈」, 「아, 통일」, 「봄이 오는 소리」, 「고향 가는 길」, 「해는 기울고」, 「오장환이네 집」, 「고무신」, 「해 뜨는 아침을 기다리며」, 「인제 가면 언제 오나」, 「하늘 꼭대기에 닿은 것은 깃대뿐이냐」, 「저승에서 온 어머님의 편지」, 「까마귀」 등이 그것이다.

어머니 외에도 가족 상실에 대한 아픔이 자주 목도되는 바, 피붙이의 생사를 모르고 살아야 하는 삶이 얼마나 삭막한지를 절실하게 말해준다. 이러한 갈망은 친동생을 두고, '규천아, 나다 형이다.'라는 딱 한 행의 완결된 시편에서, '편지 못 쓰고/전화 못해도/마음 변한 건 아니라고/믿어주오'라는 구절에 이르면 극단적인 애절함으로 다가온다. 시적 화자의 통일을 향한 정념은 시인으로서 '손을 더럽히지 말고', '영혼(넋)

을 흐리지 말자'는 한 치의 흐트러짐 없는 자세에 이르면 비장하기까지 하다. 시집에는 문학청년 시절을 함께한 문우인 김수영, 박인환, 오장환, 김기림, 김광주, 김동리, 조연현, 박인환의 모습도 등장한다.

시인은 최근 몇 년 사이 북녘행을 감행한 바 있다. 고향까지의 여정을 밟지는 못하고 고향 인근에서 고향 내음을 느낄 뿐이다. 일생의 희원인 통일을 보지 못하고 잠든 벗들을 위해 "여기 대동강에서 떠온 물이 있고 /한강수가 있다오/이 물로/그대 심장을 식히소서"(「진혼가」)라 경배하고, 북한의 어느 하늘 아래서 묵념하다가는 "지난 세월이/한꺼번에/왕왕 소리질러대는" 것을 들으며, 거리의 북녘 아이들을 보면서 "도시락도 못가지고 학교에 오던"(「북녘에 가서」) 사회주의자 자신의 모습이 재생된다. 요컨대 많은 시행에 통일의 비원이 표나게 드러나 있다. 화자는 통일이 북녘에 고향을 둔 사람만의 것이 아니라 민족 전체의 절체절명의 과업임을 천명한다.


## 6. 마무리

김규동은 1950년대 이른바 '후바기' 모더니스트로 문단활동을 시작했지만 조국과 민족이라는 타자를 향한 '순일한 모더니스트'였다. 전쟁과 문명이라는 현대적 모더니즘, 반모더니즘 계열로 귀착된 인간과 자연의 조화 추구, 그리고 궁극적으로는 대립된 두 요소를 하나로 묶는 여정을 밟아온 셈이다. 이는 미학적 기반을 견고히 하면서도 모더니즘의 불가해한 바다에 표류하지 않는 용기 있는 선택이었다. 이러한 특징적 면모는 1970년대 이후 그의 시적 편력을 리얼리즘 경향으로 확연하게 구획하려는 이분법적 편향과 일정하게 구분된다. 즉 '초기 모더니즘 대 후기 모더니즘', '모더니즘 대 리얼리즘' 등식으로 규정하려는 기존의 평가는 그의 시정신을 근원적으로 밝히는 데 도식적인 이분법으로 간주된다.[29]

그는 새로운 시 이념의 합치와 시작방법으로 지성과 시대감각을 동시에 갖춘 세계성, 동시대성을 모더니즘의 기치로 삼았다. 한편으로 인간의 사회형식인 시민적 생활 속으로 귀일해야 함을 역설한다. 이러한 인식은 일반적인 의미의 사회성으로 진정한 의미의 리얼리즘과는 격을 달리하지만 리얼리즘 시를 모색하는 원형질로 작용한다. 즉 김규동의 후기 시는 전기 시세계와 단절된 형태가 아니라 동일한 시정신에 바탕하고 있다. 이러한 기조는 창작과 이론 면에서 똑같이 적용된다. 이는 우리 현대시사에서 이즘이나 주의주장, 외양과 형식을 견지하면서도 시적 본질이 변하지 않은 흔치 않은 사례에 해당한다.

김규동 시에 등장하는 시적 주체는 근현대사의 역사적 굴곡과 파장에도 여전히 진정성과 동일성을 유지하고 있다. 그의 시적 모색과 발견은 언제나 당대적 질서와의 긴장에서 추구된다. 그의 많은 시에 등장하는 분단과 전쟁은 그가 추구한 자연의 세계와 대립하다가도 어떤 경우 같은 맥락에 놓인다. 이는 김기림에 사사한 모더니즘을 시적 기반으로 하고 있으면서도, 모더니스트로서의 전형을 추구하기보다는 '의미 있는 현실 연관'을 수용한 시적 유연성에 바탕하고 있음을 의미한다.

---

29 박태순, 「모국어의 자음과 모음」, 『느릅나무에게』 발문, 창작과비평사, 2005.4, 184~185쪽 참조. 마셜 버먼이 설파한 '광의의 모더니즘'에 대한 해석을 역으로 원용한다면, 김규동의 시적 행방은 모더니즘 의장을 두른 역사 현실과 민족의 발견, 기법으로서 모더니즘 포섭이라는 맥락으로 이해할 수 있다. 따라서 시적 출발과 이동 모두 '넓은 의미의 리얼리즘'에 귀속시킬 수 있다. 이른바 '주지적(主知的) 모더니스트로서의 신념을 사회파 모더니즘으로 변모시켰다'는 박태순의 평가도 이와 궤를 같이한다.

요컨대 김규동의 모더니즘은 모더니즘 시 일반이 현실 자체를 대상화하는 데 머무른 데 비해 주체와 현실 사이의 연관 자체를 문제시하는 특성을 보인다. 일견 이중적 태도로 보이는 '주체의 모색과 지향'은 당대 현실의 흐름에 부합해 동일한 심상 권역에 자리하고 있다는 점에서 양가적 가치를 부여할 수 있다. 이는 의식[정신]과 형식의 문제로 귀결되거니와, 양자는 소통이 불가한 영역이 아닌 한 동전의 두 국면에 해당한다. 데뷔 초기 새로움을 향한 정념이 어머니와 역사적 현실, 분단 극복과 통일 의지로 확대되고 있다는 사실은 초기 모더니즘이 내포한 자기부정과 자기갱신에 입각한 인식적 변화에 해당한다. 김규동의 현실비판에 대한 남다른 의지와 욕망은 이미 모더니즘 안에서 안주할 수 없었다. 결국 그는 철저한 자기반성을 통해 '민중'을 발견하고 '통일 염원'에 이른다. 그의 리얼리즘으로의 심리적 변환은 초기부터 견지한 현실 연관의 '민중적 상상력'이 내재적 힘으로 변모한 결과다.

# 모더니티와 비판정신의 지평

— 김규동론

박몽구

## 1. 문제의 제기

김규동은 1925년 함북 종성에서 출생하여 연변의대에서 수학하였다. 1948년 『예술조선』을 통하여 등단했으며 '후반기' 동인으로 참여하여 모더니스트로서의 면모를 보였다. 이와 함께 『새로운 시론』을 펴내는 등 대표적인 모더니즘 이론가로서 활동한 바 있다. 모더니스트로 출발한 김규동은 초기에는 도시적 감수성에 기반하여 지적인 시어를 채택하고, 쉬르리얼리스트로서의 성향을 보였으나, 1970년대 이후부터는 사회 내지 역사의식을 토대로 하는 사회성 짙은 리얼리즘의 민중시로 나아가는 시세계를 펼쳐 보인 진귀한 시인이다.[1]

---

1 김규동이 그동안 펴낸 시집은 다음과 같다. 『나비와 광장』(산호장, 1955), 『현대의 신화』(덕련문화사, 1958), 『죽음 속의 영웅(英雄)』(근역서재, 1977), 시선집 『깨끗한

김규동 시인의 활동은 대체로 세 구간으로 나누어볼 수 있는데『예술조선』을 통해 데뷔한 1948년부터 이후 3, 4년 뒤인 1950년까지가 초반 시기요, '후반기' 동인으로 활동을 전개한 1951년부터 시집『나비와 광장』(1955)과 시집『현대의 신화』(1958)를 거쳐 시론집『새로운 시론』이 발간된 1959년까지의 모더니스트로서의 활동이 두 번째 시기요, 1960년 이후 약 10여 년간의 공백기를 거쳐 1975년 자유실천문인협의회 고문으로서 새로운 정신적 변모를 거치며 시집『죽음 속의 영웅』(1977), 시론집『어두운 시대의 마지막 언어』(1979), 시선집『깨끗한 희망』(1985)을 발간하는 등 민중시인으로 자리매김한 이후의 기간을 세 번째 시기로 구획할 수 있을 듯하다. 이렇듯 모더니스트로 출발한 김규동은 초기에는 주지주의 혹은 쉬르리얼리즘적인 색채를 보였으나, 1970년대 이후부터는 사회 내지 역사의식을 토대로 하는 사회성 짙은 리얼리즘의 민중시로 나아가는 시세계를 보이고 있다는 평가를 받아왔다. 즉 초기 시와 1970년대 이후의 시 사이에 큰 간격이 있는 것으로 알려져 왔지만, 본고에서는 그 타당성을 검토하는 한편 두 시기는 어떻게 상관성을 갖고 있는지에 대한 궁금증으로부터 논의가 시작되었다. 시인에 대한 고정관념이 팽배해 있고, 모더니즘과 리얼리즘을 넘나든 시인이 드문 우리 풍토에서 김규동의 시적 궤적은 대단히 흥미로운 것이다. 이에 따라 본고에서는 다음과 같은 연구 문제를 설정하여 김규동의 시세계를 연구하고자 한다.

첫째 모더니스트로서의 김규동 시의 특질은 무엇이며, 1950년대의 현

희망』(창작과비평사, 1985), 『하나의 세상』(자유문학사, 1987), 『오늘 밤 기러기떼는』(동광출판사, 1989), 시선집『길은 멀어도』(미래사, 1990), 『느릅나무에게』(창비, 2006)

실과 어떻게 관련되어 있는가.

둘째 리얼리즘 시인으로서의 김규동의 시적 궤적은 어떠한가?

셋째로 두 세계 사이의 차이와 공통점은 무엇인가?


## 2. 본론

### 1) 기존의 평가와 한계

김규동의 시세계에 대하여는 주로 두 가지의 평가가 췌사처럼 따라다닌다. 모더니시트와 리얼리스트라는 상반된 얼굴이 그것이다. 그가 시인으로서 본격적으로 자리매김한 계기가 '후반기' 동인활동이었으며, 1970년대 들어 고은, 백낙청 등과 함께 제3공화국 치하의 어둠을 고발하는 자유실천문인협의회 운동에 주도적으로 참여했다는 데서 그 같은 평가의 일단을 이끌어낼 수 있다. 1950년대 한국전쟁의 와중에서 박인환, 김경린 등과 함께 벌인 '후반기' 동인 운동이 자생적 모더니즘 운동으로 평가받고 있으며, 그런 점에서 김규동의 초기 시는 내면의식의 시적 추구를 기반으로 하고 있다고 할 수 있다. 그런데 1970년대 들어 다년간의 침묵 끝에 새로 선보인 그의 시들은 반독재 의지와 통일에의 염원 등을 담아내고 있다. 즉 언어에 대한 추구를 버린 채 시적 주제 쪽에 무게를 싣는 리얼리스트로서의 변모를 보여 주고 있는 것이다.

이동순은 "우리는 1950년대의 한 모더니스트였던 시인 김규동이 1970년대 이후에 나타내보였던 충격적인 변화를 생생히 기억한다. 물론 그의 변화는 우리가 마땅히 주목해야 할 경이로우며 긍정적인 변화였음에 틀림없다. 대부분의 문인들이 변화에 대해 보수적이며 스스로를 움츠리는 데 비해 김규동은 오히려 적극적이며 역동적인 변모의 과정을 보여준다. 이것은 일찍이 그가 존경했던 1930년대의 선배 시인 편석촌(片石村) 김기림의 자기갱신과 자기변화에의 적극성에 비교될 수 있다"[2]고 말한다. 그만큼 김규동의 시적 변모가 크고 바람직하다는 지적일 터이다. 이래에 보이는 시들은 각기 이 시기 김규동의 시적 궤적을 잘 그려내고 있다.

볼록렌즈를 쓰고
거리를 간다

활자처럼 다가와
나의 이마에
나의 가슴에
나의 동자 안에
정면충돌하는
중량, 중량

(절망과 공포, 끝없는 각혈이라오)

만나면 모두
싸늘한 체온은
내 손의 표피 위에 남겨놓던
선수들을 피하면서
피하면서 가야 하는
볼록렌즈의 운명 속에
오늘도
태양과 하늘만이

---

2 이동순, 김규동 시선집 『길은 멀어도』 해설, 미래사, 1991, 123쪽.

해골처럼
해골처럼 그렇게 남아갔다.

—「불안의 속도」 전문

한몸이 되기도 전에
두 팔 벌려 어깨를 꼈다
흩어졌는가 하면
다시 모이고
모였다간 다시 흩어진다
높지도 얕지도 않게
그러나 모두는 평등하게
이 하늘 아래 뿌리박고 서서
아 이것을 지키기 위해
그처럼 오랜 세월 견디었구나.

—「무등산」 전문

앞의 시는 1950년대에 쓰여진 시이고 뒤의 시는 김규동이 민주화운동의 진두에 서 있던 1980년대 들어 쓰여진 시이다. 앞의 시에서는 "볼록 렌즈를 쓰고/거리를 간다"는 첫 대목에서 보이듯 돌출적인 시어의 사용과 함께 도시적 감수성에 입각한 과장된 수사가 전편에 넘쳐 있다. "태양과 하늘만이/해골처럼/해골처럼 그렇게 남아갔다"는 결구에서 전후의 정신적 폐허를 얼마간 감지할 수 있지만 제재가 구체적이지 못하고, 미적 자의식이 과잉되어 있음을 엿볼 수 있다. 이 외에도 김규동의 초기 시에서는 새로운 시어에 대한 추구와 함께 도시적 감수성, 그리고 초현실적인 수사로 가득찬 시편들을 다수 찾아볼 수 있다.

츄잉검을 씹어
철사처럼 가늘어간 허리들이

색깔 검은 아이를 배었다는 이야기는
차라리 아무것도 아닌 것이고
방금
회색의 지평을 달려온
그 하이야가
초록빛 커텐이 흘러나오는 이충집

─「하늘과 태양만이 남이 있는 도시」 부분


검은 육체와
죽음의 폭풍 속에서
머리카락 날리며 사랑하는 숙녀는
아다린처럼 희어간
그 영상을 잊을 수 없었다.


유서를 쓸 아무런 필요도 없기에
까뮈의 허망을 테블 위에 놓았다는
청년의 자살이 보도된
신문지의 경사면에
오늘도 밤은 콜로타이프처럼
찬란히 켜지고

─「밤의 계제에서」 부분


(무수한 교수사체와 이동하는 두개골과 여자의 푸른 골반으로 형성된 벽
속에서 파수병은 마태복음 제3장을 암송한다.)


프로이드 박사는 흰 가운에 하얀 마스크를 치고 간호원 큐리와 함께 충
계를
올라오는 것이다.


(체온은 영도, 평온입니다.)

처음날은 황제의 결혼식에 영구차를 타고 참석했습니다.
다음날 열차의 특등실에서 여자를 강간한 일이 있습니다.
다음날엔 애인 나타리의 유방을 권총으로 사격했지요.
그 다음날 나는 커피 깡통을 삼켜버렸습니다.
마지막날 오후엔 대학의 하늘 닿는 고층에서 투신자살을 기도했습니다.

—「진공회담」 부분

어느 시편들에서나 도시적 감수성과 미적 자의식이 깊게 배어 있고, 쉬르적인 수사가 바탕에 깔려 있음을 느낄 수 있다. '츄잉검', '커텐', '콜로타이프', '프로이트' 등의 시어는 1950년대의 시단을 장악한 전통파들의 시에서는 찾아볼 수 없는 시어들로 첨단의 도시적 감수성을 기반으로 하고 있다. 시「진공회담」에 등장하는 "처음날은 황제의 결혼식에 영구차를 타고 참석했습니다."라는 대목은 이 시기의 김규동을 둘러싼 시적 수사가 쉬르 쪽에 경도되어 있음을 잘 나타낸다.

프레데릭 제임슨에 따르면 20세기 들어 새롭게 등장한 모더니즘의 주요한 특색으로는 미적 자의식, 자율성 등이 우선 들어지는데, 이것은 문화적 현대성이라는 개념을 바탕에 깔고 있다. 문화적 현대성이란 예술의 경우 낭만주의적 속성을 극복하면서 나타나는 반낭만주의적 특성을 일컫는다. 문화적 현대성이란 예술의 경우 미적 현대성이라는 개념과 동일시되며, 이것은 객관성과 합리성을 강조하는 사회적 현대성으로부터 소외되는 현대성을 의미한다.[3] 그런 점에서 시적 기법에 있어서는 자율성과 초월적 기법을 도입하면서도, 시대의 어둠을 묵시하는 주제를 담아내는 김규동의 시들은 모더니즘의 전형이라고 할 만하다. 스피어즈

---

3 이승훈,『모더니즘 시론』, 문예출판사, 1995, 15~16쪽 참조.

(Monroe K. Spears)가 말한 바 디오니소스적 이미저리(도취, 황홀), 즉 과거적인 일체(반아폴로, 반이성)의 전통을 거부, 절연한다는 의미에서의 모더니즘[4]이라고 한다면 상징적 이미지를 통해 전달하려는 노력을 보인 것하며, 직설을 회피하고 우회적인 언어를 택했다는 데서 미적 모더니즘의 정서 구현에 부심해 있는 것을 감지할 수 있다.

반면에 뒤에 든 시 「무등산」에서는 소재에 대한 따스하고도 평온한 인식과 함께, 사람과 땅의 소중함을 자각하고 있음을 엿볼 수 있다. 그는 독재의 어둠을 깨치고 민주의 새벽을 여는 일을 "한몸이 되기도 전에/두 팔 벌려 어깨를 꼈다/흩어졌는가 하면/다시 모이고/모였다간 다시 흩어진다"고 말한다. 억압과 갈등을 넘어서서 민중들이 서로 제 몸보다 더 아끼며 뭉쳐가는 모습을 감동 깊게 형상화하고 있는 시이다. 김규동이 보여주는 민중시 계열의 시들은 이처럼 목소리가 높지 않으면서도 대동세상을 만들어가는 모습을 살갑게 그려낸다는 데 그 특장이 있다. 염무웅은 김규동의 1970년대 이후 시들을 가리켜 "극히 사적인 세계를 나지막한 목소리로 노래하는 시들에서도 사적 차원을 넘어선 문제의식을 우리에게 곧잘 환기시킨다"[5]고 지적한다. 그것은 분단의 극복과 통일에의 염원이다. 김규동은 그런 점에서 고은, 신경림 등의 시인들과 대별되는 특장을 지녔다고 평가된다. 하지만 초기 시에서 보여주었던 모더니티에의 경도와 1970년대 들어서서 보여준, 모범적인 수사와 강한 주제의식을 담지한 시세계들 사이의 간극을 어떻게 해명할 것인가 하는

---

4 Monre K. Spears, 『*Dionysus and the City*』, New York, Oxford University Press, 1970, 제1장 참조. 스피어즈는 T. E. Hulme의 개념 등을 빌어 모더니즘의 주요 특징을 'Discontinuity(단절)'에서 찾고 있다.

5 염무웅, 김규동 시선집 『개끗한 희망』 해설, 창작과비평사, 1985, 174쪽.

문제가 숙제로 남지 않을 수 없다.

## 2) '후반기' 동인과 김규동의 현실 인식

1950년대는 한국전쟁이라는 미증유의 동족상잔의 상처를 안고 출발한 시대였다. 또한 미국을 통로로 한 새로운 문물이 수입되면서 한국 사회의 지적 맥락이 새롭게 형성된 시기이기도 하다. 이러한 시대적 영향은 한국 시에도 그대로 반영되었다. 타의에 의하여 국토가 분단되면서 백석, 이용악, 정지용, 김기림 등이 이념의 그림자로 사라지면서 한국 시단은 그야말로 절름발이가 되고 말았다. 이념기피증이 깊숙이 뿌리내리면서 우리 시단은 청록파의 몇몇 시인들과 인생파의 서정주를 비롯한 이른바 전통 서정파 시인들이 득세하게 되었다. 거기에 문인협회를 중심으로 권력의 비호까지 주어지면서 전후의 우리 시단은 지극히 편협하고 황폐한 형국이 되었다.

이같은 1950년대의 척박한 풍토에 정면으로 반기를 들고 나온 그룹이 박인환, 김경린, 김차영, 김규동, 조향 등이 중심이 되어 활동한 '후반기' 동인들이었다. 이들은 전통 서정파의 반대편에 서서 모더니즘을 주창하였다. 그러나 이들의 시작 내용은 모더니즘의 중심개념인 미적 자의식, 자율성, 비재현주의[6] 등과는 상당한 거리가 있는 것이었다. 매판세력이 횡행하는 전후상황에 대한 맹목적인 저항 및 순수라는 미명하에 정권과 결탁하여 한국 시단을 농단하던 전통 서정파들의 스노비즘에 대한 비판의 성격이 강했다. '후반기' 동인은 당대 우리 시단의 중심을 형

---

6 이승훈, 『한국 모더니즘 시사』, 문예출판사, 2000, 63쪽.

성한 문협 정통파로 지칭되는 유치환, 서정주 등의 인생파와 박목월 등의 청록파들이 내세우는 순수시 개념을 비판함으로써 입지를 삼으려 했다. 반전통성, 도시성, 그리고 서구 모더니즘 기법의 수용을 기치로 삼았다.[7] 후반기 동인 하면 박인환의 「세월이 가면」 등에서 냄새 맡을 수 있는 낭만적 데카당스의 미학과 쉬르적인 조사법 등을 떠올리기 쉽지만 그 저변에서는 새로운 시에 대한 갈망과 함께 시대와의 불화가 깊게 자리잡고 있었다고 할 수 있다.

그런 점에서 "후반기 동인이 우리 시문학사에서 차지하는 시사적 의의는 긍정적이든 부정적이든 '청록파'에 의해 계승되던 전통 미학을 부정한 점에 있다"[8]는 점은 누구도 부정하지 못할 것이다. 프레드릭 제임슨에 따르면 자본주의에는 리얼리즘이, 금융·독점자본주의에는 모더니즘이, 그리고 다국적 자본주의에는 포스트모더니즘이 각각 대응한다. 여기서 대응한다고 하는 것은 각기 시대 조류와 자본을 거머쥔 주체에 대한 비판을 의미한다. 그런 점에서 후반기 동인의 활동은 재검토될 필요가 있지만, 특히 1950년대의 김규동은 단순한 모더니스트를 넘어 새로운 각도에서 살펴볼 필요가 있다. 가령 아래에 보이는 「나비와 광장」과 같은 시가 바로 그런 예에 해당한다.

현기증 나는 활주로의
최후의 절정에서 흰나비는
돌진의 방향을 잊어버리고

---

7 한계전, 「50년대 모더니즘 시의 가능성」, 한양어문학회 편, 『1950년대 한국문학 연구』, 보고사, 1997, 28~31쪽 참조.
8 이승훈, 앞의 책, 15쪽.

피 묻은 육체의 파편들을 굽어본다.

기계처럼 작열한 작은 심장을 축일
한 모금 샘물도 없는 허망한 광장에서
어린 나비의 안막을 차단하는 건
투명한 광선의 바다뿐이었기에 —

진공의 해안에서처럼 과묵(寡默)한 묘지 사이사이
숨가쁜 Z기의 백선과 이동하는 계절 속
불길처럼 일어나는 인광(燐光)의 조수에 밀려
이제 흰나비는 말없이 이즈러진 날개를 파닥거린다.

하얀 미래의 어느 지점에
아름다운 영토는 기다리고 있는 것인가.
푸르른 활주로의 어느 지표에
화려한 희망은 피고 있는 것일까.

신도 기적도 이미
승천하여 버린 지 오랜 유역 —
그 어느 마지막 종점을 향하여 흰나비는
또 한 번 스스로의 신화와 더불어 대결하여 본다.

— 「나비와 광장」 전문

첫 시집 『나비와 광장』의 표제작이기도 한 앞의 시는 김규동의 초기 시세계를 잘 보여주고 있다. 우선 '활주로', '기계', '진공의 해안' 등의 시어에서 현대적인 감수성을 읽을 수 있는데, 서정주, 박목월 등 전통파 시인들이 시단을 장악하고 있는 1950년대의 환경에서는 실로 혁신적인 시이다. 즉 도시적 감수성에 기반한 모더니스트의 특질이 잘 드러난 시라고 볼 수 있다.

이승훈은 김규동의 경우 1930년대의 모더니스트인 김기림의 의식을 1950년대의 상황으로 투사한다는 느낌을 준다고 말한다. 즉 김기림은 「바다와 나비」에서 '바다에 앉으려다 공주처럼 지쳐서 돌아오는 나비'를 일제 식민지 시대의 지식인의 초상에 비유한 바 있다면, 김규동의 시에서는 '나비'가 청록파나 자연파 시인들의 그것이 아니라 1950년대 "현기증 나는 활주로의/최후의 절정"에서 돌진의 방향을 잃어버린 자아를 표상하며, 또한 "한 모금 샘물도 없는 허망한 광장에 서 있는 현대인의 초상을 표상한다"[9]고 지적한다.

또한 이 시에서 '흰나비'는 단순한 묘사의 대상이 아니라, 시적 화자를 대신하는 감정 이입된 존재로서 시적 상황에 대한 일정한 인식 상태를 보여주고 있다. '활주로'·'제트기'·'피 묻은 육체'·'묘지' 등의 시어에서 유추할 수 있듯이, 이 시에서 제기된 것은 피비린내 나는 전쟁 상황이다. 그와 함께, '돌진하려는 흰나비'·'차단하는 투명한 광선의 바다'·'불길처럼 일어나는 인광' 등의 날카로운 이미지는 죽음과 직면한 화자의 절박한 한계 상황을 암시하고 있다. 그러므로 '방향을 잊어버리고/피 묻은 육체의 파편들을 굽어보'다가, 결국은 '불길처럼 일어나는 인광의 조수에 밀려/말없이 이즈러진 날개를 파닥거리'는 '흰나비'는 전쟁이라는 비극적 상황에 대항하여 인간성을 회복하고자 하는 화자의 모습이다.

그에게 '화려한 희망'을 갖게 하는 '아름다운 영토'는 인간성이 복원

---

9 이승훈, 「1950년대 우리 시와 모더니즘」, 『1950년대 한국문학 연구』, 보고사, 1997, 17쪽.

된 세계이지만, 현실은 "신도 기적도 이미/승천하여 버린 지 오랜" 전쟁 터일 뿐이다. 그러나 그는 "푸르른 활주로의 어느 지표"에서만 피어난 다는 모순된 '희망'을 찾아 "또 한 번 스스로의 신화와 더불어 대결하" 겠다는 강한 의지를 보여 준다. 이렇게 이 시는 6·25의 비극적 체험을 바탕으로 하여 인간을 파괴하는 전쟁에 대한 시인의 비판적 인식을 드 러내고 있다. 이같은 인식은 감각적 표현을 통해 구체화되고 있는데, 이 는 바로 전후(戰後) 시의 한 경향이었던 모더니즘의 특성을 잘 보여주는 것이라 하겠다.

포대를 지키고 선
異國兵士는
소리 없는
리라의 음성에
귀기울여 간다

(…중략…)

지금
도시는 괴로운 投影을 안고
분주한 日暮 속에
침전하여 가고 있다.

— 「포대가 있는 풍경」 부분

아 이 밤의 영원한 계제에 서서
나는 언제까지
기관단총의 표적이 되어야만 하는가.

— 「밤의 계제에서」 부분

살아 남았다는
기적과 기적의 틈바구니에서
창백한 문명의 위기에
서글픈 진단서를 쓴
D. H. 로렌스의 얼굴을 그리며
오늘도 살벌한 귀로의 전차에 오른다.

—「위기를 담은 전차」 부분

위에 든 시들은 하나같이 도시적인 감수성을 기반으로 하고 있고, 외부로 시선을 돌리기보다 시인의 내면으로 눈을 돌리고 있음을 살펴볼 수 있다. '리라', '창백한 문명', '전차' 등의 시어는 그 같은 정서를 뒷받침한다. 또한 「나비와 광장」의 마지막 연에서 "신도 기적도 이미/승천하여 버린 지 오랜 유역/그 어느 마지막 종점을 향하여 흰나비는/또 한 번 스스로의 신화와 더불어 대결하여 본다."라고 표현함으로써 리얼리즘적 시각에서 현실과의 대결의식을 보이기보다 잔잔한 알레고리에 그치고 않고 있음을 알 수 있다. 「포대가 있는 풍경」에서 "지금/도시는 괴로운 投影을 안고/분주한 日暮 속에/침전하여 가고 있다."는 대목은 현대 문명으로부터 소외된 퍼소나가 비판의 화살을 자신의 내부로 향하고 있음을 잘 보여준다.

그러나 다른 한편 김규동은 후반기 동인들 가운데도 누구보다 사회적 자아를 넓게 담아낸 시인이기도 하다. 위에 든 시들에서도 '이국병사', '포대', '기관단총', '서글픈 진단서' 등의 시어는 퍼소나가 온몸으로 겪어내고 있는 1950년대의 현실을 암시한다. 또한 "아 이 밤의 영원한 계제에 서서/나는 언제까지/기관단총의 표적이 되어야만 하는가." 하는 구절은 퍼소나를 포함하여 우리 민족이 직면한 현실에 대한 알레고리이다.

　모더니즘은 단순히 기법의 문제가 아니라 오염된 자본주의가 배태하고 있는 스노비즘에 대한 내면적 저항의 성격이 강하지만, 나아가 모더니스트로서의 김규동은 외세가 초래한 동족상잔의 비극과 불완전한 종전 후에 우리 민족이 겪고 있는 고통을 묵시하고 있다고 해도 좋을 것이다. 리얼리즘 계열의 시들처럼 외면적으로 비판의 목소리를 높이기보다 내면을 향하게 함으로써 더 진솔하고 분명한 비판이 되고 있다고 해도 좋을 것이다. 그런 점에서 김규동은 1950년대에 등장한 '내면적 리얼리스트'라고 해도 좋을 것이다.

혼자만 와서 불타는 저녁 노을은
내게 있어 한 고통거리다
가슴을 헤치고
혼자만 와서 불타는 저녁 노을을
원망하며 바라본다
노을 속에서는
언제나 우렁찬 만세 소리가 들리고
누님의 얼굴이 환히 비친다
이러한 때
노을은 신이 나서 붉은 물감을
함부로 칠하며
북을 치고 농부들같이 춤을 춘다
한 컵의 냉수를 마시고
오늘도 빈손으로 맞는 나의 저녁 노을
저녁 노을을 쳐다보는 사람은 벌써
도시에 없다.

— 「노을과 시」 전문

모더니스트로서의 면모에 가려져 덜 알려진 시이지만, 김규동이 내면으로 받아들인 1950년대의 풍경을 감동적으로 그려낸 시편 가운데 하나이다. 그는 자신이 꿈꾸는 세상을 "노을은 신이 나서 붉은 물감을/함부로 칠하며/북을 치고 농부들같이 춤을" 출 수 있는 시간이라며, 명징한 이미저리로 제시한다. 그러나 그가 직면하고 있는 현실은 "오늘도 빈손으로 맞는 나의 저녁 노을/저녁 노을을 쳐다보는 사람은 벌써/도시에 없다."는 구절에 보이듯, 노을이 아닌 어두운 땅거미에 덮여 실려오는 어둠이다. 그런 점에서 이 시의 주제는 민족의 염원을 등진 채 굳어진 전후 현실에 대한 묵시이다. 비교적 무거운 주제이지만 서정과 어울린 명징한 이미저리의 전개를 통하여 심도 깊게 형상화하고 있는 점이 돋보인다.

그러면 한국 현대시사상 모더니스트 1세대인 김기림을 사사하고, 제2세대 모더니즘의 대표 주자이자 이론가로서 우뚝 선 그가 내면화하고 있는 비판정신의 실체는 무엇일까? 김규동은 홀홀단신 월남하여 오염된 자본이 장악한 현실과 부단히 부대끼며 살아왔다는 데서 프란츠 카프카를 연상시킨다. 『변신』으로 널리 알려진 카프카는 체코의 수도 프라하에 살면서도, 기득권 문화와는 생래적으로 다른 마이너리티로서의 삶을 강요받으며 살아간 사람이다. 프란츠 카프카는 유대인으로 당시 프라하의 사회적 정신적 상층계급이었던 독일인 사회로의 진입을 위해서 독일어 학교를 다닌 독일 문화 수용자였다. 철저하게 프라하에 귀속되어 있었으면서도 또한 철저하게 뿌리 뽑혀져 있는 그의 부동적인 실존은 그만의 독특한 문학 세계를 창출했었을 것으로 추측된다.

카프카가 살았던 세기 전환기의 유럽은 그야말로 정치적, 정신적 혼돈기였다. 제국주의 열강들의 팽창정책으로 세력 균형은 깨지기 직전이었으며, 산업화와 기술의 혁신적 발전으로 삶의 사회적 조건은 급격하게 변화되고 있었다. 이러한 변화 속도와 반비례하듯 새로운 가치관은 아직 확립되지 못하였기에 20세기 현대인들은 마치 '정신적 노숙자'로서 방황하였다. 카프카는 당시 권력에 대하여 철저하게 저항했다. 그는 구호를 외치며 혁명을 부르짖은 것이 아니라 자신의 내면을 철저하게 반권력적인 것으로 바꾸고자 노력했다. 외적인 방법으로 내적으로 권력을 거부한 사람이었다. 그는 아버지, 친구, 결혼조차 거부했다.

카프카가 마이너리티의 삶을 수용보다는 저항에서 의의를 찾았듯, 김규동 역시 남한에서 본 획일화된 자유에 편입되기보다 비판을 택했다고 볼 수 있다. 김규동은 모더니스트이기는 하였지만 여타의 '후반기' 동인들과는 다른 궤적을 그리고 있다고 볼 수 있다. 그는 방법적으로는 도시적 감수성에 기반한 시어를 채용하고, 감정이 절제된 단단한 조사법을 체질화하고 있지만, 그 저변에 고향을 빼앗긴 채 유랑의 운명을 젊어지지 않으면 안 되었던 소수자의 고뇌와 비판의식이 은폐되어 있다.

들뢰즈는 카프카의 문학이 생명을 가진 것은 소수자의 문학으로서 시대를 투시하고 비판하는 힘을 가졌기 때문이라고 말한다. 그는 그 이유로 소수 집단의 문학의 일차적 특징은 탈영토화율이 그 문학에 강하게 드러난다는 점을 지적한다. 다음으로 소수 집단의 문학의 두 번째 특징은 모든 것이 정치성을 띠며, 세 번째로 소수 집단의 문학에서는 개인의 재능이 다 발휘될 수 없기 때문에 모든 것이 집단적 성격을 띤다는 점 등을 지적한다. 따라서 이들에게 문학이란 불확정적인 또는 억압된 민족적 양심을 드러내는 것이다.[10]

---

10 Gilles Deleuze, Felix Gattari(조한경 옮김), 『소수 집단의 문학을 위하여』, 문학과지성사, 1992, 34~35쪽 참조.

또한 들뢰즈 연구자인 로날도 보그 같은 이는 이렇게 말한다.

"소수 문학의 개념의 중심은 언어의 특별한 사용에 있다. 그것은 이미 언어 내부에 본래부터 지니고 있던 특질들을 강밀도화하면서 언어를 탈영토화하는 하나의 방식이다. 그러난 언어의 사용은 언술 행위의 집단적 배치를 거쳐 진행되고, 정치적인 행동 양식으로 기능한다. 정확하게 말하자면, 소수 문학적 요소들이 서로 관련을 맺는 방식이다."[11]

이러한 지적은 '후반기' 동인의 일원이면서도 김규동의 시들이 여느 민중시인들 못지않게 절절하게 전후의 정신적 풍경을 잘 담아내고 있는 비밀을 푸는 좋은 열쇠가 된다. 우선 김규동의 소수자의식은 그 자신 북한에서 김일성대학에서 수학한 지식인 월남자로서의 처지에 기인한다. 자유를 갈망하여 모든 것을 버리고 단신으로 38선을 넘었지만, 그가 직면한 현실은 자유로운 공기보다는 외세와 이에 뇌동하는 매판적 현실이었다. 그 결과 어두운 현실에 대하여 비판의식을 키웠지만, 적치하에서 살아왔다는 점과 함께 이역만리 남한 땅에 좀처럼 뿌리내릴 수 없는 부박의식이 깊게 자리잡고 있다. 그런 점에서 일생 동안 세무관리로서 지냈으면서도 결코 프라하에 정신적 뿌리를 내릴 수 없었던 카프카와 일맥상통하는 바가 적지 않다. 결국 그 같은 유복민석인 저시와 내카시금이 팽배한 분단 현실과 타협하지 못한 채 소수자로 살아가야 했던 비애가 그로 하여금 비판정신을 내면화하게 만들었다고 볼 수 있다.

만나면 모두
싸늘한 체온을

11 Ronald Bogue(김승숙 옮김), 『들뢰즈와 문학』, 동문선, 2006, 155쪽.

내 손의 표피 위에 남겨 놓던
選手들을 피하면서
피하면서 가야 하는
凸렌즈의 운명 속에

—「불안의 속도」 부분

무거운 하늘의
회색 뚜껑을 열어 제끼고
모든 신들은
세기의 종말 위에
검은 花環을 뿌리며
地上의 희극 앞에
눈을 감는다

—「검은 날개」 부분

1955년에 출간된 시집 『나비와 광장』 속에서 비교적 모더니즘 성향을 강하게 띤 시편들을 골라 보았다. 구체적인 소재를 바탕으로 하고 있다기보다 전후의 문명에 대한 미적 자의식이 돋보인다. '싸늘한 체온', '凸렌즈의 운명', '회색 뚜껑', '세기의 종말' 등의 시어에서 그 같은 분위기를 절절하게 감지할 수 있다. 종전이 되고 바야흐로 이념적 갈등이 사라졌음에도 불구하고 시인은 동류항이 아닌 싸늘한 체온을 느낀다고 말하고 있다. 또한 '凸렌즈'라는 시어에서 감지되듯, 시인은 눈앞의 사람살이에 급급할 뿐 미래를 전망할 수 없다는 인식을 내면화하고 있다. 언뜻 보면 이같은 인식은 지극히 개인적인 것으로 비칠 수 있지만, 시야를 넓히면 이것은 시대와의 불화를 바탕으로 전후의 비인간적인 풍토를 비판적으로 인식하고 있는 것으로 볼 수 있다. 가령 "싸늘한 체온을/내 손의 표피 위에 남겨 놓던/選手"라는 구절은, '選手'를 선택된 자 또는 지배층으로 읽는다면, 소수자로서의 퍼소나가 함께 살아갈 수 없는 사회 환경에 대한 비판이다. 또한 "검은 花環을 뿌리며/地上의 희극 앞에/눈을 감는다"라는 대목은 자본주의가 승리한 전후의 남한 사회에 대한 비극적 인식을 형상화하고 있다고 볼 수 있다. 즉 시적 기법으로만 파악하는 어리석음을 피하면서, 반공 이데올로기를 신봉하지 않는 지식인이라는 입지 및 남한 사회의 주류 사회에서 소외된 소수의 실향민이라는 처지와 그 언어를 함께 아우를 때 1950년대 김규동이 지닌 시적 메시지는 비로소 재구성될 수 있을 것이다. 그는 남한 사회 속의 소수자로서 탈영토화에 대한 욕망을 바탕으로 1950년대의 반민중적인 정치와 오염된 자본의 생리를 누구보다 비판적으로 인식하고 형상화한 시인이라 평가할 수 있을 것이다.

### 3) 민중시인으로의 재탄생

남한 소수자로서의 김규동의 운명은 1960년대 들어 시보다는 생업에 그를 묶어 놓았다. 신문 잡지에 몸담기도 하고, 손수 출판업을 자영하기도 했다. 그러다 그가 시단에 돌아온 것은 1974년 자유실천문인협의회 결성과 더불어 고은, 백낙청 등과 열성적으로 참여하면서부터였다. 그때까지 모더니스트요 개인적 언어의 추구에 경도된 것으로 알려졌던 심규동은, 군사정권의 강압 속에서도 어느 리얼리스트보다 앞장서서 민주 회복을 향한 양심적 외침에 동참하였다. 또한 이를 계기로 그의 시는 밀실의 미학을 버리고 민족 현실과 통일을 염원하는 광장의 목소리로 크게 변모하였다.

> 어느만큼 더 기다려야
> 어느만큼 더 떠나 살아야

길은 열리고
앞은 보일 것이냐
어느만큼 더 싸워야
어느만큼 더 저주하고 신음해야
길은 뚫리고
해는 어둠의 한가운데 솟아
소리칠 것이냐
수천 수백 침략자의 핵이 묻힌 땅에서
한 개의 돌을 옮겨놓는 데도
서로는 다투고 미워하며
영광스러운 일월을 반기고 사랑했다
건배하리라
아직도 남은 적의와 증오를 담아서
그렇다 임리하게 드러난
서로의 설움과 비분을 담아
껴안아보자
뉘우침의 통곡을 쏟아보자
적개심에 타는 조용한 이 되풀이는
도시의 오물을 쏟아내는
검은 하수도의 우연함처럼
모두에게 있어
별일 없다
달빛 번쩍이며 콸콸 흐를 뿐이다
숨막히는 이 죽음의 되풀이는
어디쯤까지 와 있나
어느만큼 더 싸워야
어느만큼 더 기다려야
해는 지고 잔혹한 시대의 별은 뜰 것이냐.

—「새벽」 전문

위의 시에서 보듯이 그는 도시적 감수성으로 무장한 채 개인적 정서에 몰입하던 시세계를 버리고, 이웃으로, 더 나아가 민족이 딛고 선 현실 쪽으로 눈을 돌리고 있다. 문법을 파괴하는 어법이 아닌, 누구나 알 수 있는 쉬운 언어를 채택하고 있기도 하다. "어느만큼 더 기다려야/어느만큼 더 떠나 살아야/길은 열리고/앞은 보일 것이냐/어느만큼 더 싸워야/어느만큼 더 저주하고 신음해야/길은 뚫리고/해는 어둠의 한가운데 솟아/소리칠 것이냐"라는 구절을 통해 오랜 군사독재체제 아래 신음하는 민중에 대한 사랑을 표하는 한편, 그것을 깨치기 위해서는 몸을 바쳐 싸워야 한다는 결연한 의지까지를 내비치고 있다. 그러면서도 '새벽'으로 상징되는 민주 세상은 대결과 반복만이 아닌, "임리하게 드러난/서로의 설움과 비분을 담아/껴안"을 때 오는 것이라고 힘주어 말한다. 사랑의 회복을 통해 증오와 압박을 해소하고 함께 잘 사는 대동세상을 건설할 수 있다는 믿음이 깊게 뿌리내려 있음을 알 수 있다.

그런 점에서 김규동은 고은이나 김지하와 같은 분명한 선언, 날카로운 목소리는 내지 않는다 할지라도 시의 본령을 잃지 않는 시인이라 할 수 있다. 즉 언어적 함축과 따스한 시선을 견지하고 있다는 데서 그 특장이 엿보이는 시인이라 할 수 있다. 이를 놓고 염무웅은 "모더니즘적 경향에 대해 비판적 의사를 분명히 표시한 근년에도 「이카로스 비가」, 「사막의 노래」처럼 그 시절의 화법을 구사한 시를 발표한 사실에 놀랐다"고 말한다. 그러면서 모더니즘에 대한 미련을 차마 끊지 못하는 갈등을 지속해 가면서, 다른 한편 자유와 민주주의를 위한 운동의 대열에 꾸준히 참가하는 보기 드문 시인이라고 평가하고 있다.[12]

---

12 염무웅, 앞의 글, 171~174쪽 참조.

낙하하지 않고는 심연을 알 수 없다
그때 비로소 의식은 돌아올 것이다
지금은 단애의 마지막 단계에 와 있다
죽은 말소리와
끈질긴 세월의 틈바구니에서
한 자루 연필이나 짐짝처럼 구르며
임리한 물질인 스스로를 키워간다
어찌 코와 눈과 팔다리의 움직임만으로
뜨겁다든가 차다든가 하는
저 흐름의 흔적만으로
멸하여가는 것을 증명한다 할 수 있을까
있다는 것만으로 물질은 거기 보이고
우리의 오늘과 내일은 사라진다

—「이카로스 비가」 부분


나의 멜로디를 잊고 싶다
고독은 간소한 격식 속에 있으니
여기서 무엇을 더 바라랴
사막에 와보니
희뿌연 볕뿐이다
풀도 없는 돌밭을
양떼를 몰고 가는
여자의 얼굴  잘 보이지 않고
갑자기 공간이 지평선 저쪽에 기운다
알라신이여
한 마리 새도 날지 않는 세계를
숨을 죽이고 걸으니
한 시대의 목메인 기도 소리
가슴을 뚫고 멀리멀리 사라져갔다.

—「사막의 노래」 전문

앞의 시는 오늘의 눈으로 읽어도 당혹감이 들 만큼 의미를 초월한 쉬르적 상상력에 바탕한 시이다. 언뜻 보면 1970년대 이후 김규동이 획득한 구체적인 소재 대신 문명 비판이라는 크고 모호한 소재쪽으로 회귀해 있지 않나 하는 느낌이 들기도 한다. 그런 당혹감은 첫 대목에 제시된 "낙하하지 않고는 심연을 알 수 없다/그때 비로소 의식은 돌아올 것이다/지금은 단애의 마지막 단계에 와 있다"는 데서 부딪치게 된다. 이카로스는 그리스 신화에 나오는 인물이며 크레타 섬의 명건축가이자 기술자 다이달로스의 아들이다. 이카로스는 하늘을 날다 너무 높이 날아올라가서 결국 떨어져 죽은 인물이며 이카로스의 추락은 흔히 인간 욕망의 무모함을 경계하는 데 인용되곤 한다. 즉, 그의 추락은 날개가 잘못된 탓이 아니라 통제되지 않은 과욕 때문이고, 이것은 기술적인 결함이라기보다 그것을 사용하는 인간의 문제라는 인식을 나타낸다. 그러나 이 신화는 한편으로는 '상승'에 대한 인간의 원초적인 욕구를 보여주는 것이기도 하다. 그것이 물리적인 '비행'이든, 사회적인 '신분 상승'이든, 경제적인 '부의 축적'이든 간에 자신에게 금지되었던 영역에서 수직으로의 상승을 꿈꾸는 것은 이카로스의 이야기처럼 위험하지만, 그렇기 때문에 인간의 영원한 이상이 되고 있는지도 모른다. 그런 점에서 공동체의 언어와 정서보다는 미적 자의식에 기반한 주제의식을 형상화한 시라고 보아야 할 것이다.

뒤에 선보인 「사막의 노래」 역시 지극히 개인적인 상징에 입각하여 독자들이 섣불리 의미를 속단하기 어려운 시이다. "나의 멜로디를 잊고 싶다/고독은 간소한 격식 속에 있으니/여기서 무엇을 더 바라랴"라는 구절을 통해 우리는 시인의 개인적인 침잠을 엿보는 듯한 느낌을 받지 않을 수 없다. 다만 그 원인이 무엇인가에 대하여는 '사막', '풀도 없는 돌밭' 등의 상징적 이미저리를 통하여, 퍼소나를 둘러싼 환경이 지극히 척박해 있다는 것을 어렴풋하게나마 짐작할 수 있을 뿐이다. 비록 구체적이지는 않지만 그것은 다름 아닌 시인을 둘러싼 억압과 비인간적 환경이라고도 유추할 수 있을 것이다.

그런 점에서 이들 시편들이 보여주는 명징한 이미지와 깔끔한 수사는 우리 민족·민중시가 거두는 귀한 성과 가운데 하나로 평가해도 좋을 것이다. 김규동이 우리 민족·민중시에 공헌한 것 가운데 하나는 언어에 대한 진지한 모색과 무한한 상상력의 공간을 갖게 만드는 시세계를 구축하고 있다는 점임을 새삼 확인하게 된다.

### 4) 당당한 마이너리티의 의미 있는 발언

1970년대 이후 김규동의 시들이 갖는 이같은 의의, 차분한 톤으로 민족의 가열찬 현실을 담아내고 있다는 점과 함께 간과되어서는 안될 것이 있다. 즉 지극히 사소한 개인적인 동기에 입각하여 창작된 시들이 다수 존재한다는 사실과 함께, 줄기차게 통일에의 염원을 시적으로 형상화해오고 있다는 사실이다. 문단에 데뷔한 지 거의 60 성상에 가까운 시인임에도 김규동은 시선집을 제외하면 다섯 권의 개인시집을 출간한 과작의 시인이다. 그럼에도 불구하고 무시할 수 없는 시적 궤적을 긋고 있는 것은 줄곧 신념을 지킨 지사적 풍모, 모더니즘 시학에 바탕하여 창작된 그의 초기 시들이 단단한 세계를 구축하고 있다는 것과 함께, 허장성세가 그다지 보이지 않고 절실한 개인적 체험이 육화된 시편들이 적지 않다는 데 있지 않은가 한다. 실제로 민족 현실에 입각한 주제를 소화하고 있는 1970년대 이후에도 그는 지극히 개인적인 목소리를 꾸밈없는 목소리로 노래하고 있는 시편들을 다수 선보인다.


    그 신문사 사장은

    변변치 못한 사원을 보면

    집에서 아이나 보지 왜 나오느냐고 했다

    유모차를 끌며 생각하니

    아이 보는 일도 쉽지 않다는 것을 깨닫는다

    기저귀를 갈고 우유 먹이는 일

    목욕 시켜 잠재우는 일은

    책 보고 원고 쓸 시간을

    군말 없이 바치면 되는 것이지만

    공연히 떼쓰거나

    마구 울어댈 때는 귀가 멍멍해서

    아무것도 생각할 수 없이 되니

    이 경황에 무슨 노랜들 부를 수 있겠느냐

    순수가 어디 있고 고상한 지성이 어디 있냐

    신기한 것은

    한마디 말도 할 줄 모르는 것이

    때로 햇덩이 같은 웃음을

    굴리는 일이로다

    거친 피부에 닿는 너의 비둘기 같은 체온

    어린것아 네게 있어선

    모든 게 새롭고 황홀한 것이구나

    남북의 아이들을 생각한다

—「유모차를 끌며」 부분


    시가 안 되어

    별 짓 다 해보다

    아궁이를 뜯었다

    동서고금 유명하다는

시인들의 시를

이것저것

외워도 보고

그것을 쓸 때의 시인의 모습을 그려보고

이것도 아니다 저것도 아니다

마감날은 지났는데 고민하던 끝에

아궁이를 뜯었다

앞집 아주머님네는

팔만 원 들여 온돌까지 뜯었지만

그런 것은 엄두도 못 내고

만만한 아궁이를 뜯었다

시꺼먼 연탄을 두 장씩 삼켜먹고도

얼음장인 이 온돌은 도대체 무엇이냐

검붉게 썩은 방바닥이 발이 시리다

저주스런 방이다

쌍말로 빌어먹을 온돌이다

정을 대고 망치질을 해서 뜯어낸 다음

허리 아래 묻혔던 화로를

가슴팍까지 끌어올려서 묻고

급한 성미에 맨손으로

시멘트를 반죽해서

든든하게 발랐다

완전히 반나절이 걸렸다

이까짓 일을 하는데 반나절이 걸린다

— 「달아오를 아궁이를 위한 시」 부분

중학교 때

한반이었던 이용악의 아우 용해는

우둔할 만큼 공부를 잘했는데

그는 벌이를 못하고

누워자빠졌기만 하는 시인 형님을
나직한 말로
우리 집은 형님 때문에 망했다며
히죽 웃었다

—「기억 속의 비전」 부분

　앞에 든 두 편의 시들은 김규동이 회갑 때 펴낸 시선집『개끗한 희망』
에서 골라 보았고, 뒤에 든 한 편은 그가 최근에 펴낸 시집『느릅나무에
게』에서 골라 보았다. 세 편의 시 모두 허장성세가 말끔히 가신 채 시인
개인의 진솔한 생체험에서 길어 올렸다는 것을 알 수 있다. 처음에 든
시에서 '그 신문사 사장은/변변치 못한 사원을 보면/집에서 아이나 보
지 왜 나오느냐고 했다' 라고 인유하면서, 유모차를 끈다는 것, 즉 민중
으로 살아간다는 것이 얼마나 귀한 노력에 바탕해 있는가에 대한 개안
을 진솔하게 전한다. 또「달아오를 아궁이를 위한 시」에서는 아궁이를
고치는 하찮은(?) 일이 결코 시를 짓는 시간보다 값이 덜하지 않음을 말
한다. 마지막에 든 시「기억 속의 비전」을 통해서도 출세 지향적인 삶
못지않게 고매한 정신과 지조를 지켜가는 일에도 가치가 있음을 넌지시
암시하고 있다.

　이같은 지극히 소박하면서도 끈끈한 체험이 배인 시편들은 김규동의
시를 떠받치는 기둥 가운데 하나이다. 이것은 결코 개인적인 체험에 무
게 중심이 실린다는 말이 아니라, 오염된 자본과 권력에서 소외된 마이
너리티의 삶에 대한 풍부한 자각이야말로 시적 설득력을 자아내는 힘이
라는 말이다. 어느 날 아침 벌레로 변한 카프카가 비로소 인간의 모순을
깨닫고 바른 삶에 대한 사유로 나아가듯이 마이너리티의 눈으로 볼 때
세상은 은폐하고 있던 진면목을 드러낸다.

그런 점에서 김규동의 시들이 목소리가 높고 선이 굵은 시인들의 시와 어깨를 나란히 할 수 있는 것은 그의 마이너리티로서의 저력으로부터 나온다고 할 수 있다. 그는 실향민일 뿐더러 매카시즘과 지역주의, 학벌주의가 만연된 남한 사회에서 마이너리티로서의 삶을 평생토록 감수하며 살아온 사람이다. 김규동은 공산치하의 북녘에서 민주청년동맹에 가입하여 활동하는 등의 이유로 탄압을 받자, 스물세 살에 단신 월남한 사람이다. 하지만 자유를 찾아 내려오자마자 취조를 받았음은 물론, 그 후로도 오랫동안 김일성대학을 중퇴한 사실이 탄로날까봐 전전긍긍하는 세월이 계속되었다고 한다.[13] 앞에서 살펴보았듯 1950년대에 쓰여진 모더니즘 계열의 시들 가운데 동족상잔의 전쟁에 대한 비판과 분단의 아픔을 담은 시들이 더러 눈에 띄는 것은 이같이 뼈아픈 사정이 바탕에 깔려 있기 때문이다. 이와 함께 1970년대 이후 민족 현실을 담아낸 시들로 변모가 이루어지는 과정에서도 우리는 마이너리티 내지는 소수 집단 구성원으로서의 그의 생체험이 바탕이 되어 있음을 잘 알 수 있다.

들뢰즈는 소수 집단의 언어만큼 위대한 것도 혁명적인 것도 없다고 말한다. 또한 카프카는 그것이 어떤 것이든 '지배자 문학'을 증오해 왔으며, 하인들과 피고용인들에게 특별한 매력을 느꼈다는 점에 주목한다.[14] 카프카가 발견한 하층민들을 우리 현실에 대비시키면 매카시즘과 오염된 자본과 전횡적인 권력에 짓눌려 살아가야 하는 우리 시대의 민중이라고 상정할 수 있을 것이다. 김규동의 경우에는 타의에 의한 민족

---

13 그의 월남에 따른 사정 등은 『문장 웹진』 2006년 3월호에 실린 시인 고운기와의 대담 「민중의 아픔을 껴안은 모더니스트」를 참조하기 바람.

14 Gilles Deleuse, Felix Gattari(조한경 옮김), 『소수 집단의 문학을 위하여』, 문학과지성사, 1992, 52쪽.

분단의 희생자로서의 실향민이라는 점, 그리고 반쪽의 자유에 안주하지 않고 전인적인 삶을 줄기차게 지향해온 점에서 마이너리티의 요건을 충족한다.

미셸 푸코에 따르면 철학자나 문학사가들은 지금까지 역사적 소재로 위대한 사건만을 다루어 왔지만, 오늘날에 와서는 그 양상이 바뀌어 역사가들은 '하찮게 보이던 사건'을 역사 기술의 대상으로 관심의 눈을 돌리게 되었다고 말한 바 있다.[15] 김규동에게 이 '하찮게 보이던 사건'은 실향민이 놓인 척박한 삶이다. 그런 점에서 많은 민족·민중시인들이 반독재와 분단 현실을 고발할 때 김규동은 실향민의 아픔과 염원을 절절하게 노래하고 있는 것은 의미심장한 것이다.

어머니
조금 쉬세요
가을 옥수수대같이
가느다란 모습 하시고
무슨 일 그리도 많이 하시나요
백두산 가까운 곳
멀리 두만강이 흐르고
바라뵈는 것은 산과 하늘뿐인 고향마을
그곳에
어머니 그저 계시니
집 나간 아들 기다려
백 세까지도 살아 계시니
넘지 못하는 휴전선을 사이에 두고

---

15 Colin Gordon 편(홍성민 옮김), 『권력과 지식, 미셸 푸코와의 대담』, 나남출판사, 1991, 61쪽 참조.

언제나 서 계시는 어머니를
일 그만하시라고 만류 못 하는 게 쓸쓸하여
40년 동안
허공에 대이고 덧없이 어머니를 외웠다
어머니
이제는 그만 쉬세요
제가 대신할게요 대신할게요.

―「대신할게요 어머니」 전문

가노라면 쉴 데도 있을 테지
가노라면 까치가 우는 마을도 있을 테지
눈 위에는 짐승 발자국 두어 개
산 넘고 들을 건너
눈 덮인 길 가네

가노라면
큰 산 큰 강물 긴 다리도 만날 테지
40년 걸은 이 길을
가노라면
아 가노라면
보고 싶던 산천 만나게 될 테지
새해의 흰 눈 밟고 또다시 가네
흰 길 가네

―「가노라면」 부분

1990년에 출간된 시선집 『길은 멀어도』에서 골라본 시편들이다. 앞의 시에서 "집 나간 아들 기다려/백 세까지도 살아 계시니/넘지 못하는 휴전선을 사이에 두고/언제나 서 계시는 어머니"라는 구절을 통하여 시인은 유한한 생명을 넘어 원상 회복을 바라는 염원이 분단 가족의 삶의 원동력임을 감동 깊게 형상화하고 있다. 나아가 그런 희망은 어떤 물리력이나 매서운 손길로도 꺾을 수 없어서 "40년 걸은 이 길을/가노라면/아 가노라면/보고 싶던 산천 만나게 될 테지"라는 낙관을 낳는다. 이같은 낙관이 곧 외세나 오염된 권력의 전횡에도 불구하고, 우리 민족이 통일될 수밖에 없는 원동력일 것이다. 또한 그것이 곧 한 사회를 건강하게 만드는 마이너리티의 힘이다.

그런 점에서 들뢰즈가 소수 집단에게 무한한 신뢰를 보내는 변혁의 힘과 함께, 사회 구조의 분석에도 주목할 필요가 있을 것이다. 질 들뢰즈에 따르면 인간은 성장 과정에서 잘못된 자본주의적 구조로부터 더 많은 영향을 받는다고 주장한 바 있다. 들뢰즈와 그의 오랜 연구 동료인 가타리는 정신분열증 환자의 예를 통해 오이디푸스 가설로 왜곡된 정신분석학을 부정하는 앙띠 오이디푸스의 모델을 제시한다. 출발부터 그들은 한 개인을 아버지-어머니-나의 가족 구조, 즉 오이디푸스적 도식으로 환원시키는 정신분석적 치료를 의문시한다. 그래서 주체를 오이디푸스적 자아라는 제한된 관념의 기초 위에 설정하는 프로이트와는 달리 들뢰즈와 가타리는 주체는 욕망기계가 기관 없는 신체 위를 단속의 고리들은 그리며 활기차게 진행해 나갈 때나, 끝없는 이어짐의 계속적 소모, 절정화과정을 맞게 될 때 잉여를 통해 생겨난다고 본다. 라캉이 주장하듯 사람은 태어날 때부터 지닌 '오인(誤認)의 구조', 즉 자아와 타자를 혼동하는 데서 갈등하게 된다. 물론 이같은 요소가 인간 심리의 큰 부분을 차지하지만, 성장해 가면서 비인간화된 자본주의에 갇혀 살면서 흐름이 끊기고 욕망이 폭력에 의하여 절단되는 사태가 인간을 더욱 사막화하는 것은 더 큰 요인이라고 볼 수 있다. 그에 따라 욕망하는 기계로서의 인간들은 자본주의의 굴레에서 살아남기 위하여 편집광이 되어 큰 집단을 조직하여 남을 지배하려 들고, 정신분열증에 시달리면서 망상에 사로잡히게 되는 것이다. 들뢰즈는 현대의 욕망하는 기계들은 기관도 없이 타인의 욕망의 도구로 살아가는 데서 흐름이 단절되고 분열증을 일으킨다고 지적하고 있거니와, 이것은 비인간화되고 상품미학만이 전부인 현대 문명의 독성에 다름 아니다.[16] 그런데 이런 것들을 망각할 때 개인의 행과 불행은 원초적인 것들로 귀결되며, 뿐만 아니라 오늘날 우리들을 에워싼 사회적 모순은 전혀 그물에 걸리지 않게 된다. 나아가 사막화된 새 밀레니엄의 현실을 살아가는 시인들 자신이 그 같은 파라노이아(편집증)을 앓는 주체이다. 최근 양산되고 있는 파편화된 심리와 즉물적 묘사의 시들은 그 같은 증상의 일단일 따름이다.

즉, 들뢰즈와 가타리는 자본주의 사회, 특히 소비자본주의 사회를 매우 건전하지 못한 사회, 사람을 미치게 하는 사회로 본다. 기분 좋게 해놓고 주머니를 털어가고 혼까지 빼가는 사회로 본다. 그들이 보기에 현대인은 혼이 빠지고 넋을 잃은 사람들이다. 이른바 주체의 해체, 주체의 탈중심화, 인간의 죽음, 주체의 분산, 반인간주의, 혹은 분리된 주체라는 용어들의 의미를 실감케 하는 시대인 것이다.

들뢰즈는 이같이 왜곡된 현대의 풍경을 바로잡는 미덕으로 '노마디즘(nomadism)'을 제시한다. 유목주의로 번역되는 이 말은, 한자리에 머물지 않고 간편한 천막만을 둘둘 말아 낯선 땅으로 떠나는 초원지대 양치기의 삶을 모델로 하고 있다. 하지만 들뢰즈에 따르면 이의 실현은 그리 간단하지가 않다. 즉 진정한 노마디즘이 실현되려면, 기존의 상하의 구

---

16 Gilles Deleuse, Felix Gattari(최명관 옮김), 『앙띠 오이디푸스』, 민음사, 1994, 25~34쪽 참조.

별을 토대로 한 수직적 관계가 수평적 연결관계로 탈바꿈되지 않으면 안 된다는 것이다. 자본과 노동, 백인과 유색인, 선진국과 후진국, 사무직과 생산직 등의 관계가 지배와 종속의 관계에서 벗어날 때 진정한 노마디즘의 토대가 마련된다는 것이다. 또한 무엇보다도 기득권층이 낡고 딱딱하게 굳어진 자리를 버릴 때 수평의 연대, 즉 리좀(rhizome; 땅속 줄기)적 체계가 이루어질 수 있다고 주장한다. 들뢰즈는 이를 통해 '다양체의 원리'를 제시한다. Kathy Schuh와 Donald Cunningham은 '땅속 줄기'의 자질과 리좀의 유사성의 유추로 연결하여 리좀의 특성을 역동성, 이종성(異種性), 무한한 연결망, 무위계성, 불파열성, 안과 밖이 없음, 수다한 출구 등으로 설명한다.[17] 이같은 리좀의 양상은 1960년대 들어 일제 잔재와 외세를 등에 업은 매판적 권력층과 민중 착취를 자양으로 성장한 오염된 산업화 세력에 맞서, 다종다기하게 변형해 가면서 사람다운 삶을 쟁취하고자 하는 민주화 세력의 자기 혁신적인 모습과 일치한다. 민주주의와 인간다운 삶이 구현된 경제체제를 갈망하는 민중의 모습은 4·19로 분출되기도 하고, 외세를 배제한 통일 운동으로, 교육민주화 운동, 농민 운동, 산업민주화를 외치는 움직임 등으로 끊임없이 분화되고 연결되어 간다. 소수 집단의 문학은 이같은 들뢰즈의 지적처럼 오염된 자본과 왜곡된 사회 질서에 대하여 비판의식을 가지며 그것은 소외된 자들의 수평적 연대를 통하여 끊임없이 확산되어 간다.

김규동이 분단 극복을 줄기차게 노래하는 한편, 실향민과 오염된 자본하의 노동자, 전횡적 권력에 짓눌려 살아가는 민중들의 삶에 골고루

---

17  Kathy L. Schuh and Donald J. Cunningham, "Rhizome and the mind: Describing the Metaphor", Semioka, 2004, p.339.

따스한 관심과 동참 의사를 표명하는 것은 결국 노마디즘적 연대의 한 모습이라 볼 수 있을 것이다. 그런 점에서 예전의 다소 공허한 통일을 주제로 삼은 시편들과는 달리, 2006년 들어 출간된 『느릅나무에게』에서는 보다 민중적 삶에 천착한 모습을 보이고 있는 점은 주목할 만하다.

나무

너 느릅나무

50년 전 나와 작별한 나무

지금도 우물가 그 자리에 서서

늘어진 머리채 흔들고 있느냐

아름드리로 자라

희멀건 하늘 떠받들고 있느냐

8·15 때 소련병정 녀석이 따발총 안은 채

네 그늘 밑에 누워

낮잠 달게 자던 나무

우리 집 가족사와 고향 소식을

너만큼 잘 알고 있는 존재는

이제 아무 데도 없다

그래 맞아

너의 기억력은 백과사전이지

어린시절 동무들은 어찌 되었나

산 목숨보다 죽은 목숨 더 많을

세찬 세월 이야기

하나도 빼지 말고 들려다오

죽기 전에 못 가면

죽어서 날아가마

나무야

옛날처럼

조용조용 지나간 날들의

가슴 울렁이는 이야기를
들려다오
나무, 나의 느릅나무.

— 「느릅나무에게」 전문

시인은 50년 전 헤어진 고향의 느릅나무를 그리워한다는 알레고리를 수립한다. 느릅나무와의 사적인 대화 공간을 설정하여 "우리 집 가족사와 고향 소식을/너만큼 잘 알고 있는 존재는/이제 아무 데도 없다/그래 맞아/너의 기억력은 백과사전이지/어린시절 동무들은 어찌 되었나/산 목숨보다 죽은 목숨 더 많을/세찬 세월 이야기/하나도 빼지 말고 들려다오"라고 당부한다. 무성한 그늘을 드리울 줄 아는 느릅나무가 유한한 인간의 생명을 뛰어넘어 장수한다는 점에서, 시인은 장차 마이너리티를 뛰어넘어 민중이 역사의 주인이 될 것을 굳게 믿고 있음을 암시한다. 그런 점에서 자연과 인간, 개인사와 민족의 역사가 잘 직조된 이 시는 모처럼의 절창이라 할 만하다. 그런 점에서 김규동은 분단의 희생자라는 마이너리티의 입지를 십분 활용하여 민중 연대를 꾀하고, 나아가 바른 역사를 민중 스스로 열어가는 길을 줄기차게 모색해온 유목민이라 할 것이다. 그것이 곧 목소리가 크지 않고, 우리 시단이 주류가 아니면서도 그의 시가 끊임없이 회자되고, 그 의미가 되물어지는 이유이기도 한 것이다.


## 3. 결론

이제까지 시세계 변모와 주제의 변천을 중심으로 검토해 보았다. 흔히 김규동은 모더니스트로 출발하여 초기에는 도시적 감수성에 기반한 지적인 시어의 채용 및 쉬르리얼리즘적인 색채를 보였으나, 1970년대 이후부터는 사회 내지 역사의식을 토대로 하는 사회성 짙은 리얼리즘의 민중시로 나아가는 시세계를 보이고 있다는 평가를 받고 있다. 하지만 이는 일면만을 본 시각임을 본고의 논증을 통하여 확인하였다. 즉 모더니즘은 단순히 도시적 감수성이나 미적 자의식의 추구에만 그치는 것이 아니라, 고착화된 사회 그리고 스노비즘에 젖은 기득권층에 대한 광범위한 저항의지를 바탕에 깔고 있다. 그런 점에서 1950년대 김규동의 시들은 모더니즘적 특성과 함께 외세와 매판이 결탁하여 왜곡된 전후의 현실에 대한 비판과 질정의 목소리가 적지 않음을 새롭게 인식하여야 할 것이다.

모더니스트들은 흔히 발달된 문명에 대해 미적 자의식을 보이면서, 큰 범위 안에서 자본주의의 상품 미학 등에 대한 비판의식을 선보인다. 하지만 1950년대 김규동의 비판의식은 이와는 사뭇 다른 바가 있다. 그는 박인환 등이 드러낸 낭만적 비판의식과는 달리, 전후의 황폐한 풍경 및 전쟁이 당시 국민들에게 안겨준 내면적 상처 등을 진솔하고 감동 깊게 형상화해낸 바 있다. 거기에는 무엇보다 그가 이북 고향을 버리고 남하해 온 실향민이라는 사정이 크게 자리한다. 남한 사회에서 소수자로서 살아가기 어려웠던 사정이 오히려 남한 사회를 꾸밈없이 보게 하였고, 그것이 모더니스트로서의 지적인 언어로 형상화된 것이 김규동의 1950년대 시세계의 진수라고 해야 할 것이다.

1970년대 들어 김규동은 한국 사회에 대한 정치적 비판의식에 바탕한 민족 · 민중시의 대표 주자로 부상한다. 자유실천문인협의회 운동에 참여하여 반독재의 목소리를 높이는 한편 통일에 대한 염원을 담은 시들을 줄기차게 창작해 왔다. 그러나 그의 시가 고은, 신경림 등의 민중시인들의 시와 다른 점이 있다면, 정치적 주제에 못지않게 어려운 시대를 살아가는 개인의 고뇌를 감동 깊게 형상화하는 시편들, 당위로서의 통일론 아닌 절실한 체험에 입각한 분단의 아픔과 통일에의 염원을 형상화한 시편들이 큰 비중을 차지한다는 사실이다. 즉 1970년대 이후 그의 시세계는 여타의 민족·민중시인들과 달리 언어의 조탁에 대한 추구와 함께 작고 구체적인 소재, 낮은 목소리로 이루어져 있음을 알 수 있었다. 그렇지만 이는 결코 미약하고 사소한 것만이 아닌, 마이너리티의 무한한 힘을 담보하는 것이었다. 실향민으로서 남한 사회의 주류에서 소외된 소수자로 살아온 그지만, 새삼 소수자가 내는 곧은 목소리, 실천이 담보된 행동만이 역사를 바꿔놓는 원동력이 됨을 알 수 있었다.

그는 남한 사회에서 소수자로서 살아왔지만 그를 통해 오히려 우리 사회의 실상을 제대로 파악하는 한편, 보다 설득력 있는 시를 창작할 수 있는 힘을 길렀다고 볼 수 있을 것이다. 한편으로 여타의 민중시인들과는 달리 시어의 조탁, 고도의 상징 등을 줄기차게 추구함으로써 독특한 시적 영역을 확보했다고 평가할 수 있을 것이다. 그것이 곧 모더니스트로서의 김규동과 1970년대 들어 한국 시단의 대표적인 양심을 보여준 민족·민중시인으로서의 김규동을 하나로 만드는 고리라고 볼 수 있음을 확인하였다.

본 연구에서는 분단의 희생자로서 김규동은 개인적 슬픔에 매몰되지 않고, 다양한 계층과의 연대를 통하여 새로운 세계를 여는 데 주목하고 있으며, 그런 역사의 사필귀정을 믿는 시인임을 확인할 수 있었다.

# 허망의 광장에서 희망의 느릅나무에게로

— 김규동의 후기 시세계

김효은

## 1.

작고하기 불과 몇 개월 전 출간된 자전 에세이 『나는 시인이다』 서문에서 김규동 시인은 삶을 마르는 유언이라도 하듯, 다음과 같이 고백하였다. "혼돈과 무질서, 허위와 광기의 시대를 용케도 시라는 무기가 있어 그나마 오늘에 이르렀다. 시는 존재의 이유였고 삶의 목적이었다."라고. 식민지와 전쟁, 분단과 독재정치, 민주화, 산업화를 온몸으로 겪은 시인은 '시'를 다름 아닌 '무기'에 비유한다. 무기란 적을 위협하는 위험한 도구이기도 하지만, 대척의 상황에서는 목숨을 지키는 중요한 방패이자, 병기이기도 하다. 지금까지도 많은 논자들은 위기의 시대에 문학이 무엇을 할 수 있는가에 대해 질문하며, 심지어 문학의 무용론을 새삼 언급하기도 한다. 더군다나 그중에서도 시가 할 수 있는 일이 과연 무엇일까에 대한 회의주의적인 시선도 적지 않다. 그러나 격동의 한 세기를 살다간 김규동 시인은 말한다. "혼돈과 무질서, 허위와 광기의 시대"에 시가 단연코 '무기'가 될 수 있노라고 말이다.

실존의 위기, 생의 절박함과 극단 속에서 수많은 죽음을 목도하며 살아온 한 시인의 신산한 삶은 자체로 우리 민족의 뼈아픈 역사이기도 하다. 한도 많고 유혈도 많았던, 그 지난하고도 잔인한 역사적 순간에 대항하여 맞서거나, 싸우거나, 버티거나 하는 그 고군분투의 지점 지점에 시가 있었다. 시가 곁에 있어 그는 적어도 외롭지 않았을 것이다. 시라는 단단한 무기가 있어 그는 세월의 창끝을 가까스로 버텨왔을 것이다. 그렇다고 해서 피냄새, 땀냄새가 나는 선동시나 참여시만을 무기라고 할 수는 없을 것이다. 순수 서정시라고 해도, 이를 무조건 음풍농월이라고 매도할 것은 아니며, 설령 음풍농월이라 할지라도 장신구처럼 화려하게 조탁한 언어일지언정 일말의 삶을 버티게 해준다면, 그 역시 한 시인에게는 무기가 되는 것이다. 한 시인의 무기가 한 시대의 무기가 된다면야 더할 나위 없겠지만 말이다. 어쨌든 김규동 시인의 60여 년이 넘는 시력(詩歷)은 그의 삶 전체와 단단히 맞물려 있다. 그는 전쟁과, 전후의 삶 속에서 '무기'와 더불어 늘 고뇌하며, "현기증 나는 활주로의/최후의 절정에서" "아름다운 영토"를 꿈꾸며 끊임없이 "대결하"는 "한 마리의 나비"와도 같이 고단한 여정으로 지금에 이르렀으며, 이윽고 그는 그토록 염원해마지않던 고향의 "느릅나무에게"로 날아갔다. 심지어는 본인 "스스로의 신화"(「나비와 광장」)와도, 매 순간 치열하게 대척, 대결해온 자기 투쟁적 삶을 살아온 그였다. 끊임없는 자기부정과 자기갱신, 모색과 성찰, 극복, 변화와 변혁은 그의 삶과 시세계 전반을 이끌어온 모토이자 원동력이었으며 이는 문학사적으로뿐 아니라 평범한 한 시인의 자기도정(自己道程), 그 자체만 놓고 봤을 때도 과히 높이 평가될 만하다.

김규동(1925. 2. 13~2011. 9. 28) 시인은 함경북도 종성에서 태어나 경성고보를 졸업하고 연변의대와 김일성종합대학에서 수학했다. 1948년 월남하며 전쟁 중에 피난지 부산에서 박인환, 김경린, 조향, 이봉래, 김차영 등과 '후반기' 동인을 결성해 활동하면서 전후 모더니즘을 주도했다. 시인이 초기에 보여줬던 모더니즘적 면모는 경성고보 재학 시절의 은사였던 김기림에게서 영향 받은 것으로 보인다. 북에 가족들을 두고 서울로 내려온 것도 그의 말마따나 실상 김기림을 만나 '한 삼년' 시공부나 하기 위해서였음을 인터뷰와 지면을 통해 그가 직접 밝힌 바 있다. '잠깐' 공부하러 내려온 그에게 분단은 생각지도 못했던 받아들이기 힘든 끔찍한 현실이었을 것이다. 정황상, 북에 두고 온 어머니와 누나들 남동생과의 생이별을 그가 자처했을 리 없다. 어찌됐거나 하루아침에 실향민이 된 그는 결과적으로 혈육과 고향을 '시공부'와 맞바꾼 셈이 되어 버렸다. 시인이란 원래 불운과 더불어 사는 쓸쓸한 존재, 천형의 존재라고들 흔히 비유하지만 그에게 시는 분명 일종의 자책감, 자괴감에 가까운 죄의식과 결합된 복잡한 양가감정을 불러일으켰을 것이다. 어쩌면 이러한 죄의식과 도덕적 결벽성이 그를 부단한 자기갱신과 변혁의 시인으로 이끌었는지도 모른다. 게다가 북에 두고 온 노모와 형제들에 대한 그리움과 회한 역시 그가 분단의 아픔과 민중을 노래하는 시인으로 돌아서게 하는 데 결정적 원인으로 작용했을 것이다.


## 2.


1948년 『예술조선』에 시 「강」을 발표하며 문단에 나온 그는 1950년부

터 1953년까지 '후반기' 동인으로 활동했으며, 1955년에 첫 시집 『나비
와 광장』(산호장)을, 1958년에는 『현대의 신화』(덕련문화사)를 간행하였
다. 또한 1959년 시론집 『새로운 시론』(산호장)을 출간하였다. 그는 이
후 십여 년 동안 작품을 거의 쓰지 못했으며 오랜 침묵 끝에 1970년대
무렵부터 다시 작품활동을 재개하기에 이른다. 그러나 그의 작품성향은
1950년대의 그것과는 전반적으로 판이하게 달라졌음을 우리는 한눈에
알 수 있다. 1977년에 간행된 그의 세 번째 시집 『죽음 속의 영웅』에서
부터 2005년에 간행된 그의 마지막 시집 『느릅나무에게』에 이르기까지
그의 후기 시세계는 1950년대 그가 보여줬던 전기의 모더니즘적 면모와
는 전혀 상반된다. 우리는 1970년대 이르러, 그가 과거에 추구했던 언어
적 실험을 비롯한 다양한 서구의 '이즘' 들과의 단호하고 결연한 단절을
시도하고 있음을 작품과 평문들을 통해 알 수 있다.

그렇다면 그는 왜, 그러한 급격한 변화와 끊임없는 자기갱신을 시도
한 것일까. 달리 보면 급격한 단절과 변화가 아니라 그에게 있어 이러한
새로운 시도 자체가 어쩌면 필연적인 자기모색의 과정일 수도 있었으리
라. 그의 초기 시론과 작품을 면밀히 살펴본 바에는 그의 전기와 후기의
시세계를 관통하는 구심점이 역사적 현실에 기반하고 있으며, 따라서
크게 다르지 않다는 것 또한 알 수 있다. 사실 모더니스트를 자처했던
시절에 상재한 그의 첫 시집 『나비와 광장』에서도 상대적으로 적은 편
수이기는 하나 전통적이고 서정적인 시편들을 찾아볼 수 있다. 「열차를
기다려서」 같은 작품은 서간체 형식을 빌려 쓴 시로 "육십오세의 흰머
리 날리시며/어머니 /돌아가시면 안됩니다"라는 자식의 애절한 고백이
주된 정조를 이루는데, 여기서 우리는 시적 화자의 모정과 향수를 여과
없이 느낄 수 있다. 또한 「3·1절에 부치는 노래」에서도 시인은 "3·1에

바친/민족의 넋과 기개/또 한번 다시뭉쳐/분단없는 민족의 내일을 이룩
하리라/위대한 민족의 의지여/삼월의 샛바람 속에/승리의 노래를 교향
하라."라고 민족 통일을 향한 애틋한 마음과 강열한 의지를 영탄과 감탄
의 어조로 노래하고 있다. 그러나 초기 시집의 경우 이러한 리얼리즘적
경향보다는 초현실주의적이거나, 모더니즘적인 분위기의 작품이 압도적
으로 많은 것은 사실이다. 하지만 김규동 시인의 경우 초기부터 줄곧 민
족의 역사와 세계사적 현실을 외면하지 아니하고 적극적으로 이를 의식
하고 강조하여 왔던, 현실주의자이면서 진보주의자였음을 부인할 수 없
다. 본고에서는 그의 60여 년에 이르는 유구한 시력(詩歷)을 두고, 그가 추
구해온 시적 방향 전환의 내외적 원인과 변화 양상을 짚어보고, 더불어
그의 후기 시세계에 있어 두드러진 시적 특징과 현실인식을 구체적인 작
품분석을 통해 살펴보도록 하겠다. 후기 시세계를 살펴보기에 앞서 우
선 그의 초기 대표작으로 알려진 「나비와 광장」을 잠깐 살펴보자.

현기증 나는 활주로의
최후의 절정에서 흰나비는
돌진의 방향을 잊어버리고
피 묻는 육체의 파편을 굽어본다

기계처럼 작열한 심장을 축일
한 모금 샘물도 없는 허망한 광장에서
어린 나비의 안막을 차단하는 건
투명한 광선의 바다뿐이었기에─

(…중략…)

신도 기적도 이미

승천하여버린 지 오랜 유역—
그 어느 마지막 종점을 향하여 흰나비는
또 한번 스스로의 신화와 더불어 대결하여본다.
— 「나비와 광장」 부분

　일반적으로 나비는 작고 연약한 존재, 혹은 영혼의 자유로움, 진정한 아름다움과 순수함 또는 인생의 덧없음과 무상함 등을 상징한다. 김규동은 위의 작품 외에도 곳곳에서 '나비' 이미지를 시적 소재로 종종 차용하고 있다. 그러나 그의 작품들에서 나비는 나약하거나 무상한 존재만은 아니다. 비참하고 잔인한 민족상잔의 극한적 상황에서도 나비는 죽음을 두려워하거나 겁내지 않는다. 오히려 위의 작품에서 보이듯 "현기증 나는 활주로의/최후의 절정"이거나 "한 모금 샘물도 없는 허망한 광장"의 한가운데서라도 나비는 "기계처럼 작열한" 뜨겁고 강한 "심장"의 박동을 멈추지 않으며, "하얀 미래의 어느 지점" "아름다운 영토"와 "푸르른 활주로의" "화려한 희망"을 꿈꾸며, "또 한번" 아니 재차(再次) "스스로의 신화와 더불어 대결하여" 나아가는 진취적이고 강인한 존재이다. 첫 시집에 실린 작품 「전쟁과 나비」에서도 "어린 나비들은" "새하얀 광서을 쓰며 전쟁의 언덕을" 힘겹게 올라 언제 죽을지도 모르는 "검은 사정권" 안에서도 결코 포기하거나 주저앉지 않는다. 외려 가열 찬 날갯짓과 힘찬 낙하로 "마그네슘처럼 투명한 아침을 폭발"시키는 능동적인 존재들이다. 그는 또한 같은 작품에서 이같은 투쟁어린 나비들의 낙하를 "선수들의 포물선"이라고 표현한다. "공포의 계절을 넘어/찬란한 대위의 층계를/내려가는"(「대위(對位)」) 나비들의 그것은 "로켓의 포물선"이나 "제트기의 백선"과는 분명 다른 성격의 것임에 분명하다. 이러한 대결 의지는 그의 문학관과도 기실 다르지 않음을 알 수 있다. 그는 일찍이 시집 『나비와 광장』 서문에서 다음과 같이 당시 한국 시단을 비판한 바 있다.

　　그러나 나는 여전히 우리 시단을 지배해 온 낡은 「센티멘탈·로맨티시즘」의 분류와 상징주의의 완고한 잔재적 요소에 저항하여 전력을 다한 싸움을 감행할 수밖에 없는 비통한 운명 속에 있었던 지난날을 추억하며 기쁨과 그리움의 미소를 금치 못하는 심정 속에 있음을 솔직히 고백하련다. (…중략…) 이러한 기류 속에서 우리들은 세계와 역사, 또는 현실과 생활과의 관계에 항상 바른 통찰과 통일을 뜻하며 나아가서는 자신의 인생태도를 결정짓는 일에 전력을 다함으로서 현대문명의 정황에 대한 정당한 비판을 계획했어야만 맞는 것이다.//청풍명월만을 노래하는 너무나 주관적인 태도와 동양적인 정적에의 귀의는 그러므로 혼란격동의 새 세대에 대한 예의가 아니었으며, 새 시대가 던지는 문명의 인상과 끊임없이 변모해가는 사회 현상의 옳은 파악이야말로 시인의 「카메라」에 부여된 고귀한 소재가 아닐 수 없었다.

　　　　　　　　　　　　　　　　—「시집 『나비와 광장에』 부치는 시론」 부분

이처럼 시인은 1950년대 전쟁으로 인해 폐허가 된 극단적 현실에서도 문학에 대한 반성적 사유와 현실인식을 잃지 않고 있음을 알 수 있다. 또한 그는 시대에 대한 새로운 인식과 통찰, 비판적 태도를 견지하고 있었다. 현실에 대한 부정정신, 낡은 것에 대한 거부와 반성, 문명 비판과 전통에 대한 반란, 새로운 실험정신이야말로 그가 당시 표방했던 전위이며 모더니즘이었던 것이다. 위의 초기 시론에서도 알 수 있지만 그는 "세계와 역사, 또는 현실과 생활과의 관계"를 항상 염두해 두고 그러한 토대 위에 자기반성과 자기갱신을 초지일관 일궈왔음을 확인할 수 있다. "신도 기적도 이미/승천하여버린 지 오랜 유역"에서 "하얀 미래"의 최근 지점에 이르기까지 끊임없이 "스스로의 신화와 더불어 대결하여"

보는 "흰나비"의 결연한 의지와 날갯짓이야말로, 김규동 시인의 시정신이라 할 만하다. 그는 또한 시 역시도 시대와 더불어 진화하여야 한다는 입장에서 시대에 합당한 문학이 마땅히 있어야 한다며 진보주의적 시론을 펼치기도 하였다. 시론집 『새로운 시론』(산호장, 1959)에서 그는 시인을 두 가지 타입으로 나누는데, 그 첫 번째 타입은 현실을 단순한 현실로 보는 것이 아니라 역사적 현실로 보는 "동적 사고의 시인군"이며, 다른 타입은 단순한 현실에 교섭된 자아만을 움직이는 동력으로 생각하는 "자연발생적 사고의 시인들"이 바로 그들이다. 그리하여 그는 당시 전통 서정시 쪽에 선 '청록파' 시인들을 두고 영감에 의존한 자연발생적 시인으로 보고, 이를 비판하고 있다. 이렇듯 그는 애초부터 영감(뮤즈)을 기다리는 시인이 아니라, 역사의식으로 무장(武裝)하고 시의 진보를 적극적으로 도모했던 목적의식 강한 움직이는 시인이었던 것이다.


3.

기존 논의에서는 대부분 그의 시세계를 '후반기' 동인에 몸담았던 1950년대를 전기(前期)로 20년의 공백기를 지나 1970년대 이후를 후기(後期)로 크게 분류하고 있다. 평자들은 그 변화의 간극을 대부분 비약적, 획기적인 것으로 보고 있지만, 월남하여 자신의 출생지조차 자유롭게 표기 못할 정도로(함북 종성이 고향인 그는 의도적으로 고향을 경성이라고 오기(誤記)했다고 한다) 북에 남은 가족의 안위를 평생 걱정하며 살아야 했던 시인에게 분단에 대한 비극적 현실인식과 통일을 향한 열망은 물리적 시간을 초월하여 분명 계속 가슴에 맺혀 있었을 것이다. 다만 후기에 이르러 민족의 비극적 현실과 실향민으로서의 개인의 아픔과 울

혈, 응어리들이 좀 더 직설적이고 간결한 언어로 표현되었을 뿐이다. 다음은 1958년에 상재한 시집 『현대의 신화』의 서시에 해당하는 작품 「위기를 담은 전차」이다.

갈수록 괴로워지는 현실 때문에
말이 없는 청년과
숱한 피곤한 얼굴을 부둥켜안은 그림자
모두가 제각기
붙잡히지 않은 행복을 서글피 여기며
밤의 어둠속을 굴러가고 있을 때
안전(眼前)에 어른거리는
내 가난한 가족들의 헐벗은 정경이
황폐한 지평에 쓸쓸히 남는다

학문과 직업과 생활
또는 애정과 죽음
그 모든 오늘의 위기를 한몸에 안고
그 속에서 오히려 살아남을 수 있는 가장 좁은 길을 찾는
정신의 쇠잔한 흐느낌이여

—「위기를 담은 전차」 부분

위의 작품에서도 이미 그는 과장된 언어에 대한 짙은 회의감과, "정신의 쇠잔함" 속에서 나약한 지식인으로서의 괴로움을 느끼고 있음을 알 수 있다. 또한 "안전(眼前)에 어른거리는/내 가난한 가족들의 헐벗은 정경이/황폐한 지평에 쓸쓸히 남는다"라는 직설적인 표현을 통해, 실향민으로서의 외로운 정서와 생활고를 드러내고 있다. "남북으로 갈라진 한반도의 서울/가난과 무지와 폭력이/강물처럼 흐르는 곳"(「나체를 뚫고 가는 무수한 구토」)에서 "한 마리의 짐승처럼 늙어가"던 시인은 급기야

십여 년 간의 침묵을 깨고, "땅을 뚫고 치솟는 생명의 노래"(「그 소리
는」)를 부르기 위해 거리로 직접 나오게 된 것이리라.

민족만이 남는다
사치를 모르는
말과 살아가는 지혜로 하여
움막 속의 지저분한
도구들과 더불어
민족의 향기는 남는다

(…중략…)

다시 태어나기 위해선
소멸되지 않으면 안된다
오직 하나의 죽음 속의 불씨를 위해
지하의 기계소리로부터 빠져나와
죽음의 고요를 지켜볼 필요가 있다
스스로의 생에 뒤엉킨
모순의 눈물을 귀중히 간직하고
오
차디찬 현실의 허무를 부감(俯瞰)하자
탈출의 봉기는
죽음 속의 영웅들 가슴에
남아있는 유일한 혈흔
고독의 깊은 가슴에
검은 날개는
스스로 기쁨에 넘쳐 퍼덕인다.

— 「죽음 속의 영웅」 부분


위의 작품은 오랜 공백을 깨고 그가 20여 년 만에 상재한 시집 『죽음

속의 영웅」(1977, 근역서재)의 서시이자 표제작 「죽음 속의 영웅」 중 부분을 발췌한 것이다. 이 시는 무려 160여 행에 이를 정도로 분량이 길다. 이 시에서 그는 "작은 파괴는/기술에 지나지 않았다"라고 고백한다. 그가 초기부터 재창해왔던 새로운 문학과 새로운 시정신 역시 '자기파괴'를 기반으로 한 것이었다. 그러나 그는 민족 현실과 분단 문제를 무시하고 서구 문예사조나 근대정신, 언어적 실험만을 감행한 시도는 "작은 파괴" 이른바 하나의 "기술"에 지나지 않는다고 반성하고 있다. 그는 사실 '후반기' 시절 전위성이나 실험정신에 조화되지 못한, 역사의식과 민족의식의 취약성을 깊이 반성하며 부끄러워한다는 고백들을 '후반기' 동인활동(1951~1953)을 회고하는 인터뷰와 발표 지면을 통해 누차 밝힌 바 있다.

우리는 다분히 전투적이었다. 또 어떤 권위가 전통에도 매혹되는 일이 없는 반면에 굴종보다는 반역과 파괴를 더 존중하였다. 젊었기에 두려운게 없었다. 이성도 존중해야 할 미덕이었으나 저돌적인 공격정신이 더 매력이 있었다. (…중략…) 위기를 감지한 것 이상으로 한 시대의 역사현실에 대하여 능동적으로 대처하는 지혜를 이념이나 방법에 있어 구현하지 못한 것은 결과적으로 이 안온지대에 정신적인 안주를 거듭했다는 말로밖에 달리 설명할 길이 없다. (…중략…) 나의 시는 70년을 기점으로 많이 변모하였다. 나를 위하여 쓰던 시에서 벗어나 대중에게로 가까이 가는 시의 세계로 옮겨가게 되었다. 그러나 나는 '후반기' 시대의 실험정신을 늘 존귀하게 생각하여마지 않는다. (…중략…) 구라파의 문예사조에 지나치게 신경을 곤두세운 나머지 민족의 분단현실과 민중의 질곡을 제대로 체현하지 못했다는 과오는 깊이 뉘우치면서도 감성과 경험을 운동에 바쳤다는 것을 하나의 긍지로 삼고 싶다.
　　―「'후반기' 동인시대의 회고와 반성－부정과 우상파괴의 시학」[1] 중 발췌

---

1 김규동, 「'후반기' 동인시대의 회고와 반성」, 『시와 시학』, 통권 제1호, 1991. 3, 시와 시학사, 362쪽.

앞의 시에서 살펴본 바와 같이 "다시 태어나기 위해선/소멸되지 않으면 안된다"는 인식과 더불어, 단순히 "기술"에 지나지 않는다던 "작은 파괴"들마저 실상 매우 소중한 것이었음을 시인은 회고하며 되새기고 있다. 역사와 민중의 아픔까지 아우르지 못한 채 단순히 기성세대에 대한 반역과 파괴정신만을 주창했던 과거라도 시인에게는 "감성과 경험을 운동에 바쳤다는 것" 하나만으로도 충분히 긍지로 남을 만하다. 이제 시인은 "모순의 눈물을 귀중히 간직하고", 이제라도 "차디찬 현실의 허무를 부감(俯瞰)"하고 죽음을 불사한 "탈출의 용기"를 감행한다면, 영웅은 죽음 속에서도 "검은 날개"를 "스스로 기쁨에 넘쳐 퍼덕"일 수 있을 것이라는 가열찬 희망에 도달한다. 실로 그는 1970년을 기점으로 "나를 위하여 쓰던 시"에서 벗어나 "대중에게로 가까이 가는 시"의 세계로 기꺼이 옮겨가게 된다. 시와 삶이 비로소 하나가 된 셈이다. 당시 김규동 시인에 대한 소설가 박태순의 회고(『느릅나무에게』 발문, 192쪽)에 따르면 그는 "자유실천청년문학운동의 현장에 백의종군하다가 닭장차에 끌려 10일 구류를 살아야 하는가 하면 한일출판사 장부를 압수당하여 문을 닫아야 하는 일을 만나"기도 했다는 것이다. 그는 1975년 3월 15일 자유실천문인협회 '165인 문인선언'에 서명, 참가 이후 자유실천문인협회와 민족문학작가회의 고문에 추대되었으며, 중앙정보부에 연행되거나 책을 모조리 압수당하는 등의 고충을 겪었다.

38도선은 어머니의 유방을 갈랐다
무덤까지 가지고 가야 할
허무와 이기주의

(…중략…)

골동품같이 밴질밴질한 시는
고물상에 갖다 맡겨라

(…중략…)

새여 깃이 무거우냐
침몰하는 거대한 도시를 박차고
날아보아라
마그리뜨의 대가족같이
오, 좁은 지구를 박차고
네 중심을 떨쳐보려무나.

—「달리는 선(線)」 부분


20세기는 잘 정리되었다
잊어버린 것도 없이
떨리는 손으로 그대의 밤을 더듬는
양심이여 달려나가자

—「절대에의 통로」 부분


이 무렵, 그는 더욱 현실에 밀착한 시인이 된다. "골동품같이 밴질밴질한 시는/고물상에 갖다 맡겨라", "양심이여 달려나가자" 등의 과격하고 다소 선동적인 표현들은 문학적으로도 그가 준엄한 자기반성과 거침없는 현실 비판을 통해 '과거의 시'를 배격하고 '새로운 시'에의 지향과 결의를 도모하고 있음을 보여준다. "무덤까지 가지고 가야 할/허무와 이기주의"가 빚은 전쟁의 폐해로 말미암아 "38도선은 어머니의 유방을 가"르고 민족에게 "탄환자국 같은" 씻을 수 없는 상처를 남겼다. 그러나 시인은 말한다. "모든 재능이 질식하여 죽은" 가엾은 시대에도 불구하고 "너는 달려야 한다"고. 거추장스러운 언어의 장식을 벗어버리고 "진

실의 낯짝"에 가까운 "원시적인 언어"로 다시금 비상(飛上)을 꿈꾸는 "달
리는 선(線)"이 되어야 한다고 말이다. 남과 북을 이간(離間)하고 둘로 가
르는 고정되고 폭력적인 경계로서의 선(線)이 아니라, 달리는 선(線), 움
직이는 선(線) 끊임없이 경계를 허물고 부수며 확장되는 역동의 선(線)이
야 말로 진정한 자유임을 그는 역설하고 있는 것이다.

> 40년 동안
> 시를 생각하며
> 살았다지만
> 고향 돌아갈 때
> 갖고 갈 것은 아무것도 없다
>
> (…중략…)
>
> 손을 깨끗이 씻자
> 그것만이 우리들의 만남을 위한
> 참 예절이거니.
>
> —「아침의 예의」 부분

> 이 손
> 더러우면
> 그 아침
> 못 맞으리
>
> —「아, 통일」 부분

> 시를 읽지 못한 날은
> 손을 씻어본다
>
> —「운명 앞에서」 부분

손도 씻고
발도 씻고 가리
이제야 가는 이 길
금강산, 백두산 가는 이 길

— 「북행길」 부분

자본주의와 물질주의로 물든 이 시대에 욕망이라는 괴물은 아무리 비워내도 우리의 양손 가득 자꾸만 넘쳐난다. 반성에 반성을 더하며, 자기를 비워내는 과정 끝에 시인에게 남은 것은 오직 빈 손뿐이다. 그러나 부끄럽지 않은, 따뜻하고 깨끗한 빈 손이다. 그는 오랜 시작(詩作) 끝에도 막상 "고향 돌아갈 때/갖고 갈 것은 아무것도 없다"라고 겸손하게 말한다. 다만, 늘 손과 발을 깨끗하게 씻고 마음을 정갈하게 가다듬는 일만이 통일을 위한 "참 예절"이며 이는 그에게 만남을 준비하는 기다림의 작은 순간마저도 숭고하게 다뤄져야 하는 소중한 시간이었음을 알게 한다. 그것은 깨끗한 죽음을 준비하는 노년의 그것과도 다르지 않다. 실상 우리는 고향이 아니라 죽음 앞에서도 시 아닌 그 어떤 것도 가져가지 못한다. 그래서일까. 이제 김규동 시인의 마지막 시집 『느릅나무에게』로 오면 시인은 많은 것을 놓아버리고, 통일에 대한 마지막 바람과 "깨끗한 희망"만을 더욱 절제되고 잘 마름질된, 간결하고도 무구(無垢)한 언어로 형상화하기에 이른다.

규천아, 나다 형이다.

— 「천(天)」 전문

몽롱한 의식을 뒤덮은 숱한 깃발
깃발에 싸여 박봉우는

　　이 땅에 오는 통일을 보았을 것이다.

—「시인의 죽음」 부분

　간명한 언술이지만, 감동과 여운을 불러온다. 수만 마디의 말보다 혹은 장황한 산문시 한 편보다도, "규천아, 나다 형이다."로 끝나는 이 한 마디의 강렬함, 고희를 훌쩍 넘어선 그의 긴 삶을 8개의 글자로 압축해서 보여주는 이 통렬함이라니. 또한 그는 마지막 시집에서, 먼저 돌아간 시인들의 이름을 작품 안에서 여럿 소환한다. 위의 작품 「시인의 죽음」에서도 그는 박봉우 시인의 죽음을 상기한다. 죽음의 순간에까지 꼭 붙들고 놓지 않았을 통일 조국의 깃발은 비단 박봉우의 것만은 아니리라. 김규동 시인 역시 마지막 순간에 "이 땅에 오는 통일을" 무수한 깃발들 속에서 보았을 것이다. 그는 시인을 일러 "거짓말쟁이"라고 장난처럼 이야기한 바 있지만, 거짓말마저 진실로 만드는 힘이 시에 내재해 있음을 믿어 의심치 않았을 것이다. 남과 북이 통일되는 그날이 거짓말처럼 다가오리라 굳게 믿었던 그였다. 그는 이 시집 후기에서 "시는 정신의 청정작용"을 한다고 하였는 바, 누구보다 명징하고 청명한 정신과 언어로 깨끗하게 살다간 그의 삶은 그의 시와 사뭇 닮아 있다. 마지막까지도 "나는 시인이다"라는 단호한 언명을 통해 시인으로서의 자부심과 긍지를 내세웠던 그, 꿈에도 그리던 어머니와 형제들이 있는 그곳, 느릅나무에게로 날아간 시인에게, 그곳에서 부디 도란도란 두루 평안하시라.

# 나비와 광장의 시학

― 김규동의 시

맹문재

## 1.

김규동의 「나비와 광장」에는 그의 작품세계가 압축되어 담겨 있다. 그의 첫 시집인 『나비와 광장』의 표제시인 이 작품에는 어머니, 남북, 통일, 자유, 두만강, 희망, 고향, 아침, 염원, 백두산 등 시인이 50여 년 동안 추구한 세계가 들어 있는 것이다. 따라서 「나비와 광장」은 김규동의 작품세계가 시작되는 기점이자, 작품들 전체를 끌어당기고 있는 자장이다. 또한 작품세계를 이해하는 데에 유용한 지도이다. 「나비와 광장」이 특히 중요한 것은 작품세계의 차원에서만이 아니라 문학사적 차원에서이다. 문학사의 전통을 계승한 것이면서 또한 계승시킨 것이다.

단적으로 말해 김규동의 「나비와 광장」은 김기림의 「바다와 나비」를 계승한 것이면서 최인훈의 「광장」에 영향을 끼친 작품이다. 이렇게 보면 「나비와 광장」은 이전 세대의 문학을 계승했다는 의미를 가지면서 동시에 이후 세대의 문학에 영향을 끼쳤다는 의미를 갖는다. 일제 강점기의 문학을 극복한 산물이면서 분단의 극복을 지향하는 데에 영향을 끼친 것이다. 또한 김기림의 모더니즘을 계승한 것이면서 최인훈의 모더니즘에 토대가 된 것이고, 김기림의 리얼리티를 반영한 것이면서 최인훈의 리얼리티에 거울이 된 것이다. 일제 강점기 동안 버텨온 지식인의 고민을 이어받은 것이면서 동시에 분단상황에 처한 지식인의 고민에 나침반이 된 것이다.

이와 같은 영향관계는 다분히 인상적인 진단이라는 비판을 받을 수 있지만, 그렇다고 전적으로 틀리다고 말할 수는 없다. 그만큼 서로 간에는 의의를 지니는 것이다. 따라서 김규동이 김기림이나 최인훈과 직접적인 영향관계에 있지 않다고 할지라도 문학사의 차원에서 계보를 만들 필요가 있다. 마치 이상과 조향과 김춘수가 서로 간에 직접적인 영향관계를 가지지 않았다고 할지라도 모더니즘 계보를 그릴 수 있는 것과 같은 이치이다. 그러므로 김기림, 김규동, 최인훈의 관계를 살펴보는 것은 필요한데, 특히 분단문학을 이해하기 위한 차원에서이다.

우선 김기림, 김규동, 최인훈의 고향이 같다는 사실을 주목할 필요가 있다. 김기림은 1908년 함북 학성 출신이고, 김규동은 1925년 함북 종성 출신이며, 최인훈은 1936년 함북 회령 출신이라는 사실은 흥미로운 일이다. 아울러 중요한 단서를 제공해주고 있다. 단지 동향이라는 전기적 사실이 아니라 지금까지 진행된 분단 극복을 지향한 문학의 실제를 확인할 수 있는 자료가 되기 때문이다. 진정 그동안 이루어진 분단 극복을 지향한 작품들은 남한 출신 작가에 의한 것보다도 월남한 작가들에 의한 것이 압도적이었다. 양적으로도 그 절실함에 있어서도 인정되는 사실이다. 만약 월남한 작가들에 의해 추구된 분단 극복의 작품들이 없었다면 지금의 남한 문학은 매우 편파적이고 협소한 상태일 것이다. 따라서 월남한 작가들이 추구한 분단 극복을 지향한 문학은 민족문학의 건강성과 역사성의 제고에 지대한 기여를 했다고 볼 수 있다.

김규동의 작품세계는 이러한 차원에서 그 존재성을 획득하는데, 김기림이나 최인훈과의 영향관계를 고찰하는 것 또한 마찬가지이다. 물론 김기림의 경우는 6·25전쟁으로 인해 납북되어 행방을 알 수 없지만, 김규동의 작품세계에는 거울 같은 존재이다.


2.

> 아모도 그에게 수심(水深)을 일러준 일이 없기에
> 흰 나비는 도모지 바다가 무섭지 않다.
>
> 청무우밭인가 해서 나려갔다가는
> 어린 날개가 물결에 저러서
> 공주처럼 지쳐서 돌아온다.
>
> 삼월달 바다가 꽃이 피지 않아서 서거푼
> 나비 허리에 새파란 초생달이 시리다.
>
> — 김기림, 「바다와 나비」 전문


위의 작품에서 '나비'는 시적 자아를 상징하고, '바다'는 시적 자아가 지향하는 세계를 상징한다고 볼 수 있다. 그 세계란 하루하루의 삶이 영위되는 일상일 수 있고 유토피아의 공간일 수 있지만, 결국 '나비'가 두려움이나 불안을 느끼지 않고 살아갈 수 있는 평화롭고 자유로운 터전을 의미한다.

'나비'는 그 '바다'를 향해 날아간다. 기대와 희망이 부풀어 있기 때문에 무서움이나 두려움은 전혀 갖지 않고 다가간다. 그러나 '바다'를 향해 날아갔던 '나비'는 "어린 날개가 물결에 저러서/공주처럼 지쳐서 돌아"오고 만다. 이상세계가 그 어디에도 존재하지 않음을 확인했기 때문에 실망감과 좌절감을 안고 되돌아온 것이다. 다시 말해 이상세계로 생각했던 '바다'가 오히려 자신의 생명을 앗아갈 수 있는 위험한 곳이었기에 두려움과 불안감을 품고 도망쳐온 것이다.

이상과 현실 간의 이와 같은 괴리란 결국 일제 강점기에 대한 현실인식이라고 볼 수 있다. 「바다와 나비」가 1939년 『여성』지에 발표된 점을 생각하면 그 정황이 충분히 이해된다. 일제 강점기 중에서도 가장 단말마적으로 치닫던 때이기에 '나비'와 같은 한 조선인의 존재 가치는 여지없이 뭉개질 수밖에 없었다. 따라서 "삼월달 바다가 꽃이 피지 않아서 서거푼/나비 허리에 새파란 초생달이 시"릴 수밖에 없는 것이다. 김규동의 「나비와 광장」은 그와 같은 세계인식을 계승하고 있다.

현기증 나는 활주로의
최후의 절정에서 흰 나비는
돌진의 방향을 잊어버리고
피 묻은 육체의 파편을 굽어본다.

기계처럼 작열한 심장을 축일
한 모금 샘물도 없는 허망한 광장에서
어린 나비의 안막을 차단하는 건
투명한 광선의 바다뿐이었기에—

진공의 해안에서처럼 과묵한 묘지 사이사이

숨가쁜 Z기의 백선과 이동하는 계절 속
불길처럼 일어나는 인광(燐光)의 조수에 밀려
흰 나비는 말없이 이지러진 날개를 파닥거린다.

하얀 미래의 어느 지점에
아름다운 영토는 기다리고 있는 것인가
푸르른 활주로의 어느 지표에
화려한 희망은 피고 있는 것일까.

신도 기적도 이미
승천하여버린 지 오랜 유역—
그 어느 마지막 종점을 향하여 흰 나비는
또 한 번 스스로의 신화와 더불어 대결하여 본다.
— 김규동, 「나비와 광장」 전문

　한국전쟁 중 피난지인 부산에서 쓴 것으로 알려져 있는 위의 작품에
서 '나비'는 김기림의 경우와 마찬가지로 시적 자아를 상징하고 있는
데, 그가 처한 상황이 다소 다르다. 김기림의 '나비'가 '바다'와 관계한
것에 비해 김규동의 '나비'는 '광장'과 관계하고 있는 것이다. 따라서
김규동의 '나비'가 존재하는 '광장'은 김기림의 '바다'보다 현실적이라
고 볼 수 있다.
　"현기증 나는 활주로의/최후의 절정에서 흰 나비는/돌진의 방향을 잊
어버리고/피 묻은 육체의 파편을 굽어"보고 있다. '나비'는 드넓은 '광
장'에서 나아갈 방향을 상실하고, 단지 피 묻은 자신의 육체를 굽어보고
있는 것이다. 이 상황이 한국전쟁으로 인해 폐허가 된 환경에 처해 있는
'나비'의 모습이다. '나비'는 안온한 세계가 아니라 '활주로' '파편'
'기계' '허망' '묘지' 'Z기' 등이 존재하는 '광장'에 놓여 있다. 따라서

'광장'은 '나비'에게 놀이의 공간도 삶의 터전도 되지 못하고, 황량하기 그지없는 황무지일 뿐이다. "기계처럼 작열한 심장을 축일/한 모금 샘물도 없는 허망한" 곳이고, "신도 기적도 이미/승천하여버린 지 오랜 유역"에 불과한 곳이다. 진정 '광장'은 '나비'의 이상세계가 되지 못한다.

그리하여 '나비'는 "하얀 미래의 어느 지점에/아름다운 영토는 기다리고 있는 것인가/푸르른 활주로의 어느 지표에/화려한 희망은 피고 있는 것일까"라고 의아심을 갖는다. 기대감이나 희망을 품는 것이 아니라 절망하고 있는 것이다. '나비'가 그와 같은 마음을 갖고 있는 것은 지극히 역사적 상황, 즉 6·25전쟁으로 인해 삶의 터전이 폐허가 되었기 때문이다. 그 결과 '나비'에게는 희망보다도 허망함이나 상실감이 지배하는 것이다.

그렇지만 '나비'는 좌절하거나 포기하지 않는다. "그 어느 마지막 종점을 향하여 흰 나비는/또 한 번 스스로의 신화와 더불어 대결하여" 보는 것이다. 이와 같은 점에서 김규동의 '나비'는 김기림의 '나비'로부터 단순히 인유한 것을 넘어 보다 적극적으로 계승했다고 볼 수 있다. 일제강점기의 상황에 처한 한 지식인의 자아를 김규동은 자신이 처한 시대로 옮겨와 심화시키고 있는 것이다.

주지하다시피 김기림은 1930년대의 모더니즘 문학운동을 이끈 시인이며 비평가였다. 또한 문학사에서는 가려져 있지만 인정할 만한 소설가였고 극작가였으며 수필가였다. 서구 모더니즘 문학이론을 도입하여 낡은 인습과 전통에 휩싸인 채 진행되고 있는 조선의 문학을 극복하려고 한 것이었다. 그렇지만 그동안 김기림의 문학에 대해서는 긍정적인 평가보다는 부정적인 평가가 우세했다. 특히 문학의 사회참여를 주장하는 쪽에서 부정적인 평가가 심해, 임화는 김기림의 작품세계를 기교주의라고 비난했고, 김동석도 김기림의 『기상도』를 신문기사를 가지고 몇 번 재주를 넘은 희극적 비판에 불과하다고 혹평했다. 계열은 다르지만 송욱, 김종길, 김윤식, 김용직, 김춘수, 김우창, 박철희, 문덕수, 김인환 등도 김기림이 서구 문학을 1930년대의 한국 문학에 접맥시킨 선구적 업적을 인정하면서도 역사의식과 전통의식이 결여되었다고 비판했다.[1]

그렇지만 김기림의 문학사적 평가는 재고될 필요가 있다. 김기림은 형식주의자나 기교주의자가 아니라 언어와 표현력에 지대한 노력을 기울이며 동시대를 반영하려고 했다. 시대인들이 사용하는 언어를 작품에 성실하게 활용해 자신이 살아가는 사회를 객관적으로 담아내려고 했던 것이다. 그리하여 기존의 문학사에서 나타난 감상주의와 편내용주의를 부정하고 과도한 감정이나 이념의 노출을 지양했다. 그 결과 일제 강점기라는 암흑의 상황이었지만 감각적인 이미지와 형식적인 기교의 측면으로 기울지 않았고 친일문학도 하지 않았다.

김규동은 김기림의 그와 같은 세계인식을 적극적으로 수용했다. 김규동이 1948년 2월 김일성대학 교복과 교모를 착용한 채 단신으로 월남한 이유는 김기림이 월북을 하지 않고 있기에 그 이유가 무엇인지 알아보고자 해서였다. 즉 임화, 김남천, 한설야, 이태준, 오장환, 이용악, 이태준 등 조선문학가동맹 소속의 작가들이 대거 월북하는 상황인데, 자신이 스승으로 삼고 있는 김기림이 월북을 하지 않기 때문에 궁금해서 직

---

1 맹문재, 「김기림의 문학에 나타난 여성의식 고찰」, 『여성문학연구』 제11호, 한국여성문학학회, 2004, 146~147쪽. 물론 김학동의 경우는 김기림이 영미 문학이론의 도입과 적용과정에 다소 착오가 있었던 것이 사실이지만, "그 시대로 봐서는 매우 전위적이었고, 또 그 반응도 우리가 생각할 수 없으리 만큼 컸던 것"을 들어 긍정하고 있다(김학동, 『김기림 연구』, 새문사, 1988, 3쪽).

접 찾아온 것이다. 그만큼 「김기림」에서도 잘 나타나 있듯이 김규동에게 김기림은 문학의 푯대였다.

>해방의 군대 붉은 군대가
>트럭 타고 진주해 오는데
>가만있을 수 없다 하여
>시인 김기림 선생이랑
>플래카드 들고
>읍으로 환영을 나갔다
>한 소련놈 병사가
>미심쩍은 웃음을 띠고 다가서더니
>선생 안경을 후딱 벗겨 갖고 달아났다
>이 녀석 봐
>안경을 잃은 선생이 벙벙하여
>이 사람들이 장난하는 건가라고 외이며
>멍하니 서서 서글피 웃었다
>혼란통에 새 안경을 구할 수도 없고
>잘 보이질 않아
>손수건으로 눈을 훔치면서도
>건국을 위해 일해야 한다고
>젊은이들 앞장서서 분주히 뛰어다녔다
>그러면서
>문화란 좋은 환경 없인 안돼라고
>새삼스런 말을 탄식처럼 했다
>어느덧 40여년 전 일이다.

— 김규동, 「김기림」 전문

실제 김기림은 김규동의 스승이었다. 김규동은 경성고등보통학교 시절에 김기림으로부터 영어를 배웠다. 그와 같은 인연으로 인해 김규동이 단신으로 월남해 의정부 경찰서에 스파이 혐의로 구금되어 있을 때, 김기림이 신원보증을 서서 풀려날 수 있었다. 김규동이 상공중학교(현재 중대부도)의 교사 자리를 얻을 수 있었던 것도 김기림의 주선에 의해서였다. 뿐만 아니라 「플라워다방」에서 잘 그려주고 있듯이 김규동은 남한의 문단상황에 대해서도 김기림의 소개에 의해 이해했고 그리고 적응해 나갔다.

1948년 여름에
소공동 '플라워다방' 에
들렀다

정월달에 남으로 온 나는
남쪽 문인들은 어떤 사람들인가 하고
그곳을 찾았다

'플라워다방' 에는
《문예》 잡지 필진들이 모인다 했다
과연 그곳에는
김동리 조연현 곽종원 조지훈
서정주의 아우 서정태, 이정호 이한직 등이
모여 있었다

안쪽 구석 테이블에서
한창 원고를 갈기고 있는
베토벤같이 헝클어진 머리를 한 이는
중국서 온 소설가 김광주라 했다
처음에 나는
저 사람이야말로

남쪽 큰 작가가 아닌가 하고
그쪽만 주목했다

김동리는 수인사 끝나자
이태준의 안부를 묻고
북에서 「농토」를 발표했는데
어떤 내용이냐고 물었다
서울 물정에 어두운
초면의 문학청년에게
김동리는 비교적 친절했다
그의 경상도 말씨는
여기가 과연 '남조선' 이구나 싶은
감명을 안겨줬다

내과의사 같은 인상을 한
깡마른 조연현은
콧등에 밴 땀방울을
훔칠 생각도 않고
임화 안막 최승희는
어떻게 하고 있느냐
호기심을 갖고 물었다

내가 학교시절 김기림 선생한테 배웠다니까
그분은 지용과 함께 문학가동맹을 해서
요즘은 활동 못하게 됐다고
잘라 말했다
다른 테이블로 옮겨 가더니
두 다리를 탁자 위에 올려놓고
누구보곤지
경주 갈라나? 나 안 갈련다 마

하고 소리쳤다
아마 조지훈 보고 건네는 말이 아니었던가 싶다
오늘도 서울역에 나가
우리 쪽이 좌익 네댓 명 잡았다고
무용담을 비쳤다
그가 쓰는 평론은 읽은 적이 없으나
네모반듯한 얼굴이 아주 건장해보였다

미쓰 윤이라는 자칭 시인이
머리를 올 백으로 곱게 빗어 올린 이정호를
사모하는 모양으로 애교를 한창 떨었다
서정태는 윗저고리에
장미꽃 한 송이를 꽂고 좋아했다
과연 문예파들이구나 싶은 감흥이 솟았다

검은 안경테가 유난히 굵어 보이는
조지훈의 턱은 고고하게 긴데
창백한 얼굴의 지식인 시인 이한직이
그와 다정스레 담소했다

촌놈이
다방이 무엇인지 알기나 했으랴
두어 시간 땀을 흘리며
이 사람 저 사람 두루 인사 나누며
된 소리 안된 소리 지껄인 후에
카운터에 가 접대한 분들 커피값을 계산하니
일금 900원이라
수중에 단돈 100원밖에 없는
이북내기는 참으로 큰일이었다

아리땁게 생긴 마담이
향수냄새를 확 풍기며

다방이 처음이신 모양이죠 하고
비웃는 눈치로 살짝 웃었다

창졸지간 무슨 궁린들 나겠나
겨드랑에 끼고 갔던
책을 꺼내놓으며
이걸 맡기고 내일 돈 갖고 와
찾아가겠노라는 궁색한 사정을 하고
겨우 다방문을 나섰다
현기증이 났다
그 책은
보들레르의 호화 양장 『악의 꽃』 시집이었다

내무부 들어가는 골목 '문예빌딩'에서
(박종화 김영랑 모윤숙 유치환
이분들이 하는 시낭송회를 보러 갔다
처음 보기는 했으나
생각하면 태반의 글쟁이들이 월북하고
남은 문인이 얼마 안 되는구나
하니 절로 쓸쓸해졌다
어두워지는 거리에 발을 옮기며
하나 나는 이제 어기서 살아야만 한다
라고 멋없는 한마디 중얼거려보았다)

이 '남조선' 첫 체험담을
김기림 선생한테 얘기하니
김군 친구를 아무나 사귀면 안돼요
차차 내가 좋은 친구를 소개할 테니
너무 서둘지 마시오
라고 훈계하였다
— 김규동, 「플라워다방―보들레르, 나를 건져주다」 전문

3.

　김규동의 「나비와 광장」은 최인훈의 「광장」에 또한 영향을 끼쳤다. 김규동의 「나비와 광장」의 세계인식을 최인훈은 1960년 「광장」으로 계승하고 심화시켜 엄청난 파장을 불러일으켰다. "1960년이 젊은이들의 해이었다면, 그것은 또한 최인훈의 해이었다. 전후 발표된 가장 중요한 장편 중의 하나라고 평가된 「광장」이 바로 그해 10월에 독자에게 주어졌던 것이다."(『광장/구운몽』, 문학과지성사, 1976, 뒷표지글)라고 김현이 흥분한 것에서도 볼 수 있듯이 시대의 반향이 대단했다. 민족 분단의 역사적 상처를 4 · 19혁명과 함께 극복하려고 나섰지만 그것이 얼마나 지난한 과제인지를, 그렇지만 그것이 얼마나 필요한 일인지를 여실히 확인시켜준 것이다. 그것은 곧 김규동의 「나비와 광장」에서 '나비'가 '광장'을 날아오르려고 하는 모습이라고 볼 수 있다. 좌절하거나 포기하지 않고 날아오르려는 '나비'의 의지를 최인훈은 적극적으로 계승한 것이다.

　최인훈이 지향하고 있는 '광장'이란 밀실과 현실이 아무런 매개 없이 뚫려 있는 세계이다. 구성원들의 자유와 평등이 실현될 수 있는 열린 세계인 것이다. 따라서 최인훈이 추구한 '광장'이란 모더니즘적인 세계만도 아니고 마르크스주의적인 세계만도 아니라 그 변증법적인 세계라고 말할 수 있다. 또는 모더니즘적인 세계도 마르크스주의적인 세계도 포함하는 제3의 세계라고 말할 수 있다.

　"이게 무슨 인민의 공화국입니까? 이게 무슨 인민의 소비에트입니까? 이게 무슨 인민의 나랍니까? 제가 남조선을 탈출한 건, 이런 사회로 오려던 게 아닙니다. 솔직히 말씀드리면 아버지가 못 견디게 그리웠던 것도 아닙니다. 무지한 형사의 고문이 두려워서도 아닙니다. 제 나이에 아버지 없어서 못 살 건 아니잖아요? 또 제가 아무리 미워도 아버지가 여기서 활약하신다고 그들이 저를 죽이기야 했겠습니까? 저는 살고 싶었던 것입니다. 보람 있게 청춘을 불태우고 싶었습니다. 정말 삶다운 삶을 살고 싶었습니다. 남녘에 있을 땐, 아무리 둘러보아도, 제가 보람을 느끼면서 살 수 있는 광장은 아무데도 없었어요. 아니, 있긴 해도 그건 너무나 더럽고 처참한 광장이었습니다. 아버지, 아버지가 거기서 탈출하신 건 옳았습니다. 거기까지는 옳았습니다. 제가 월북해서 본 건 대체 뭡니까? 이 무거운 공기. 어디서이 공기가 이토록 무겁게 짓눌려나옵니까? 인민이라구요? 인민이 어디 있습니까? 자기 정권을 세운 기쁨으로 넘치는 웃음을 얼굴에 지닌 그런 인민이 어디 있습니까? 바스티유를 부수던 날의 프랑스 인민처럼 셔츠를 찢어서 공화국 만세를 부르는 인민이 어디 있습니까? 저는 프랑스 혁명 해설 기사를 썼다가, 편집장에게 욕을 먹고, 직장 세포에서 자아비판을 했습니다. 프랑스 혁명은 부르조아 혁명이라구, 인민의 혁명이 아니라구요. 저도 압니다. 그러나 제가 말하고 싶었던 건 그게 아니었습니다. 그때 프랑스 인민들의 가슴에서 끓던 피, 그 붉은 심장의 얘기를 하고 싶었던 겁니다.

— 최인훈, 「광장」 부분

'광장'은 해방 후 누구도 함부로 꺼낼 수 없는 제재였고 이데올로기였다. 그렇지만 최인훈은 지식인으로서 민족의 분단상황을 회피하지 않고 그 세계를 당당하게 제시했다. 한국전쟁으로 인해 남북한 모두 자신들의 체제를 공고히 하기 위해 이데올로기를 강요하는 시대에 한 개인의 자유가 얼마나 소중한가를 적극적으로 제기한 것이다. 밀실만 충만하고 광장이 죽어버린 남한을 비판하고 월북했다가 다시 개인을 위한 밀실은 없고 공허한 광장만이 있다고 비판한 주인공 '이명준'의 행동은 실로 용기라고 볼 수 있다.

최인훈이 그와 같은 용기를 내보일 수 있었던 것은 민족의 정체성이 깊게 내재되어 있었기 때문이다. 민족 분단의 상황을 진정으로 아파하는 마음이 있었기 때문에 그 극복을 추구하는 행동을 할 수 있었던 것이다. 그것은 결국 상실된 고향을 회복하고자 하는 절실함에서 연유했다고 볼 수 있다. 진정 자기 존재의 토대인 고향을 상실한 사람과 그렇지 않은 사람 간에 고향을 그리워하고 또 회복하고자 하는 열망은 다를 수밖에 없다. 그런 점에서 최인훈의 고향의식은 민족 분단의 극복을 지향하는 중요한 기저가 되었다. 그것은 김규동의 경우에도 마찬가지였는데, 「두만강」에서 구체적으로 확인할 수 있다.

> 얼음도 하도 단단하여
> 아이들은
> 스케이트를 못 타고
> 썰매를 탔다
> 얼음장 위에 모닥불을 피워도
> 녹지 않는 겨울 강
> 밤이면 어둔 하늘에
> 몇 발의 총성이 울리고
> 강 건너 마을에서 개 짖는 소리 멀리 들려왔다
> 우리 독립군은
> 이런 밤에
> 국경을 넘는다 했다
> 때로 가슴을 가르는
> 섬뜩한 파괴음은
> 긴장을 못 이긴 강심 갈라지는 소리
> 이런 밤에
> 나운규는 『아리랑』을 썼고
> 털모자 눌러쓴 독립군은
> 수많은 일본군과 싸웠다
> 지금 두만강엔

옛 아이들 노는 소리 남아 있을까
통일이 오면
할 일도 많지만
두만강을 찾아 한번 목놓아 울고 나서
흰 머리 날리며
씽씽 썰매를 타련다
어린 시절에 타던
신나는 썰매를 한번 타 보련다.

— 김규동, 「두만강」 전문

겨울이 왔다.

꽝꽝 얼어붙은 두만강 위에 주먹 같은 함박눈이 소리없이 내린다. 푸석푸석 가벼운 소리를 내며 강을 따라 심어진 버드나무 실가지에 앉으려다가는 미끄러져 내려간다. 강기슭에 자리잡은 제재 공장 마당에 산더미같이 쌓인 재목 위에도 눈이 내려앉아서 마치 거인들이 사는 나라서 사온 얼음 사탕처럼 보인다. 공장 가까운 집에 사는 사람들은 대개 이 제재 공장과 펄프 공장에서 일하는 사람들이다. (…중략…)

스케이팅을 할 재주가 없는 아주 조무래기들은 썰매를 탄다. 송곳을 두 손에 잡고 힘차게 얼음을 찌르면 씽씽 달아난다.

동철은 스케이팅 구두를 달고는 강에 들어섰다.

동철은 손을 뒤에 엎고 밀고 나간다. 꽤 잘 타는 편이다. 썰매를 타거나 팽이를 돌리는 아이들은 틈을 용하게 살살 빠져서 이리저리 시쳐산다. 여름에는 이 강에서 헤엄을 친다. 아낙네들이 빨래를 한다. 고기를 잡는다. 그리고 이 강을 통해 백두산 처녀림으로부터 재목떼가 흘러 내려온다.

그뿐만 아니다. 독립 운동가들은 이 강을 넘어 지치고 잠든 백성에게 민족의 정기를 불어넣으려 온다.

이 강은 H의 상징이요, 어머니다.

어머니 두만강.

— 최인훈, 「두만강」 부분

‘두만강’은 김규동이나 최인훈에게 고향의 상징이다. 따라서 그곳에서의 아련한 추억들이란 마치 어머니의 품속처럼 포근하고 아름답고 풍요롭기만 하다. 그러므로 “통일이 오면/할 일도 많지만/두만강을 찾아 한번 목놓아 울고 나서/흰 머리 날리며/씽씽 썰매를 타련다”라는 김규동의 희망은 절실하기만 하다. “이 고장 사람이라는 지방 의식은 두만강을 같이 가졌다는 것으로 뚜렷해졌다.”라는 최인훈의 진술 또한 설득력을 얻는다.

민족의식이나 역사의식은 이와 같은 동질감으로 형성된다. “몇 발의 총성이 울리고/강 건너 마을에서 개 짖는 소리 멀리 들려왔다/우리 독립군은/이런 밤에/국경을 넘는다 했다/(…중략…)/털모자 눌러쓴 독립군은/수많은 일본군과 싸웠다”라는 김규동의 의식이나, “독립 운동가들은 이 강을 넘어 지치고 잠든 백성에게 민족의 정기를 불어넣으려 온다”는 최인훈의 의식은, 썰매를 함께 탄 공동체의식이 있기에 실재성을 주는 것이다. 나아가 추상적인 이데올로기에 휩쓸리지 않는 인간의 존엄성이며 어머니에 대한 그리움이며 민족 통일에 대한 염원도 전해주는 것이다. 이런 차원에서 김기림, 김규동, 최인훈이 지향한 분단문학의 계보는 더욱 세워지고 고찰될 필요가 있다. ‘나비’가 좌절하거나 포기하지 않고 ‘광장’을 날아오르는 모습은 애처롭지만 그 지향에 동참할 필요가 있는 것이다.

제2부
# 주제론

# 1950년대 김규동의 문학에 나타난
모더니티 고찰

강정구 · 김종회

## 1. 서론

1950년대의 한국전쟁은 정치적인 측면에서 미 · 소 냉전시대의 이념 대결과 그 충돌로 기록되겠지만, 문명론적인 측면에서는 현대 문명의 발전과 퇴보를 동시에 보여준 사건으로 이해된다. 현대 문명은 과학과 과학기술이 만들어낸 기계 · 컴퓨터시스템 등을 통해 인간생활의 발전과 진보를 이루어냈음에도, 그 과학과 과학기술로 인해서 전쟁무기가 개발되어 도시가 파괴되고 대량살상이 일어나는 재앙을 맞이하고 말았기 때문이다.[1] 한국전쟁은 현대 문명이 진보한다는 이성주의자의 믿음

---

1 이 논문에서 말하는 문명이란 '미개'와 대응하는 진보된 인간생활의 총체를 의미하며, 현대 문명이란 인간이 과학과 과학기술을 통해 무한히 진보한다는 이성적인 믿음 위에서 만들어진 문명을 지시한다. 이때 과학이란 본래 자연 현상의 본질을 묻는 의문을 논리적으로 추리하여 체계적인 답을 얻으려고 시도한 자연철학적인 개념이

과 확신을 비판·회의·부정하게 되는 20세기 문명사적인 주요 사건 중의 하나인 것이다. 이 논문에서 다루고자 하는 김규동의 문학은 이러한 현대 문명의 역설에 직면한 1950년대의 시대의식을 잘 드러낸다는 점에서 관심의 대상이 된다.

1950년대의 김규동은 그가 적극적으로 참여한 동인의 명칭인 '후반기(後半期)'에서 확인되듯이, 그 이전의 시대를 전반기로 규정한 뒤에 한국전쟁이 발발한 1950년 이후를 새로운 시기로 인식한다. 이러한 그의 시기인식은 1950년대의 한국전쟁과 그 이후를 그 이전과는 구별되는 '바로 지금' 즉 모던(modern)의 문제로 다루겠다는 강력한 의지의 소산에 다름 아니다. 이때 김규동이 그의 문학에서 주목하는 1950년대라는 모던의 특성 즉 모더니티(modernity)의 양상은 문명론적인 것임을 눈여겨볼 필요가 있다. 그는 1950년대에 평론집 『새로운 시론』(1957)과 시집 『나비와 광장』(1955)과 『현대의 신화』(1958)를 출간하는 과정에서 현대 문명의 모더니티를 주로 보여주고 있기 때문이다.

본 논문에서는 1950년대 김규동의 문학에 나타난 모더니티의 양상이 어떠한가 하는 점을 문제로 제기하고자 한다. 그의 문학은 한국전쟁과 그 이후를 살아가는 지식인이 그 이전과 달리 현대 문명의 발전과 퇴보를 동시에 경험하는 것으로 동시대를 이해하고 그 이해의 양상을 나름

---

없는데, 16~17세기 과학혁명 이후 기계론적 자연관의 출현, 산업혁명 기술의 결합, 과학기술의 거대화·복잡화 단계를 거치면서 인간의 생활 및 사고방식에 커다란 변화를 이끌어낸 학문을 뜻하고, 과학기술이란 이러한 과학이 적용된 기술―인간생활을 유용하도록 하는 구체적이고 실제적인 수단―을 의미한다(장병주 외, 『과학과 기술의 문명사』, 동명사, 2004, 참조; 이종권, 「서양 과학 문명의 본질과 인류의 미래」, 『철학탐구』 11, 중앙대 중앙철학연구소, 1999, 40~62쪽 참조; 차하순 외, 「좌담:과학기술문명과 인간정신」, 『과학사상』 2, 1992, 31~63쪽 참조).

대로 문학적으로 표출하고자 노력했다는 점에서 검토의 가치가 있다. 구체적으로 말해서 그의 평론과 시는 현대 문명이 진보한다는 이성주의자의 믿음, 그리고 한국전쟁이라는 파괴적이고 살육적인 사건을 통해 그 진보가 회의ㆍ부정된다는 반(反)이성주의자의 비판이라는 상반된 두 가치가 혼재(混在)ㆍ충돌ㆍ모순되는 독특한 모더니티의 양상을 드러낸 다는 것이다.[2]

이러한 김규동의 문학이 지닌 독특한 모더니티의 양상은 1930년대 주지주의자들, 특히 김기림의 문학에서 상당한 영향을 받은 것으로 이해될 필요가 있다. 1930년대 김기림의 문학 역시 식민지 자본주의 문명의 발전과 퇴보를 동시에 보여주면서, 이성주의자의 믿음과 반이성주의자

---

2 김규동 문학의 모더니티는 이성주의자의 믿음과 반(反)이성주의자의 비판이라는 상반된 두 가치가 혼재된 특성을 지닌다. 이때 이성주의자의 믿음에는 과학과 과학기술에 의한 현대 문명의 진보를 신뢰하는 특성이 있음을, 그리고 반(反)이성주의자의 비판에는 현대 문명이 한국전쟁을 통해 파국으로 치달은 결과 그 진보에 대한 믿음을 회의ㆍ불신하는 특성이 있음을 각각 보여준다. 이러한 두 심리는 칼리니스쿠(M. Calinescu)가 말하는 두 가지의 모더니티와 각각 대응된다. 하나는 진보의 원리. 과학과 과학기술의 유용한 활용 가능성에 대한 신뢰, 이성 숭배, 자유의 이상 등 현대 문명의 핵심적인 가치를 지향한 부르주아(이성주의자)의 모더니티이다. 다른 하나는 반(反)진보의 원리. 상기한 부르주아의 가치를 혐오하고 묵시론ㆍ자기유폐ㆍ폭동ㆍ무정부주의 등의 수단을 통해 자신의 역겨움을 표출하면서 부르주아 모더니티에 대한 철저한 거부 및 소멸을 보이는 반(反)부르주아(반이성주의자)의 미학적인 모더니티이다(M. Calinescu, 『모더니티의 다섯 얼굴』, 이영욱 외 역, 시각과 언어, 1993, 53~54쪽). 김규동의 평론과 시에서는 과학과 과학기술을 지닌 현대 문명을 신뢰하고 이성ㆍ진보의 기획을 중시하며 문학의 통일ㆍ질서ㆍ조직ㆍ기술의 원리를 일관되게 주장한다는 점에서 이성주의자의 믿음이 엿보인다. 반면에 한국전쟁으로 인한 현대 문명의 파국과 비참한 삶을 다다ㆍ초현실주의ㆍ입체파ㆍ미래파 등의 아방가르드적인 방식으로 형상화한다는 점에서 반이성주의자의 비판이 혼재ㆍ충돌하는 독특한 양상을 드러낸다.

의 비판이라는 상반된 두 가치가 혼재된 특성을 보이기 때문이다.[3] 김
기림의 문학은 이성주의자의 믿음 위에서 객관적·주지적인 비평의 태
도를 지니고서 식민지 자본주의 문명에 대한 긍정을 드러내는 동시에,[4]
반이성주의적인 비판의 일환으로 현실 문명에 대한 냉소와 풍자를 개진
한 바 있다. 이 점에서 김규동 문학은 1930년대 김기림의 문학이 보여준
모더니티가 심화·확대·발전되는 연속선상의 양상 속에서 검토되어야
한다.

---

3 1950년대 김규동의 문학은 1930년대 김기림의 문학과 영향관계 속에서 성립된다. 특
 히 김규동의 문학은, 현대 문명이 진보하는 양상을 긍정하면서도 그 비판의 모습을
 보여준 김기림의 독특한 모더니티 문제의식을 1950년대에 나름대로 보여줬다는 점,
 그리고 김기림이 리차즈 문학 연구를 통해서 제기·수용하고자 했던 과학적·객관
 적·주지적인 비평의 태도를 거의 그대로 지녔다는 점 등에서 중요한 영향을 받았
 다. 이러한 영향은 모더니티와 현실 수용의 관계에 따라서 긍정적 혹은 부정적인 측
 면으로 논의되어 왔다.

4 이러한 김기림의 객관적·주지적인 비평의 태도는 일본 모더니즘·역사적 아방가르
 드 문인들의 영향이 크다. 김기림의 문학은 "영미 이미지즘 및 주지주의의 영향, 일
 본 주지주의의 영향"을 받았다는 문덕수와 일본 모더니즘·역사적 아방가르드 운동
 을 전개한 "춘산의 생각과 그대로 일치"한다는 김용직의 연구사에서 확인되듯이 일
 본 모더니즘·역사적 아방가르드의 직접적인 영향 속에서 객관적·주지적인 비평의
 태도를 획득한 것이다(문덕수, 『한국 모더니즘시 연구』, 시문학사, 1981, 203~248
 쪽; 김용직, 『김기림 — 모더니즘과 시의 길』, 건국대 출판부, 1997, 25쪽). 또한 이러
 한 김기림의 비평 태도는 김규동에게 상당한 영향을 끼쳤음은 물론이다. 김규동을
 비롯한 1950년대의 문학에서는 1930년대의 김기림이 보여준 객관적·주지적인 비평
 의 태도를 심화·발전시킨다. 문덕수가 반(反)센티멘탈리즘과 반(反)관념을, 그리고
 송욱이 반항이라는 비판적 지성을 주장하는 것 역시 이러한 객관적·주지적인 비평
 의 태도가 전제되는 것이다(문혜원, 「전후 주지주의 시론 연구」, 『한국문화』 33, 서
 울대 한국문화연구소, 2004, 109~113쪽). 이렇게 볼 때 1950년대의 문학에서 객관
 적·주지적인 비평의 흐름은 한국전쟁 이후 현대 문명의 혼란과 무질서를 나름대로
 분석·인식·판단하고자 하는 나름의 사명에서 기인한 것이 된다. 이 글은 이러한
 비평사적인 배경 속에서 김규동의 문학을 검토하고자 한다.

김규동의 문학에 대한 그간의 연구사는 추상적 · 피상적인 혹은 현실 비판적인 모더니즘 문학으로 논의되어 왔지만, 그의 문학 속에 내재된 독특한 모더니티의 양상을 간과 · 경시한 측면이 있다는 점에서 문제점이 제기된다. 먼저, 그의 문학은 추상적 · 피상적인 모더니즘의 경향으로 논의되어 왔다. 1950년대 김규동의 문학은 '후반기' 동인의 차원에서 비판받았다. 김규동을 포함한 '후반기'의 문학은 "문학사적 불발탄"[5]이요, "현실 감각을 외면"[6]한 "피상적 모더니즘"[7]이라는 것이 바로 그것이었다. 이러한 비판은 김규동을 비롯한 '후반기' 동인의 문학이 당대의 현실을 제대로 인식 · 설명 · 형상화하지 못했다는 것을 암시했고, 이후 김규동의 문학을 바라보는 시각의 주류가 되었다. 그의 문학에 대해서는 현실에 대한 인식이 관념적 · 추상적이라거나, 혹은 1930년대의 모더니즘 문학에서 더 발전되지 못했다는 부정적인 평가가 잇달았다.[8]

이러한 비판과 달리, 김규동의 문학이 전쟁으로 대표되는 1950년대의 특수한 현실을 분명하게 인식 · 자각했다는 측면을 강조한 연구도 제기

---

5 홍기삼, 『상황문학론』, 동화출판공사, 1974, 58쪽.

6 김재홍, 『한국전쟁과 현대시의 응전력』, 평민사, 1978, 78쪽.

7 오세영, 『20세기 한국시 연구』, 새문사, 1989, 285쪽.

8 김규동 문학의 관념적 · 추상적인 현실인식에 대해서는 김규동 자신이 "내가 사는 당면한 민족현실과 거리가 멀다"라는 자기비판이 가해진 이래, 시인의 자기비판과 더불어 상당히 평가 절하된 측면이 있었다. 이경수가 "관념의 한계에 갇"혀 있음을, 이명찬이 "몰역사적인 방향"으로 향함을, 그리고 김춘수와 조달곤이 1930년대 모더니즘 문학의 답습이라는 언급한 바 있었다(김규동, 「자서」, 『깨끗한 희망』, 창작과비평사, 1985; 이경수, 「불안과 충돌의 시학」, 송하춘 · 이남호 편, 『1950년대의 시인들』, 나남, 1994, 176쪽; 이명찬, 「1950년대 전후 모더니즘에 대한 역사적 성격에 대한 검토」, 『개신어문연구』 11, 개신어문학회, 1994, 261쪽; 김춘수, 『김춘수 전집 (2)』, 문장, 1982, 435쪽; 조달곤, 「새롭다는 것의 의미」, 『동남어문논집』 9, 동남어문학회, 1999, 146~152쪽).

되었다. 그의 시와 평론이 1950년대의 현실에 대한 비판적인 모더니즘의 경향을 지님을 주목한 것이었다. 이러한 연구는 문명사적인 비극인 전쟁의 현실을 비판적으로 형상화·논리화했다는 것,[9] 이 점에서 1970년대 이후의 현실비판적인 리얼리즘 문학 경향이 1950년대의 문학에 이미 내재돼 있었다는 것,[10] 좀 더 나아가서 1930년대의 모더니즘 문학과

9  김규동의 시가 1950년대의 현실을 추상적·피상적으로 다뤘다는 비판과는 달리 비판적으로 형상화했다는 논자의 경우도 다수 제기되었다. 그만큼 김규동의 1950년대 시가 문제성을 지녔다는 얘기이다. 주로 1950년대 전쟁에 대한 비판적·성찰적인 태도의 시를 보여줬다는 점에서 의미를 찾았다. 그의 시에는 "전후 한국의 특수한 체험과 사회 현실에 대한 심도 있는 성찰과 비판"이 있다는 김지연, "인간을 파괴하는 전쟁에 대한 비판적인 인식"이 있다는 박몽구, 그리고 "근대의 제반 모순과 그 문명사적, 정신사적 폐해에 대해 적극적으로 대처"함을 보였다는 송기한 등이 있었다. 또한 김규동의 시에 대한 이러한 긍정적인 태도는 평론에도 거의 그대로 적용되었다. 그의 평론이 1950년대의 현실을 비판적으로 논리화했다는 논자는 "모더니즘의 비판적인 자기 성찰의 문제와 연결된 것이자 동시에 당대의 현실성을 포착하려는 방법적 시도의 결과"라고 한 박윤우가 대표적인 경우였다(김지연, 「1950년대 김규동 시의 시정신」, 『어문연구』 108, 한국어문교육연구회, 2000, 168쪽; 박몽구, 「모더니티와 비판 정신의 지평」, 『한중인문학연구』 19, 한중인문학회, 2006, 405쪽; 송기한, 「후반기 동인과 전위의 의미」, 『한국시학연구』 20, 한국시학회, 2007, 74쪽; 박윤우, 「1950년대 김규동 시론에 나타난 현실성 인식」, 『비평문학』 33, 한국비평문학회, 2009, 242쪽).

10  1950년대 김규동의 문학이 지닌 비판성을 강조하는 논의는, 그가 1960년대 이후 현실비판적인 리얼리즘적인 경향의 문학을 수용하는 것을 설명하는 데에 있어서 중요한 시사점이 되었다. 1950년대의 비판적인 논의가 시대적인 요청과 맞물려서 현실비판적인 리얼리즘 경향으로 심화·발전했다는 것이다. 1950년대의 김규동 문학에 대해서 윤여탁은 1970년대 이후의 리얼리즘적인 문학 경향이 "이미 이전의 시세계에서부터 잉태"되었음을, 그리고 한강희는 "리얼리즘 시를 모색하는 원형질로 작용"함을 논의한 바 있었다(윤여탁, 「1950년대 모더니스트의 자기모색」, 『선청어문』 25, 서울대 국어교육과, 1997, 129쪽; 한강희, 「'분열'과 '부정'에서 '통일 염원'에 이르는 도정」, 『현대문학이론연구』 28, 현대문학이론학회, 2006, 310쪽).

구별된다는 것 등이 주요 맥락이었다.[11] 이러한 기존의 연구는 1950년 대의 현실에 대한 시인의 비판적인 인식을 살펴봤다는 점에서 의미가 있었지만, 현대 문명에 대한 긍정적·부정적인 인식을 혼재적·모순적으로 보여주는 김규동 문학의 모더니티를 심도 있게 검토하지 못했다는 점에서 아쉬움이 남았다.

이러한 연구사를 통해 볼 때, 이제는 김규동의 평론과 시에서 현대 문명에 대한 상호모순적인 경험과 인식을 수용하는 모더니티의 양상을 검토해야 하는 것이 필요한 시점이다. 구체적으로는 김규동이 그의 평론

---

11 김규동의 1950년대 문학이 지닌 특성이 제대로 언급되기 위해서는 1930년대 모더니즘 문학과 연속되면서도 구별된다는 논의가 필요했다. 그의 문학적인 출발점은 1930년대 김기림의 문학이었고, 그러한 문학에서 심화·발전·확대되면서 김규동 특유의 문학이 형성되었다는 방향으로 논의되었다. 김규동의 1950년대 문학이 1930년대 모더니즘 문학과 구별된다는 언급은 1930년대 모더니즘과 달리 "이론적인 부분과 실제 창작 역시 결합"되었다는 문혜원과 "30년대 모더니즘의 극복이라는 현실적 성격"을 띤다는 이진영의 글에서 확인되었다(문혜원, 「전후 주지주의 시론 연구」, 『한국문화』 33, 서울대 한국문화연구소, 2004, 114쪽; 이진영, 「모더니즘의 현실 인식」, 『새국어교육』 70, 한국국어교육학회, 2005, 369쪽). 이러한 논의에 대해서는 좀 더 실체적인 분석이 요구됨을 밝힌다.
이 외에도 김규동의 문학에 대한 주요 논자로는 임헌영, 장사선, 정구향, 간호배, 김은영, 이동순, 강정구 등이 있었다. 이 중에서 임헌영은 리얼리즘 관점에서 김규동을 바라보았고, 이동순은 김규동 시세계의 변모과정을 연속성의 시각에서 살펴봤음을 부기한다(임헌영, 「한 모더니스트의 역사인식」, 『우리시대의 시읽기』, 공동체, 1993, 104~112쪽; 장사선, 「김규동론-모더니즘에서 리얼리즘으로」, 김용직 외, 『한국현대시연구』, 민음사, 1989; 정구향, 「1950년대 모더니즘 시 연구」, 『겨레어문학』 21, 건국대 국어국문학연구회, 1997, 173~225쪽; 간호배, 「『후반기』 동인의 시에 나타난 모더니티」, 『우리문학연구』 15, 우리문학연구회, 2002, 159~182쪽; 김은영, 「김규동의 시세계 연구」, 『국어국문학』 156, 국어국문학회, 2010, 173~206쪽; 이동순, 「김규동 시세계의 변모과정과 회복의 시정신」, 『동북아 문화연구』 26, 동북아시아문화학회, 2011, 113~126쪽; 강정구, 「한국전쟁을 포착하는 모더니즘」, 『시와사람』 63, 시와사람사, 2011년 겨울호, 137~143쪽).

집 『새로운 시론』에서 이성주의자의 믿음과 반이성주의자의 비판이라
는 상반 · 충돌된 두 가치를 용해시키는 현대시의 개념을 주창하고(2장),
시집 『나비와 광장』에서는 코기토적 · 이성적인 주체의 원근법적인 시
각을 해체하는 탈(脫)원근법적인 시각을 드러내며(3장), 시집 『현대의 신
화』에서는 현대 문명이 진보한다는 이성주의자의 계몽적인 믿음을 비판
적으로 성찰하는 양상을 보여주는 지점을(4장) 살펴보고자 한다.


## 2. 상반된 두 가치를 용해시키는 현대시의 개념

김규동의 문학에서 이성주의자의 믿음과 반이성주의자의 비판이 혼
재하는 면모가 잘 드러나는 것은 그의 평론집 『새로운 시론』이다. 평론
집의 제목에서 짐작할 수 있듯이, 그의 주요 평론은 그 이전과 다른 새
로운 시론 즉 현대시 개념론을 구성하고자 한 노력의 결과물이다. 이때
그의 현대시 개념은 현대 문명의 긍정적 · 부정적인 인식을 동시에 병
렬 · 충돌시키는 모순적인 것으로 보이기 쉽다. 그렇지만 마샬 버먼이
주장한 용해의 비전(melting vision) 논의로 살펴보면, 김규동 문학 특유의
모더니티를 드러내는 것으로 이해된다.[12]

---

12 용해의 비전이란 "견고한 모든 것은 대기 속에 녹아버린다"라는 마르크스(Marx)의
  자본주의 발전론 논의에서 빌려온 것이다. 버먼은 이 말을 근대화과정에서 전통적
  인 관습이나 역할의 벽이 와해될 때에 겪게 되는 제한 없는 자아의 발전과정이라는
  의미 정도로 사용한다. 페리 앤더슨은 이러한 버먼의 인식에 대해서 자아의 발전
  과정이 타자와 무관하게 전개되는 것이 아니라는 마르크스의 본의를 곡해했다는 비
  판을 한 바 있었다. 그러나 버먼의 논의는 전통적인 관습이 와해 · 해체되는 양상을
  용해의 비전이라는 용어로 극명하게 밝힌다는 점에서 어느 정도의 일리가 있다. 이

우선 평론집 『새로운 시론』에서 현대시의 개념이 반이성주의자의 비판으로 이해되는 부분을 검토하고자 한다. 김규동이 말하는 현대시란 "오늘이란 특수한 현실의 背景 밑에서 오늘의 市民에 依하여 쓰여지는 어저께의 詩가 아닌 오늘의 詩여야"[13] 한다는 개념규정에서 보이듯이, "오늘이란 특수한 현실의 배경 밑"에 놓여 있는 시를 의미한다. 좀 더 구체적으로 말하면, 현대시란 문명의 이기(利器)이어야 할 과학과 과학기술이 도리어 인간을 살육하고 인류의 문명을 파국으로 치닫게 하는 한국전쟁의 공포와 허무를 배경으로 놓는 시를 뜻한다. 이러한 시는 부르주아의 모더니티를 경멸·비판·거부하는 심리적인 경향을 띠게 된다.

A) (…중략…) 이 때 詩의 現實에 있어서 우선 나설 수 있는 條件과 權利를 갖춘 階級은 지난 날에 있어서의 저 象徵主義의 淡淡한 氣分의 滋養과 超現實의 모든 實驗이 보여준 無意識과 꿈의 世界 그리고 「푸로이드」의 精神分析學이나 혹은 立體派詩運動을 유심히 다루고 검토하여온 새 世代가 나은 「모더니즘」의 詩人들이 아닐 수 없다.[14]

B) 「이런 것(청록파시인 및 이 계열의 시론가들의 문학 — 필자 주)은 어린 아이들의 잠꼬대밖에 아니 된다. 이것은 現代人의 錯雜한 感情과 現代의

---

장에서 다룰 김규동의 시론에서는 현대 문명·과학을 비판하는 기존의 혹은 전통적인 현대시 개념이 해체되면서 새로운 시를 구성하고자 하는 비평적인 주체의 의지를 드러내고 있다. 이 새로운 시는 현대 문명·과학의 영향을 긍정적으로 인정하면서 동시에 비판하는 형태로 논리화되는 것이다. 이 점에서 김규동의 현대시 개념을 버먼이 말한 용해의 비전으로 설명하는 것이 가능한 것으로 판단된다(M. Berman, 윤호병·이만식 역, 『현대성의 경험』, 현대미학사, 2009, 25쪽; Perry Anderson, 「근대성과 혁명」, 『마르크스주의와 포스트모더니즘』, Perry Anderson·Terry Eagleton, 오길영·윤병우 외 편역, 이론과 실천, 1993, 165~166쪽).

13 김규동, 「현대의식과 현실」(1953), 『새로운 시론』, 산호장, 1959, 20쪽.
14 김규동, 「전쟁과 시인」(1951), 『새로운 시론』, 산호장, 1959, 151쪽.

象徵인 速度와 光線과 原子力과 戰爭과 虛無와 暗黑과 무슨 상관이 있다
는 말이냐?」[15]

C) 그렇게도 華麗하고 그렇게도 빛나는 線과 빛을 지니고서도 오히려 가슴
에 스며드는 죽음의 恐怖와 不安을 宿命처럼 그 機體 속에 간직한 이 文明의
날개에 對하여 어찌 詩와 같은 魅力을 느끼지 않는다고 말할 수 있으랴[16]

D) 現實에 대한 抵抗의 姿勢가 이제는 各者 明確해져야할 것인데 (…중
략…)[17]


위의 인용문 A)는 김규동이 생각하는 현대시가 과거의 역사적인 아방
가르드와 가까운 것임을, B)~D)는 부르주아 모더니티와 대립된 미학적
인 모더니티를 드러냄을 보여준다. A)에서는 "새 世代가 나은 「모더니
즘」", 즉 김규동 자신이 주장하는 새로운 시론이란 '象徵主義'·'超現
實'주의·'立體派詩運動'과 같이 급진적인 '모더니즘' 혹은 역사적인
아방가르드를 유심히 다루고 검토해 발전시킨 것임을 암시하고 있다.[18]

---

15 김규동, 「전쟁과 시인」(1951), 『새로운 시론』, 산호장, 1959, 154쪽.
16 김규동, 「현대시와 mechanism」(1954), 『새로운 시론』, 산호장, 1959, 64쪽.
17 김규동, 「현대시와 주제」(1954), 『새로운 시론』, 산호장, 1959, 12쪽.
18 우리 문학사에서 모더니즘(modernism)이란 용어는 주로 이미지즘과 신고전주의·
   주지주의를 대표로 하는 1910년 전후의 영미 모더니즘, 그리고 영미 모더니즘에 대
   한 반발로써 다다·초현실주의·입체파·미래파 등 20세기 초의 급진적인 예술을
   지칭하는 역사적인 아방가르드를 함께 지시하거나, 혹은 전자만을 지칭하는 경향
   이 있다. 본 고찰에서는 모더니즘이란 영미 모더니즘을, 그리고 급진적인 「모더니
   즘」 혹은 역사적인 아방가르드는 급진적인 예술 경향을 지시하는 것으로 잠정적으
   로 규정하기로 한다. 모더니즘과 역사적인 아방가르드의 범주에 대한 논란은 추후
   의 과제로 넘긴다(Malcolm Bradbury and James Mcfarlane, 『Modernism』, Penguin Books,
   1976; 김욱동, 『모더니즘과 포스트모더니즘』, 현암사, 1992, 참조).

이러한 역사적인 아방가르드에 기초를 둔 모더니즘이란 부르주아 모더니티에 대한 비판과 반발을 핵심으로 하고 있음은 물론이다.

또한 인용문 B)~D)에서도 김규동이 지향하는 시란 부르주아 모더니티에 대한 비판과 반발을 핵심으로 하고 있음을 잘 보여준다. B)에서는 "現代人의 錯雜한 感情과 現代의 象徵인 速度와 光線과 原子力과 戰爭과 虛無와 暗黑"을, C)에서는 "가슴에 스며드는 죽음의 恐怖와 不安"을 문학에서 드러내어야 함을 강조하고 있고, D)에서는 "現實에 대한 抵抗의 姿勢"를 강력하게 주장하고 있기 때문이다. 이러한 인용문의 공통점은 과학과 과학기술에 대한 신뢰와 이성·자유를 핵심 가치로 여기는 부르주아 모더니티를 경멸·비판·저항하는 미학적인 모더니티를 드러낸다는 것이다.

김규동이 주장하는 현대시의 개념이 특이한 까닭은, 이러한 반이성주의적인 비판의 경향을 띠는 현대시를 이성주의자의 믿음 위에서 만들어진 현대 문명의 한 부분으로 보는 독특한 모순적인 사고 때문이다. "詩는 모든 神秘로운 思想과 暗黑─半封建的인, 反文化的인 諸要素들을 淸算하고 새로운 文明의 아들로서 찬연한 날개를 떨치고 일어나야만 하겠다."[19]라는 표현에서 엿보이듯이, 그는 현대시(문학·예술)라는 분야가 "文明의 아들" 즉 현대 문명의 하위분야로써, 이성주의자·부르주아의 모더니티를 드러내는 것으로 이해한다. 이러한 현대시의 개념은 현대 문명·현실에 대한 비판적인 양식이라는 기존의 혹은 전통적인 현대시의 개념을 해체시키면서 현대 문명과 과학에 긍정적으로 영향을 받은 시라는 새로운 논리를 만들고 있음을 분명히 보여준다.

---

19 김규동, 「현대시와 mechanism」(1954), 『새로운 시론』, 산호장, 1959, 69쪽.

E) 現代詩는 스스로의 科學的 詩學으로서의 方法論을 가지는 것이다. 詩
는 嚴然한 하나의 推理的 方程式과도 같은 방법으로 運算되는 것이다.[20]

F) 素材의 陳述이 왜 詩가 될 수 없는가? 그것은 두말할 것도 없이 그 속
에 統一과 組織과 秩序의 觀念이 결여되어 있기 때문이다.[21]

G) 오늘 感動이란 것도 詩의 內容으로부터 오는 主觀的 感動이 아니고
方法이라든가 技術에 관한 知的인 思考에 대한 客觀的인 感動으로 된 것
이 그것이 지니는 모습으로 되어버렸다.[22]

인용문 E)~G)에서 김규동은 반이성주의적인 경향의 시를 이성주의
자의 믿음 속에 용해시키는 새로운 현대시의 개념을 구상한다. 그의
현대시 개념은 앞선 인용문에서 검토한 미학적인 모더니티와, E)에서
처럼 "推理的 方程式과도 같은" "과학적인 방법론"을 활용하고 논
리 · 이성을 믿는 부르주아 모더니티를 용해시킨 것이 된다. 다시 말해
서 "과학적인 방법론", 즉 F)의 "統一과 組織과 秩序의 觀念"과 G)의
"方法이라든가 技術에 관한 知的인 思考"와 같은 이성주의자의 믿음
이 전제가 되어 반이성주의자의 비판을 수용 · 용해시키는 형태가 되는
것이다.

이때 이러한 현대시 개념에서 "과학적인 방법론"은 인간과 사회 현상
에 대해 고유의 형식적인 통일성이나 나름의 방법 · 논리 · 체계를 지닌
인문과학적 혹은 문학적 · 시학적인 것이라기보다는, "嚴然한 하나의 推

---


20 김규동, 「시와 생활」(1952), 『새로운 시론』, 산호장, 1959, 58쪽.
21 김규동, 「현대의식과 현실」(1953), 『새로운 시론』, 산호장, 1959, 21쪽.
22 김규동, 「현대시와 방법」(1954), 『새로운 시론』, 산호장, 1959, 98쪽.

理的 方程式과도 같은 방법으로 運算되는 것"이라는 표현에서 알 수 있듯이 수식·연산의 정확성·엄밀성·필연성을 지니는 자연과학적인 것이라는 점이 특징적이다. 김규동의 현대시 개념은 '통일'·'조직'·'질서'·'방법'·'기술'과 같은 (자연)과학적·이성적인 가치의 일관성·논리성을 전제로 깔고서 한국전쟁의 불안·공포를 들춰내는 반이성주의자의 비판을 용해시켜 탄생된 것이다. 이러한 현대시 개념의 탄생은 "과학적인 방법론"이 실제 창작에서 인문과학과 구별되는 자연과학적인 성격을 띠느냐 하는 의구심과는 별개로,[23] 한국전쟁으로 대표되는 1950년대에 무질서의 절망 속에서 질서에 대한 희망을 드러내고자 하는 문학적인 노력인 것으로 판단된다. 김규동의 현대시 개념은 현대 문명의 질서 속에서 무질서를 용해시키고자 하는 비평적인 주체의 의지를 개진한 것이다.


## 3. 탈(脫)원근법적인 시각

김규동의 시집 『나비와 광장』에서 주목되는 부분 중의 하나는, 원근법적인 시각을 전복하는 탈원근법적인 시각의 모색과 그 구현이다. 원

---

23 엄밀히 말해서 김규동의 현대시 개념에 나타난 "과학적인 방법론"은 자연과학적인 가설·실험·증명의 형태를 지니는 것은 물론 아니다. 실제 창작에서 인간과 사회 현상에 대해 고유의 형식적인 통일성이나 나름의 방법·논리·체계를 지닌 인문과학적인 특성을 지닐 뿐이다. 이 논문에서는 김규동이 주창하는 '통일'·'조직'·'질서'·'방법'·'기술'의 "과학적인 방법론"이란 한국전쟁의 불안과 공포와 같은 분열·해체·무질서·무방법·무기술을 나름대로 질서화·논리화하는 목적을 지닌 것이라는 점을 주목했다.

근법적인 시각이 "대상 세계와 거리를 둔 통제력을 행사하"여 스스로를 "세계의 중심"으로 믿는 '코기토(cogito)' [24] 혹은 이성주의자의 것이라고 한다면, 한국전쟁에서 경험된 죽음의 공포와 실존적인 불안은 그러한 원근법적인 시각에서 배제된 바깥에 놓여 시선화될 수 없는 것이 된다. 시인은 그의 주요 시편에서 이러한 공포와 불안을 드러내기 위해 탈원근법적인 시각을 구성한다. 이 탈원근법적인 시각은 "과학적 방법론"이라는 이성주의자의 믿음 위에서 그 믿음을 거부·회의하는 반이성주의자의 부정적인 감정―공포와 불안―이 수용된 독특한 특성을 보인다. 이때 이러한 시각의 특성은 아방가르드적인 미학적 반역성(revolt)의 개념으로 살펴보면, 김규동 시에 나타난 문학적인 모더니티의 양상이 잘 검토되는 지점이 된다.[25]

김규동의 시에서 탈원근법적인 시각은 미학적인 반역성으로 이해될 필요가 있다. 20세기 초의 역사적인 아방가르드는 눈에 보이는 대로의 (혹은 원근법적인 시각의) 미술을 거부·반역하여 "다시 탈피하는 것,

---

24 주은우, 『시각과 현대성』, 한나래, 2003, 25쪽. 주은우의 글에서 '코기토'란 데카르트의 코기토 에르고 숨(cogito ergo sum)을 줄인 표현으로 이성적인 판단과 믿음을 근거로 한 인식주체를 의미한다. 이러한 코기토는 자신의 이성을 믿고(숭배하고) 그 이성에 근거하여 자신을 중심에 놓고 세계를 원근법적으로 시각화한다는 점에서 본 고찰에서 말하는 이성주의자의 전형으로 보는 것이 타당하다고 본다.

25 아방가르드적인 미학적 반역성의 개념이란 예술적 상상력으로 미지의 영역을 탐사·측정하면서 전통을 맹렬하게 거부하는 특성을 지칭한다. 이러한 반역성은 스스로를 부정·회의·파괴하면서 새로운 창조성을 보여주는 자기파괴적인 양상을 보인다. 김규동의 시집 『나비와 광장』에서는 과학문명·기계문명에 대해 긍정하는 미래파 중심의 역사적 아방가르드의 태도를 전복·해체하면서 새로운 탈원근법적인 시도를 보여주는데, 이러한 시도 역시 미학적인 자기전복이라는 점에서 아방가르드적인 미학적 반역성 개념을 차용하는 것이 가능하다고 본다(M. Calinescu, 이영욱 외 역, 『모더니티의 다섯 얼굴』, 시각과 언어, 1993, 13쪽).

보는" "방식을 새롭게 제시"[26]하면서, "과학기술이 가져다 준 기계와 혼용"된 "과학 문명"·"기계 문명"[27]에 열광한 바 있었다. 김규동은 그의 시집에서 원근법적인 시각을 거부하는 역사적인 아방가르드의 방법을 "과학적 방법론"으로 수용하면서도, "과학 문명"·"기계 문명"[28]에 대한 역사적인 아방가르드의 긍정적인 태도를 한국전쟁의 부정적인 경험으로 인해 다시 반역하게 된다. 이러한 반역성에 근거한 탈원근법적인 시각은 크게 두 가지의 측면으로 살펴진다. 하나는 다중시점(multiple viewpoint)의 측면이고, 다른 하나는 비가시적인 것의 가시화(nocturnal visibility) 측면이다. 먼저, 다중시점의 측면을 분석하기로 한다.


H) 敎會堂에서
　　밀려나온 어린 딸들은
　　붉은 장미꽃을 뿌리며
　　바다의 層階를 나려 갑니다.

　　椰子樹 그늘처럼 잔잔한
　　검은 運河,

　　星座 위에서
　　내가 鳥瞰하는 華麗한 爆火![29]



26 진휘연, 『아방가르드란 무엇인가』, 민음사, 2002, 15쪽.
27 허정아, 「기계와 속도를 통해 본 아방가르드미학」, 『미학』 54집, 한국미학회, 2008, 169쪽.
28 위의 책, 180쪽.
29 김규동, 「기도」, 『나비와 廣場』, 산호장, 1955, 28쪽.

I) 颱風과도 같이

獨裁者의 軍隊가

탱크를 굴려가던

찢어진 공간을 향하여

마지막 기빨을 내어졌던 少年은

지금 저 建物 밑에 누워 있습니다.[30]

위의 시편은 모두 현대 문명에 대한 불안과 공포가 형상화되어 있다는
점에서 반이성주의자의 비판이 되지만, 그 비판이 '질서' · '방법' · '기
술'과 같은 "과학적 방법론" 위에서 서술되고 있다는 점에서 주목된다. 바
로 그 방법론이 다중시점이다. 다중시점이란 다양한 시점으로 바라본 것
을 하나의 텍스트에 담는 방법 · 기술을 뜻하는데, 인용문 H)~I)에서는 한
국전쟁을 주도하면서 스스로를 "세계의 중심"에 놓는 코기토 혹은 이성주
의자의 단일시점(single viewpoint)을 다중시점의 방법으로 반역하면서, 이성
주의자가 은폐 · 간과하기 쉬운 한국전쟁에 대한 불안과 공포를 드러낸다.

인용문 H)에서 한국전쟁 중에 "敎會堂에서/밀려나온 어린 딸들"의 모
습과 폭탄의 "華麗한 爆火"는 상당히 대조적으로 서술되어 있다. 이때
"어린 딸들"의 모습은 "敎會堂에서/밀려나온"다는 점에서 평범한 일상
의 모습을 보여준다. 그렇지만 이러한 모습은 시점을 "星座 위에서" 내
려다보는 조감(鳥瞰)의 방법으로 바꿈으로써 일상의 이면을 새롭게 제시
한다. 일상의 다른 곳에서는 "華麗한 爆火"가 터지고 있다는, 다시 말해
서 죽음에 직면하는 전쟁이 진행되고 있음을 보여주는 것이다. 이러한
조감의 방법은 평범한 일상의 이면에 전쟁의 현장을 병치시킴으로써 일

---

30 김규동, 「원색의 해안에 피는 장미의 시」, 『나비와 광장』, 산호장, 1955, 40~41쪽.

상 속에 숨겨진 죽음의 공포와 불안을 잘 드러낸다. 또한 I)에서 눈에 보이지 않는 "建物 밑에 누워 있"는 '소년'은 투시(透視)의 방법으로 서술되어 있다. 죽음의 위기가 생존자의 실존을 엄습하고 있지는 않을지라도, 언제라도 그 '소년'처럼 죽어 버려질지 모른다는 불안과 공포의 감정이 암시되어 있는 것이다.

그리고, 비가시적인 것의 가시화 역시 탈원근법적인 시각의 방법 중 하나이다. 현대예술에는 가시적인 대상보다 그 대상에서 느껴지는 힘과 속도와 같은 비가시적인 것을 가시화하려는 특성이 있다는 파울 클레(Paul Klee)의 말은,[31] 김규동의 시에서도 지향하는 바가 된다. 김규동은 그의 주요 시편에서 총·탱크·전투기와 같은 전쟁무기처럼 가시적인 것보다 그 가시적인 것이 보여주지 않는 비가시적인 것을 드러냄으로써, 불안과 공포의 감정을 더 심각하게 표현하기 때문이다.

> J) 稜線마다
> 　나부껴 오는
> 　검은 射程圈,
>
> 　速力외 疾走는
> 　나의
> 　肉體의 部分들을
> 　轢死시켰다.[32]

---

31 파울 클레(Paul Klee)는 "예술은 보이는 것을 재현하는 것이 아니라 보이지 않는 것을 보이게끔 만드는 것이다"라고 말한 바 있다. 재원 편집부, 『파울 클레』, 재원, 2004 참조.
32 김규동, 「戰爭과 나비」, 『나비와 광장』, 산호장, 1955, 30쪽.

K) 活字처럼 다가와

　　나의 이마에

　　나의 가슴에

　　나의 關節에

　　나의 瞳子 안에

　　正面衝突하는

　　重量. 重量. 重量.[33]


　인용문 J)~K)에서는 전쟁무기라는 가시적인 것보다 그것이 지니는 힘과 분위기라는 비가시적인 것이 형상화의 대상이 된다. 시적 화자는 J)에서 "稜線마다/나부껴 오는/검은 射程圈"을 가지고 있는 기관총이 지니는 위력적인 "速力의 疾走"에 대한 상상만으로 "나의/肉體의 部分들을/轢死시"킴을, 그리고 K)에서는 전쟁 중의 거리에서 보이는 것들이 "나의 瞳子 안에/正面衝突하는/重量. 重量. 重量"으로 느껴짐을 서술하고 있다. 이러한 속도와 중량이란 모두 "대상 세계와 거리를 둔 통제력을 행사하"여 스스로를 "세계의 중심"으로 여기는 이성주의자의 논리에서는 간과ㆍ무시ㆍ은폐되는 한국전쟁 중의 실존적인 불안과 죽음의 공포를 극대화시키는 비가시적인 것이다. 이처럼 비가시적인 것의 가시화나 다중시점의 방법은 김규동 특유의 "과학적 방법론" 위에서 이성주의자의 믿음을 비판하고 원근법적인 시각을 해체시키는 미학적인 반역성을 드러내는 문학적인 모더니티의 구현인 것이다.

---

33 김규동, 「불안의 속도」, 『나비와 광장』, 산호장, 1955, 49쪽.

# 4. 계몽에 대한 성찰

김규동의 시집 『현대의 신화』에서 주목되는 것은 현대 문명이 진보한
다는 이성주의자의 믿음에 대한 회의이다. 이 회의는 반이성주의자의
비판에서 기인하는 것이지만, 근본적으로는 진보에 대한 믿음을 버리는
것이 아니라는 점에서 주의를 요한다. 김규동은 그의 시집 자서에서 전
후 한국 사회가 무질서와 혼란에 빠져 있는 상황을 비판함에도, "과학문
명의 질주와 그 조명 아래서 우리가 생각하는 철학과 시"[34]를 구상한다
고 밝히고 있기 때문이다. 이러한 비판과 구상은 자칫 모순되어 보이지
만, 계몽(이성)을 성찰하는 계몽(이성)이라는 호르크하이머·아도르노
의 계몽성찰(reflection on enlightenment) 개념으로 검토하면 그 의미가 잘
드러난다.[35]

호르크하이머·아도르노는 "역사에 포섭되지 않고 사유를 비판할 수
있는 힘이며 개념적으로 규정할 수 없는 '전체로서의 세계'"[36]를 상정

---

34 김규동, 「시집 「현대의 신화」에 부치는 시론」, 『현대의 신화』, 덕련문고, 1958, 132쪽.

35 M. Horkheimer · T. W. Adorno, 『계몽의 변증법』, 김유동 외 역, 문예출판사, 1995,
35쪽.

36 권용선, 『이성은 신화다 계몽의 변증법』, 그린비, 2003, 95쪽; T. W. Adorno, 「모더
니티; 미완성의 기획」, Hal Foster, 윤호병 역, 『반미학』, 현대미학사, 1993, 참조. 이
성은 어떤 대상을 개념화함으로써 자신이 알고 있다고 생각하고(자기화하고) 그 대
상을 개념과 동일시한다(동일화한다). 이러한 이성의 원리는 세계를 지배하고 발전
시켜 나아가는 힘이 되고, 그 힘에 대한 신뢰는 유의미한 것이다. 아도르노가 이성
의 자기전개에 의한 모더니티의 기획을 논의하는 것은 바로 이 까닭이다. 그렇지
만 아도르노의 논의가 중요한 것은 그러한 이성의 자기전개과정에서 자기성찰(계
몽을 계몽하기, 혹은 이성을 이성적으로 성찰하기)이 동반된다는 점이다. 이성이
개념화한 대상에는 기실 개념화되지 않는 부분이 늘 있게 되는데, 이러한 부분을
무시·간과한 채로 대상을 동일화했다는 것은 이성의 동일성 폭력이자 한계라는

하여 이성의 동일성에 내재된 폭력적인 속성을 살펴본 바 있다. 쉽게 말해서 이성이 동일화·자기화했다고 여기는 세계에서 동일화·자기화되지 못한 부분을 포함한 전체를 상정함으로써 동일성의 폭력과 그 한계를 비판적으로 성찰한 것이다. 시집 『현대의 신화』의 주요 시편에서는 전쟁으로 인한 정신적인 외상과 분열, 실존적인 불안과 허무, 유교와 같은 전통적인 가치의 붕괴와 혼란, 분단으로 인한 이산의 고통, 그리고 이념적인 갈등 등이 서술된 부정적인 현실이 제시된다. 이때 이러한 현실의 제시가 바로 이성이 포섭하지 못한 전체의 부분을 드러내는 것이 되고, 나아가서 그 '전체로서의 세계'를 동일화·자기화하지 못한 이성의 한계에 대한 성찰이 된다. 이러한 성찰은 모호하고 불명확한 이미지를 드러내는 부분에서 우선적으로 확인된다.

> L) 병든 정신의 앓음 소리 같이
> 거리에서 흘러오는 괴로운 숨소리.
>
> (…중략…)
>
> 자동차의 행렬 속을
> 동란의 암흑이 흐르고
> 폭발하는 지구의 처절이 눈부셔 온다.
> 살인과 범죄
> 뭇 허위와 배암이의 영상—
> 그런 것들의 이메지를 한데 섞으며

---

것이다. 이 장에서는 김규동이 그의 시에서 이성의 원리로 개념화되지 않는 부정적인 현실을 제시함으로써 이성의 폭력과 그 한계를 드러내는 성찰을 했음을 주목하고자 한다.

　　거리는 화려한 강물 속을 구비쳐 간다.

　　가빠지는 숨결,
　　창백한 얼굴들.
　　모든 약속과 신의는 한꺼번에 무너지고
　　낙엽이 딩구는 광상의 소음 속에
　　하오 두시의 침묵이 떨어져 온다.[37]


　"과학문명의 질주와 그 조명 아래"의 시를 구상하면서도 모호하고 불명확한 이미지가 출현하는 것은, 이성에 대한 (이성적인)성찰을 보여주기 때문이다. 이성주의자는 세계를 자신의 이성으로 포섭하여 '과학문명'인 것으로 믿지만, '전체로서의 세계'는 그러한 이성의 믿음이 폭력이고 허위임을 암시해 준다. 위의 인용문 L)에서 주체가 제시되지 않는 채 "거리에서 흘러오는 괴로운 숨소리"가 들린다는 것, "자동차의 행렬"이라는 교통의 흐름 속에 "동란의 암흑"이 '흐'른다는 것, '지구'가 '폭발'한다는 것, "살인과 범죄/뭇 허위와 배암이의 영상"이 "한데 섞"인다는 것, 육지의 '거리'가 난데없이 "화려한 강물 속을 구비쳐 간다"는 것, 갑자기 "모든 약속과 신의는 한꺼번에 무너"진다는 것, "낙엽이 딩구는" 것이 "광상의 소음"이 된다는 것, 그리고 "하오 두시"가 사람처럼 '침묵'한다는 것 등의 표현은, 이성으로 포섭하지 못하는 전체의 부분을 드러내어 이성 자체를 비판적으로 성찰하는 것이 된다.

　이러한 성찰은 이성의 작용이면서 이성을 비판하는 사유의 형태라는 점에서 주목된다. 김규동의 시는 "과학문명의 질주와 그 조명 아래"에서

---

37　김규동, 「거리에서 흘러오는 숨소리는」, 『현대의 신화』, 덕련문화사, 1958, 30쪽.

제시되는 모더니티의 기획을 신뢰하면서도, 모호하고 혼란스러운 이미지를 뒤섞어버려 이성 자체를 회의·비판하는 것이 된다. "나의 內部에선/지금 機械의 움직임/무슨 소린지 모를 소리가" 난다는 구절에서 미지의 '소리', "孤獨한 對話가/透明한 音階를 그었"다는 부분에서 모순형용인 "孤獨한 對話", 혹은 "애드바룬의 不安한 하늘에/複雜한 人間의 良心이 가고 있다"[38]는 표현에서 거의 이해 불가능한 "複雜한 人間의 良心" 등은, 그의 시집에서 모호하고 불명확한 이미지의 유사 사례가 된다.

이성에 대한 회의와 성찰이 잘 드러나는 또 다른 부분은 무시무시한(uncanny) 이미지가 제시된 시편에서이다. 프로이트(S. Freud)에 따르면, 무시무시한 것이란 오래된 친숙함이 줄 수 있는 기묘하고 경악스러운 감정을 뜻한다. 친숙하다고 여겨지는 이미지에서 갑자기 전달되는 낯설음의 공포는 무의식의 영역에서 존재하는 심리적인 사실에 대한 반복강박인 것이다.[39] 시집의 주요 시편에서는 현실에서 우연히 마주친 친숙한 대상이 낯선 이미지로 제시되는 경우가 있다. 이러한 친숙한 낯설음의 이미지는 앞에서 논의한 이성이 포섭한 친숙한 세계에서 '전체로서의 세계'라는 낯설음이 의식의 경계 위로 불쑥 솟아오를 때에 경험되는 것이다.

> M) 가족도 동료도 다 어디론가 사라져 버리고 나만 혼자 이 거리에 나와 선 지금―그러면 가족은 어찌된 것일까? 사랑하는 아들아! 너는 어디에

---

38 김규동, 「내 가슴속에 機械가」, 『현대의 신화』, 덕련문화사, 1958, 32쪽; 김규동, 「가을이 다리고 오는 프로이드的 환상」, 『현대의 신화』, 덕련문화, 1958, 81쪽; 김규동, 「풍경으로 대신하는 진단서」, 『현대의 신화』, 덕연문화, 1958, 81쪽.
39 S. Freud, 김영종 역, 『프로이트 예술미학분석』, 글벗사, 1995, 179~218쪽 참조.

있느냐? 네가 좋아하는 코끼리가 나팔을 불면서 오고 있구나!

나는 비로소 오늘이 무슨 날인가를 알게 되었다. 그렇다. 전쟁이 지금 바로 끝난 게로구나. 지금까지 나는 잠을 자고 있었나보다. 그러면 나의 혈육들은 어찌 되었을까. 그 수많은 자동차와 사람과 세기의 문명은 어찌된 것일까.

그러자 이해 못할 행진의 배경이라도 장식하는 듯 코끼리의 음악대가 걸어오던 저쪽 서편 하늘가에서 푸른 광선이 공중에 번쩍거렸다. 그것은 마지막으로 폭발하는 인간의 무기라 하였다. 그것은 바로 전쟁의 종언을 고하는 신호등이란 것을 순간 나는 깨달았다.

코끼리의 악대가 지나가자 나는 어디로 가야할 지를 몰랐다. 남루한 옷을 입은 아이들은 줄곧 코끼리와 광대를 따라 뜨거운 아스팔트 위를 쉬지도 않고 따라 가고 있었는데…….[40]

위의 인용문 M)에서는 전쟁이 끝나버렸음에도 가족과 헤어진 채 혼자 있는 시적 화자의 현실을 비판적으로 성찰하기 위해서 코끼리라는 이미지를 무시무시하게 만들어버린다. 코끼리는 원래 아이들이 좋아하는 동물이지만, 위의 시에서는 "나팔을 불면서 오"는 음악대원 중의 하나가 된다. 한국전쟁의 종료를 알리는 이 코끼리의 행렬은, "자동차와 사람과 세기의 문명"이 퇴보하고 폐허로 변해버렸음을, 혹은 전후 한국 사회가 코끼리가 다닐 만한 원시적·미개적인 공간임을 암시하는 것이 된다. 더욱이 한국전쟁이 종료되었음에도 "저쪽 서편 하늘가에서 푸른

---

40 김규동, 「밤의 神話」, 『현대의 신화』, 덕련문화사, 1958, 64~65쪽.

광선이 공중에 번쩍거"리고 "남루한 옷을 입은 아이들"이 코끼리를 "따라 가"는 이 친숙하면서도 낯선 상황은, 이성이 포섭하지 못한 '전체로서의 세계'가 폭로되는 것에 다름 아니다.

코끼리와 같은 무시무시한 이미지는 시집 『현대의 신화』에서 반복되어 나타나면서, 이성에 대한 성찰을 지속적으로 보여준다. 시 「危機를 담은 電車」에서 "奇蹟과 奇蹟의 틈바구니에서" 살아남은 자란 "창백한 文明의 危機에/서글픈 診斷書를 쓴 「D.H. 로—렌스」의 얼굴을 닮아가"는 것이 되고, 시 「곡예사」에서 "危險한 空間 속에" 사는 곡예사란 "原爆의 하늘" 아래를 사는 우리 자신으로 드러난다.[41] 이러한 이미지는 모두 친숙한 이미지를 뚫고 나오는 낯설음의 공포에 의해서 무시무시한 것이 된다. 이처럼 무시무시한 이미지와 모호하고 불명확한 이미지는 "과학문명의 질주와 그 조명 아래서 우리가 생각하는 철학과 시"라는 모더니티의 기획 아래, 전후 한국 사회를 폐허로 만든 이성의 한계를 비판하는 계몽·성찰적인 것이 되는 것이다.[42]

---

41 김규동, 「危機를 담은 電車」, 『현대의 신화』, 덕련문화사, 1958, 15쪽; 김규동, 「곡예사」, 『현대의 신화』, 덕련문화사, 1958, 21~22쪽.

42 김규동의 1950년대 시집에 나타난 모호하고 불명확한 이미지와 무시무시한 이미지는 이성이 포섭하지 못한 전체의 부분을 드러내면서 한국 사회를 폐허로 만든 이성의 한계를 비판하는 계몽성찰적인 것이다. 이때 이러한 이미지들은 현실세계의 부조리와 부패와 모순에 대해서 상당히 비판적인 시각으로 제시된 것이라는 점에서 1960년대 이후 김규동의 문학이 현실비판적인 경향의 리얼리즘으로 바뀌는 자체의 근거를 보여준다. 1950년대의 시집에 나타난 현실에 대한 계몽성찰과 그러한 시도는, 이런 의미에서 김규동 문학의 전개와 변화에서 중요한 시사점을 보여준다.

# 5. 결론

이 논문에서는 현대 문명이 진보한다는 이성주의자의 믿음과 그 믿음을 회의·부정하는 반이성주의자의 비판이라는 두 가치가 혼재·충돌·모순되는 독특한 모더니티의 양상을 김규동의 1950년대 문학이 잘 드러낸다는 점을 검토했다. 그의 문학은 한국전쟁의 발발과 혼란으로 인한 현대 문명의 발전과 퇴보를 동시에 경험하고 그 경험의 양상을 문학적으로 표출했다는 점에서 검토의 가치가 있었다. 그동안 그의 문학은 추상적·피상적인 모더니즘이라는, 혹은 현실비판적인 경향의 문학이라는 평가를 받아왔다. 그렇지만 그간의 연구사에서는 현대 문명에 대한 상호모순적인 인식을 혼재적으로 보여주는 모더니티의 양상을 제대로 규명해 내지는 못했다. 본고에서는 용해의 비전, 미학적 반역성, 그리고 계몽성찰이라는 개념을 빌려와 김규동 문학에 나타난 모더니티의 양상을 분석했다.

첫째, 김규동의 평론에서 제시된 현대시의 개념에는 이성주의자와 반이성주의자의 두 심리가 상충했지만, 이러한 상충된 심리는 "견고한 모든 것은 대기 속에 녹아버린다"라는 용해의 비전을 지닌 것으로 이해되었다. 우선 평론집 『새로운 시론』에서 현대시는 "오늘이란 특수한 현실"을 배경으로 하여 부르주아 모더니티를 경멸·비판·저항하는 미학적인 모더니티를 보여주는 것이었다. 이러한 반이성주의적인 비판의 경향을 띠는 현대시는 "文明의 아들" 즉 현대 문명의 하위분야로써, 그리고 이성주의자·부르주아의 모더니티를 드러낸다는 사유 아래에서 이해됐다는 점이 특이했다. 김규동은 1950년대라는 한국전쟁의 혼란 속에서 현대시의 개념을 제시하면서, 현대 문명의 질서 속에서 무질서(혼란)를 용해시키고자 하는 비평적인 주체의 의지를 개진한 것이었다.

둘째, 시집 『나비와 광장』에서는 "과학적 방법론"이라는 이성주의자의 믿음 위에서 그 믿음을 거부·회의하는 반이성주의자의 부정적인 감정―공포와 불안―이 수용된 탈원근법적인 시각이 주로 제시되었는데, 이러한 시각은 아방가르드적인 미학적 반역성을 지닌 것으로 분석되었다. 김규동은 역사적인 아방가르드가 원근법적인 시각을 거부하는 방법을 자기 나름의 "과학적 방법론"으로 수용하면서도, 한국전쟁의 부정적인 경험으로 인해 "과학 문명"·"기계 문명"에 대한 역사적인 아방가르드의 긍정적인 태도를 다시 반역하였다. 한국전쟁 중의 불안과 공포는 "星座 위에서/내가 鳥瞰하는 華麗한 爆火"라는 조감이나 "建物 밑에 누워 있"는 '소년'을 보는 투시와 같은 다중시점의 방법으로, 그리고 "速力의 疾走"나 "重量. 重量. 重量"과 같은 비가시적인 것의 가시화방법으로 투사되었다.

셋째, 시집 『현대의 신화』에서는 현대 문명이 진보한다는 이성주의자의 믿음에 대한 회의가 드러났는데, 이러한 회의는 계몽을 계몽한다는 계몽성찰적인 양상으로 살펴졌다. 김규동의 시는 "과학문명의 질주와 그 조명 아래서 우리가 생각하는 철학과 시"라는 모더니티의 기획 속에서 전후 한국 사회에 대한 부정적인 현실을 제시함으로써 이성의 동일성 폭력과 그 한계를 보여주는 성찰적인 것이었다. 이러한 성찰은 "거리에서 흘러오는 괴로운 숨소리"가 들린다거나 갑자기 "모든 약속과 신의는 한꺼번에 무너"진다는 것처럼 모호하고 불명확한 이미지를 통해서, 혹은 코끼리라는 이미지를 중심으로 친숙한 세계를 낯설게 만드는 무시무시한 이미지를 통해서 드러났다.

이렇게 볼 때, 김규동은 그의 문학에서 한국전쟁이라는 문명사적인 충격 속에서 현대 문명의 발전과 퇴보라는 모순적 · 역설적인 이중경험을 나름대로 이해해야 했던 시대적인 과제에 대해서 용해적, 반역적, 그리고 계몽성찰적인 모더니티의 양상으로 응답했던 것이다. 이러한 그의 문학적인 모더니티는 한국전쟁이라는 사건으로 대표되는 1950년대를 살아간 자의 시대의식을 세밀하게 보여줬다는 점에서 중요한 의미와 가치가 있는 것이다. 앞으로 김규동의 1950년대 문학이 1930년대의 역사적 아방가르드 · 모더니즘과 맺는 관계, 특히 김기림과 상호텍스트적으로 주고받은 영향 관계로 논의를 확대할 필요가 있음을 부기해 둔다.

# 1950년대 김규동의 문학담론에 나타난 과학 표상 고찰

강정구 · 김종회

## 1. 서론

1930년대 주지주의 시론에서 제기되었던 과학 표상이 1950년대 김규동의 문학담론에서 다시 출현한다는 것은 눈여겨 볼 일이다.[1] 문학담론

---

1 이 논문에서 말하는 과학(science)이라는 용어는 1950년대 김규동의 문학(시 · 비평)에서 '과학' · '과학문명' · '과학적 시학'이라는 표현으로 직접 나타나고, '현대' · '문명' · '속도' · '시' · '문학'이라는 표현과 어울려 자주 드러나며, '주지' · '객관' · '방법' · '기술' · '질서' · '조직' · '분석'이라는 표현으로 대체되기도 하는 표상(image)을 의미한다. 본 논문에서는 김규동의 문학에서 언급되는 이러한 과학 표상의 의미를 살펴보기 위해서 그의 문학을 일정한 규칙성을 지닌 언표(enonce)의 장, 즉 담론(discourse)의 차원에서 검토하고자 한다(M. Fouault, 이정우 역, 『담론의 질서』, 서강대 출판부, 1998, 159쪽). 다시 말해서 과학 표상이 그의 문학담론에서 어떻게 출현하여 어떤 의미를 지니고 있고, 또 어떤 담론적인 위치를 차지하는가 하는 문제를 주목하고자 하는 것이다.
본래 과학은 자연 현상의 본질을 묻는 의문을 논리적으로 추리하여 체계적인 답을 얻으려고 시도하는 과정과 그 지식체계를 뜻하는 용어이고, 이러한 과학은 크게 보아 역사과학 · 사회과학 · 문학이론 · 문학비평 등의 정신과학(문화과학)과 수학 · 물리 등의

속의 과학 표상은, 1930년대 김기림과 최재서의 경우에 문학비평에서 엄밀한 학문적인 방법론의 필요성을 주창하기 위한 용어였으나, 1950년대 김규동의 경우에는 문학비평의 방법론이라는 차원을 넘어서서 현실에 대응하는 일종의 사고방식을 표현하고 있기 때문이다. 과학이라는 표상이 김규동이라는 한 시인·비평가에게, 그리고 한국전쟁과 분단으로 대표되는 1950년대라는 시대에 왜 이렇게 중차대한 의미를 띠게 되는 것일까? 이 논문은 1950년대 김규동의 문학담론에서 과학 표상이 1930년대 주지주의 시론과 어떻게 다른 위상을 지니는가 하는 점을 문제로 제기한다.[2]

---

자연과학으로 나뉜다. 타이머(W. Theimer)는 과학의 특정한 방법적 규칙에 대해서 ① 충분히 사실자료들에 근거하는 객관성이 있어야 한다(감정으로부터의 해방되어야 한다) ②자료와 자료가공은 명확히 구분되어야 한다 ③사변·이데올로기적인 믿음과도 구분된다 ④논리에 근거한다(과학적인 진술들이 서로 모순적이어서는 안 된다) ⑤교조주의적이어서는 안 된다 등 5가지로 논의한 바 있다. 그리고 자연과학은 관찰·실험을 할 때 정확한 규칙들이 적용되어 재생가능성과 예측이 가능하게 되지만, 정신과학은 세계를 관찰·실험할 때 정확한 규칙들이 적용되지 않을 만큼 수많은 변수가 존재하고 진·선·미라는 전(前)과학적인 가치를 벗어나는 것이 불가능하여 재생가능성과 예측가능성이 허용되지 않는 특성이 있다(장병주 외, 『과학과 기술의 문명사』, 동명사, 2004 참조; 이종권, 「서양 과학 문명의 본질과 인류의 미래」, 『철학탐구』 11, 중앙대 중앙철학연구소, 1999, 40~62쪽 참조; 차하순 외, 「좌담:과학기술문명과 인간정신」, 『과학사상』 2, 1992, 31~63쪽; W. Theimer, 김삼룡 역, 『과학이란 무엇인가』, 홍익재, 1992, 19~22쪽 참조). 이 글에서 과학이라고 할 때에는 과학 일반을 지칭하고, 구별이 필요할 때에는 정신과학과 자연과학 등의 용어로 세분하여 표현하고자 한다.

2 여기에서 말하는 1930년대 주지주의 시론이란 사물의 본질 자체에 주목하고 그것을 객관적으로 파악하려는 지적인 인식태도를 특성으로 하는 주지주의 경향의 시론을 의미한다. 1931년 이하윤의 소개를 필두로 백낙원, 이양하, 정인섭, 이헌구, 김기림, 최재서 등에 의해서 본격적인 비평으로 발전했다. 특히 김기림과 최재서의 주지주의 시론에서는 과학을 강조하는데, 이때의 과학이란 리드(H. Read)와 리처즈(I. A. Richards)의 이론을 참조한 것으로써 과학 일반을 뜻한다(이하윤, 「새로운 「시와 시

이러한 문제 제기는 김규동의 문학담론이 그의 스승인 김기림의 비평적인 영향을 어떻게 받아들이고 벗어나면서 독특한 논리를 형성하는가 하는 점을 살펴보고자 하는 것이다. 김기림은 1930년대부터 문학비평활동을 시작하여 1950년에 납북되기 전까지 김규동의 문학담론에 직·간접적인 영향을 끼쳐왔다. 특히 1930년대 이래 당대의 주지주의자와 함께 과학이라는 표상을 문학비평의 용어로 끌어들이고 나름대로 체계화·논리화·학문화를 진행한 김기림의 노력은, 김규동의 문학적인 터전을 만들어온 것이 사실이다. 이때 이러한 영향관계를 심도 있게 규명하기 위해서는 김기림의 문학비평에서 중요한 영향관계를 형성하는 김규동의 과학 표상이 어떻게 담론적으로 분화되는가 하는 것을 살펴볼 필요가 있다.[3]

1950년대의 문학계에는 한국전쟁과 분단으로 인한 역사적·사회적인 혼란과 불안을 수용·표현해야 한다는 시대적인 요청에 응답해야 하는 과제가 주어져 있었다. 김규동이 제기한 과학 표상 역시 이러한 응답을 위한 한 표현으로 볼 필요가 있다. 구체적으로 말해서 과학 표상이란 한

---

론」, 「시의 연구」를 읽음」, 『동아일보』, 1931. 9. 14; 이양하, 「리차즈의 문예가치론」, 『조선일보』, 1933. 1. 22~1. 31; I. A. Richards, 이양하 역, 『시와 과학』, 을유문화사, 1947; 최재서, 『최재서비평집』, 청운출판사, 1961, 69쪽; 김기림, 『김기림 전집 2』, 심설당, 1988, 215쪽; 김용직, 『한국현대시연구』, 일지사, 1974; 문덕수, 『한국모더니즘시연구』, 시문학사, 1981, 58쪽; 문혜원, 「전후 주지주의 시론 연구」, 『한국문화』 33, 서울대 한국문화연구소, 2004, 참조).

3 이러한 문제의식에 대해서 김규동과 김기림 양자 사이의 동질감과 그 직접적인 영향관계에 의한 연속성을 선(先)규정해야 한다는 지적도 일리가 있다. 이것은 필자의 생각에는 옳은 지적이지만, 결국 무엇을 먼저 하냐의 문제가 아닐까 싶다. 필자는 차이를 먼저 본 뒤에, 동질감이나 연속성을 검토할 예정이다. 이것은 물론 이 논문의 후속연구로 진행할 것이다.

국전쟁과 분단으로 대표되는 역사적·사회적인 혼란과 불안이라는 무질서를 문학담론 속에서 나름대로 질서화해야 한다는 지적(知的)인 자각을 보여주기 위한, 그리고 김규동 자신이 반(反)지적인 형태로 여기는 청록파 중심의 시 경향[4]에 대한 강력한 반발을 드러내기 위한 적절한 개념어가 되는 것이다. 이처럼 과학 표상은 김규동에게 있어서 사회와 언어, 현실과 문학, 문학계의 바깥과 중심이라는 두 항의 경계에 놓여 있는 것이 된다.

그동안 김규동의 문학담론에 나타난 과학 표상에 대해서는, 그 중요성에 비해서 거의 언급된 바가 없어 왔다. 그간의 연구사에서는 그의 1950년대 문학담론이 피상적·추상적·모방적인 모더니즘 혹은 그 반대로 현실비판적인 모더니즘의 경향을 지닌 것으로 논의되었을 뿐, 과학 표상에 대한 연구는 거의 없었다. 그의 문학담론은 "내가 사는 당면한 민족현실과 거리가 멀다"는 김규동의 자기비판과 아울러 1950년대의 역사적·정치적·사회적인 현실을 제대로 언급하지 못한 피상적·추상적·모방적인 모더니즘으로,[5] 그리고 1930년대 모더니즘 문학을 답습

---

4 김규동의 문학담론에서 청록파와 서정주 등은 1950년대의 낭만주의 시 경향을 지닌 반(反)주지주의적인 시인이 된다. 김규동은 「靑鹿派」를 中心으로 한 詩人들의 所謂 純粹詩 運動"에 대해서 "항상 自然과 눈물과 安價한 離別과 아무 것도 아닌 神秘"를 보이는 "感傷的 浪漫主義」에 不過한 感情偏重의 主觀的 詩作態度"로 비판한 바 있다(김규동, 「전쟁과 시인」(1951), 『새로운 시론』, 산호장, 1959, 151;153쪽).

5 김규동, 「자서」, 『깨끗한 희망』, 창작과비평사, 1985. 김규동을 포함한 '후반기'의 문학에 대해서 홍기삼은 "문학사적 불발탄"이라고 했고, 김재홍은 "현실 감각을 외면"했다고 했으며, 오세영은 "피상적 모더니즘"이라고 비판했다(홍기삼, 『상황문학론』, 동화출판공사, 1974, 58쪽; 김재홍, 『한국전쟁과 현대시의 응전력』, 평민사, 1978, 78쪽; 오세영, 『20세기 한국시 연구』, 새문사, 1989, 285쪽). 이러한 논의는 이후 김규동의 문학을 바라보는 주요 시각이 되었다. 김규동의 문학에 대해서 이경수

하는 비(非)창조적인 모더니즘으로 비판되었다.[6] 반면에 그의 문학담론이 비교적 1950년대의 현실을 나름대로 의미 있게 형상화한 비판적인 모더니즘의 경향을 지녔다는 평가도 제기된 바 있었다.[7]

김규동의 문학담론이 피상적·추상적·모방적·비판적인 모더니즘의 경향이라는 논의가 연구사의 두 맥락을 이룬 가운데에서 그가 주창한 "科學的 詩學"을 주목한 언급들도 제기된 바 있었지만, 이 경우에도 주로 "科學的 詩學"이 김규동 특유의 창작방법론이라는 점이 강조될 뿐이었다. "科學的 詩學"에 대해서 문혜원은 시가 '방법론'적으로 '제작되는 것'으로, 박윤우는 "'지성'에 의거"한 "주지적 방법의 시를 지향"하는 것으로, 김은영은 "시적 방법론으로서 영화와 영상의 가치"가 강조되는 것으로, 그리고 김민선은 "서구적 근대 문명의 요소를 반영하여

---

가 "관념의 한계에 갇"혀 있음을, 그리고 이명찬이 "몰역사적인 방향"으로 향함을 지적한 바 있었다(이경수, 「불안과 충돌의 시학」, 송하춘·이남호 편, 『1950년대의 시인들』, 나남, 1994, 176쪽; 이명찬, 「1950년대 전후 모더니즘에 대한 역사적 성격에 대한 검토」, 『개신어문연구』 11, 개신어문학회, 1994, 261쪽).

6 김춘수, 『김춘수 전집 2』, 문장, 1982, 435쪽; 조달곤, 「새롭다는 것의 의미」, 『동남어문논집』 9, 동남어문학회, 1999, 146~152쪽.

7 김규동의 문학(시·비평)이 문명사적인 비극인 전쟁의 현실을 비판적으로 형상화·논리화했다거나(김지연, 「1950년대 김규동 시의 시정신」, 『어문연구』 108, 한국어문교육연구회, 2000, 168쪽; 박몽구, 「모더니티와 비판 정신의 지평」, 『한중인문학연구』 19, 한중인문학회, 2006, 405쪽; 송기한, 「후반기 동인과 전위의 의미」, 『한국시학연구』 20, 한국시학회, 2007, 74쪽), 1970년대 이후의 현실비판적인 리얼리즘 문학 경향이 1950년대의 문학에 이미 내재돼 있었다거나(윤여탁, 「1950년대 모더니스트의 자기모색」, 『선청어문』 25, 서울대 국어교육과, 1997, 129쪽; 한강희, 「'분열'과 '부정'에서 '통일 염원'에 이르는 도정」, 『현대문학이론연구』 28, 현대문학이론학회, 2006, 310쪽), 혹은 "30년대 모더니즘의 극복이라는 현실적 성격"을 띤다는 것이 그 대표적인 사례였다(이진영, 「모더니즘의 현실 인식」, 『새국어교육』 70, 한국국어교육학회, 2005, 369쪽).

의식적이고 전략적으로 기획하여 쓰여지는 지적 활동으로서의 창작 방법"으로 이해했다.[8] 이러한 이해는 "科學的 詩學"에 대한 관심을 지니는 것이었지만, 과학 표상이 그의 문학담론에 끼친 영향을 심도 있게 파악하지 못한 감이 있다는 점에서 아쉬움이 남았다. 이 점에서 1950년대 김규동의 문학담론에서 과학 표상이 지닌 위치를 본격적으로 탐색하고자 하는 본 연구의 필요성이 제기된다.

본 연구에서는 김규동의 문학담론에서 과학 표상이 차지하는 위치를 살펴보기 위해서 미셸 푸코(M. Fouault)의 담론이론을 참조하고자 한다. 미셸 푸코는 주체가 언어를 말한다는 주체철학의 바깥에서 언어가 인간의 입을 통해서 스스로 말한다는 담론이론을 모색한 바 있다. 이 경우 언어기호들은 명제나 문장이 되기 위해서 일정한 규칙성인 언표(enonce)를 지니게 되는데, 미셸 푸코는 이러한 언표의 장 즉 담론을 관심대상으로 삼는다. 이제 문제는 한 담론이 가능하게 되는 언어적·사회적인 측면의 선험적인 조건들, 담론이 생산될 때 통제·선별·조직화·재분배되는 배제(exclusion)의 과정들—금지·분할·배척·진위대립 등의 외부적인 과정들과 주석·저자·과목(공안) 등의 내부적인 과정들, 그리고 그 담론에 대해서 어떤 지위를 부여받은 사람(주체)이 말하고 그 주체의 위치가 어떻게 변하는가 하는 언표행위적인 양상을 주

---

8 문혜원, 「전후 주지주의 시론 연구」, 『한국문화』 33, 서울대 한국문화연구소, 2004, 94쪽; 박윤우, 「1950년대 김규동 시론에 나타난 현실성 인식」, 『비평문학』 33, 한국비평문학회, 2009, 240쪽; 김은영, 「김규동의 시세계 연구」, 『국어국문학』 156, 국어국문학회, 2010, 179쪽; 김민선, 「김규동 시론에 나타난 현실 인식과 동시성의 욕망」, 『비평문학』 38, 한국비평문학회, 2010, 120쪽.

목하는 것이 된다.[9]

　1950년대 김규동의 문학담론에 나타난 과학 표상을 규명하고자 하는
본 연구는, 과학 표상이 문학담론 속에서 배치되는 양상을 검토한다는
점에서 푸코의 담론이론을 방법론으로 하여 논의를 전개하고자 한다.
우선 1950년대 김규동의 문학담론에서 과학 표상이 출현하게 되는 언어
적·사회적인 측면의 선험적인 조건들을 분석하고 나서(2장), 그의 문학
담론에서 과학 표상이 배치될 때 배제가 일어나는 외부적·내부적인 과
정을 탐색하고(3장), 그가 생각하는 시의 창작에서 창작 주체와 관련된
언표행위적인 양상을 주목하고자 한다(4장).


## 2. 과학 표상 출현의 선험적인 조건

　1950년대 김규동의 문학담론은 한국전쟁과 분단으로 인한 역사적·
사회적인 혼란과 고통·불안 속에서 나름의 활로를 찾기 위한 하나의

---

9　본 고찰에서는 1950년대의 김규동 문학담론에서 과학 표상이 출현하는 양상이 1930
　년대의 주지주의적인 문학담론과 구별된다는 점을 규명하고자 푸코의 담론이론을
　참고하고자 한다. 기존의 언급은 김기림을 비롯한 1930년대 주지주의자가 말한 과학
　표상이 김규동에게 많은 영향을 주었다는 것이다. 이러한 언급에서는 김기림이라는
　주체가 말한 과학 표상을 김규동이 학습·수용·참조·활용했다는 측면이 너무 강
　하게 전달되어서, 김규동의 문학담론에서 과학 표상이 출현하게 되는 과정이 (김기
　림이라는) 주체의 문학비평에 과도하게 영향을 받은 것으로 해석될 여지가 크다. 그
　렇지만 푸코의 담론이론을 참조하여 보게 되면 주체의 논리·철학 바깥에서 과학 표
　상이라는 언어가 김기림·김규동 등의 입을 통해 스스로 말하게 되는 양상, 좀 더 구
　체적으로는 과학 표상이 그 시대에 출현하게 되는 선험적인 조건, 그 표상이 배제를
　통해 담론화되는 과정, 여러 주체들의 언표행위적인 양상 등의 현상이 새롭게 검토
　가능하게 된다. 본 고찰은 이러한 문제의식에 의거하여 푸코의 담론이론을 참조하고
　자 한다. M. Fouault, 이정우 역, 『담론의 질서』, 서강대 출판부, 1998; M. Fouault, 이
　정우 역, 『지식의 고고학』, 민음사, 2000; 이광래, 『미셸 푸코』, 민음사, 1989 참조.

모색으로 인식된다. 문학담론 속의 과학 표상은 이러한 혼란 속의 활로 탐색이라는 과정에서 발견되는 것이다. 이때 그의 문학담론에서 과학 표상이 사용될 때에 무의식적으로 따르는 어떤 일정한 방식 혹은 선험적인 조건이 전제되어 있다는 점은 주목에 값한다. 김규동의 과학 표상은 1930년대 주지주의자의 논의와 구별되어서 담론이 변화되는 지점을 잘 보여주기 때문이다. 이러한 선험적인 조건은 언어적인 측면과 사회적인 측면으로 나뉘어 살펴진다.

먼저, 그의 문학담론에서 과학 표상이 출현하게 되는 언어적인 측면을 검토하고자 한다. 문학담론 속의 과학 표상은 과학이라는 어휘의 개념을 떠나서는 인식·규정·판단이 되지 않는다. 과학 표상은 과학이 아닌 것 즉 비(非)과학적인 것과 구별되어 담론 속에서 나름의 의미를 형성하기 때문이다. 특히 김규동의 문학담론에 나타난 과학 표상이 이미 1930년대 주지주의자가 사용했던 어휘라는 점에서 두 시대의 문학담론을 비교·고찰해 보면, 1950년대의 문학담론에서 출현하게 되는 언어적인 측면의 고유한 선험적인 조건이 드러날 것으로 추측된다.

> 비평은 실로 가장 진지한 과학적 태도와 방법 위에서만 가능하다. 오늘의 작가나 시인은 斷崖 위에서 一步轉落을 늘 발 아래 위태롭게 느끼면서 죽음과 싸우듯이 제작한다. 그러한 진지한 노력의 결과인 작품에 대해서 자기류의 환상이나 機智나 인상만을 가지고 처단하려고 하는 것은 현대 비평의 윤리일 수도 없다. (…중략…) 시의 연구는 시의 사실에서 출발할 것은 물론이다. 그래서 그것의 치밀한 관찰과 분석에서 일을 시작할 것이다.[10]

---

10 김기림, 「과학과 비평과 시」, 『조선일보』 1937. 2. 21~2. 26, 『김기림 전집 2 시론』, 심설당, 1988, 29쪽에서 재인용.

> 現代詩는 스스로의 科學的 詩學으로서의 方法論을 가지는 것이다. 詩는
> 嚴然한 하나의 推理的 方程式과도 같은 방법으로 運算되는 것이다. (…중
> 략…) 製作된 詩는 항상 淡淡한 氣分의 狀態거나 넋두리여서는 안될 터이
> 다. 詩속엔 현대인으로서의 우리들의 生活에 浸透되어 있어야 할 것이 담
> 겨있어야 하겠다. 그리하여 오늘의 科學文明이 하나의 「世界」로서 들어오
> 되 잘 濾過되어서 들어와야 할 것이다.[11]

1930년대의 대표적인 주지주의자 김기림과 1950년대 김규동의 글에
서 특이한 점은 문학 분야에서 과학이라는 어휘가 사용된다는 것이다.
비평이나 현대시의 과제를 논의할 때에 "과학적 태도와 방법"이나 "科
學的 詩學으로서의 方法論"을 운운한다면, 문학담론의 방향은 이미 결
정된 것이나 마찬가지가 된다. 문학 분야에서 과학이 어떤 의미를 지니
는가 하는 방향으로 논의가 진행되고, 그 과정에서 과학적인 것이 옹
호·부각되고 비과학적인 것이 비판·경시될 것이기 때문이다. 과학이
라는 어휘는 문학적인 진실을 보장해 주는 일종의 선험적인 조건이 되
는 것이다.

위의 두 인용은 문학 속의 과학이 어떤 의미를 지니는가 하는 방향으
로 논의가 전개되는데, 과학적인 것의 의미를 따지는 부분에서 구별된
다. 앞의 인용에서 과학이란 비평에서 "치밀한 관찰과 분석"할 때의 "태
도와 방법"을 의미한다. 이것은 과학이 "감정으로부터의 해방 및 선입
견으로부터의 해방"[12]이라는 과학 일반의 객관성(Objektivitat)을 비평(정
신과학)이 지니고 있음을 표나게 강조하는 것이다. 반면에 뒤의 인용에

---

11 김규동, 「시와 생활」(1952), 『새로운 시론』, 산호장, 1959, 58쪽.
12 W. Theimer, 김삼룡 역, 『과학이란 무엇인가』, 홍익재, 1992, 19쪽.

서 과학이란 "제작된 시" 혹은 시의 창작과정이 "推理的 方程式과도 같
은 방법"이어야 함을 뜻한다. 이 부분에서는 앞의 인용에 비해서 과학적
인 것의 의미가 좀 더 파격적이고 세분된다. 시의 창작이 수학(자연과
학)과 같은 방법으로 진행되어야 함을 강조하는 것은, 정확한 규칙들이
적용되지 않을 만큼 수많은 변수가 존재하고 진·선·미라는 전(前)과학
적인 가치를 벗어나는 것이 불가능한 문학 특유의 특성을 간과한 채로
창작의 방법성과 규칙성을 엄밀하게 적용하겠다는 의도가 상당히 부각
되기 때문이다.[13] 김규동의 문학담론 속에서 과학이라는 어휘는 이러한
위험을 무릅쓰고서라도 창작과정의 문학적인 진실을 보증해 주는 진리
에 가까운 것이 된다.

또한, 김규동의 문학담론에서 문학과 과학의 연계가 가능해 보이는
중요한 원인 중의 하나는, 위에서 논의한 언어적인 측면이 사회적인 측
면과 밀접하게 관계를 맺고 있다는 점이다. 김규동이 논리의 비약에도
불구하고 과학이라는 어휘를 이처럼 중요하게 사용하는 까닭은 사회적

---

13 엄밀하게 말한다면, 세계를 방정식과 같은 방식으로 이해·형상화하는 현대시를
제작하자는 김규동의 주장은 정각과 자연과학이 차이를 무시한 사고의 결과이다.
창작은 정확한 규칙이 적용될 수 없는 수많은 변수가 있어서 재생가능성·예측가
능성이 거의 불가능하며 진·선·미라는 전(前)과학적인 가치를 중시여긴다는 점에
서 정신과학 분야에 가까운 것이다. 김규동은 이러한 구별을 의도적으로 간과함으
로서 문학담론 속에 과학 표상을 끌어들였고, 1930년대 주지주의자에 비해서 과학
이라는 의미를 자연과학으로 세분하여 인식한 독특한 창작 논의(비평)를 시도했다.
김규동의 문학담론에서는 수학과 같은 자연과학적인 방법론이 필요함을 주장함에
도 실제로는 객관성·논리성이라는 과학 일반의 방법적 규칙을 중시여기는 모순적
인 태도를 보인다는 점에서 비판받을 필요가 있지만, 본 논문에서는 이보다는 과학
표상의 담론적인 위상을 파악하고자 하는 본래의 목적에 충실하고자 한다. 이러한
모순적인 태도에 대한 비판과 그 의미에 대한 논의는 후속 과제로 돌린다.

인 측면의 선험적인 조건과 맞물려 있기 때문이다. 그가 "科學的 詩學"을 주장하던 시기는 한국전쟁과 분단으로 인한 역사적·문화적인 혼란기였던 1950년대이다. 김규동의 문학담론에 나타난 과학 표상은 1950년대의 혼란에 대한 나름의 응답인 것이다.

> 詩는 보다 괴로워하는 人間의 便에 서야 하겠고 暗黑 앞에서 方向을 잃고 멈추고선 人間들과 호소할 길 없는 虛妄 앞에 쓰러져버린 神들을 위해 있어야 할 것이다.
>
> 그러자면 詩의 오직 한 句節 한 聯속에서도 피 묻은 現實의 신음소리가 담겨져야 할 것이며 人類의 觀念과 希望과 戰爭과 生의 擴充과 來日에의 豫感이 진실한 姿態로써 담겨지고 影像되어야 할 줄 안다. 戰爭이, 現實이, 어떻게 詩속에 들어와야 하느냐? 어떤 모양으로 그것들이 詩에 잘 融和되고 溶解되어야 하느냐?
>
> 詩에 對한 새로운 方法論과 科學的 詩學體系의 完成은 詩人의 끊임없는 벅찬 實驗에 따르는 長久한 時間的 또는 空間的 試鍊을 通하여 다져져야 할 어려운 問題임에 틀림없다.[14]

한국전쟁과 분단으로 대표되는 1950년대의 역사적·문화적인 혼란 속을 살아가는 시인에게는 그 혼란을 나름대로 표현해야 하는 시대적인 과제가 선험적으로 주어져 있다. 김규동이 자신의 문학담론 속에서 과학 표상을 사용하는 것은 혼란 속의 활로 탐색 혹은 무질서 속의 질서화 과정과 밀접하게 관계된다. 위의 인용에서 한국전쟁은 "보다 괴로워하는 人間", "暗黑 앞에서 方向을 잃고 멈추고선 人間들", "호소할 길 없는 虛妄 앞에 쓰러져버린 神들", "피 묻은 現實의 신음소리"로 기록되고, 이때

---

14 김규동, 「전쟁과 시인」(1951), 『새로운 시론』, 산호장, 1959, 158쪽.

시의 방향은 "人類의 觀念과 希望과 戰爭과 生의 擴充과 來日에의 豫感이 진실한 姿態로써 담겨지고 影像되어야" 하는 것이 된다. 정리해서 말하면 김규동의 문학담론은 한국전쟁이라는 사회적인 무질서 속에서 '希望'·'來日'이라는 질서를 탐색하는 방향으로 진행되어야 하는데, 이러한 과정은 미지(무질서)의 대상 속에서 참(질서)을 찾아가는 과학의 과정과 유사한 것이 된다. 김규동의 과학 표상은 한국전쟁과 분단이라는 사회적인 무질서를 시화(詩化)할 때에 질서화하는 "새로운 方法論"이 되는 것이다. 이처럼 김규동의 문학담론에 나타난 과학 표상에는 좀 더 과학적이어야 한다는 어휘적인 측면과 무질서 속에서 질서를 찾아야 한다는 사회적인 측면의 선험적인 조건이 함께 결합되어 있는 것이다.


## 3. 배제의 외부적·내부적인 과정

하나의 담론이 형성되기 위해서는 그 담론의 생산을 통제·선별·조직화·재분배하는 일련의 과정이 존재하게 된다. 과학 표상이 나타난 1950년대 김규동의 문학담론이 형성될 때에도 이러한 일련의 과정이 있기 마련이다. 이때 이러한 일련의 과정은 과학 표상이 문학담론 속에 삽입되는 핵심적인 근거와 담론적인 공안(police)의 규칙을 보여준다는 점에서 자세히 살펴볼 필요가 있다. 이 장에서는 이러한 과정을 비(非)과학적인 것이 문학담론에서 제외·배타시되는 배제(exclusion)의 과정으로 규정한 뒤, 그 배제가 일어나는 외부적·내부적인 과정을 분석하고자 한다.

1950년대 김규동의 문학담론에서 과학 표상이 배치될 때에 배제의 외부적인 과정이 잘 드러나는 부분은 진위대립, 다시 말해서 과학을 진리로 규정하고 비과학적인 것을 거짓으로 논의하여 비과학적인 것을 제외시키고자 하는 진리에의 의지에서이다. 그의 문학담론에서 특기할 사항은 무엇보다 그가 과학을 인식·규정하는 태도에 있다. 본래 과학은 자연 현상의 본질을 묻는 의문을 논리적으로 추리하여 체계적인 답을 얻으려고 시도하는 과정과 그 지식체계를 뜻하는 것이지만, 김규동의 과학 표상은 이러한 과정이나 지식체계를 보여주는 것과는 달리 비과학적인 것과 구별·위계화 되어 있는 진리와 그 진리를 탐구하는 의지가 된다.

시는 역사가 움직이는 필연적인 발전을 가지고 진화한다. 시는 원시 시대의 종교적 의식부터 낭만주의 시대의 시학까지 자연의 소리를 포착하는 청각에 주로 의존했으나, 상징주의 이후, 특히 현대에 와서는 시각으로 대상을 보면서 탄생하는 주지의 힘을 얻는 방향으로 나아갔다. 시적 차원의 진화에는 형태적 진화와 내용적 진화가 있는데, 형태적 진화는 내용적 진화에 영향을 입는 것이고, 내용적 진화는 소재나 시대의 특수성을 유기적으로 시와 연결시키는 사상의 진화에 의존한다. 오늘의 시는 감동보다 사고를 중시하는 것을 의미한다. 이미지가 갖는 중점을 표현하기 위한 수단으로써 기술이, 그리고 자연발생적인 주관적 감동이 아니라 방법·기술에 관한 지적인 사고에 대한 객관적인 감동이 요구된다.[15)]

현대시의 기교주의는 산문의 발달과 과학문명의 발달에 영향을 입었다. 기교주의에는 음악성이 강조된 순수시, 음악성이나 회화성에 중점을 둔 형태시, 파괴적 정신 즉 분석을 유일한 이념으로 한 다다, 주제의 포기를 선언한 초현실주의 등이 있다. 이러한 기교주의는 현대시의 발전과정에서 기술의 어느 일면만 고조시켜 놓은 듯한 느낌이고, 아직 시에 있어서 완전한 질서와 통일을 완성해 낸 것은 아니다.[16)]

---

15 김규동, 「현대시와 방법」(1954), 『새로운 시론』, 산호장, 1959, 91~98쪽 요약.
16 김규동, 「현대시와 기교」(1957), 『새로운 시론』, 산호장, 1959, 108~110쪽 요약.

위의 두 요약에서 과학 표상은 현대시의 미래를 논의할 때에 가장 핵심적으로 고려해야 하는 근거·기준이 되는 사실상의 진리로써 드러난다. 앞의 요약에서 과학 표상은 그 주요 속성인 객관성과 논리성의 모습으로 나타난다. 시의 역사적인 발전을 보면, 점차 '청각' 대신에 '시각', '주정' 대신에 '주지', '감동' 대신에 '사고', 그리고 "자연발생적인 주관적 감동" 대신에 "방법·기술에 관한 지적인 사고에 대한 객관적인 감동"이 요구되어 왔다. 이때 '주지'와 '사고'가 강조되는 것은 "감정으로부터의 해방"이라는 과학의 객관성(Objektivitat)이, 또한 '시각'과 "방법·기술에 관한 지적인 사고"가 중시되는 것은 "진술들이 서로 모순적이어서는 안 된다"는 과학의 논리성이 그 논의가 가능하게 되는 핵심적인 근거가 되는 것이다.[17]

뒤의 요약 역시 과학 표상이 문학담론의 생산과정에서 통제·선별·조직화의 근거로 작용하는 것은 마찬가지이다. 과학 표상은 현대시를 논의할 때에 진위의 위계질서를 만드는 핵심적인 근거가 된다. 현대시는 "완전한 질서와 통일"이라는 과학의 논리성에 근거해야 하는데, 지금까지 나타난 기교주의는 아직까지 "완전한 질서와 통일"에 이르지 못했다는 것이다. 쉽게 말해서 과학의 논리성에 근거한 시는 지향해야 할 것이 되고, 그 과정 중에 있던 '순수시'·'형태시'·'다다'·'초현실주의'는 "질서와 통일"이라는 논리성에 비추어 진리에 미달되는 장르로 위계화되는 것이다. 과학은 진리이므로, 현대시는 그 진리를 지향해야 한다는 의지가 문학담론을 생산하는 외부적인 배제의 과정으로 작용하고 있는 것이다.

---

17 W. Theimer, 김삼룡 역, 『과학이란 무엇인가』, 홍익재, 1992, 19;21쪽.

이러한 외부적인 배제의 과정과 달리, 김규동의 문학담론에서는 그 내부에서 무수한 언어표현을 통제·선별·조직화하는 과정도 있다. 하나의 담론이 어느 정도의 경계를 지닌 언어 표현으로 지속되려면, 거기에는 그 담론을 유지·반복·지속시키는 일이 항구적으로 공식화될 수 있는 일종의 공안이 있어야 한다. 이 공안이란 담론이 그 내부적인 항상성을 유지하기 위한 암묵적인 규칙과 같은 것이다. 김규동의 문학담론도 그것이 유지되기 위한 항구적인 체계의 규칙인 공안이 있는데, 그 공안이란 과학 표상과 밀접하게 관계된다.

A) 詩가 科學文明의 發達과 步調를 같이 할 뿐만 아니라 文明의 發展에 寄與할 投資를 장만하고 있는 것이라는 놀라운 事實을 默殺 혹은 隱蔽해 버리려는 頑固한 思想家들의 狂態를 우리는 물리쳐 버려야 하겠다.

詩는 모든 神秘로운 思想과 暗黑-그리고 反封建的인, 反文化的인 諸 要素들을 淸算하고 새로운 文明의 아들로서 찬연한 날개를 떨치고 일어나야만 하겠다.[18]

B) 이처럼 敏速하고 놀라운 科學文明의 疾走와 그 照明 아래서 우리가 생각하는 哲學과 詩- 或은 文學文明의 문제는 어찌보면 ……[19]

C) 素材의 陳述이 왜 詩가 될 수 없는가? 그것은 두말할 것도 없이 그 속에 統一과 組織과 秩序의 觀念이 缺如되어 있기 때문이다.[20]

D) 그렇다면 너무나 詩를 위한 詩만을 쓰는 많은 風流客들에 대하여 우

---

18 김규동, 「현대시와 mechanism」(1954), 『새로운 시론』, 산호장, 1959, 69쪽.
19 김규동, 「시집 「현대의 신화」에 부치는 시론」, 『현대의 신화』, 덕련문화사, 1958, 132쪽.
20 김규동, 「현대의식과 현실」(1953), 『새로운 시론』, 산호장, 1959, 21쪽.

리는 새삼스럽게 세상을, 인생을, 또는 오직 한 個의 물건일지라도 그것
을 보는 角度와 態度를 提示해 주어야 할 줄 안다.[21]

위의 인용 A)~D)에서 공통된 것은 시는 과학과 과학문명의 발전에
동참해야 한다는 점이다. 이러한 공통점은 김규동의 문학담론에서 그
담론을 유지 · 반복 · 지속시켜 주는 일종의 암묵적인 규칙인 공안이 되
는 것으로 판단된다. 인용 A)~B)에서는 시의 동참이, 그리고 인용
C)~D)에서는 동참을 위한 시의 변화가 논의되어 있다. 인용 A)에서 "詩
가 科學文明의 發達과 步調를 같이" 하고 나아가서 과학 "文明의 아들"
이 되어야 한다거나, B)에서 "科學文明의 疾走와 그 照明 아래서" '文學
文明'을 발전시키자는 논의는, 시(문학)는 과학과 그것에 기초한 과학문
명의 발전에 동참하여 "反封建的인, 反文化的인 諸要素들을 淸算"하는
데에 일조해야 함을 강조하는 것이다. 또한 인용 C)에서 "統一과 組織과
秩序의 觀念"이나 D)에서 "角度와 態度"가 시에서 중시되는 이유는, 그
것들이 과학과 과학문명의 발전에 동참하기 위한 시의 변화 방향이기
때문이다. 김규동의 문학담론에 나타난 과학 표상은 하나의 진리로써
진위의 위계질서를 만들어내고, 동시에 시(문야) 분야를 선도하는 암묵
적인 규칙으로 작용하는 것이다. 그의 문학담론은 이러한 과학 표상에
대한 절대적인 믿음 위에서 반복 · 재생산되면서, 시 혹은 문학이 예술
로서 지니는 특수성이 간과 · 경시되고 과학적인 속성인 객관성 · 논리
성은 부각 · 강조된다.

---

21 김규동, 「현대시와 주제」(1954), 『새로운 시론』, 산호장, 1959, 12쪽.

## 4. 시 창작의 언표행위적인 양상

1950년대 김규동의 문학담론에서 주의 깊게 살펴봐야 하는 것 중의 하나는 비평에서 언급된 "科學的 詩學"이 시의 창작에 적용된다는 사실이다. 비평이라는 분야는 과학의 한 종류로써 작품을 객관적·논리적으로 다루고 논의할 수 있음은 물론이다. 그렇지만 창작이라는 분야는 진·선·미라는 전(前)과학적인 가치를 창조적으로 다룬다는 점에서 과학적인 것과는 거의 무관하고 또 그렇게 다루기도 어렵다. 김규동이 그의 시집 『나비와 광장』(1955)과 『현대의 신화』(1958)에서 보여준 시의 창작은, 객관성·논리성을 주요 속성으로 하는 "科學的 詩學"이 추구할 수 있는 가능성의 극한을 나름대로 드러낸다는 점에서 검토의 필요성이 있다.

여기에서는 이러한 시의 창작을, 언표를 드러내는 행위 즉 언표행위적인 양상으로 이해하여 검토하고자 한다. 우선 살펴봐야 하는 것은 시를 누가 말하는가 하는 것이다. 한 담론의 내부에서 언어를 발화하는 권리를 부여받은 자의 지위(status)는, 그 담론의 특성을 이해하는 데에 있어서 매우 중요하다. 김규동은 진·선·미라는 전과학적인 가치를 시화하는 데에 있어서 일반적인 의미에서 시인의 지위에 있지 않다. 그의 시에서는 마치 과학자가 어떤 한 대상을 관찰할 때에 객관적·논리적인 자세를 유지하고자 애쓰듯이, 세계를 형상화할 때에 그러한 자세를 견지하려는 노력이 중시되기 때문이다.

落下하는 花環의 密林
불길 이는 戰爭의 海岸

어두운 颱風警報의 秒針 위에
육중한 物理
저의 力學을 뽑내며
列車는 速力을 놓는다.

눈발처럼 휘날리는
뉴ー스의 破片
下降하는 구름 속
航路를 더듬는 Z機의 飛行마다
窒息한 비둘기의 울음소리가 있다.

이 時間
市民들의 마음은
回想의 凹凸面 위에 있고
그 어느 전쟁의 黃昏 속에 무참히 쓸어진
戰友의 죽엄에 대하여
아무도 이야기 하지는 않는다.[22]

眩氣症 나는 滑走路의
最後의 絶頂에서 흰 나비는
突進의 方向을 잊어버리고
피묻은 肉體의 破片들을 굽어 본다.

(…중략…)

眞空의 海岸에서 처럼 寡默한 墓地 사이 사이
숨가쁜 Z機의 白線과 移動하는 季節속

---

22  김규동, 「뉴ー스는 눈발처럼 휘날리고」, 『나비와 廣場』, 산호장, 1955, 33~34쪽.

불길처럼 일어나는 燐光의 潮水에 밀려
이제 흰 나비는 말없이 이즈러진 날개를 파닥거린다.

하—얀 未來의 어느 地点에
아름다운 領土는 기다리고 있는 것인가.
푸르른 滑走路의 어느 地標에
華麗한 希望은 피고 있는 것일까.[23]

두 인용에서 세밀하게 살펴봐야 하는 것은, 시적 화자가 세계를 형상화할 때에 자신의 주관적인 감정을 최대한 절제·은폐한 채로 객관적·논리적인 자세를 유지하기 위해 노력하고 있다는 점이다. 1950년대의 시에서 한국전쟁이라는 혼란과 인간의 실존적인 공포·불안은 주로 애상적인 감정으로 표출되기 쉽지만, 김규동은 그러한 감정의 표출을 극히 자제하면서 사회적인 혼란과 인간의 공포·불안을 하나의 세계(대상)로 놓고 객관적·논리적으로 시각화(관찰)하고자 한다. 이때 서술의 초점은 혼란·공포·불안이라는 무질서를 언표화하기 위해서 보이지 않는 질서를 찾는 것이 된다. 이것이 주관적인 감정으로부터 해방되는 객관성이요, 서로 모순적이지 않게 되는 논리성이다.

앞의 인용에서는 보이는 무질서를 대상으로 하여 보이지 않는 질서가 서술된다. "落下하는 花環의 密林/불길 이는 戰爭의 海岸"은 폭격 맞은 자들의 공포와 슬픔이 "어두운 颱風警報의 秒針 위에/육중한 物理"라는 보이지 않는 것으로 시각화되고, "航路를 더듬는 Z機의 飛行"이 주는 불안은 "窒息한 비둘기의 울음소리"로 대상화되어 표출된다. 또한 "이

---

23 김규동, 「나비와 廣場」, 『나비와 광장』, 산호장, 1955, 47~48쪽.

時間/市民들의” 불안한 ‘마음은’ “그 어느 전쟁의 黃昏 속에 무참히 쓸어진/戰友의 죽엄에 대하여/아무도 이야기 하지는 않는다”는 태도로 객관화된다. 그리고 아래의 인용에서도 유사한 양상을 보인다. “突進의 方向을 잊어버”린 “흰 나비”의 고통과 좌절은 주관적인 슬픔의 감정 대신에 “피묻은 肉體의 破片들을 굽어” 보는 모습으로 대상화되고, “寡默한 墓地 사이 사이/숨가쁜 Z機의 白線과 移動하는” 한국전쟁 기간 동안 경험하게 되는 공포와 불안은 “말없이 이즈러진 날개를 파닥거”리는 모습으로 객관화되어 표현되며, “아름다운 領土”를 기다리는 보이지 않은 희망은 “華麗한 希望은 피고 있”다는 구절처럼 보이는 꽃과 같은 것으로 시각화되어 형상화된다. 이처럼 김규동의 시는 보이는 무질서한 세계를 객관적·논리적으로 바라보면서 보이지 않는 질서를 찾아낸 관찰의 결과물이다.

바로 이 가능성과 한계가 마주치는 지점에서 1950년대 김규동의 시적 특성이 드러난다. 그의 시는 크게 의식하지 않으면 한국전쟁의 충격과 그로 인한 불안·공포·슬픔·절망의 감정을 토로하는 것처럼 보이지만, 가만히 들여다보면 그러한 감정을 나름대로 객관화·논리화하는 자세를 쥐지·고수하고 있는 것이다. 그의 시는 이 점에서 1950년대 낭만주의 경향의 시가 눈물과 이별을 진지하게 표현하다가 쉽게 빠지는 감정의 과잉이나, 혹은 1930년대 주지주의자의 시가 문명 비판을 앞세우다가 자칫 문명의 절망에 빠지는 것과는 달리, 객관적·과학적·논리적인 태도를 비교적 지니고 있는 것이다. 물론 이러한 김규동의 시는 관찰과 분석이 위주가 되어버려 시 특유의 생동감과 자연스러움이 부족하게 되는 한계를 지닐 수밖에 없는 것이기도 하다.

김규동의 이러한 문학적인 실험은 극단의 지점까지 나아가게 되는데,

그 이유는 세계에 대한 관찰 주체의 위치와 관계된다. 관찰 주체의 위치는 대상들과 관련해서 처해지는 상황(situation)에 의해 계속 재(再)정의되기 때문이다. 상황이 변하게 될 때 언표행위의 주체는 스스로를 변위시켜서 새로운 위치에서 말하게 된다. 김규동이 시도한 "科學的 詩學"을 구현한 시 창작에서는, 세계를 시각화할 뿐만 아니라 그 세계 속에 자리 잡고 있는 자기 자신도 관찰하기 때문이다. 시인이 세계와 그 속의 자신을 관찰하기, 다시 말해서 관찰 주체가 관찰 객체가 되는 상황인 것이다. 객관적·논리적인 관찰을 중심으로 한 문학적인 실험에서는 이 균열의 상황을 나름대로 봉합해야 하는 과제가 주어진다.

光線! 〈모든 運命의 顚末을 똑똑히 보라〉
機關長의 悲鳴과 그에 따르는 機關士들의 아우성.

爆發!

아—크燈의 밝음 속에 詩人은 豫感을 肉眼으로 體驗했다.
BOILER엔 오! BOILER엔 毛細血管 같은 무수한 絶望의 線이 서려있었던 것을—

죽엄과 屍體의 屍體들의 屍體 속에 詩人은 끄스른 머리와 떨어진 팔다리의 傷處 그대로를 지니고 쓸어졌을 뿐,[24]

여기는 亞細亞—
남북으로 갈리운 한반도의 서울,
가난과 무지와 폭력만이
강물 모양 도도히 흐르는 特殊 地域.

---

24 김규동, 「BOILER事件의 眞狀」, 『나비와 廣場』, 산호장, 1955, 33~34쪽.

　　허구 많은 세월이 흘러 갈수록

　　탄식과 고독이 익어가는

　　우리들의 생활 위에

　　덧없이 삵여가는 계절의 속삭임이여[25]


　　관찰 주체가 자기 자신을 관찰하기라는 실험을 보여주는 것이 위의 두 인용이다. 앞의 인용에서는 시적 화자가 자기 자신인 '詩人'을 바라보는 상황이 제시된다. 이러한 바라봄은 필연적으로 스스로를 객관화시키는 자기인식으로 전개된다. "機關長의 悲鳴과 그에 따르는 機關士들의 아우성"의 세계 속에서 시인 자신의 "끄스른 머리와 떨어진 팔다리의/傷處"를 보는 것은 자기인식·확인에 다름 아니기 때문이다. 이 점에서 위의 인용은 세계의 무질서가 자신에게도 그대로 적용된다는 질서를 발견하는 것이 된다. 뒤의 인용도 마찬가지이다. "남북으로 갈리운 한반도의 서울,/가난과 무지와 폭력만이/강물 모양 도도히 흐르는 特殊地域"의 무질서가 시인 자신에게도 그대로 적용되어서, "허구 많은 세월이 흘러 갈수록/탄식과 고독이 익어가는/우리들의 생활 위에/덧없이 삵여"가는 질서를 발견하게 된다. 이러한 발견은 객관적·논리적인 관찰과 형상화가 자기 자신에게 향해질 때에 자기인식·성찰이 심화됨을 의미한다.[26] 이처럼 김규동의 시는 객관적·논리적인 "科學的 詩學"이

---

25　김규동, 「裸體 속을 뚫고 가는 無數한 嘔吐」, 『현대의 신화』, 덕련문화사, 1958, 24～25쪽.

26　이러한 발견은 세계의 상황 속에 놓여있는(피투되는) 자신을 바라본다는 점에서 실존주의적이고, 세계의 상황에 의해 피해·억압받는 것을 보여준다는 점에서 현실비판적이다. 1970년대 김규동의 문학담론이 현실비판적인 리얼리즘의 경향을 보이는데, 이러한 경향은 세계 속에 놓인 주체의 발견과 밀접하게 관련된다.

추구하는 가능성의 극한을 밀고나가 세계의 무질서를 질서화하고자 하
는 노력의 산물인 것이다.

## 5. 결론

이 논문에서는 1950년대 김규동의 문학담론에 나타난 과학 표상이
1930년대 주지주의 시론에서 제기했던 문학비평의 방법론이라는 차원
을 넘어서서, 한국전쟁과 분단으로 대표되는 역사적·사회적인 혼란·
불안이라는 무질서 속에서 질서를 탐구해야 한다는 지적인 사고방식의
일환으로 나타났음을 검토했다. 그동안 김규동 문학담론에 대한 연구사
는 주로 피상적·추상적·모방적·현실비판적인 모더니즘의 경향으로
논의되어 왔지만, 과학 표상이 지니는 중요성이 다소 간과된 측면이 있
었다. 본고에서는 미셸 푸코의 담론이론을 참조하여 과학 표상이 1950
년대 김규동의 문학담론에서 배치되는 양상을 분석했다.

첫째, 그의 문학담론에서 과학 표상이 사용될 때에는 언어적·사회적
인 측면의 선험적인 조건이 전제되어 있었다. 먼저, 김규동의 문학담론
에서 과학이라는 어휘는 문학적인 진실을 보장해 주는 일종의 선험적인
조건이 되었다. "科學的 詩學으로서의 方法論"이 주창된 이상, 그의 문
학담론은 좀 더 과학적인 것을 추구하는 방향으로 전개될 수밖에 없기
때문이었다. 과학 표상에 대한 중시는 창작 분야에서도 방법성과 규칙
성을 강조하는 쪽으로 나아갔다. 또한, 김규동의 문학담론에서는 이러
한 언어적인 측면이 한국전쟁이라는 역사적·문화적인 무질서를 질서
화해야 한다는 사회적인 측면의 선험적인 조건과 밀접하게 관계를 맺고
있었다. 무질서의 질서화 과정은 미지(무질서)의 대상 속에서 참(질서)

을 찾아가는 과학의 과정과 유사한 것이었기 때문이었다.

둘째, 1950년대 김규동의 문학담론이 형성될 때에는 그 담론의 생산을 통제·선별·조직화·재분배하는 외부적·내부적인 배제의 과정이 존재했다. 배제의 외부적인 과정이 잘 드러나는 부분은 과학을 진리로 규정하고 비과학적인 것을 거짓으로 위계화시키는 진리에의 의지에서였다. 시의 진화나 기교주의를 논의한 부분에서는 과학 표상이 현대시를 논의할 때의 가장 핵심적인 근거 혹은 진리로써 드러났고, 현대시는 그 진리를 지향해야 하는 의지의 산물 형태로 논의되었다. 아울러 배제의 내부적인 과정이 잘 나타난 부분은 담론의 내부적인 항상성을 유지하기 위한 암묵적인 규칙인 공안에서였다. "詩가 科學文明의 發達과 步調를 같이" 해야 한다거나 "統一과 組織과 秩序의 觀念"을 중시해야 한다는 부분에서는, 시(문학)가 과학과 과학문명의 발전에 동참해야 한다는 공안이 담론의 항성성을 유지하는 데에 기여했음이 확인되었다.

셋째, 1950년대 김규동의 문학담론에서는 "科學的 詩學"이 시의 창작에 적용되었는데, 이러한 시의 창작을 언표를 드러내는 행위 즉 언표행위적인 양상으로 살펴봤다. 우선, 시를 말하는 자는 일반적인 의미에서 시인이라기보다는 객관적·논리적인 자세를 유지하려는 과학자의 지위를 지닌 것에 가까웠다. 시 「뉴-스는 눈발처럼 휘날리고」와 시 「나비와 廣場」에서는 시인이 자신의 주관적인 감정을 최대한 절제·은폐한 채로 객관적·논리적인 자세를 유지하고자 애썼다. 그의 시는 보이는 무질서한 세계를 객관적·논리적으로 바라보면서 보이지 않는 질서를 찾아낸 관찰의 결과물이었다. 이러한 문학적인 실험은 관찰 주체가 관찰 객체가 되는 극단의 지점까지 나아갔다. 시 「BOILER事件의 眞狀」과 「裸體속을 뚫고 가는 無數한 嘔吐」에서는 세계의 무질서가 자신에게도 그대로 적용된다는 질서를 탐구하면서 시인의 자기인식·성찰을 보여줬다.

이렇게 볼 때, 1950년대 김규동의 문학담론에 나타난 과학 표상은 세계의 무질서를 질서화하고자 하는 사고방식의 한 표현으로 여겨진다. 과학적이어야 한다는 명제는 세계의 무질서를 뚫고 나아가야 하는 1950년대의 시대의식을, 그리고 그 세계 속에서 문학적인 활로를 진중하게 모색하는 문학인의 자세를 잘 드러내는 것이다. 이러한 논의는 김규동의 문학 전체에서 지니는 의미에 대한 연구, 그리고 김규동을 비롯한 후반기 동인의 문학담론을 대상으로 한 연구로 확대될 필요가 있음을 부기한다.

# 1950년대 모더니스트의 자기 모색

― 김규동의 경우

윤여탁

## 1. 1950년대, 모더니즘의 비판적 성격

누가 뭐라 해도 을유해방과 그 후의 혼란, 한국전쟁과 이로 인한 분단의 고착화 등은 우리 현대사의 초창기에서 중요한 자리를 차지하는 사건들이다. 그리고 이 시대를 살지 않았던 사람들보다도 이 시대를 몸과 마음으로 견뎌야 했던 사람들에게는 이들 사건(?)들의 중요함을 말로 쉽게 표현할 수 없을 것이다. 그래서 사람에 따라서는 아련한 추억 속에서 되새기거나, 몸서리를 치거나, 말을 잇지 못하기도 한다.

특히 한 사람의 일생에서 인생의 목표를 설정하고 정립해가는 20대에 이 시기를 보낸 사람들에게는 이런 혼란은 남다른 것이 될 수밖에 없었다. 이제 어른이 되는 나이에 닥친 커다란 시련은 이들의 몸과 마음을 피곤하게 하였다. 현실을 바로 보려는 노력을 기울여야 하는 지식인 청년들은 더욱 괴로울 수밖에 없었다. 자신들의 목소리는 있지만 아직은 그 울림이 전달되지 못했으며, 그렇기에 그들은 끼리끼리 모여서 자기들만의 이야기를 시작하였다.

또 이들은 일제 강점기라는 특수한 시대를 성장기로 보냈으며, 해방이라는 새로운 사회 현실 속에서 창작활동을 시작한 신세대에 속하는 사람들이기도 하다. 이런 세대의 대표적인 예로 우리는 1940년대 후반부터 1950년대에 걸쳐 소위 모더니즘 문학을 했다고 칭해지는 시인들을 들 수 있다. 이들은 박인환이 경영하던 '마리서사' 라는 서점에 드나들던 사람들로, '신시론', '후반기' 라는 동인 형태로 이합집산을 거듭하였다. 이런 와중에 이들은 1949년 『새로운 도시와 시민들의 합창』을 냈으며, 전쟁 후에는 개별적인 활동과 더불어 1957년 『현대의 온도』, 『전쟁과 음악과 희망과』, 『평화에의 증언』이라는 사화집을 간행하기도 했다.[1]

한국전쟁이라는 현대적인 문물이 격돌하는 체험의 장을 몸소 겪었으며, 기지촌 문화로 대표되는 새로운 서양 문화를 수용할 수밖에 없는 처지이기도 했다. 이것은 이들이 이미 경험한 세계와는 여러 측면에서 낯선 것이었다. 자신들이 어린 시절에 겪은 전통적인 세계와도 달랐으며, 해방 정국이라는 이념 대립 시기에 겪은 현실과도 달랐다. 모든 것이 새롭게 느껴졌으며, 그것을 거부하거나 외면할 수 없는 처지에 놓였다. 여기에 전쟁이라는 새로운 경험이 부과되었던 것이다.

이성보다는 감정이 앞서는 것이 전쟁이며, 자기가 살기 위하여 남을 죽여야 하는 비인간적인 생존의 현장이었다. 사랑이나 동정보다는 분노와 미움이 가득한 곳이었다. 일반적으로 전쟁은 기존의 질서를 철저히

---

1 장윤익, 「'후반기' 동인의 시사적 성격」, 『문예중앙』, 1977.8; 한계전, 「전후시의 모더니즘적 특성과 그 가능성」, 『문학과 논리』 3호, 1993.

파괴하고, 새로운 질서를 건설하는 계기로 작용한다. 그리고 전쟁을 겪은 후 질서를 회복하지 못하면, 혼란스러운 현상들이 여기저기서 나타난다. 비록 새로운 질서를 건설한다고 하더라도, 이런 질서가 자리를 잡기에는 많은 갈등이 뒤따른다. 한국에서 1950년대는 바로 이런 전쟁 후의 시기이다. 그래서 이 시기 한국 모더니즘 시인들이 이런 전쟁을 겪으면서 형성하는 대표적인 내적 체험은 '불안'과 '죽음', '허무'와 '실존' 등과 같은 것이었다.[2]

그리고 이런 모더니즘은 1930년대의 근대에 기반을 두고 있는 모더니즘과는 그 정신이 다르다고 보고 있다. 근대성의 비판적 성격[3]에 초점을 맞추어 이들 새로운 모더니즘의 창작적 실천을 평가하고 있는 것이다. 이와 같은 맥락에서 이 글은 1950년대 모더니스트의 한 사람이었던 김규동의 시세계를 살피고자 한다. 이를 위하여 이 당시에 김규동이 쓴 시[4]

---

2 조영복, 「1950년대 모더니즘 시에 있어서 내적 체험의 기호화 연구」, 서울대 대학원, 1992; 송기한, 『한국 전후시와 시간의식』, 태학사, 1996; 문혜원, 「전후시의 실존의식 연구」, 『한국 현대시와 모더니즘』, 신구문화사, 1996; 안수진, 「모더니즘시의 부정성 형성 연구」, 서울대 대학원, 1997.

3 이런 관점은 프랑크푸르트 학파에 속하는 Adorno, Benjamin, Habermas 등이 모더니즘을 평가하는 관점이나, 요즘 M. Călinescu, M. Berman 등의 모더니즘에 대한 견해와 관련이 있다.
A. Touraine, 정수복·이기현 옮김, 『현대성 비판』, 문예출판사, 1995; M. Berman, 윤호병·이만식 옮김, 『현대성의 경험』, 현대미학사, 1994; M. Călinescu, 이영욱 외 옮김, 『모더니티의 다섯 얼굴』, 시각과 언어, 1993;

4 개인 시집인 『나비와 광장』(산호장, 1955), 『현대의 신화』(덕련문고, 1955)와 사화집인 『평화에의 증언』(삼중당, 1957)에 실린 시 작품을 분석대상으로 한다. 또 이 당시의 시론집 『새로운 시론』(1959, 산호장)을 참고로 하였다. 이하에서 인용은 현재의 맞춤법과 표기법에 따르며, 시 인용은 시의 제목과 수록 시집의 이름을, 산문 인용은 제목, 수록된 책의 이름과 해당 쪽수를 표기한다.

에 나타난 1950년대의 상황과 이에 대한 주체(시인)의 대응 양상에 관심을 가지면서, 이들의 상호 연관성에 주목을 하고자 한다.

또 이 글은 그동안의 김규동에 대한 평가가 주로 1930년대 모더니즘과의 연관성 위에서 논의되었던 점[5]에 대한 반성의 차원에서 진행될 것이다. 이를 통하여 1950년대 모더니즘에 대한 새로운 이해에 이를 수 있을 것이다. 아울러 김규동의 후기 시의 세계가 전기 시와의 단절이 아니라, 이미 이전의 시세계에서부터 잉태되었다는 점을 확인하고자 한다.

## 2. 김규동 시의 이론적 배경

1925년 함북 종성(鐘城) 출생, 경성중학을 거쳐 1946년 연변(延邊) 의대 수료. 해방 정국에 월남하여 1948년 『예술조선』에 「강」으로 문단에 데뷔하여 모더니즘 경향의 시 발표. 1974년 '자유실천문인협의회'에 참여하였으며, '민족문학작가회의' 고문 등 재야(在野) 활동을 함. 평범하지 않은 삶을 산 시인임을 이 간단한 이력에서도 엿볼 수 있다. 또 이런 선이 굵고 분명한 삶의 궤적 덕분에, 그의 시세계는 모더니즘에서 리얼리즘으로 변화하였다고 일반적으로 규정되기도 한다.

---

5 김규동을 본격적으로 언급하고 있는 다음과 같은 글들은 초기의 모더니즘을 이런 맥락에서 규정하고, 한동안의 공백기를 거친 1970년대의 시작활동을 리얼리즘으로 변모되었다고 설명하고 있다.

장사선, 「김규동론—모더니즘에서 리얼리즘으로」, 김용직 외 『한국현대시연구』, 민음사, 1989; 조남현, 「어느 노시인의 변모, 그 의미」, 『한국문학의 저변』, 새미, 1995; 이동순, 「흰 나비와 자기부정의 시학」, 『길은 멀어도』, 미래사, 1991; 이경수, 「불안과 충돌의 시학—김규동론」, 송하춘 · 이남호 편, 『1950년대의 시인들』, 나남, 1994.

그러나 김규동의 초기 시는 이런 일반적인 평가와는 달리 그리 단순
하게 정리되지 않는 것 같다. 우선 다음의 고백을 읽어 보자.



> 그러나 나는 여전히 우리 시단을 지배해 온 낡은 '쎈티멘탈·로맨티시
> 즘'의 분류(奔流)와 상징주의의 완고한 잔재적 요소에 저항하여 전력을 다
> 한 싸움을 감행할 수밖에 없는 비통한 운명 속에 있었던 지난 날을 추억하
> 여 기쁨과 그리움의 미소를 금치 못하는 심정 속에 있음을 솔직히 고백하
> 련다.
> ― 「시집 『나비와 광장』에 부치는 시론(試論)」, 『나비와 광장』, 2쪽

1939년 김기림의 고백6)과도 같은 이 말은 우리 시가 걸어온 길과 이
당시 김규동의 심경을 가장 잘 보여주는 것이다. '센티멘탈 로맨티시
즘'과 '상징주의'를 극복하고자 하는 자리에서 모더니즘을 시도하였던
1930년대의 김기림이나 이상을 생각하면서, 자신이 처한 현재의 위치를
가늠하고자 하고 있다. 이울러 이런 시적 추구에 대하여 추억하면서, 기
쁨과 그리움의 정서를 솔직히 고백하고 있다.

그렇다면 이 기쁨과 그리움의 미소는 어떤 것인가? 그것은 모더니즘
에 대한 김규동 자신의 추구와 더불어 이를 통하여 극복하고자 한 시세
계에 대한 미련이라고 볼 수 있다. 부정하고 극복하고자 할수록 더욱 선
명하게 다가오는 아련한 추억처럼, 우리 시의 내면을 흐르는 서정의 또
다른 세계가 이미 하나의 전통으로 자리를 잡고 있었던 것이다. 아직 그
는 이 싸움에 철저하지 못했으며, 그런 싸움의 당위성에도 전적으로 동
의하지 않고 있는 모습을 보인다.

---

6 김기림, 「모더니즘의 역사적 위치」, 『인문평론』, 1939.10.

김규동은 현대시의 시를 모더니즘이라고 여러 자리에서 규정하고 있다. 또한 이런 시론은 현대시의 대체적인 흐름이라는 판단에 기초하고 있다. 즉 시를 Melopoeia, Phanopoeia, Logopoeia로 분류한 파운드를 예로 들고, 자신이 생각하기에는 회화성에 중점을 두는 시가 현대성을 실현한 것이라고 보았다.[7] 그럼에도 불구하고 그는 결코 우리 근대시의 전통을 부정하지만은 않는다. 즉 상징주의, 센티멘탈 로맨티시즘, 모더니즘으로 전개되는 흐름에 나름의 의미를 부여하고 있는 것이다. 이런 경향은 특히 우리 시단의 과거를 점검하는 글에서 일관되게 설명되고 있다.[8]

어찌 보면 모순된 것과 같은 이런 시사적 설명은 현대시가 모더니즘을 지향하여야 한다는 일관성을 유지하면서도, 스스로는 아직도 과거의 전통을 극복하지 못한 한계를 보이는 국면이기도 하다. 다른 관점에서는 1950년대라는 압도적인 분위기와 자신의 주변에 있던 문학적 흐름에 눌려 있으면서도 이를 전부 받아들이는 데에는 주저하고 있는 시인의 내면세계가 직접 표현된 예라고 할 수 있다. 그는 새로운 모더니즘에 어느 정도 발을 들여놓았음에도 불구하고, 아직 이런 시세계의 추구에 한계가 있음을 감지하고 있었다. 그래서 그의 제2시집에 붙인 고백은 이런 면모를 보이는 또 다른 고백을 보여준다.

가시적 마음의 풍경을 앵글에 담는 것만으로는 시작(詩作)의 일이 완전히 끝나는 것이 아니었다. 그런 관습을 넘어서 보다 더 적극적인 비판으로서 나타나야만 하였다. 그러나 그러한 노력은 항상 피어린 정신의 집중된

---

7 김규동, 「시의 음악성」, 『새로운 시론』, 산호장, 1959, 13~18쪽.
8 김규동, 「신시 40년―우리 현대시의 형성과 유파」; 「현대시와 사상」, 『새로운 시론』, 산호장, 1959.

의식을 요구하는 것이 아니었으랴. (…중략…) 현기증 나는 이 '애나르시'
의 조음난조(躁音亂調) 속에서 사색과 '리듬'의 '에피고―넨'을 지양하고
새로운 자세를 가다듬어야 하리라는 것은 당연한 요청이었다. 허나 가장
귀한 시간과 정력을 나 자신 너무나 무모한 일에 더 많이 받쳐왔다는 사실
을 생각할 때 안타깝기 그지없는 일이다.
　　　　―「시집 『현대의 신화』에 부치는 시론(詩論)」(『현대의 신화』, 133~134쪽)


그 자신 '너무나 무모한 일'이라고 표현한 것은 무엇일까? 그것은
1950년대라는 현대와 전쟁이 만든 새로운 세계에 대한 추구였으리라.
그것은 보이는 그대로의 '마음의 풍경'만을 형상화하는 관습에서 한 발
자국도 벗어나지 못한 것이었다. 달리 말하면 김규동이 보여준 모더니
즘의 시세계였을 것이다. 그리고 이것을 넘어서는 것은 그런 현상 속에
서 찾을 수 있는 비판의 정신이었다.[9] 다음의 글들은 모더니즘에 대한
그의 인식의 편린들을 잘 보여주는 예라고 할 수 있다.


　　푸른 하늘을 탄환과도 같이 날아가는 '젯트' 기의 아름다운 편대를 바라
볼 때 우리들은 흔히 한여름 분수의 공원에라도 들어선 것 같은 쾌감을 느
낀다.
　　이 쾌감은 분명히 '젯트' 기의 눈부신 속도에서 오는 것일 터이다
　　그러니까 날지 않고 땅 위에 앉아있는 '젯트' 기는 우리에게 그리 큰 매
력을 주지 못한다. 다름 모든 지상의 항공기들과 마찬가지로 ……
　　　　　　　　　―「현대시와 Mechanism」(『새로운 시론』, 63쪽)


---

9　이런 측면에서 1950년대 김규동의 모더니즘에 대한 대응과 1930년대 김기림의 모더
　니즘에 대한 대응은 유사하다. 윤여탁, 「한 모더니스트의 변모와 그 의미―김기림
　론」, 『광산 구중서박사 화갑기념논문집』, 태학사, 1996.

> 한 시대의 예술 정신이란 것은 그 시대의 가장 강렬하고 대표적인 저항
> 정신인 것이다. 저항하는 정신이 그 저류에 숨어있지 않은 예술 작품은 산
> 예술일 수가 없었다.
>
> 이러한 예술은 또한 스스로 비판적이며 즉물적이며 동시에 객관적인 모
> 양을 갖추고 존재해 왔다.
>
> ― 「현대시의 난해성」(『새로운 시론』, 46~47쪽)

그는 범박하게 말하여 모더니즘을 추구하였으며, 그가 생각한 모더니
즘의 시정신은 비판의 정신이었으며, 내면의 정신을 드러내는 것이었
다. "시인은 그의 구원을 그 내면 세계에 찾는다. 그러한 내면에의 공세
— 그것은 어디까지나 예리한 지성에 의하여 배양된 마음의 눈이요 손
길이어야만 할 것이다."(「초현실주의와 현대시」, 『새로운 시론』, 36쪽)
는 생각을 했다. 그리고 이런 모더니즘 정신을 나타낼 수 있는 새로운
시론은 초현실주의라고 설명하고 있다.[10]

그러나 이런 설명은 관념적인 생각의 수준에 머물고 만다. 모더니즘
이라는 이름으로 실험된 문학은 결국 시대와 민족이나 그들의 삶과는
유리(遊離)된 문학이었다. 현실의 아픔을 노래하고 있으나, 그것의 핵심
에 다가가지 못하고 있는 모던 보이들의 지적 추구에 지나지 않았다. 김
규동은 이런 시적 경향에 종사하고 있었으며, 이런 자신의 모습을 안타
깝기 그지없게 바라보고 있는 것이다. 어찌 보면 이후 그의 긴 침묵은
이에 대한 반성이었다. 물론 이런 주저와 침묵에는 4·19와 5·16이라
는 문학 외적 현실의 격동도 크게 작용했을 것이다.

---

10 김규동, 「초현실주의와 현대시」 ; 「현대시의 난해성 ― '모더니즘'의 정신 풍토에 대
  한 작은 서설」, 『새로운 시론』, 산호장, 1959, 36쪽.

이처럼 1950년대라는 현실에 대한 새로운 인식을 하면서, 김규동의 고민과 고뇌, 그리고 심각한 자기반성은 당시의 시론과 시작품에서 쉽게 찾을 수 있다. 예를 들면 1950년대 모더니스트의 한 사람인 박인환을 생각하면서 읊은 다음의 시는 김규동의 이 당시 모더니즘에 대한 인식과 밀접한 연관이 있음을 보여주기도 한다.

> 분명히 그것은 역설이었다.
> 이상(李箱)을 치켜 올리는가 하면
> 실상 '오든'과 '스펜더'를 좋아하며
> 쓸쓸한 거리에서 세월을 지우던
> '검은 신'과 '목마'의 시인
>
> 어찌 평탄할 리가 있으랴.
> 우리의 처참한 삶의 풍속을
> 그대 아름다운 시구(詩句)가 표현했듯이
> 세기의 한촌(寒村) ―
> 한국의 하늘은 오늘도 어둡기만 하구나.
> ― 「친구의 이름들―박인환의 추억」의 3, 6연(『현대의 신화』)

1930년대 모더니즘에서 서로 대비되는 이상과 김기림에 대하여, 김기림을 비판하고 이상을 주구하고 있다는 일반적인 평가를 받고 있는 1950년대 모더니즘의 자화상인 박인환. 김기림과 같이 오든과 스펜더를 받아들였던 박인환과 1950년대 모더니스트들.(물론 박인환은 김기림이 주목하였던 정치적 색채가 짙었던 절정기의 스펜더보다는 전망이 철저히 개인적인 후기의 스펜더를 받아들였으며, 이 점이 이상과도 통할 수 있었다.[11])

---

11 문혜원, 「전후 모더니즘 문학의 성격 규명을 위한 시론」, 앞의 책.

이들의 정신적 추구 모습은 자신들이 처했던 현실과 대비할 때, 하나의 '역설'이었다.

아울러 당시의 '처참한 삶의 풍속'이 지배하는 '쓸쓸한 거리'에서 세월을 지울 수밖에 없는 시인의 위치를 뒤돌아보는 계기임을 시인은 새삼스럽게 인식하고 있다. 박인환이라는 거울을 통하여 그는 '오늘도' 방향을 제대로 잡지 못한 자신을 반성하고 있다. 이런 과정을 통하여 그는 결코 아름다운 시구일 수 없는 한국의 현실 즉 '세기의 한촌'이라고 표현된 어둡기만 한 현실에 눈을 돌리게 된다.


## 3. 모더니즘 넘어서기의 시세계

김규동은 1950년대를 산 고민하는 지식인이었다. 개인으로 쉽게 감당할 수 없는 현실의 무게였던 해방과 한국전쟁을 겪으면서, 폐허화된 육체와 정신을 뒤돌아볼 수밖에 없었던 평범한 인간이었다. 그렇기에 그는 "한 사람의 시인이 발표하는 그때그때의 작품은 일정한 사회의 제약과 압박 속에서 그가 지속하려는 비판 정신의 한 표준일 바에는 비단 미숙하고 고르지 못한 언어의 운산(運算)일지라도 내일을 측량키 위한 지식의 한 부면으로 향수해주기를 바라는 심정"(「시집 『나비와 광장』에 부치는 시론」)에서 시를 쓰고 있음을 밝히고 있다.

이제 사회의 제약과 압박 속에서 비판정신의 한 부면을 드러내고자 했다는 그의 1950년대 시세계를 살펴보자. 그의 이 당시 시를 읽노라면, 모더니즘과 반모더니즘, 현실과 이상, 불안과 희망 등등과 같은 대립적 요소들이 서로 묘하게 얽혀 있음을 알 수 있다. 즉 김규동을 모더니스트라고만 규정하기에는 어려운 다른 성격들이 시에 같이 형상화되고 있다는 점이다. 같은 시에 때로는 다른 시에서 이런 대립항이 많이 발견된다.

이런 시들이 보여주는 세계는 분단과 전쟁의 현실, 자연세계의 형상화라고 정리할 수 있다. 그리고 이런 항목들이 서로 대립되거나 동류항으로 묶이기도 한다. 즉 분단이라는 현실은 전쟁이라는 현실에 대해서는 같은 맥락이 되기도 하지만, 때로는 서로 반대의 상황으로 설정된다. 불안의 세계이면서 희망의 세계이기도 하다. 그리고 분단과 전쟁의 현실은 그가 추구한 자연의 세계와 대립되다가도 때로는 분단이라는 현실의 한 끝에서는 같은 맥락에서 추구되는 이상을 표현하는 역할을 하기도 한다.

이 장에서는 이런 김규동이 1950년대 시에서 보여준 세계의 양면성을 중심으로 살피고자 한다. 그것은 전쟁이라는 현대적이고 모더니즘적인 세계의 추구와 자연과 인간의 조화로운 삶을 지향하는 서정세계의 추구라고 정리할 수 있다. 물론 이들은 서로 대립되지만, 궁극적으로는 하나를 지향하는 방향으로 수정되기도 한다. 아직 그 방향만을 제시하는 정도에 머물고 말지만 그것은 의미 있는 행동이었다. 이런 화해를 추구하는 시세계를 통하여 그의 시가 모더니즘의 바다에서 헤매지만은 않았다는 사실도 구체적으로 밝혀보고자 한다.


### 1) 모더니즘의 편린을 찾아서

1950년대 시인들은 전쟁을 경험하였고, 어쩔 수 없이 이 전쟁의 영향을 받을 수밖에 없었다. 특히 전쟁은 현대 문명의 총화(?)이자 각축장이기도 했다. 인류에게 이롭게 작용해야 할 현대 문명의 잔혹함과 폐해를 이 전쟁은 여지없이 보여주었고, 이에 대하여 시인들은 더 이상 문명을

예찬할 수만은 없었다. 적어도 현대 문명세계를 추구하던(긍정적이든 아니면 부정적이든) 모더니스트 시인들에게 전쟁은 자신들을 바로 보는 계기로 작용하였다.

때마침

흑인 병사의 보행은

나의 환상 속에

콤뮤니즘과 같은

붉은 유혈을 전파하고

수술대에 누운 나는

창백한

나의 신경 조직의

반사를 바라다 본다.

— 「전쟁과 나비」의 3연(『나비와 광장』)

이 시에서 '흑인 병사', '콤뮤니즘', '붉은 유혈'로 표현된 전쟁은 나를 '수술대' 위에 누운 환자로 만들었다. 전쟁을 겪으면서 시인은 몽롱한, 창백한 '신경 조직'을 가지고 있는 자신을 발견하게 된다.[12] 무엇이 옳은 것이지 무엇이 그른 것인지 바로 판단할 수 없었던 상황일 뿐이다.

---

12 이런 표현은 엘리엇의 「J. 앨프릿 프루프록의 연가」의 "수술대 위에 에테르로 마취된 환자처럼"이라는 구절을 연상시키며, 희미하고 몽롱한 상태를 전달하는 객관적 상관물(objective correlative)의 역할을 하기도 한다. 이런 현실인식은 환각 상태에 빠진 환자와 같은 상태에서 이루어진 것이다. 즉 "아다린(adalin : 필자주)처럼 희어간/ 그 영상"(「밤의 계제에서」, 『나비와 광장』)이거나 "모르핀(morphine : 필자주)의 명정권내(酩酊圈內)"에서 배회하거나 "활자처럼 또렷한 산도닝(santonine : 필자주)의 복용뒤에/오히려 생활의 반응을 고대하던 이상"(「장송의 노래 – 병상의 연대에서」, 『나비와 광장』)이라는 표현에서도 나타난다.

우리가 살고 있는 삶이라는 것도 결국은 환상(幻想) 속에 있는 것과 다를 바 없는 것이라는 사실을 직접 체험을 통하여 알게 된 것이다.

더구나 그것은 죽음과 고개를 마주했던 경험이었다. 이런 현실을 외면하고 이상 속에서 머물 수만 없는 것이 시인이 당면한 현실이었다. 앞으로 어찌 될지 모르는 불안이었으며, 신도 포기하여 버린 것과 같은 착각을 일으키는 현실이었다. 다음의 시구는 이런 시인의 현실인식을 보여주는 좋은 예이다.

무거운 하늘의
회색 뚜껑을 열어제끼고
모든 신들은
세기의 종말 위에
검은 화환을 뿌리며
지상의 희극 앞에
눈을 감는다.
— 「검은 날개 — 전쟁」의 5연(『나비와 광장』)

교회도 서재도 미래도
지금은 위험한 공간 속에 잠들고
황폐한 정원,
생명의 입김
하나의 길 —
명멸하는 빛 속에
분열하는 정신의 그림자가 어른거린다.
— 「풍경으로 대신하는 진단서」의 끝연(『현대의 신화』)

신이 세기의 종말을 알리는 시기에 대한 진단서에는 종교도, 학문도, 미래도 위험한 공간(전쟁이라는 시간과 공간)에 잠들었다고 쓰여 있다. 그리고 이런 '황폐한 정원'에는 '분열하는 정신의 그림자'로 인식되는 존재만이 감지된다. 그것도 거의 꺼질 것과 같은 빛 속에서 간신히 생명을 부지하고 있을 뿐이다. 시인은 전쟁이 준 현실의 무게와 불안을 이렇게 표현하고 있다. 현대의 문명 속에서 그는 거의 절망적인 상태에 빠져 있는 것이다. 더 이상 이 세계에서 바랄 수 있는 것은 없는 것처럼 보인다.

전쟁의 상징인 활주로를 비상하는 Z기와 현대 문명의 상징인 빌딩 숲의 그림자 속에서 시인이 발견한 것은 창백한 매춘부의 구차한 삶과 해결될 수 없는 고민 덩어리만을 안고 끙끙대고 있는 이상(李箱), 도스토예프스키, 노신(魯迅)의 모습이었다. "시인은/이상의 천재 위에/노ー란 아이러니를 굴리면서/(…중략…) 돌아오지 않는/연대의 해협 위에 침전하여 갔을 뿐이다."(「환상가로」, 『나비와 광장』) 그가 볼 수 있는 현실의 모습은 환상이었고 아이러니나 역설이었다. 한마디로 모순된 삶의 그루터기만을 만날 수 있었다.

그동안 김규동의 시를 모더니즘이라고 말하는 근거도 대부분 이런 세계인식에 기반을 두고 있을 것이다. 그렇다면 정말 그가 이런 전쟁이 준 현실의 모습에서 느낀 것은 무엇일까를 생각해야 한다. 그리고 이런 현실에 대한 비판의 정신, 문명의 끔찍함을 이야기하고 있음을 놓쳐서는 안된다. 그는 이런 전쟁이라는 현실과 그 상처에 몸서리치고 있었던 것이다. 그가 추구하고자 하는 세계와는 다른 세계의 면모를 비판적인 주체의 관점에서 이를 조망하여 보여주고 있는 것이다.


## 2) 내면적 정서의 세계인 고향

이런 전쟁이 만들어준 세계와 더불어 김규동이 이 당시 그리고 있는 시세계는 자연의 세계이다. 그것은 고향에 대한 그리움이며, 꿈 많은 어린 시절의 추억이 고스란히 살아 있을 것과 같은 과거의 세계에 대한 지향이다. 그것은 전쟁이나 현대 문명과는 반대쪽에 있는 것이며, 다시 갈 수 없는 시간이고 공간이었다. 이미 과거이기 때문이기도 하지만, 분단이라는 새로운 민족 현실이 만든 장애 때문이기도 하다. 또한 다시 갈 수 없는 시공간이기에 가고 싶은 마음은 더욱 간절하기만 하다.

> 고향엔
> 무슨 뜨거운 연정이 있는 것이 아니었다.
>
> 산을 두르고 돌아 앉아서
> 산과 더불어 나이를 먹어 가는 마을
>
> 마을에선 먼 바다가 그리운 포푸라 나무들이
> 목메어 푸른 하늘을 나부끼고
>
> 이웃 낮닭들은 홰를 치며
> 한가히 고전(古典)을 울었다.
>
> 고향엔 고향엔
> 무슨 뜨거운 연정이 기다리고 있는 것이 아니었다.
> ―「고향」의 전문(『나비와 광장』)

김규동이 아닌 다른 시인의 고향에 대한 시와 별로 다를 것이 없는 시이다. 이 시에 표현된 고향은 정지용의 「고향」이기도 하고, 오장환, 이용악의 '고향'이기도 하다. 우리 민족의 보편적인 정서 속에 살아 있는 고향일 것이다. "무슨 뜨거운 연정이 기다리고 있는 것이 아니"지만 왠

지 그리워지는 고향에 대한 시인의 감정이 투명하고 진솔하게 표현되어 있다. 고향을 떠난 모든 사람들이 추억 속에서 그리워하는 사람들이 산과 더불어, 자연과 더불어 조화를 이루고 있다. 그 다정함은 낮닭이 홰를 치며 고전을 읊고 있다는 절묘한 표현에서 더욱 두드러진다.

이 시에 대하여 시인은 '6·25 전의 낡은 서정의 시첩에서 추린 것'이라고 설명하고 있다. 그리고 이런 서정과 자연의 세계는 모더니즘이라는 새로운 시론으로 극복하고 싶었던 경향이기도 하다. 그럼에도 불구하고 김규동은 이를 결코 극복하지 못한다. 오히려 이런 조화와 추억의 세계에 그리움을 곳곳에서 표현하고 있다. 부정하면 할수록 새록새록 되살아나는 옛 추억과 같은 것이었다.

낡은 것으로 치부하고 싶은 고향의 정서, 자연의 세계가 시인 김규동의 마음 한 구석을 붙잡고서 매달려 있는 것이다. 그런데 문제는 이런 고향이 전쟁이라는 현실의 상황 속에서는 아련하기만 하다. 가까이 갈 수 없는 먼 곳, 먼 시간 속에 머물러 있다.

> 이 길 위에는
> 철없이 무성해가는
> 가을의 회상과 더불어
> 정다운 어머님의 목소리가 남아 있습니다.
> —「철로가 있는 풍경」의 1연(『현대의 신화』)

> 숨을 죽이고
> 외로이 적막을 어루만지면
> 풀벌레의 울음 소리가 뼈에 사무쳐
> 아 몇 해만인가
> 두고 온 고향의 여름 밤길이 꿈 속에 아련하구나!
> —「밤은 바다의 언덕을 흐르고」의 3연(『현대의 신화』)

이 시들에는 풀벌레 소리가 들리는 가을 회상에 젖어 고향의 밤길을 생각하고, 변변히 작별의 인사도 없이 떠나온 고향의 수호신인 어머니를 그리워하고 있는 시적 화자의 모습이 나타나 있다. 이런 모습에서 우리는 시인이 현대 문명의 거센 파도 속에서도 서정에 대한 그리움의 정서를 잊지 않고 있음을 알 수 있다. 아울러 시인 김규동의 이 당시 시세계가 결코 모더니즘의 그림자 속에만 있는 것은 아니라는 사실도 알 수 있다.

그러나 이런 자연과 조화의 세계에 대한 시적 형상화는 현재적 삶과는 다른 것이다. 추억과 꿈속에서 '아련' 히 떠오르는 것일 뿐이다. 전쟁과 현대와는 다른 뒤꼍에 있는 것이며, 상상 속에서나 만날 수 있는 형상이다. 그럼에도 불구하고 시인은 자신의 현재적 삶 속에 잠재되어 있는 이런 시적 세계를 끊임없이 보여주고 있다. 모더니즘적이고 현대적인 형상을 그린 밝음과 낮의 세계와는 대비되는 어둠과 밤의 세계에서, 시인은 또 다른 세계를 시적으로 형상화하고 있다.


### 3) 화해와 조화의 상징인 어머니

앞에서 본 바와 같이 1950년대 김규동의 시는 모더니즘적인 면과 고향과 자연의 서정적인 면을 동시에 표현하고 있다. 시세계의 양면성이 이 당시 김규동의 시적 특성이라고 할 수 있다. 그럼에도 불구하고 이런 시세계는 한 지점에서 조화를 꿈꾸고 있다는 사실을 주목할 필요가 있다. 현대와 전쟁의 공포, 불안 속에 있는 현대인이 역설적으로 찾고 있는 위안으로서의 자연과 고향이 서로 조화와 균형을 유지하고 있다는 점이다.

현대에 살면서 그것에 만족하거나 조화되지 못하고 있는 삶이었음을 간접적으로 드러내는 이런 방식은, 모더니즘의 비판적 성격과 연결시킬 수 있으며, 다른 관점에서는 현대 문명의 표현이 현실을 반영하는 방편으로 등장하는 자연주의적 반영의 산물이었다고 볼 수도 있다. 그러나 김규동은 이런 일반적인 평가와는 다른 쪽에서 길을 모색하고 있다. 그것은 다분히 정서적이고 감정적인 근원의 세계에 대한 회귀로 나타난다. 즉 고향의 어머니를 통하여 민족의 현실에 다가서고 있다.

또한 비교적 초기 시부터 나타나는 이런 현상은 그의 후기 시와 연결되는 통로이기도 하다. 그는 결코 고향을 떠난 이산가족의 삶으로부터 자신을 분리할 수 없었으며, 그것이 그의 전 생애를 두고 자신을 괴롭히고 시적 세계를 형성하는 원동력으로 작용하고 있다.[13] 이제 이런 시를 읽으면서 김규동이 추구하고 있는 바를 알아보자.

> 북에 갔던 항공기 편대들이
> 푸른 공간 위에 폭음을 굴릴 적마다
> 그대 모습을 어루만집니다.
>
> 다섯 해의 세월이 지나갔어도
> 꿈에 뵙는 당신의 그림자는
> 항시 환히 밝어 ……
>
> 육십오 세의 흰 머리 날리시며

---

13 이런 관점에서 김규동의 시세계를 전기 시와 후기 시가 서로 단절적이라거나 변모로 보는 관점은 재고를 요한다. 오히려 그는 비교적 일관된 눈으로 민족과 자신이 안고 있는 문제에 대하여 심각하게 고민하고 있었다고 볼 수 있다.

어머니
돌아가시면 안됩니다.
— 「열차를 기다리며」의 3~5연(『나비와 광장』)

이 시는 북으로 가는 항공기 편대로 상징되는 전쟁이라는 공포 속에서도 잊을 수 없는 얼굴, 어머니의 모습에서 그는 위안을 찾고자 한다. 그러나 그 어머니는 '다섯 해' 동안 뵙지 못한 어머니이며, 꿈속에서나 뵙는 어머니이다. 그럼에도 불구하고 시인의 마음속에서는 항상 환하게 떠오른 얼굴이며, 흰 머리를 날리며 자신을 기다리는 분이시기도 하다. 그래서 시인은 북으로 가는 열차가 오기를 간절하게 기다리고 있다. '그대', '당신', '어머니'로 호칭이 바뀌면서 그 모습은 더욱 선명하게 다가오고, 그 간절함도 강도를 더하기만 한다.

이처럼 김규동은 서울, 전쟁, 친구들과는 다른 곳에 있는 고향, 자연, 어머니에게 자신을 위치짓고 있다. 그는 전자의 세계보다 후자의 세계에 그리움과 애정을 보이고 있다. 또 갈 수 없는 곳, 즐길 수 없는 것, 만날 수 없는 사람이기에 그 정의 깊이가 더하고 있다. 분단이라는 민족의 비극이 자신에게 닥친 현실임을 전자의 세계 속에서 절실하게 느끼고 있음을 그의 시는 잘 보여주고 있다. 그리고 민족적 과제의 문제와도 여결되는 이런 문제의식은 일시적인 감정의 세계가 아니었다.

웃으며 기뻐하는
순진한 여인의 그림자도 눈물에 어려 보이고
또는 하루 종일 안되는 일만 많다고
한숨짓다가 곤해 잠들어버린 사람들의 모습도
울고 싶도록 다정해져서
기적 소리는

분명히 아기를 잃은 젊은 엄마의 울음 소린가 보다.
기적 소리는
분명히 아들과 딸을 기다리는
북쪽 어머님들의 슬픈 앓음 소린가 보다.
　　　　　　—「기적 소리는 추억을 그리는 화가」의 3연(『현대의 신화』)


　이제 시인은 깊은 향수병에 걸려 있다. 고향 사람들의 모습이 환영(幻影)으로 떠오르고, 고향 사람들의 목소리가 환청(幻聽)으로 들려온다. 너무 보고 싶고, 가고 싶고, 만나고 싶기에 추억 속에 있던 얼굴들과 소리를 가까이에서 만나고 있다. '기적 소리'라는 열차의 이미지가 주는 현대성의 그림자도 역시 같이 있다. 그러나 이 시에서 주목되는 것은 이런 감정이나 정서가 개인적인 차원에 머물지 않는다는 것이다. '여인들', '사람들', '아들과 딸', '어머님들'이라는 복수로 등장하여, 시인 자신만의 마음이 아니라는 사실을 보여준다.

　시적 화자의 정서가 이처럼 개인적인 것으로부터 벗어나면서, 그의 시는 좀 더 사회적인 보편적인 정서의 세계로 나아가고 있다. 시인은 이제 이런 세계를 이처럼 직접 표현하는 세계의 한계를 느낄 수밖에 없게 된다. 더구나 아직 현실의 무게는 이런 자유를 시인에게 주는 분위기가 아니었다. 그것도 직접적인 표현으로 말이다.[14] 아마도 김규동의 긴 침묵의 시간은 이런 사연과도 관련이 있을 것이다.

---

14 이런 차원에서 김수영, 박봉우, 신동엽의 1950년대 시를 필자는 주목한 바 있다. 민족 현실의 반영이라는 측면에서 참여시의 잉태를 이들에게서 찾은 것이다. 윤여탁, 「한국전쟁 후 시단 형성과 참여시의 잉태」, 『시의 논리와 서정시의 역사』, 태학사, 1995.

# 4. 신화를 고대하는 나비라는 주체

김규동의 첫 시집의 제목이자 그의 대표적인 작품의 하나인 「나비와
광장」이 주는 대립적 이미지는 이런 측면에서 문제적이다. 즉 연약한 시
적 화자의 초상인 '나비'는 크고 집단적인 분위기의 '광장'에서, 나비가
택할 수 있는 것은 많지 않았다. 더구나 연약한 나비는 현대라는 거대한
문명사회를 혼자서 이겨낼 수 없는 존재이다.[15] 그것은 공포스러운 것
이며, 불안스럽게 만드는 것이다. 그렇기에 나비로 표현된 시적 화자(주
체)는 결코 이런 세계에 적극적으로 부딪치면서 살 수 없는 존재이다.
도피하거나 에둘러 갈 수밖에 없다.

이런 관점에서 시인 김규동은 '모던 보이'일 수 없는 시세계를 꾸준
히 추구하고 있었으며, 어찌 보면 이런 모더니즘을 넘어서기를 시도하
고 있는 것이다. 자신에게 다가오는 전쟁으로 대표되는 현대 문명의 그
림자 속에서 고향과 '어머니'를 발견했던 것처럼, 그는 항상 '조국'이라
는 더 넓은 세계를 지향하고 있었다. 그의 시 중에서 8·15해방이나 3·

---

15 이 시에 대하여 김규동은 다음과 같이 말하고 있다.
  "한 마리의 나비가 폐허의 광장을 날아가고 있다. 그 나비를 바라보면서 시인에게
  는 여러가지의 환상과 상념이 떠오른다.
  한 마리의 연약한 나비는 어쩌면 물결치는 환상과 어둡고 슬픈 상념을 지닌 시인
  자체의 변신이거나 한 조그마한 육편(肉片)과도 같은 것인지도 모를 것이다.
  현기증·돌진·파편·안막·차단·진공·이동·인광·지점·지표·종점·대결
  등의 언어는 그러나 어린 생명체로서의 나비의 영상을 부각시키는데 무척 부자연
  스럽고 거칠지도 모른다.
  그러나 나는 시의 언어를 될 수 있으면 우리가 쓰는 일상어 — 그 중에서도 과학적
  인 언어로써 정돈해 보려는 그러한 욕구를 한 때 갖고 있는 때문으로 해서 이와 같
  은 언어를 선택해 놓은 것이다."(「현대시의 난해성」, 『새로운 시론』, 53쪽)

1운동을 기념하면서, 조국의 앞날을 걱정하는 시가 많은 것은 이런 측면과도 연결될 수 있다. 시인은 이런 양면적인 세계 속에서 곡예사처럼 "오늘도 위험한 공간 속에 살아야 한다."(「곡예사」, 『현대의 신화』)는 사실을 알고 있었다.

그리고 그의 후기 시는 결코 이런 전기 시의 세계와 그리 멀리 떨어져 있는 것은 아니었다. 항상 그는 모더니즘이라는 새로운 시론을 시도하면서도, 그리움으로 남아 있는 서정의 세계를 비껴가지 않았다. 그런 선택을 할 수 있는 여유가 그에게는 없었으며, 그런 길은 가족과 고향을 떠난 연약한 '나비'로서는 힘에 겨운 것이었다.

> 하―얀 미래의 어느 지점에
> 아름다운 영토는 기다리고 있는 것인가
> 푸르른 활주로의 어느 지표에
> 화려한 희망은 피고 있는 것일까.
>
> 신도 기적도 이미
> 승천하여버린지 오랜 유역 ―
> 그 어느 마지막 종점을 향하여 흰 나비는
> 또한번 스스로의 신화와 더불어 대결하여 본다.
> ― 「나비와 광장」의 4, 5연(『나비와 광장』)

'아름다운 영토', '화려한 희망'이 있는 것일까? 현실은 전혀 그렇지 못함을 이 시는 설의적으로 말하고 있다. 그럼에도 불구하고 '흰 나비'는 마지막 희망을 걸고 이에 도전하고 있다. '하―얀', '푸르른', '흰'이라는 시각적 이미지가 주는 긍정적인 효과에도 불구하고, 이런 나비의 시도는 그리 희망적으로 보이지 않는다. 그리고 시인 자신의 분신이기도 한 '나비'라는 주체는 이전의 시인들이 그랬던 것처럼 심한 좌절만을 맛보아야 할 듯하다.[16] 다만 나비가 찾던 바다가 아닌 비행기가 뜨고 내리는 활주로에서 말이다.(근대시에서의 '바다'나 김규동 시에서의 '활주로'는 모두 근대 또는 현대의 통로이자 그것의 상징이라고 할 수 있다.)

이런 측면에서 이 시를 "전쟁으로 인해 비인간화된 문명사회에 대한 비판적 인식과, 질서와 평화를 회복하려는 휴머니즘 정신을 바탕으로 하여 전후의 시대 상황과 의식을 반영"[17]한 것이라는 관점도 결국은 같은 맥락일 뿐이다. 김규동은 이런 문명 비판의 시에서도 서정에 대한 그리움을 표현하고 있으며, 이런 평화의 시대가 오기를 간절히 바라는 '나비'의 시인이었다. 즉 그는 『평화에의 증언』을 하고 싶은 증인이고자 했으며, 신화를 고대하는 나비이고자 했다.

우리는 1950년대 시인들의 시세계, 즉 모더니즘의 시세계에 드리워진 내면의 그림자를 볼 수 있어야 한다. 이들의 시에 피상적으로 그려진 현대와 전쟁의 모습 뒤에 있는 그림자, 현실을 바라보는 시인의 마음속에 자리 잡고 있는 내면세계를 읽어야 한다. 그리고 이런 시 읽기가 시인 자신의 자기 모색을 제대로 따라 읽는 또 다른 독자 주체의 자기모색이라고 해석한다면 지나친 억측일까? 다음의 시는 이에 대한 답변이라고 할 수 있다.

괴로운 숨결
헐떡이는 들 위에

---

16 윤여탁, 「한 모더니스트의 변모와 그 의미 - 김기림론」, 388~389쪽.
17 한계전, 『한국 현대시 해설』, 관동출판사, 1994, 73쪽.

종이여! 울라
그대 서러운 여운으로 하여금
남북으로 갈리운
조국의 산하를 젖게 하라.
— 「제야의 시―1957년 라스트 포엠」의 끝연(『현대의 신화』)

이 시는 종소리에 빗대어 시인은 자신의 마음속에 간직되어 있는 염원을 노래하고 있다. 그리고 이것이 자신뿐만 아니라 남북으로 분단된 운명에 처한 '괴로운' 겨레와 조국이 해결해야 할 신화라는 사실을 확인하고 있다. 특히 이런 시세계는 새로운 변모를 하고 있다고 평가되는 1950년대 이후의 시세계와 결코 다른 것이 아니었다.

# 1950년대 김규동 시론에 나타난 현실성 인식

박윤우

## 1. 서론

1950년대 모더니즘 시가 현실에 대한 부정정신을 정신적 기반으로 삼은 저변에는 서구적 현대성에 대한 역사철학적 인식이 뒷받침되어 있다. 이러한 모더니즘에 대한 자기규정은 표면적으로 '서구적 근대정신의 계승'과 '서구적 근대정신에 대한 단절'의 대립된 모습으로 나타나지만, 이러한 두 입장은 모두 근본적으로 당대의 혼란과 무질서를 꿰뚫고 새로운 질서를 형성하려는 의도로부터 유래된 것이라는 점에서 이 시기 모더니즘 시가 지향한 부정적 사유와 동일한 인식을 보여준다.

1950년대 모더니즘 논의에서 가장 쟁점이 되는 부분은 '근대와 현대의 문제'이다. 근대와 현대가 단절된 것이든 계승해야 할 것이든 논자들은 양자를 구분해 놓는 일에 공감하고 있는데, 따라서 모든 논의의 출발점은 '현대성'의 문제로 모아진다. 당시 현대성의 문제는 근대, 즉 과거에 대한 부정의 정신으로 대표된 바, 이때의 부정성은 과거(근대)와 현대의 변증법적 부정의 관계가 아니라 모순의 관계로 나타난다. 이처럼 현대성은 근대성과 모순관계를 유지하기 때문에 과거의 것에 대해서는 반대의 성격을 강하게 띨 수밖에 없다. 그로 인해 1950년대 모더니즘은 근대에 대한 변증법적 관계를 잃게 되고, 따라서 도식적인 단절론의 입장을 보이기도 한다.

이러한 근대와 현대 논의는 다음 세 가지 측면에서 1950년대 모더니즘 시의 성격과 지향을 특징짓는 배경요인으로 작용한다. 우선 이 시기 모더니스트들이 수용한 서구적 시각의 현대성 인식이 프랑스와 독일을 중심으로 한 실존주의와 영미의 모더니즘의 두 축을 중심으로 전개되었다는 점이다. 한국전쟁의 직접적인 충격에 의해 파급된 실존주의의 수용은 그 계급적 성격이나 인간관, 역사관 등에서 허무주의적이고 비역사적인 관념성을 중심으로 이루어진 바, 그 양상이 탈역사적이고 탈이념적이며 객관 현실의 규정성보다도 실존하는 존재의 주관적 인식을 더 우위에 두려는 모더니즘적 세계관을 나타내는 데 치중됨으로써 사르트르의 앙가주망 정신보다는 카뮈 식의 부조리의식이 더 부각되었다.[1] 그런데 이러한 양상은 이 시기 모더니스트들의 영미 모더니즘에 대한 이해와 관련을 맺고 있다. 즉 1950년대 모더니스트들은 엘리엇의 이론을 '황무지의식'을 중심으로 재해석함으로써 영미 모더니즘 시론을 단순한 최신의 주지적인 작시법으로서가 아니라 현대 정신을 대변하는 것으로 재평가함으로써 현대의 부조리한 상황의식과 연결하여 받아들인 것이다.

두 번째 문제는 이 시기 모더니스트들이 당대의 시대상황을 기존의

---

1 한수영, 「1950년대 한국 문예비평론 연구」, 연세대 박사논문, 1996, 89~103쪽.

질서가 무너지면서 새로운 질서로 전향해가는 일종의 과도적 혼란기로 인식했다는 점이다. 이처럼 당대의 상황을 낡은 질서와 새로운 질서 사이의 무질서로 파악하고자 하는 태도는 그것을 뛰어넘기 위한 대응방식으로서 '전통론'의 양상으로 나타난다. 특히 엘리엇의 전통론은 그 자체 전통 부정과 전통 계승의 양 측면을 동시에 내포한 모호한 개념인 까닭에 당시 논의에 있어서도 근대의 연장선에서 전통의 부활을 의도하는 복고주의적 논의를 불러일으키기도 하였다.[2] 그러나 영미 모더니즘의 기본적인 특징을 보여주는 것으로서 엘리엇의 전통론이 본래 문학적 전통에 기대어 작품에 내적 질서를 제공하고자 하는 의도를 내포하고 있다는 점에서 볼 때,[3] 이 문제는 단순한 전통계승론보다는 전통 단절의 적극적 계기와 의의를 모색하는 방향에서 의미를 가지게 된다.

마지막으로 이 시기 모더니스트들이 근대와 현대의 차이성을 부각시키면서 역점을 둔 것은 순수 서정시에 대한 전면적 부정이다. '세대론'의 형식으로 나타난 이러한 과거 시와의 단절의식은 근대와 현대의 모순관계에 대한 인식과 맞물려 사회 역사적 모더니티와 심미적 모더니티의 상호관계나 양립 가능성에 대한 시고를 가로막는 결과를 초래하기도 하지만, 이 시기 모더니즘 시에서 지성의 문제와 서정성의 문제에 보다

---

2 위의 글, 71~88쪽 참조.

3 "『황무지』는 오늘날의 구라파 문화가 직면하고 있는 혼돈을 남김없이 반영하고 있다. 그러나 시의 소재는 혼돈이지만 시 그 자체는 결코 혼돈이라고 할 수 없으며, 혼돈에 어울리게 적용한 패턴 곧 질서인 것이다. 즉 그것을 통해 혼돈을 바라본 시인 자신의 질서라고 볼 수 있는 것이다." (아이작스, 이경식 역, 『현대 영문학의 이해』, 종로서적, 1991, 197쪽)

깊이 천착하게 하는 긍정적 모습으로 나타나기도 한다.[4]

당시 '후반기' 동인으로서 모더니즘 시 운동을 주도한 김기림의 경우 그가 펼쳐낸 비평적 견해들은 이러한 문제의식들을 가장 직접적으로 포괄하면서 진정한 현대성 탐구의 길이 무엇인지를 모색하는 모습을 잘 보여준다. 특히 부정정신을 정신적 기반으로 한 그의 현실을 바라보는 입장은 당대의 모더니즘 시가 도시 인텔리적 성향이나 내면 편향의 허무주의로부터 벗어나 비판적 주체를 정립하고, 그를 통해 새로운 시대성의 본질을 드러내고자 하는 요구와 직결되어 있음을 볼 수 있다.

이 글에서는 이 시기 김규동 시론을 중심으로 하여 그의 모더니즘 시론이 지향한 부정적 사유의 구체적 양상을 살펴봄으로써, 이 시기 모더니즘 시가 탐색한 새로운 방향성은 무엇이었는지를 밝히고, 그의 시론에 내재한 현실성의 의미가 무엇인지 규명하고자 한다.


## 2. '후반기' 동인과 김규동 시론의 형성

1950년대 모더니즘 시는 기존의 모더니즘 시에 대한 대타의식을 가지고 있었던 바, 이것은 흔히 이 시기 모더니즘을 주도했던 '후반기' 동인

---

4 합리적 이성에 본질을 두는 사회역사적 모더니티는 근대의 기획을 실현하는 원동력이 되는 것으로, 그것 없이는 심미적 모더니티의 존재 이유를 찾을 수 없는데, 모더니즘 예술의 심미적 모더니티야말로 사회역사적 모더니티에 대한 견제 내지 협력을 전제로 하기 때문이다. 이때 근대의 항목에 사회역사적 모더니티를 넣어 폐기할 때 심미적 모더니티만의 불구적 생존을 양산한다면, 현대 정신을 요청함으로써 오히려 사회역사적 모더니티와 심미적 모더니티가 변증법적 부정을 통해 새로운 합리성을 확보할 수 있다. 1950년대 모더니즘의 사회비판적 성격을 가능케 하는 기반이 여기에 있다.

이 주장한 기성 문학, 질서, 권위에 대한 부정으로 대표된다. 즉 이들 전후세대의 정체성은 전대의 전통에 대한 부정과 전쟁체험으로 인한 단절의식에 기초하고 있다는 것이다.[5]

> 원자과학이 빚어내는 전쟁의 공포와 이미 무력해진 '휴우매니즘'과 행방조차 알 수 없는 신의 존재와 ― 이러한 신세대의 지적 위기의 의식은 황무지에 살고 있다는 어려운 경험세계의 종말적인 환멸감에서 벗어날 수 없는 하나의 고질로 화하고 말았다. 그러기 때문에 신세대가 부르짖는 허무와 절망의 의식은 결코 관념적인 유행어가 될 수 없다. 그네들은 허무와 절망의 의식을 두뇌에서 느끼기 전에 먼저 육체에서 느끼고 있는 것이다.[6]

한국전쟁 이후 현대사회의 특징을 신세대의 위기의식과 관련지어 설명하고 있는 이 글은 당대 모더니스트들이 허무, 절망 등의 실존주의적 인식과 '황무지'로 표상되는 전통에의 단절의식을 '종말론적인 환멸감'이라는 용어로 동일시하고 있다는 점에서 주목된다. 이러한 인식은 이들에게 무질서, 혼돈, 부조리의 현대적 특징을 세계사에 보편적('코스모스성')인 것으로 보아 역사적 전통성을 부정하고 사회적 특수성을 무시하도록 하는 기반이 되기도 한다. 그러나 이들이 한편으로 현대를 "낡은

---

5 "이른바 50년대 전기의 세대인 후반기 그룹의 기습적인 등장에 의해서 그때까지의 기성문단의 자연발생적 취락, 무자각적 집산, 피난민적 정체가 일단 충격을 받았던 것이다. (…) 1950년 이후의 시간은 그때까지 단기 연호에 파묻혀버린 서기 연대의 세계내적 50년대를 확인함으로써 1950년대 이후는 30세기 후반기라는 사실을 강조하여 그들의 출발점을 삼았던 것이다."(고은, 「제1차 저항」, 『박인환평전』, 이동하 편, 문학세계사, 1986, 111쪽)
6 이봉래, 「신세대론」, 『문학예술』, 1956. 4.

질서가 무너지고 새로운 질서를 향하는 시발점"[7]으로 여겼다는 점에서 전통단절론은 오히려 현실에 대한 적극적 관심과 그에 따른 현실에 대한 불신과 거부의 정신을 형성하는 계기를 마련하는 계기로 작용하고 있다. 따라서 당대 신세대문학은 분열된 자의식을 현실 속에 분해하는 작업이며, 이러한 현실에 대한 불신과 거부는 현실 도피가 아니며, 현대의 무질서 속에서 새로운 질서를 형성하기 위해 견지하는 현실에 대한 적극적 관심의 결과가 된다.

이러한 논리는 신세대 시인들이 자신의 시작을 '백지'(김수영) 혹은 '여백'(고석규)의 글쓰기로 규정하였다는 점에서 설득력을 가진다. 따라서 이들 모더니즘 시인은 시대적 불모성으로부터 야기되는 허무의식의 유혹을 떨쳐버릴 수 없었으며, 이런 의미에서 이 시기 모더니즘 시는 1930년대의 도시 체험과 문명 인식이 빚은 문명적 낙천주의나 산책자적 현상주의와는 근본적으로 다른 비관적 현실인식을 바탕으로 하지 않을 수 없었던 것이다. 본래 허무주의가 자연발생적인 개인적 불만의 표현이 아니라, 특수한 사회적·지적 요소와 연관된 문화의 한 요소이며, 삶의 양식에서 진리 추구의 지상 명령이 인간에게 가하는 하나의 선택과 행동의 문제라는 점에서 볼 때,[8] 위와 같은 허무의식은 역설적으로 이 시기 모더니즘 시의 현실성 획득의 적극적 계기로 작용한 것으로 볼 수 있다.

과거와의 단절을 선언한 이봉래의 경우 기성의 순수 서정시인들을 비현실적으로 비난하는데,[9] 이것은 현대를 과도기적인 것으로 이해하고

---

7 이봉래, 「전통의 정체」, 「문학예술」, 1956.8.
8 고드스블롬, 천형균 역, 「니힐리즘과 문화」, 문학과지성사, 1992, 11~17쪽.
9 이봉래, 「현대시의 새로운 가능」, 「자유세계」, 1952. 4.

서구적 의미의 근대정신을 회복하기 위한 방법론으로서 부정정신의 의미를 찾고자 한 데 따른다. 그는 근대와 현대의 관계를 분석하면서, 서구에서는 현대가 근대를 계승했지만 한국의 근대는 일제의 지배에 의해 왜곡되었기 때문에 그것을 부정함으로써 본래적 의미의 근대정신을 회복할 필요가 있다고 하였다.

> 근대정신은 대상을 객관화하고 그것을 분석하는, 이를테면 명석한 이성에 의한 합리주의였다. 산업혁명 이후, 인간의 사고방식은 모든 대상을 실증적으로 파악하고 분석하는 데 집중되었다. 인간이 개인으로서의 작가과 공감에 의하여 인간중심의 자율적인 세계를 형성하여 보겠다는 의욕이 근대정신을 대표하는 것이다. 근대정신은 사회화된 자아를 현실에 밀착하여 추구하는 '가능성의 정신'이었다. 바꾸어 말하면 준열한 자기변혁의 의욕아 그러한 정신 속에 깃들여 있었던 것이다.[10]

그러므로 이 시기 모더니즘은 서구의 근대정신을 실현해야 하는 사명과 거기에 내포된 미적 모더니티를 실천하는 요청을 동시에 만족시켜야 하며, 이런 의미에서 이봉래의 소론은 "현대가 지닌 사회구조의 복잡성과 인간 심리의 갈등과 이에 따르는 도덕의 혼란 그대로를 시작품에 점착시키는 것"[11]을 부정정신이 내용으로 삼게 된다.

1950년대 모더니즘 시를 통해 제기된 전통 논의는 곧 전통 서정시에 대한 부정으로 연결되었고, 이는 시에서의 '지성'과 '서정'의 문제로 확대되어 이 시기 모더니즘론의 핵심적인 문제로 부각된다. 그러나 이 문제에 접근하는 방식은 모더니스트들 내부에서도 다양하게 나타나는데, '후반

---

10 이봉래, 「한국의 모던이즘」, 『현대문학』, 1956. 4.
11 이봉래, 「현대시의 새로운 가능」, 『자유세계』, 1952. 4.

기' 동인이었던 김규동이나 이봉래의 경우와 같이 극단적인 부정의 입장
도 있었지만, 전봉건의 경우는 '후반기' 동인들의 과도한 문명의식 추구
를 비판하는 입장에서 서정의 문제를 제기하였고, 고석규는 모더니즘과
서정의 융합을 적극적으로 주장하는 입장이었으며, 홍사중 역시 리리시
즘의 회복만이 한국 현대시의 활로임을 주장하였다.[12] 그런데 이들이
거론한 서정의 실체가 결코 전통 서정시의 그것과는 다른 것임을 감안
할 때, 이러한 문제 제기는 이 시기 모더니즘 시가 어떻게 심미적 현대
성을 확보하는가의 문제와 관계되는 것이며, 바로 이러한 차별성이 1930
년대 모더니즘 시에 대한 비판과 극복의 문제와 직결되는 것이기도 하다.

　우선 전봉건은 시의 변혁이 단지 방법의 문제에 있지 않고, 대상의 문
제에 있음을 강조함으로써 시의 형식과 내용의 통일을 통해 진정한 사
회적 관심을 구현할 것을 강조한다. 이런 의미에서 전봉건의 시론이 제
기한 현실관은 휴머니즘론에 맞닿아 있다고 할 수 있는데, 그는 '후반
기' 동인의 사회참여 주장이 개인주의적인 것이고 부르주아적인 심리주
의의 소산이라고 반박하면서 모더니즘의 방법을 선행시켜서 의식을 추
종시키고 있음을 한계로 지적하였다.[13] 그가 '후반기' 동인을 비판한
논리의 바탕에는 그 나름의 휴머니즘적 낙관론이 깔려 있는 바, "시인은
절망과 위기의 현재로부터 감격과 그침없는 새출발을 감행해야하는 존
재"[14]라는 규정이 이러한 인식을 대변해준다.

　한편 전통 서정시와 모더니즘 시의 대립적 인식을 거부한 고석규의

---

12 이에 관해서는 본 논문 서론 (주16)에 소개한 글을 참조할 수 있다.
13 전봉건, 「시의 비평에 대하여−시와 비평의 위기」, 『문예』, 1953. 12,
14 전봉건, 「오늘의 시인의 모습−J.S.빗하의 모습」, 『예술집단』, 1955. 12.

경우는 그의 소론이 전통에 관한 엘리엇의 견해를 충실히 이해한 바탕에서 출발하고 있음을 주목할 수 있다. "엘리어트는 가장 지성적인 전통주의자인데 그에게 있어서 전통이란 한마디로 모든 역사와 조류 속에서 발견되는 불멸적 결합 또는 가장 세계적인 질서를 지칭한 것이라 본다. 엘리엇의 모더니티란 어디까지나 '과거적 현재'에 의한 것이었으며 따라서 전통과 모더니티는 가장 유기적인 것으로 판단되는 것이다"[15]라는 그의 말에서 확인되듯이, 그는 모더니즘 시가 제기한 반전통론의 허상을 정확히 지적함으로써 서정성의 추구가 모더니티에 반하는 것이 아님을 주장하는 토대를 마련한다.

> 잠깐 모더니티와 전통성의 문제를 제쳐놓고라도 모더니티가 리리시즘을 배격하지 않을 수 없다는 조건과 병행하여 먼저 리리시즘이 안티 모더니티란 그 사실의 여부를 우리는 검토해야 될 것으로 본다. (…중략…) 20년 전의 도피적 리리시즘에서 부분적으로 각성치 못하였거나 그것을 잘못 알면서 오히려 엑스타시적 경악으로 질주하는 사이비 모더니티가 있다면 우리는 무엇보다도 여기에 예리한 격론을 가하여야 할 것이니 하물며 그것이 전통에 대한 맹목적 반박과 리리시즘의 분리를 그 규약으로 성립시킨다면 이와 같은 등차는 극히 유해로운 것이 아닐 수 없는 것이다.[16]

이러한 논지는 특히 김규동이 제기한 '화조풍월' 격의 서정의 배격론을 변화된 현실에 대한 반성없이 다만 시적 자아의 변화만을 요구하는 '옵티미즘적 방관'[17]이며, 오히려 현대시로 위장한 또다른 '감상'임을

---

15 고석규, 「모더니티에 관하여」, 『신작품』 7집, 1957.
16 위의 글.
17 위의 글.

지적하는 데까지 이르고 있다. 이것은 고석규가 말하는 시적 모더니티가 현대 문명에 대한 실존적 반성과 아울러 사물의 본질을 파악할 수 있는 시의 내적 질서에 대한 요구를 수반하고 있음을 보여주는 것이라 할 수 있다. 즉 그는 현대시에 필요한 서정을 존재론적 성찰에 다다른 서정성으로 이해하고자 함으로써 지성의 한계를 극복하고자 하는 모습을 보여준 것이다. 그가 주장한 '철학적 서정성'의 의미가 무엇인가는 김소월과 이상, 윤동주의 시를 높이 평가한 데서 나타난다. 그는 "던져짐에서 던져감으로 역승하려는 나의 현존은 던져짐의, 즉 있었던 바를 새삼 부정 타개하는 데서만 가능할 줄 안다"[18]고 하면서, 이들 사인이 우리 시사상에서 확고한 위치를 차지하는 이유를 자신에게 주어진 현실의 고뇌를 회피하려 하지 않고, 끝끝내 그 부정성에 뛰어듦으로써 그 부정성을 다시 부정하려고 했다는 점에서 찾았다. 또한 1930년대 모더니즘 시를 바라보는 데 있어서도 김기림이나 정지용은 언어적 양식과 가치 규준을 설정함으로써 모더니즘의 외면성만을 강조했다는 이유로 비판한 반면, 이상의 경우 애초부터 모더니즘적 혼미를 체험으로써 수행하는 내면성으로 일관하여 끝까지 위기의식의 실천에 투기함으로써 철저하게 자학적 반항을 고수한 점에서 모더니티의 본질에 다가서고 있다고 평가한 것이다.[19]

　이렇게 볼 때 이 시기 모더니즘의 내부에서 제기된 리리시즘 논의는 현대의 부정정신에 대한 보다 본질적인 인식으로서 현대시가 요구하는 '내적 인간'의 표현이라는 문제를 부각시킨 것이라 할 수 있다. 이 '내

---

18 고석규, 「지평선의 전달」.
19 고석규, 「이상과 모더니즘」.

적 인간'이란 곧 정치나 경제적 해결만으로 회복할 수 없는 현실의 고뇌를 통해 분해된 자아의 발견에 이르는 인간이며, 리리시즘은 이 분해된 자아를 생활의 재건을 통해 통합시켜주는 조건이 된다는 것이다.[20]

## 3. 김규동 시론의 현실인식과 모더니티

'후반기' 동인으로서 모더니즘 시 운동에 가장 적극적이었던 김규동은 기존의 시단에 대한 비판적인 글을 통해 '새로운 시'에의 지향을 문학사적 당위로서 받아들일 것을 요구하였다. 그가 주장한 새로운 시란 "현대의 지성에 의하여 조명되는 오늘의 미학적 관점을 기반으로 한 시"[21]로 요약된다.

> 오늘날 한국시단의 선진적 주류를 형성하여 나가고 있는 계층을 새로운 시인 즉 젊은 모더니스트의 활약이라고 본다면 이와 정반대로 현실적 암흑을 피하여 지나간 과거의 낡은 전통 속에서 쇠잔한 회상의 울타리 안으로만 움추려들려는 유파들이 또 하나 다른 호흡을 형성하면서 있는 것은 한국시단만이 가지는 슬픈 숙명인 동시에 참을 수 없는 비극이 아닐 수 없겠다. 청록파를 중심으로 한 시인들의 소위 순수시 운동이 그것이었다.[22]

김규동의 청록파 비판은 기성세대에 대한 대타의식을 설정함으로써 신세대가 지향하는 새로운 문학의 우위를 주장하고 '후반기' 동인의 문

---

20 홍사중, 「리리시즘의 영토」, 『현대문학』, 1957. 2.
21 김규동, 『새로운 시론』, 산호장, 1959, 35쪽.
22 위의 책, 44쪽.

학적 입지를 세우고자 하는 이유도 있겠지만, 보다 근본적으로는 방법론적 입장에서 전통 서정시와 모더니즘 시를 철저히 구분하려는 그의 시관이 반영된 것으로 볼 필요가 있다. 이러한 그의 생각 이면에는 우리 시의 현주소가 서구 근대시사의 첫 단계에 해당하는 '표현주의 시대'에 머물고 있는 데 대한 불만이 개입되어 있다.[23] 그는 우리 시가 세계시의 선진 대열에서 이탈되어 있는 현 상황을 극복하기 위해서는 시인의 사고방법과 시대의식이 항상 광활한 세계적 관련에서 활발히 움직이고 있어야 함을 역설한다.[24] 그는 청록파 류의 시를 '감상적 낭만주의'로 규정함으로써 시의 정서를 비본질적인 것으로 경시한다. 김규동의 이러한 태도는 감정보다 지성을 중시하고 이를 현대성으로 인식하려는 데서 비롯되며, 현대시인이 가져야 할 기본 태도로 '넘쳐흐르는 정열에 절제를 마련할 수 있는 지성의 무기'를 강조함으로써 '후반기' 동인의 시대적 당위성을 역설하게 되는 것이다.

이러한 김규동 시론의 지성 중시는 '과학적 시학'에의 요구로 확장되어 전개된다. 여기서 그가 말하는 '과학'이란 시의 소재로서의 과학 문명을 지칭함과 아울러, 과학적 사고에 입각한 과학적 언어 사용이라는 방법적 의미를 동시에 의미한다.

> 푸른 하늘을 탄환과도 같이 날래게 날아가는 제트기의 아름다운 편대를 바라볼 때 우리들은 흔히 한여름 분수의 공원에라도 들어선 것같은 쾌감을 느낀다. 이 쾌감은 분명히 제트기의 그 눈부신 속도에서 오는 것일 터이다. (…중략…) 그렇게도 화려하고 그렇게도 빛나는 선과 빛을 지니고서도 오

---

23 같은 책, 127~128쪽.
24 같은 책, 157쪽.

리혀 가슴에 스며드는 죽음의 공포와 불안을 숙명처럼 그 기체속에 간직한 이 문명의 날개에 대하여 어찌 시와 같은 매력을 느끼지 않는다고 말할 수 있으랴.[25]

그에 의하면 현대의 근본정신은 과학이다. 그렇게 때문에 현대시인들이 추구해야 할 진정한 미학은 자연의 아름다움이 아니라 과학 문명의 아름다움인 것이다. 그러므로 제트기의 '속도감'이야말로 놀랍게 진보하는 과학 문명의 현실을 가장 선명하게 드러내 보여주는 예가 되는 것이다.

이러한 주장을 바탕으로 한 그의 '과학적 시학'은 '지성'에 의거하여 '제작'된 주지적 방법의 시를 지향하는 것으로 요약할 수 있다. 그는 우선 시에서 감정과 더불어 리듬을 과거의 것으로 배격하고 시의 회화성을 현대시의 방법으로 받아들일 것을 분명히 한다. 특히 그는 시적 회화성의 재료를 자연에서가 아니라 도시적이며 문명적인 사물이나 사태에서 구하고 있음이 주목된다. 그는 1930년대 김기림의 주장과 마찬가지로 현대시가 '문명에 대한 정확한 통찰과 이해'를 기반으로 해야 함을 강조함으로써,[26] 물질적 생산력을 기반으로 한 도시의 문명과 산업화된 현대 사회의 현실에 대한 빈삼한 의식을 주지적 방법이 인식 기반으로 삼고자 했음을 보여준다.

그러나 이러한 주지적 방법은 현실성 인식의 근본적 원리이자 수단으로서 시적 언어에 대한 김규동의 고유한 관념의 소산이라는 점에서 주

---

25 같은 책, 63~64쪽.
26 같은 책, 48쪽.

목할 필요가 있다. 그는 시에서 언어의 존재 위상을 태도나 내용에 우선하는 것으로 보며, 오히려 그것이 곧 언어를 의미한다고 함으로써, 시의 인식에 적극적으로 개입하는 시어의 기능성에 대해 중요한 의의를 부여한다. 그는 시적 언어가 지닌 지적 지시성과 정서적 개시성(開示性)의 상호작용에 주목하여 특히 후자의 요소가 인간으로 하여금 일정한 행동과 태도를 유발한다는 점을 지적하였다. 이러한 생각은 곧바로 시의 음악성, 즉 울림의 기능이 없이는 시의 조형성, 즉 이미지가 형성되지 않는다는 견해로까지 발전하는 바,[27] 이처럼 인식의 방법으로서 시적 언어를 이해하고자 하는 관점은 필연적으로 언어의 비유적 의미와 그를 형상하기 위한 심상미학의 탐구로 이르게 된다.

그는 시적 사고의 방법은 특별히 시대가 요구하는 메카니즘을 근거로 한다는 점을 통해 반운문주의의 입장을 분명히 한다. 즉 언어의 운율과 음악성에 의존하여 감정 표출과 분위기 형성을 기반으로 하는 시적 세계에 안주하는 것은 오락 심리와 도시사회가 형성되기 이전의 봉건사회의 삶의 구조와 문화 상태에서 존속할 수 있는 것이므로 이 도저한 현대 세계의 삶의 현실을 반영하기에 적절하지 않다는 것이다.[28] 그러므로 현대시의 주된 재료는 생각하는 기능으로서의 의미성, 즉 만들어내는 심상의 형태성이 되어야 하며, 이러한 '심상미학' 이야말로 현대시의 생리라는 것이다.

이 지점에 이르면 당시 김규동이 추구한 시적 모더니즘의 실체가 분명히 드러난다. 그의 시론은 정신적 지향에 있어서는 당대의 현실을 비

---

27 김규동, 『지성과 고독의 문학』, 한일문화사, 1962, 142~159쪽 참조.
28 위의 책, 189~201쪽.

판적 지성의 눈으로 직시하고, 그 현실이 빚어내는 혼동과 무질서의 현상들을 뚫고 나갈 수 있는 정신적 질서의 세계를 탐색하였지만, 그것을 구현하기 위한 시적 방법론의 측면에서는 1930년대 김기림이 보여준 관찰적 현실 반영의 세계와는 전혀 다른 논리로서 주지의 세계를 구축하고자 했음을 알 수 있다. 즉 그는 단순한 사물과 현상의 감각적 재현으로서 이미지의 기능과 구별하여, '추상적 심상'이라 할 수 있는 보다 적극적이고 의미 지향적인 이미지의 기능을 강조한 바,[29] 이는 시인 내면의식의 형성과정과 그 논리를 언어화하는 방법적 접근을 통해 초현실적이고 신즉물주의적인 시형의 산출을 모색하고자 한 그의 시적 지향과 궤를 같이 한다.

한편 그는 새로운 시학의 구현을 위해 '기술'의 필요성을 역설하는데, 이때 '기술'은 현대의 특징을 대변하는 것으로서 지성의 개입에 의한 시의 의도적 제작 기술을 의미한다. 그러므로 이렇게 '제작'된 시는 "구성적이며 공간적이며 즉물적인 것"[30]이 되며, 이때 현대시인은 '무엇을 쓸까'가 아니라 '어떻게 쓸까'의 문제를 고민해야 하는 입장에 선다는 것이다.

김규동이 이처럼 구성적·공간적·즉물적인 것에서 시의 현대성을 찾고자 한 것은 무엇보다 변화무쌍하게 진보하는 현대사회의 현실을 따라잡기 위한 것이라는 점에서 의미를 갖는다. 그는 "시인이란 현실 위에서 그가 겪은 체험을 가장 높고 아름다운 언어로써 그 아무도 쉽사리 흉내낼 수 없는 방법으로써 향수자에게 전달해주는 임무를 가져야

---

29 같은 책, 203~208쪽.
30 김규동, 『새로운 시론』, 덕련문화사, 1959, 59쪽.

한다."31)고 말함으로써, 자신의 과학적 시학을 단순한 현실 반영론이 아니라 현실의 재구성 혹은 재생산을 위한 이론적 토대로 삼고자 한 것이다.

이렇게 볼 때, 김규동이 이 시기 전개한 모더니즘 시론의 요체는 자연주의나 전통 서정에 대한 거부의 목소리와 이를 통해 주창한 신세대적 모더니즘 시 운동론보다는 오히려 심상미학의 정립을 통한 모더니즘 시의 개혁과 새로운 방법론의 모색에 있다고 할 수 있다. 이는 특히 규정할 수 없는 현실에 대해 주체가 보다 적극적으로 대응함으로써 현실성을 획득하고자 하는 시적 태도의 발로인 동시에, 모더니즘과 서정의 결합을 통해 정신의 내적 질서를 확보하고자 한 당시 시인들의 현대성 추구를 비판적 주체의 확립이라는 측면에서 재구성하고자 한 김규동 시론의 고유한 지향을 여실히 보여준다.


## 4. 결론

이상에서 살펴본 바 김규동 시론을 중심으로 한 1950년대 모더니즘 논의는 궁극적으로 모더니즘의 비판적인 자기성찰의 문제와 연결된 것이자 동시에 당대의 현실성을 포착하려는 방법적 시도의 결과 나타난 것이라 정리할 수 있다. 그런 의미에서 당시 리리시즘 논의에서 제기된 바 '후반기' 동인에 대한 모더니즘 내부의 비판이 조향, 김경린 등의 감각적이고 기법 중심의 피상적이고 실험적인 시에 초점이 맞추어진 것

---

31 위의 책, 21쪽.

이라고 볼 때, 이러한 문제 제기는 이미지즘적 모더니즘이 1950년대에 이르러 그 핵심인 비유법에 대한 반성을 통해 비판적 주체 정립이라는 자아인식의 근본적인 문제를 부각시킨 것으로서 중요한 의미를 갖는다.[32]

교환가치가 지배하는 현대에서 전통의 타파를 내세우면서 나타나는 '새로운 것'이란 예술적 처리 기법이나 양식의 원칙을 혁신하는 것이 아니라 단지 상품사회를 지배하는 것을 그대로 복제한 가상적 카테고리라는 점에서 볼 때,[33] 모더니즘 시에 나타나는 죽은 은유의 남발이나 이국 정서에의 탐닉 등은 전혀 새로운 것이 아니라 당대의 유행과 구별할 수 없는 소비상품이나 유행물로 전락해버리고 말 위험을 안고 있던 것이다. 그러므로 모더니즘을 주체적 의식을 가지고 수용한다는 것은 곧 전통적인 것에 대한 비판적 이해라는 입장에서 모더니즘을 논리적으로 정당화해나가는 통찰력과 통하는 것이 되며, 이러한 태도는 부정적인 것 속에서 긍정성을 지각하는 능력을 가진 비판적 주체의 정립[34]을 통해 가능하다.

김규동이 심상미학과 초현실주의의 창작방법을 강조한 것은 현실 자체에 파묻혀 고뇌하는 지식인의 형상과 그 내면을 눌변의 고백으로 토

---

32 조영복, 「1950년대 모더니즘 문학 논의를 위한 비판적 검토」, 『한국 모더니즘 문학의 근대성과 일상성』, 다운샘, 1997, 208쪽. 참고로 논자는 조형예술의 발전에 있어서 도상(icon)이 사상(idea)에 선행한다는 허버트 리드의 가설에 입각하여 회화적 심상을 강조하는 이미지스트의 경우 느낌의 형태 없는 영역으로부터 시작하여 점차 내적인 경험 속에서 이미지를 의미가 부여된 형태로 인식하는 상징적 담화의 수준으로 자신을 끌어올리고 종국에는 자아인식으로 이어지면서 그에 합당한 사고 유형을 발전시키게 된다고 밝히고 있다.
33 아도르노, 홍승용 역, 『미학이론』, 문학과지성사, 1984, 40~46쪽 참조.
34 피터 뷔르거, 최성만 역, 『전위예술의 새로운 이해』, 심설당, 1987, 104쪽.

로하거나 국외인으로서 관찰의 결과를 묘사하는 데 그치는 것이 아니라, 냉철한 지성에 의해 당대 현실의 질곡이 담고 있는 의미를 해석해내고 그것을 다시금 이미지를 통해 재구성하여 형상적 언어로 구체화함으로써 현실을 바라보는 시적 주체의 비판적 인식을 드러내고자 하는 의도와 관련된 것이다.[35]

결국 김규동 시론에 나타난 이러한 모더니즘의 자기반성은 당대의 혼란한 상황에서 시문학이 어떻게 대응해야 할 것인가의 문제에 대한 보다 적극적인 인식으로서 혼란과 무질서를 뚫고 새로운 질서를 형성하는 것을 모더니즘의 사명으로 이해하도록 하는 데까지 이르고 있다. 즉 낡은 인습에 대한 저항을 새로운 것을 낳기 위한 필연적인 발현으로서 반항으로 이해한다는 것은 곧 모더니즘 시에서 비판적 주체 확립이 현실을 바라보는 주체의 정신적 질서의 확립을 위한 것이며, 서구의 아나키즘적 모더니티의 소산으로서 '반항을 위한 반항' 이나 아방가르드의 '예술을 위한 예술' 이 표방하는 '절대부정' 의 정신과는 전혀 다른 입장에서 모색된 것임을 말해준다.

---

35 모더니즘 시에서 비판적 주체의 문제는 현대성에 대한 문제 제기로서 당대 모더니즘 시의 도시 인텔리적 경향과 허무적인 내면 편향을 비판한 최일수의 논의를 통해 어느 정도 구체적으로 제시된다. "그러므로 우리가 오늘 그들의 시세계를 옳게 비판하고 이해하기 위해서는 먼저 그들에게 공통적으로 일관하여 흐르고 있는 어두운 불안과 회의와 고뇌 등 그러한 시세계의 내부에서만이 새로운 인간성을 찾으려 하고 있는 그들의 시적 사고를 먼저 예리하게 분석하면서 과연 그러한 것이 진정한 의미에서 젊은 지성이 가야 할 옳은 길이었던가를 근본적으로 추구하지 않으면 안된다. (…중략…) 이 내면 편향은 어디서 오는가 하면, 그것은 이미 그에게 있어서 자시의 정신적 불안의 위기를 극복할 수 있는 유일한 방향이란 망망한 대해에서 사방을 휘둘러 보아야 자아밖에는 없다는 데서 오는 것이다." (최일수, 「현대시의 순수감각 비판」, 『문학예술』, 1956. 5)

# 1950년대 김규동 시의 시정신

김지연

## 1. 머리말

1950년대의 한국 시에 있어서 한국전쟁은 당대 시정신의 기저가 된다. 1950년대의 이러한 시사적 흐름에서 김규동[1]은 전쟁의 비극과 실존의 문제를 개성적으로 형상화한 시인이라고 할 수 있다. 그런데 기존의 한국 시사에서 김규동은 주로 1950년대 모더니즘 시 운동을 주도한 시

---

1 김규동(金奎東)은 1925년 함경북도 종성에서 출생하여 연변의대(延邊醫大)에서 수학하였다. 1948년 『예술조선』을 통하여 등단한 이래 1951~53년 '후반기' 동인으로 활동하였다. 시집으로 『나비와 廣場』(산호장, 1955), 『현대의 神話』(덕련문화사, 1958), 『죽음 속의 영웅』(근역서재, 1977), 『오늘 밤 기러기떼는』(동광출판사, 1989) 등이 있으며, 시선집 『깨끗한 희망』(창작과비평사, 1985), 『하나의 세상』(자유문학사, 1987), 『길은 멀어도』(미래사, 1991) 등을 간행하였다. 시론집과 평론집은 『새로운 시론』(산호장, 1959), 『知性과 孤獨의 문학』(한일출판사, 1962), 『文學講話』(한일출판사, 1969), 『현대시의 연구』(한일출판사, 1972), 『어두운 시대의 마지막 언어』(백미사, 1979) 등이 있다.

인으로 일컬어져 왔다.[2] 이와 관련된 김규동의 시적 출발에 대하여는 그가 1950년대의 '후반기' 동인을 중심으로 행해졌던 모더니즘의 한 경향을 실험하였으나 관념에 갇히는 한계에 머물렀다는 부정적인 평가를 받은 바 있다.[3] 기존의 문학사에서도 김규동이 거론되는 경우 항상 '후반기'라는 유파[4]에 묶여 모더니즘적 성향으로 그 성격이 고정되어 왔다.

한편, 김규동의 이러한 모더니즘은 1970년대 민족문학론이 주창되던 시대를 거치면서 리얼리즘의 시로 그 변모를 보였다고 논평되는 것이 일반적이었다.[5] 이 견해들은 대부분 1970년대 민족문학 운동으로 일어

---

2 최동호, 「1950년대의 시적 흐름과 정신사적 의의」, 『한국현대문학사』, 김윤식 외, 현대문학사, 1989, 318쪽 참조.

3 이경수, 「불안과 충돌의 시학-김규동 시 연구」, 『1950년대의 시인들』, 송하춘·이남호 편, 나남출판, 1994, 157~177쪽 참조.

4 '후반기'는 1951년부터 1954년까지 피난지 부산에서 朴寅煥·金璟麟·金奎東·金次榮·李奉來·趙鄕 등과 이들의 이념에 동조하고 인간관계를 형성한 시인들이 모더니즘을 표방하여 문학활동을 전개한 시인 집단이지만, 실제 동인지는 내지 못한 단체이다(오세영, 「후반기 동인의 詩史的 位置」, 『문학사상』 99호, 1981. 1, 329~340쪽 참조). 김규동은 '후반기' 동인들이 현실의 적극적인 반영 내지는 비평을 새로운 내적 방법에 의해서 시도하며 불안에 싸인 문명의 인상과 인간의 내면의식을 현대적인 언어로 쓰려는 시도로 모더니즘 시 운동을 펼쳤다고 회고한 바 있다(김규동, 「해방 30년의 시와 시정신」, 『心象』 23호, 1975.8, 74~80쪽 참조).

5 김재홍, 「김규동, 통일 지향시의 한 표정」, 『한국현대시인비판』, 시와시학사, 1994, 125~135쪽 참조.
  윤여탁, 「1950년대 모더니스트의 자기 모색-김규동의 경우-」, 『先淸語文』 25집, 1997.12, 127~147쪽 참조.
  이동순, 「흰 나비와 자기부정의 시학」, 김규동, 『길은 멀어도』, 미래사, 1991, 141~148쪽 참조.
  임헌영, 「한 모더니스트의 역사인식-김규동론」, 『우리 시대의 詩 읽기』, 공동체, 1993, 104~112쪽 참조.
  장사선, 「김규동론-모더니즘에서 리얼리즘으로」, 김용직 외, 『한국현대시연구』, 민음사, 1989, 258~271쪽 참조.

났던 리얼리즘론에 의하여 김규동의 모더니즘이 그 반대급부적 대상으로 극복되었다고 보는 관점에서 이루어진 것이었다. 이러한 논평들은 김규동 스스로가 1970년대 시선집 『깨끗한 희망』을 엮으면서 1950년대에 경도되었던 모더니즘 문학 운동이 민족 현실을 절실하게 노래하지 못했다고 회고[6]한 것과 직접적인 관련이 있다. 김규동의 시에 대한 이와 같은 일련의 연구들은 리얼리즘 정신으로 민중의식을 드러낸 1970년대 전후의 작품에 집중되어 있다.[7]

그러나 1950년대에 쓰였던 김규동의 시편들에는 피상적인 모더니즘의 실험성만으로 그 가치를 재단할 수 없는 시정신의 치열함과 문명에 대한 비판적 안목이 나타나 있어 이에 대한 사려 깊은 통찰이 요망된다. 따라서 본 연구는 '모더니스트 김규동'이라는 일반론에 편승하지 않고 당대 그의 시정신이 잘 드러나는 시와 시론을 면밀히 분석하여 1950년대 한국문학사에서 김규동의 시가 차지하는 시사적 의의를 밝혀보고자 한다.

1950년대 김규동의 시에는 분명히 모더니즘의 문명비판적 의식이 들어 있다. 그러나 그의 모더니즘적 태도는 청록파 등의 감상적 낭만주의를 비판하면서 객관적 주지적 태도를 견지한 것이었으며, 전통 자체에

---

6 김규동, 「自序」, 『깨끗한 희망』, 창작과비평사, 1985.

7 박진환, 「시적 自覺과 민중의식 ─ 시집 『깨끗한 희망』을 통해 본 김규동론」, 『시문학』 168호, 1985. 7, 100~109쪽 참조.

염무웅, 「민족현실의 문학적 형상화」, 김규동, 『깨끗한 희망』, 창작과비평사, 1985, 170~175쪽 참조.

최동호, 「현실적인 시와 진실한 시」, 『불확정시대의 문학』, 문학과지성사, 1987, 178~184쪽 참조.

대한 거부나 비판은 아니었다.[8] 시작(詩作)의 초기부터 실제로 그의 시에는 감상적 낭만주의, 침통한 사회성과 역사성, 순수시적 동경, 쉬르레알리슴적 색채 등이 혼효(混淆)되어 나타난다. 그리고 그의 모더니즘적 경향은 사조적 바탕으로서가 아니라 형상화의 기법으로 작용하고 있다고 볼 수 있다. 이 점에서 통상적 의미의 모더니즘, 다시 말하면 현대적 감수성에 바탕을 둔 '모더니즘'으로 1950년대 김규동 시의 특성을 규정하기에는 그 개성의 깊이와 폭이 훨씬 깊고 넓다고 판단된다.

이와 관련하여, '리얼리즘/모더니즘'의 창안된 정체성을 떠나 작품의 실상으로 직핍(直逼)하면, 리얼리즘의 최량(最良)의 작품들이 통상적 리얼리즘을 넘어서는 순간 산출되었으며, 모더니즘의 최량(最良)의 작품들도 통상적인 모더니즘을 비월(飛越)하는 찰나에 생산되었다는 비평[9]은 김규동의 시를 고찰하려는 본 연구를 위해 시사하는 바가 크다.

1950년대에 간행된 김규동의 시집 『나비와 광장』과 『현대의 神話』는 표제에서부터 모더니즘의 이미지와 실험성의 한 측면을 표출하면서 실존주의적 비평안(批評眼)으로 새로운 세계를 전망해 보는 상징성을 보여 주고 있다. 이에 '리얼리즘' 대 '모더니즘'이라는 논쟁의 틀에서 벗어나

---

8 김규동, 「戰爭과 詩人―六·二五動亂과 우리 詩壇」, 『새로운 시론』, 산호장, 1959, 142~158쪽 참조.

9 최원식, 「'리얼리즘'과 '모더니즘'의 會通―작품으로의 귀환」, 『현대 한국문학 100년』, 유종호 외, 민음사, 1999, 634쪽 참조.
이 논문에서 필자는 '리얼리즘'을 모사론적 방법으로 근대 극복의 전망을 탐구하는 문학경향으로, '모더니즘'을 비모사론적 방법으로 근대 비판을 실험하는 문학경향으로 정의내렸다. 그런데 최량(最良)의 리얼리즘과 최량(最良)의 모더니즘에서 이처럼 순진한 차이는 순식간에 사라진다. 다시 말하면 최고의 작품들이 생산되는 장소에서는 이미 '리얼리즘'과 '모더니즘'이 회통(會通)의 경지에 이르게 된다고 필자는 설파하고 있다.

김규동의 위 두 시집에 수록된 작품들[10])을 분석 고찰하고, 당대의 역사적 · 사회적 상황이 잘 표출되면서 시의식의 내면이 탁월하게 형상화된 작품을 선별하여, 이들을 중심으로 1950년대 김규동 시정신의 시사적 의의를 규명해 보고자 한다.

## 2. 『나비와 廣場』과 『現代의 神話』에 부치는 시론

『나비와 廣場』은 김규동의 첫 시집이다. 여기 게재되어 있는 「詩集 『나비와 廣場』에 부치는 試論」은 1950년대 김규동의 시의식이 잘 드러나는데, 그는 이 글에서 당대의 새로운 시가 나아가야 할 바를 시사하고 있다. 그 요지는 대략 다음의 ㉮~㉣로 발췌될 수 있다.

㉮ 너무나 茂盛한 獨斷과 아슬 아슬한 神經衰弱症狀과 번잡스러운 多辯과 견디기 어려운 混沌으로 가득찬 이 密林地帶는 바야흐로 失望과 懷疑와 慨歎의 보잘것 없는 特殊地域이 아니고 또 무엇이랴.

㉯ 그러나 나는 如前히 우리 詩壇을 支配해온 낡은 「쎈티멘탈 · 로맨티시즘」의 奔流와 象徵主義의 頑固한 殘滓的 要素에 抵抗하여 全力을 다한 싸움을 敢行할 수밖에 없는 悲痛한 運命속에 있었던 시난날을 追憶히서 기쁨과 그리움의 微笑를 禁치못하는 心情속에 있음을 率直히 告白하련다.

---

10 詩集 『나비와 광장』은 모두 5부로 구성되어 있다. 이중 제1 · 2부는 한국전쟁의 최후의 교두보였던 항도 부산에서, 제3 · 5부는 주로 9 · 28 수복을 전후하여 1955년까지, 제4부는 "6 · 25 이전의 낡은 서정의 詩帖에서 추린 것"이라고 김규동은 시집에서 밝혀 놓았다. 제4부에 수록되어 있는 시 「눈나리는 밤의 詩」, 「故鄕」, 「가을과 少女」, 「海邊斷章」, 「날지 못하는 새」, 「少年」, 「斷章」 등은 한국전쟁 이전에 쓰인 작품이므로 본고의 논의에서 제외한다.

㉲ 이러한 氣流속에서 우리들은 世界와 歷史, 또는 現實과 生活과의 關聯에 항상 바른 洞察과 統一을 뜻하며 나아가서는 자신의 人生態度를 決定짓는일에 全力을 다함으로서 現代文明의 情況에 대한 正當한 批判을 計劃했어야만 옳았던 것이다.

㉳ 淸風明月만을 노래하는 너무나 主觀的인 態度와 東洋的인 靜寂에의 歸依는 그러므로 混亂激動의 새世代에 對한 禮儀가 아니었으며 새時代가 던지는 文明의 印象과 끊임없이 變貌해가는 社會現象의 옳은 把握이야 말로 詩人의 「캬메라」에 賦與된 高貴한 素材가 아닐수 없었다.[11]

㉠에서 김규동은 당시 그가 처했던 시적 체험의 배경에 대하여 이야기하고 있다. 그는 해방과 전쟁의 소용돌이에서 피해의식과 위기의식이 난무하는 가운데 정치적 이데올로기로 대립하거나, 몰사회적 의식으로 사회 현실을 해부하려는 내용 부재의 언어 유희적 논리가 현실성 없이 떠돌았음을 지적하고 있다. 이러한 상황을 부정하면서도 해방의 기쁨보다는 한국전쟁의 비극적 상황을 감당하기 어려워 감상적 낭만적 태도로 방향 감각을 잃은 채 미로를 헤매는 '특수지역'이 바로 1950년대였다는 것이다. 이러한 특수 지역으로서의 시적 공간이 잘 드러난 것이 김규동의 '광장(廣場)' 이미지라고 볼 수 있다.

㉡에서 김규동은 현실인식이 결여된 감상적 낭만성과 사회에 대한 강한 저항성이 결여된 상징주의를 거부하면서 당대의 현실을 원죄적 비극으로 상징화하려는 시도를 토로하고 있다.

이와 관련하여 ㉲에서 그는 시적 자아의 체험을 세계와 역사, 현실과

---

11 김규동, 「시집 『나비와 광장』에 부치는 시론」, 『나비와 광장』, 5~6쪽(㉠, ㉡, ㉲, ㉳ 처리 : 필자).

생활과의 관련 속에서 통찰하고 통일시켜 보려는 비판정신의 시적 태도를 강조하고 있다.

그러므로 ㉣에서 문명의 인상과 사회 현실적 비평정신을 그의 시도(詩道)로 삼으려는 현실적 적극성과 능동적인 의욕은 타당성을 견지하고 있다고 볼 수 있다.

한편, 시집 『現代의 神話』는 『나비와 廣場』 이후의 시작(詩作) 가운데서 그의 시도(詩道)에 하나의 표지(標識)가 될 만한 작품을 뽑아 펴낸 것이다. 이 시집에도 '시론(詩論)'이 첨부되어 있다.

> 끝없는 矛盾과 無秩序－그런 것들의 混頓 속에서 우리가 붓안은 한줄기의 精神은 날로 增加하여 가는 이 世紀의 恐怖와 壓迫 속에서 갈대처럼 떨렸다. 世界와 民族을 향하여 詩人이 피력하는 現代의 神話는 너무나 초라하고 보잘 것 없는 목소리였다고 생각 할적에 이 苦惱에 찬 不毛의 地平에 서서 새삼스럽게 외로움을 견디어야 하는 것이다.[12]

여기서도 김규동은 『나비와 廣場』에서 보여주었던 비극적 세계인식으로, 시인은 불모의 지평이라고 볼 수 있는 이 세기의 공포와 압박 속에서 세계와 민족을 향한 절박한 비평안으로 현대의 신화를 열어가야 한다고 강조하고 있다.

김규동의 시집에 실린 이 시론들은 그의 작품을 이해하는 데 큰 도움이 될 뿐만 아니라 그의 시정신이 집약되어 있는 선언문이라고 판단된다. 본고는 이 선언성(宣言性) 시론들에서 그가 주장하고 있는 세계인식이 그의 시 속에서 어떤 체험을 통하여 시정신의 상징적 세계를 드러내고

---

12 김규동, 「시집 『현대의 神話』에 부치는 시론」, 『현대의 神話』, 132~133쪽.

있는가, 그리고 그 의의는 과연 무엇일 수 있는가를 밝혀보고자 한다.

## 3. 시적 자아의 체험적 세계인식―「나비와 廣場」을 중심으로

「나비와 廣場」은 1950년대 전후(戰後)의 현실적 상황을 황폐한 '광장'으로, 이 현실적 고통 앞에서 영혼의 무게를 지탱하고자 하는 시적 자아를 '나비'로 형상화하고 있다. 김규동은 그의 시론에서 역사와 현실과 인생에 대한 깊은 이해를 가질 때 수난의 꽃을 가꿀 수 있다고 하였다. 시는 상상의 힘에 의해 통일과 질서의 조직체로 창조되는 것인데, 이러한 일련의 과정을 통하여 문학이 개성과 독자성을 확보해야 한다는 것이다. 그는 이러한 개성과 독자성을 탐구하기 위해서는 자아를 새로운 방법으로 현실과 연결시켜 보아야 한다고 하였다.[13]

「나비와 廣場」에서 '나비와 광장'은 '자아와 현실'의 유기적인 연관성을 능동적으로 찾아낸 개성적이고 독자적인 시적 이미지라고 할 수 있다. 비정한 당대적 공간인 광장과, 그 현실을 나는 실존인 나비의 상징적 조응이 이루어진 것이다. 이 나비는 실존의 무게를 다 짐 지지 못하고 날아가고픈 한 영혼이며 어떤 새로운 신화적 세계를 꿈꾸는 영혼이다. 절묘한 이미지의 배치라고 할 수 있다.

김규동은 시집 『나비와 廣場』에서 전쟁이 빚어내는 비참한 현실을 신즉물주의적 방법으로 형상화하려 하였다.[14] 작품 「나비와 廣場」은 이러

---

13 김규동, 「현대의식과 현실」, 「個性과 獨自性」, 『새로운 시론』, 19~27쪽 참조.
14 김규동, 「시집 『나비와 광장』에 부치는 시론」, 『나비와 광장』, 7쪽 참조.

한 의식으로 1950년대 김규동의 실존주의적 서정성이 극점을 이룬 작품
이라 할 수 있다.


  眩氣症나는 滑走路의
  最後의 絕頂에서 흰 나비는
  突進의 方向을 잊어버리고
  피묻은 肉體의 破片들을 굽어 본다.

  機械처럼 灼熱한 작은 心臟을 추길
  한목음 샘물도 없는 虛妄한 廣場에서
  어린 나비의 眼膜을 遮斷하는건
  透明한 光線의 바다뿐이었기에—

  眞空의 海岸에서 처럼 寡默한 墓地 사이 사이

  숨가쁜 Z機의 白線과 移動하는 季節속—
  불길처럼 일어나는 燐光의 潮水에 밀려
  이제 흰 나비는 말없이 이즈러진 날개를 파다거린다.
  하—얀 未來의 어느 地点에
  아름다운 領土는 기다리고 있는 것인가
  푸르른 滑走路의 어느 地標에
  華麗한 希望은 피고 있는 것일까.

  神도 奇蹟도 이미
  昇天하여 버린지 오랜 流域—
  그 어느 마지막 終点을 向하여 흰 나비는
  또한번 스스로의 神話와 더부러 對決하여 본다.

—「나비와 廣場」 전문

'흰 나비'는 현기증 나는 활주로의 절정인 광장 위를 날고 있다. 돌진의 방향을 잊어버리고 피 묻은 육체의 파편들 위에 떠 있는 나비는 너무나 생경한 이미지이면서도 1950년대 전후 한국의 한 단면과 인간상을 잘 묘파해 주고 있다.

현기증 나는 광장에는 피 묻은 육체의 파편들이 가득 차 있다. 나비의 심장은 기계처럼 작열하고 있지만 심장을 축일 샘물 한 방울 없는 허망한 공간에 떠 있다. 이때 나비의 안막(眼膜)에는 제트기의 폭음과 백선(白線)만이 가득할 뿐이고 전쟁의 불길은 마치 바다의 폭풍과 같이 휘몰아치고 있다. 이 시에서 '푸르른 활주로'는 '진공의 해안'으로 묘사되어 있다. 광장이 바다로 동일시되는 아이러니를 보여준다. 신도 기적도 승천하여 버린 지 오랜 유역(流域)인 이 비극의 땅에 스스로의 신화를 만들어 지금 처해 있는 광장의 세계와 대결하여 극복해 보려는 나비의 집념이 처절하면서도 절실하게 그려지고 있는 것이다.

> 實로 조그마한 不注意로 大海 깊숙히 彈丸처럼 落下하여 버릴수도 있고 또 구름에 휘감긴 드높은 山脈에 부딪쳐서 散散히 흩어져 한줌 가루가 되어 버릴수도 있는 宿命의 機體를 조종하여 푸른 하늘의 大海를 疾走하는 「제스트」飛行士의 모습을 그릴때 나는 藝術의 神秘한 興趣속에 잠겨 恍惚한 作業에 餘念이 없는 한사람의 詩人이나 畵家를 聯想하는 것이다.[15]

이 글은 현대 문명의 한 상징이라고 할 수 있는 제트기에 대한 김규동의 글이다. 푸른 하늘에 탄환과 같이 날아가는 제트기가 비상 자체로는 무한히 아름다운 비밀을 감추고 있는 것 같다. 그러나 하늘을 날고 싶은

---

15  김규동, 「현대시와 Mechanism」, 『새로운 시론』, 64쪽.

동경은 그 '불안의 속도'로 현대 문명의 비극적 성격을 예감하고 있다.


凸렌즈를
쓰고
내가 거리를 간다.

活字처럼 닥아와
나의 이마에
나의 가슴에
나의 關節에
나의 瞳子 안에
正面衝突하는
重量. 重量. 重量.

〈絕望과 恐怖 아 끝없는 喀血이라오.〉

만나면 모두
細菌學者처럼
싸늘한 體溫을
내 손의 表皮위에 남겨 놓던
選手들을 차라리 피하면서
피하면서 가야 하는
凸렌즈의 運命 속에
오늘도
太陽과 하늘만이
骸骨처럼
骸骨처럼

—「不安의 速度」 전문


「不安의 速度」는 전후의 절망과 공포에 떨면서 '凸렌즈'를 쓰고 '해골' 처럼 '불안의 속도' 를 살아가야 하는 시적 자아의 운명이 즉물적으로 그려져 있다. 그의 작품 「花河의 밤」, 「原色의 海岸에 피는 薔薇의 詩」, 「幻想街路」, 「헤리콥타처럼下降하는POESIE는機關銃陣地를타고」 등에서도 전쟁의 한복판인 도시 상공에 비상하는 제트기가 포물선을 그리며 추락하는 불안한 실존의 모습으로 제시되고 있다. 전쟁터로 날아가는 제트기는 인간의 생존과 직결된 운명의 상징성을 아이러니컬하게 보여주는 부분이다.

김규동의 시에 등장하는 '나비' 이미지는 현대 문명의 메커니즘과 실존의 운명이 상징적으로 표현된 매개체이다. 「戰爭과 나비」에는 전쟁의 검은 언덕을 날아가는 어린 나비가, 「뉴―스는 눈발처럼 휘날리고」에는 전쟁의 해안에 질식한 비둘기의 울음소리로, 「검은 날개」에는 전쟁으로 쇠잔한 태양과 침묵하고 있는 해협의 거대한 검은 날개로, 「對位」에는 전쟁의 탄도(彈道)를 나는 어린 나비들이 대위(對位)의 층계를 내려가는 모습으로, 「날지 못하는 새」에는 해저(海底)와 같은 바다의 공간인 벽에 포위당해 있는 나비의 모습이 그려져 있다.

> 한마리의 나비가 폐허의 광장을 날아가고 있다. 그 나비를 바라보면서 詩人에게는 여러가지의 幻想과 想念이 떠오른다.
> 한마리 연약한 나비는 어쩌면 물결치는 환상과 어둡고 슬픈 상념을 지닌 詩人자체의 變身이거나 한 조고마한 肉片과도 같은 것인지도 모를 것이다.
> 眩氣症 · 突進 · 破片 · 眼膜 · 遮斷 · 眞空 · 移動 · 燐光 · 地點 · 地標 · 終點 · 對決등의 言語는 그러나 어린 生命體로서의 나비의 映像을 浮彫시키는데 무척 부자연스럽고 거칠는지 모른다.[16]

---

16 김규동, 「현대시의 난해성」, 『새로운 시론』, 53쪽.

이 글은 김규동이 자신의 시 「나비와 廣場」에 대하여 해설해 놓은 것이다. 여기에서 그는 현실과 사물을 신즉물주의적 태도로 철저하게 추구해야 한다고 주장하면서 "「나비와 광장」에서 한 마리의 연약한 나비의 안막에 비치우는 「오늘」이라는 現實의 氣流가 얼마나 험하고 불안한 것인가를 이 작품을 통하여 느낄 수만 있다면 대체로의 감상은 충분"[17] 하다고 하였다. 문학은 시대 현실과 함께 새로워져야 한다는 그의 주장은 1950년대의 문학연구에 있어서 매우 긴요한 비평정신이라고 할 수 있다. 이 점에 있어서 '나비'와 '광장'은 당대 사회 현실과 인간상을 적절하게 표상한 새로운 이미지라 할 만하다.

「나비와 廣場」에서 '흰 나비'는 김기림의 「바다와 나비」[18]를 연상하게 해준다.[19] 김기림의 「바다와 나비」에서 나비가 1930년대 서구 문명의 상징인 바다에 대한 정열과 그 바다의 '수심'에 대한 무지를 체험하는 나약한 여인으로 그려졌다면, 「나비와 廣場」의 나비는 1950년대 제트기가 난무하는 전쟁터의 한복판인 비극의 광장에 처한 인간상으로 그려져 있다. 이 '나비'의 모습은 물론 시적 자아의 영혼을 상징하는 매개체이다.[20]

---

17 위의 글, 54쪽.

18 아모도 그에게 水深을 일러 준 일이 없기에/흰 나비는 도모지 바다가 무섭지 않다.//靑무우밭인가 해서 나려 갔다가는/어린 날개가 물결에 저러서/公主처럼 지처서 도라온다.//三月달 바다가 꽃이 피지 않아서 서거푼/나비 허리에 새파란 초생달이 시리다(金起林, 「바다와 나비」 전문 참조).

19 김규동은 경성고보 2학년 때 영어 선생인 김기림을 만났다. 그때는 『朝鮮日報』가 폐간되고 『文章』 등의 잡지가 극심한 탄압을 받게 되었던 일제 강점의 암흑기였다(김규동, 「詩보다 인간을 더 사랑한 시인」, 『文學思想』 183호, 1988. 1, 121~124쪽 참조).

20 나비는 고대에는 영혼의 상징이며 빛을 향한 무의식적 매력의 상징이었고 정화를 뜻하기도 하였다. 정신분석학에서는 흔히 재생의 상징으로도 간주된다. 동양의 경우 나비의 이미지는 '애벌레-나비'의 비유로서 불교적 재생을 표상하는 경우가 많

그런데 「나비와 廣場」의 나비는 세상에서 무거운 육신을 벗고 가볍게 날 수 있기를 갈망하는 시적 자아의 영혼을 표상하지는 않는다. 이 나비가 갈구하는 것은 광장으로 표상된 이 세계의 고통과 불안과 절망을 붙안고 날아보려는, 다시 말하면 이 세계의 희노애락(喜怒哀樂)으로 눈물 흘리며 생의 절망과 뜨겁게 부딪쳐 극복하여 비상하려는 의지를 보이는 것이다. 그래서 나비는 나비로서 가벼운 영혼으로 승천하지 못하고 아이러니컬하게도 전쟁터의 한복판에서 세상을 조감(鳥瞰)하며 떠 있다. 그런 면에서 이 작품은 '나비'로 표상되는 시적 자아가 '광장'으로 표상되는 세계와 철저하게 대면하면서 삶의 고통과 모순을 체험하는 리얼리티를 느끼게 한다. 그렇다면 그가 나비 이미지로 꿈꾸는 신화적 세계는 무엇일까? 이는 후속되는 그의 일련의 시편들 속에서 그 내면을 드러내고 있음을 보게 된다.

## 4. 전후상황과 자아분열의 냉소적 아이러니―「眞空會談」을 중심으로

「眞空會談」은 암울한 역사적 상황에 놓인 김규동의 내면세계가 다른 작품에 비하여 다소 이질적인 모더니즘적 기법으로 형상화된 작품이다. 그런데 기존 연구에서는 이 작품에 대하여 거의 언급이 되지 않고 있다.

---

다. 서양의 경우에도 나비는 순수한 영혼을 보여주는 부활의 상징으로 많이 쓰였다(J. E. Cirlot, 『A Dictionary of Symbols』, London : Routledge & Kegan Paul, 1971, 35쪽 참조/한국문화상징사전편찬위원회, 『韓國文化상징사전』, 동아출판사, 1994, 142~145쪽 참조).

이는 그간의 연구들에서 1950년대에 지어진 김규동의 시가 메커니즘화
된 관념의 지적 조작을 느끼게 하는 실험적 의식에서 벗어나지 못했다
고 논평된 것과 관련하여 「진공회담」이 면밀하게 판독되지 못한 채 스
쳐지나간 것으로 추정된다. 그런데 「진공회담」은 전후의 불안과 비극적
상황을 '眞空'의 상태로 설정하여 독설을 퍼붓는 현실인식이 잘 드러나
는 작품으로 판단된다.


　　-무수한 絞首屍體와 移動하는 頭蓋骨과 女子의 푸른 骨盤으로 形成된
　　壁 속에서 派守兵은 꺼꾸로 서서 馬太福音 三章을 暗誦한다-


　　푸로이드 博士는 흰 까운에 하얀 마스크를 치고
　　看護員 큐-리와 함께 層階를 올라오는 것이다.


　　〈體溫은 零度 平溫입니다.〉


　　-처음날은 皇帝의 結婚式에 靈柩車를 타고 參席 했읍니다.
　　-다음날은 列車의 特等室에서 女子를 강간한 일이 있읍니다.
　　-다음날엔 愛人 나타-리의 乳房을 권총으로 射擊 했지요.
　　-그 다음날 나는 커-피 깡통을 삼켜 버렸읍니다.
　　-그리고 마지막 날 午後엔 大學의 하늘 닿는 高層에서 投身自殺을 企圖
　　하였읍니다.


　　〈看護員 큐-리! 外科室에서 手術準備를 하십시요. 切斷手術 입니다.〉


　　-絶望입니까? 푸로이드博士……


　　看護員 큐-리의 뒤를 따라
　　뚜걱

뚜걱
層階를 밟는
푸로이드博士의 頭上에서는
大理石 圓柱에 부디치는
유리컵 처럼
찬란한 爆笑가 터저 나올 뿐이었다.

—「眞空會談」 전문

　이 시의 공간적 배경은 무수한 교수시체(絞首屍體)와 부서진 두개골, 골반이 쌓인 벽 속이다. 이 벽 속에서 시체들을 지키는 파수병이 거꾸로 서서 마태복음 3장을 암송하고 있다. 부서진 교수 시체들과 회개의 증거를 행실로 보이고 하느님의 복음을 전하는 파수병의 정황은 가치가 전도된 모순적 상황을 적나라하게 묘파하는 시적 배경이 되고 있다.

　정신의학자이며 정신분석학자인 프로이트를 외과의사로 하고 물리학자인 퀴리를 간호사로 조응시킨 것은 매우 아이러니컬한 시적 효과를 낳고 있다. 이 둘의 만남과 등장은 정신과 육체를 현실적으로 치유하기 위한 수단으로 제시된 것으로 볼 수 있다. 이들의 시술을 기다리는 환자는 시체더미 앞에서 복음을 거꾸로 암송하고 있는 '체온 영도(零度)'의 비정한 위선자이다.

　복을 비는 파수병에게 프로이트 의사가 퀴리 간호원을 대동하고 등장한다. 간호원 퀴리가 이 파수병의 체온을 재고 '영도 평온(零度 平溫)'이라고 말한다. 영도가 평온인 인간이란 한마디로 결핍으로 충만한 비인간화된 인간 자체에 대한 혐오를 잘 드러내 준다. 「1952年의 郊外」에서도 질식이 아로새겨진 커피잔을 들고 냉혈동물들과 회화하는 시적 자아의 모습이 한낱 '소음'의 광경으로 그려져 있다.

영도가 평온인 화자는 프로이트 의사와 퀴리 간호원에게 자신의 증상을 말한다. "처음날은 皇帝의 結婚式에 靈柩車를 타고 參席 했읍니다."라는 증상은 황제의 결혼식으로 상징되는 중세적 가치관과 전통에 대한 부정의식을 드러내고 있다. 황제의 결혼식에 무례하게도 영구차를 타고 참석하였다는 상황은 기존의 가치관과 전통을 무화(無化)시키는 아이러니를 보여준다. "다음날은 列車의 特等室에서 女子를 강간한 일이 있읍니다."라는 직설적인 발언은 도시 문명의 한 부산물로 상징되는 열차의 특등실에서 여자를 강간한 패륜적 증상의 표현이다. 기존의 가치와 윤리를 정면으로 부정하고 극단적으로 일탈하는 병적 징후는 계속되고 있다. "다음날엔 愛人 나타—리의 乳房을 권총으로 射擊 했지요."라는 시구는 정열을 조르는 애인을 무참하게 권총으로 사살하는 신경분열의 증상으로 심화되고 있다. "그 다음날 나는 커—피 깡통을 삼켜 버렸읍니다."라는 대목은 서구 자본주의의 대명사로 볼 수 있는 커피 깡통을 한 모금에 삼켜 버리는 이상징후를 보여준다. 부정, 일탈, 분열을 거듭하던 화자는 결국 어떤 전망도 발견하지 못하고 투신자살을 기도한다. "그리고 마지막 날 午後엔 大學의 하늘 닿는 高層에서 投身自殺을 企圖 하였음니다"라는 증상의 발언은 이 시의 상징적 의미를 심화시키는 데 중요한 열쇠가 된다.

하늘이 닿을 듯한 대학의 고층에서 투신자살을 기도한 행위는 학문의 전당이라고 하는 대학의 지적 진실을 불신하는 자의식의 갈등이라고 할 수 있다. 이 부분은 이상(李箱)의 소설 「날개」에서 주인공 '나'가 불현듯 날개가 돋았던 겨드랑이가 가려우면서 희망과 야심의 날개를 펼치며 비상을 절규하는 마지막 대목을 연상하게 한다. 이상의 「날개」에서 '나'가 전도된 질서, 폐쇄된 의식을 자각하고 그것에서 탈출하고 회복하려는 미해결의 극적인 시도를 감행한다면, 김규동의 「진공회담」에서는 시체로 가득찬 폐쇄된 '진공'의 벽 속에서 헛된 날갯짓만 하는 화자의 지적 갈등과 죽음에의 몸부림이 시화되어 있다고 볼 수 있다.

환자의 병적 징후를 들은 프로이트 의사는 퀴리 간호원에게 외과실에서 절단수술 준비를 하라고 지시한다. 이에 시적 자아는 "絕望입니까?"라고 의사에게 반문한다. 이 질문에 대하여 의사는 퀴리 간호원의 뒤를 따라가며 대리석에 부딪치는 유리컵처럼 '찬란한 폭소(爆笑)'를 터뜨릴 뿐이다. 정신병 환자를 외과수술로 절단한다는 정신과 의사의 처방이 또한 공격적인 파괴성을 드러낸다. 고칠 수 없는 정신분열의 병을 고치기 위하여 절단수술을 해야 한다면 무엇을 절단할 것인가? '나'를 지배하는 정신을 절단해야 하는가? 그러면 나의 머리를 절단해야 하는가? 머리를 절단하면 나의 불안과 인간에 대한 혐오와 패륜과 신경분열의 증상은 사라질 것인가? 참으로 절망적인 실존적 상황이 아이러니컬하게 표현되고 있다.

김규동은 무의식이라는 정신의 깊은 바다를 개척한 프로이트와 현대 과학 발전의 길잡이라고 평가되는 퀴리를 의사와 간호원으로 상징화시켰으나 그들 또한 시대적 조롱의 대상으로 폭소의 세례를 받고 만다. 현대 문명에 대한 비판정신이 잘 드러나는 대목이다. 말하자면 이 시는 당대의 시대적 병폐를 총합적 구조로 비판하고 있는 것이다. 그는 「BOILER 事件의 眞狀」에서도 전후의 물질문명 속에서 정신과 육체가 황폐해지는 가운데 절망의 음악을 듣는 시적 자아의 시의식을 쉬르레알리즘적 기법으로 형상화하고 있다.

김규동은 「眞空會談」을 통하여 1950년대 한국에 한꺼번에 들이닥친 전후의 불안의식과 기존 전통에 대한 조소, 메커니즘의 팽배로 인한 가치전도의 현상, 자본주의에 대한 혐오, 자아분열적인 병적 징후와 팽배한 죽음에의 충동 등을 실험적으로 보여주고 있다. 이 경우의 실험성은 서구적 모더니즘을 피상적이고 관념적으로 조작하고 있다는 부정적인 의미와는 다른 것이다.

「진공회담」은 작품을 통하여 사회 현실을 날카롭게 해부하여 비판과 저항성을 가지고 원죄적 비극을 상징화해야 한다[21]고 주장했던 김규동의 통찰력을 보여주는 작품이다. 전후 시체더미로 만들어진 '진공' 속에서 영도가 평온인 자아분열의 냉혈한을 앞에 두고 프로이트 정신과 의사와 물리학자 퀴리 간호원의 회담은 고칠 수 없는 절망적 상황으로 끝난다. 정신분열 증상의 환자를 외과 절단수술로 처방하는 이중의 아이러니는 당대 전후의 사회 현실이 얼마나 절망적이었으며, 이를 회복하고자 얼마나 분열적인 몸부림을 체험했어야 했는지 가늠케 한다.

김규동은 현대인의 복잡한 감정적 체험이나 사고의 특수한 형태가 문학의 영역에 들어와서 자리를 잡을 때 난해하게 되지만, 바로 여기에 작품의 본질이 담겨 있다고 이야기한 바 있다.[22] 「진공회담」은 전후의 절망적인 상황에 처했던 김규동의 절박한 지적 체험이 쉬르레알리즘적 기법으로 형상화된 작품이다. 이 작품은 전쟁터의 처참한 살육의 장면이 적나라하게 제시되어 있는 전쟁 현장시 이상으로 비극적 현장이 제시되어 있으면서도 가치전도적인 인간의 실존적 상황을 아이러니컬하게 제시하고 있는 문제작으로 평가할 수 있다.

---

21 김규동, 「시집 『나비와 광장』에 부치는 시론」, 『나비와 광장』, 5~6쪽 참조.
22 김규동, 「현대시의 난해성」, 『새로운 시론』, 38~43쪽 참조.

## 5. 초토(焦土)의 순화를 갈망하는 순진성 엑스터시 - 「밤의 神話」를 중심으로

김규동은 『현대의 神話』의 시론에서 시인이 미(美)에 대한 욕망을 가지고 있다면 시를 형성하고 축조하는 창조 행위를 '엑스터시'의 상태와 같은 경지로 끌어올려야 한다고 주장하였다.[23] 「밤의 神話」는 「眞空會談」과는 전혀 다른 시적 체험을 보여주는 작품으로, 독창적인 구조를 가진 성공작이라고 할 수 있다. 그런데 기존 연구에서는 거의 언급이 되지 않고 있다. 그 이유는 김규동의 작품에 대하여 통설처럼 인식되어 온 난해한 모더니즘의 색채가 없이 동심으로 돌아간 화자의 시적 상상력이 표출되어 있는 이질성 때문일 것이다.

김규동은 자신의 의식을 초월한 무의식의 세계를 그림으로써 초현실의 세계, 다시 말하면 꿈의 세계를 입체적이며 투명하게 그려야 한다고 논의한 바 있다.[24] 「밤의 神話」[25]는 밤으로 상징되는 전후 현실의 절정에서 코끼리 악대의 환상을 체험하는 시적 자아의 체험이 극적 엑스터시를 이루고 있으면서 김규동의 정신세계의 한 단면을 보여주는 작품이다.

> 북소리. 나팔소리. 다채로운 행진곡이 울려 오는 소리에 잠을 깬 나는 눈을 비비며 밖으로 나갔다.

---

23 『현대의 神話』, 133~135쪽 참조.
　　이때 '시적 엑스터시'는 입신(入神)·황홀(恍惚)·법열(法悅)의 경지로 풀이된다. 이 엑스터시의 상태는 사상·정서·감동을 복합적 체험으로 표출하기 위하여 영상과 상상의 상징적 내면을 강조하는 시적 정열을 의미한다고 볼 수 있다(문병욱, 「詩的 엑스터시의 逆說性에 관한 研究」, 『韓國文學論纂考』, 가톨릭대 출판부, 1998, 11~12쪽 참조).
24 김규동, 「초현실주의와 現代詩」, 『새로운 詩論』, 32~37쪽 참조.
25 1985년에 나온 시선집 『깨끗한 희망』에는 '平和'라는 부제가 붙어 있다.

텅빈 대낮의 거리를 요란하게 울리며 오는 것은 북을 치며 걸어오는 코끼리와 그 옆에 서서 피리와 나팔을 부는 광대들이었다.

코끼리가 어떻게 저런 음악을 연주하나? 나는 창피한줄 모르고 아이들처럼 서서 당당히 행진해 오는 코끼리를 구경하였다.

내가 입가에 미소를 띄우자 어진 코끼리의 둥그란 눈이 껌벅거리며 웃음을 감추지 못하면서 더욱 신이 나서 또 다른 악기에 떡떡 장단이 들어 맞게 북을 쳐내었다.

이 거창한 행진의 뒤를 따르는 것은 아이들뿐—아이들은 바지가 흘러내린 것도 모르고 어른의 걸음걸이로 또 달달 거리면서 행진의 뒤를 따랐다. 코를 훌적거리는 아이들의 얼굴에는 숨가쁨과 무한한 호기심이 빗기었다.

검은 가로수와 초연 냄새—

나는 어찌된 영문인지를 몰라서 오늘이 무슨 날인가 곰곰히 생각해 보았으나 아무 생각도 나지 않았다.

가족도 동료도 다 어디론가 사라져 버리고 나만 혼자 이 거리에 나와 선 지금—그러면 가족은 어찌된 것일까? 사랑하는 아들아! 너는 어디에 있느냐? 네가 좋아하는 코끼리가 나팔을 불면서 오고 있구나!

나는 비로소 오늘이 무슨 날인가를 알게 되었다. 그렇다. 전쟁이 지금 바로 끝난게로구나. 지금까지 나는 잠을 자고 있었나보다. 그러면 나의 혈육들은 어찌 되었을까. 그 수많은 자동차와 사람과 세기의 문명은 어찌된 것일까.

그러자 이해 못할 행진의 배경이라도 장식하는듯 코끼리의 음악대가 걸어오던 저쪽 서편 하늘가에서 푸른 광선이 공중에 번쩍 거렸다. 그것은 마지막으로 폭발하는 인간의 무기라 하였다. 그것은 바로 전쟁의 종언을 고하는 신호등이란 것을 순간 나는 깨달았다.

코끼리의 악대가 지나가자 나는 어디로 가야할지를 몰랐다. 남루한 옷을 입은 아이들은 줄곧 코끼리와 광대를 따라 뜨거운 아스팔트 위를 쉬지도 않고 따라 가고 있었는데…….

—「밤의 神話」 전문

「밤의 神話」는 '밤'으로 상징되는 전쟁터의 현장에 평화로운 '텅빈 대낮'을 오버랩하여 신화의 세계를 꿈꾸는 시정신을 드러내는 작품이다. 모두 11연으로 이루어진 이 시는 6연을 중심으로 시상의 전개가 앞뒤로 대분(大分)되어 있다. "검은 가로수와 초연 냄새—"를 중심으로 앞의 1~5연은 잠에서 깨어난 시적 자아의 환상적 상상의 세계가, 뒤의 7~11연은 전쟁이라는 현실적 상황과 주인공의 내면의식이 순진성 아이러니[26]의 방법으로 그려져 있다. 이를 위하여 활용된 상징물이 코끼리 악대이다.

북과 나팔 소리가 어우러진 다채로운 행진곡이 울려오는 소리에 시적 자아는 잠에서 깨어 대낮의 텅 빈 거리로 나갔다. 그곳에는 코끼리가 북을 치며 걸어오고 있었고 피리와 나팔을 부는 광대들이 뒤를 따르고 있었다. "코끼리가 어떻게 저런 음악을 연주하나?"라고 생각하며 '나'는 신이 나서 아이들처럼 행진해 오는 코끼리를 구경한다. "내가 입가에 미소를 띄우자 어진 코끼리의 둥그란 눈이 껌벅거리며 웃음을 감추지 못하면서 더욱 신이 나서 또 다른 악기에 떡떡 장단이 들어맞게 북을 쳐내

---

26 Alex Preminger, and T. V. F. Brogan, 『*The New Princeton Encyclopedia of Poetry and Poetics*』, New Jersey : Princeton University Press, 1993, 407쪽 참조.

었다."라는 구절은 순진성 아이러니의 단면을 잘 보여준다. 코끼리의 행진에 아이들은 바지가 흘러내린 것도 모르고 코를 훌쩍거리면서 숨 가쁘게 무한한 호기심을 가득 담고 따라간다.

이때 "검은 가로수와 초연 냄새ー"라는 돌발적 상황이 이 시의 시상을 뒤집어 놓는다. 검게 그을린 가로수와 화약 연기와 냄새만으로도 전쟁의 실상을 잘 드러내고 있다. 코끼리 악대를 따라가던 '나'는 정신을 차리고 주위를 살펴보았다. 신나게 북을 치던 코끼리 악대는 어디론가 없어지고 거리엔 검은 가로수와 초연 냄새만이 가득하다. 가족과 동료, 사랑하는 아들이 곁에 없다. 홀로 남은 '나'는 아들을 부르며 "네가 좋아하는 코끼리가 나팔을 불면서 오고 있구나!"라고 외쳐본다. 그때 비로소 '오늘'이 무슨 날인지 알게 되었다. "그렇다. 전쟁이 지금 바로 끝난게로구나. 지금까지 나는 잠을 자고 있었나보다."라는 독백은 전쟁의 소용돌이 속에서 화자는 잠을 자고 있었던 것으로 무화(無化)시키려는 아이러니와 전쟁의 고통을 잠으로 위안받으려는 심리 기제를 보여주는 대목이다. 그러면서도 한편으로 텅 빈 거리를 보며 '수많은 자동차와 사람과 세기의 문명'이 어찌된 것인지 떠올려본다. 그때 코끼리가 걸어오던 '서편 하늘가'에서 푸른 광선이 번쩍거렸다. '마지막으로 폭발하는 인간의 무기'라고 한다. 전쟁의 종언을 고하는 신호등이 켜졌다. 그런데 '나'는 '뜨거운 아스팔트' 위에서 어디로 가야 할지 모르고 서 있다. 이런 '나'를 스쳐 아이들은 코끼리와 광대를 따라 지나가고 있다. 코끼리 악대를 따라가는 아이들과 혼자 남은 '나'의 모습이 교차하면서 이 시는 끝나고 있다.

　　슈ー샤인//哀愁에 젖어/소리에 젖어/오늘도 나는 이 거리에서/도대체 어데로 가는 것인가.//季節을 잃은 남루를 걸치고/숫한 사람들속 사람에 부대끼며/수없는 視線에 射殺되면서/하늘이 그리운 것이 아니라//인제 저

푸른 하늘이 마시고 싶어/이렇게 가슴 태우며/오늘도 이 거리에서/나는 어
데로 가는 것이냐.//看板이 커서 슬픈 거리여/빛깔이 짙어서 서글픈 都市여
//츄-잉감을 씹어/鐵絲처럼/가느러간 허리들이/색깔 검은 아이를 배었다
는 이야기는/차라리 아무 것도 아닌 것이고//방금-/灰色의 地平을 넘어/달
려온/그 하이야-가/초록빛 커-텐이 흘러 나오는 二層집/女人들의 허리춤
에/寶石勳章을 채워줬담도/아무것도 아닌/그저 흘려버릴수 있는 所聞이란
다.//(…중략…)//슈-샤인/哀愁에 젖어/音響에 젖어/저물어 가는 太陽아래/
아 나는 어데로 가는 것인가/看板이 커서 기울어진 거리여/아아 빛깔이 짙
어서 서글픈 都市여!

―「하늘과 太陽만이 남아있는 都市」 부분

　　낡은 것과/새것을 比較하며/예츠가 노래한 心靈의 永遠/또는 오늘을-/
설레이는 潮水속에/懷疑하는/ 空間에,/밤의 靜寂이/먼 옛날의 都市와 太陽
을 불러본다./Byzantium의 廻廊 처럼/다사로운 빛갈과 王宮이 잠자고//臣下
들과 百姓이 모두/大國에서와 같이/禮法과 大義와 슬기를 지니고/오래인
세월을 태평스레 살아가던/先祖들의 작은 都市,/서울.//한번도 본일이 없
으나/窓밑의 전망 처럼/先祖의 흰옷과 慧智가/선명해 오는 이런 時刻을/感
傷을 버려라/새 時代는 우리 것이라/무한한 아침이 준비되어 있다하여/꾸
짖어 볼것인가.//푸른 물결의 水深을 모르듯/그윽한 어두움,/멀리서 새벽
을 告하는/鐘이 울려 오고 있었다.

―「사라센 幻想」 전문

　　「하늘과 太陽만이 남아있는 都市」에는 퇴폐적이고 속악한 전후의 도
시에서 방황하는 시적 자아의 모습이 그려져 있다. 그런데 「사라센 幻
想」은 하늘과 태양만이 남아 있는 퇴폐의 도시인 서울을 평화로운 아침
의 나라로 노래하는 역설적 상황이 형상화되어 있다.

　　김규동은 「밤의 神話」에서 전쟁의 종언을 맞은 시적 자아가 역설적
상황의식으로 동화적 상상력을 발휘하여 평화로운 세계를 지향하는 내

면의식을 그려 놓았다. 코끼리 악대와 어울려 신나게 노는 아이들의 모습은 상상만 하여도 축복된 정경이 아닐 수 없다. 더구나 이 코끼리는 서편 하늘에서 북을 치고 나팔을 불며 걷고 있다. 이처럼 「밤의 神話」에서 코끼리[27]는 현실의 비극적 세계를 초월하여 자유롭고 평화로운 세계를 지향하는 순진성의 상징이라고 할 수 있다.

전쟁이 종식되었는데도 시적 자아는 코끼리 악대를 따라가는 아이들의 모습을 바라보며 안주하지 못하고 아스팔트 위를 헤매고 있다. 이 시적 자아의 모습은 당대 한국인의 모습이기도 하다. 전후의 비극적 상황인 '밤'에 아이들과 코끼리가 춤추는 '신화'를 고대하는 「밤의 神話」는 아름다운 비극성으로 그려지고 있다. 이 시에서 '밤'과 '신화'는 땅과 하늘, 지옥과 천국, 전쟁과 평화라는 극한적 상황으로 대분(大分)될 수 있다. 김규동은 「밤의 神話」를 통하여 절망적이고 비극적인 이 땅에 서서 하늘을 나는 코끼리의 환상을 꿈꾸며 평화로운 세계를 염원하는 시적 지향을 잘 드러내고 있다.


## 6. 맺음말

본 연구는 1950년대의 시인 김규동을 '모더니스트 김규동'이라고 지칭해 온 종래의 일반론에 편승하지 않고 그의 시정신이 잘 드러나는 그

---

27 코끼리는 일반적으로 강함과 리비도의 힘을 상징한다. 신화적인 측면에서 보면 인도의 경우 코끼리는 왕과 왕비의 교군꾼[하인]인 우주의 요상주(女像柱)를 뜻했다. 그리고 한편으로 코끼리의 둥근 형체와 회색 빛깔 때문에 구름의 상징으로도 여겼다. 주술적으로는 코끼리가 구름을 만들어내며 날개가 있었다고 믿었다. 일반적으로 코끼리는 자유, 중용, 영원, 동정 등의 상징으로 쓰였다(J. E. Cirlot, 앞의 책, 96쪽 참조).

의 시와 시론을 면밀히 분석하여 1950년대 한국 시사에서 김규동의 시가 차지하는 시정신의 새로운 한 단면을 밝혀보고자 하였다.

김규동은 참담하고 절박한 현실의 고통과 이러한 한계 상황에 직면한 영혼의 실존적 본질을 심각하게 성찰하면서 인간과 세계에 존재하는 영혼의 힘을 통합적으로 표출해 주었다.

김규동의 시집 『나비와 廣場』과 『현대의 神話』에 수록되어 있는 작품 중에서 특히 「나비와 광장」, 「眞空會談」, 「밤의 神話」 등은 각기 독자적 구조가 두드러질 뿐만 아니라 당대의 실존주의적 현실인식과 내면의 정신적 깊이를 잘 드러내주는 작품이다. 「나비와 광장」은 '나비'로 상징화된 시적 자아가 '광장'으로 표상된 세계와 대면하여 현실의 고통과 절망을 극복하려는 시정신을 보여주었다. 「진공회담」은 전후의 비극적 상황과 자아분열이 심화되는 냉소적 아이러니를 쉬르레알리즘적 기법으로 형상화하면서도 치열한 현실인식을 드러내주었다. 그리고 「밤의 신화」는 전쟁으로 황폐화한 땅에 코끼리 악대가 춤추는 동화적 상상력을 불어넣어 평화의 세계를 고대하는 순진성 엑스터시의 세계를 그려주었다.

기존의 논의에서 1950년대에 지어진 김규동의 시작품을 포괄적으로 서구 모더니즘의 피상적 실험성으로 재단하여 온 것과는 달리, 본 연구에서는 위의 작품을 통하여 김규동의 시에 전후 한국의 특수한 체험과 사회 현실에 대한 심도 있는 성찰과 비판이 담겨 있는 것으로 분석되었다. 더욱이 이들 작품에서 드러나는 이러한 김규동의 시세계가 저간에 평설된 통상적인 모더니즘론과는 다른 것이라는 측면에만 머무는 것이 아니라, 그러한 논의를 비월하는 탁월한 작품성을 가지고 있다는 데에 중요한 의의를 둘 수 있다. 문학의 예술성과 관련하여, 시의 그것은 이질성 속에서 동질성을 찾을 수 있는 감성의 메커니즘을 통하여 보다 풍요롭게 만들어진다는 논의가 있다.[28] 이 말은 김규동의 위의 시들에 적절히 부합될 수 있다. 김규동의 시는 전쟁이라는 총체적인 시적 소재에 그의 시적 상상력이 합해져서 다양하고 이질적인 경험으로 변형되어 형상화되어 나타나기 때문이다.

김규동은 한국전쟁을 통하여 한국 시단에서 "戰爭이란 헤어날 수 없는 도랑에 둘러싸인 신음하는 人間의 앓음소리를 들추어내거나 複雜한 現實의 分析整理와 現實의 超克을 거쳐 人間이 爭取한 높은 信念이나 希望을 가장 近代的인 會話로써 표현해내는 詩人의 躍動"[29]을 보게 되었다고 그 수확을 이야기한 바 있다. 이 말은 다름아닌 김규동 자신의 1950년대의 시에 대한 해설이 될 수 있을 것이다. 그의 시는 전쟁의 비극적 상황에서 새로운 시대정신과 신화의 세계를 발견하고 추구하려는 예리한 통찰력을 보여주고 있다. 김규동은 이러한 시의식으로 모더니즘적 기법의 표현을 구사하기는 하였으나, 이것이 그의 시정신의 본거(本據)는 아니었던 것으로 판단된다. 그는 모더니즘을 초극하려는 의욕을 가지고 새로운 시대정신을 절창하였기 때문이다. 특히 고도한 비평정신이 예술의 높은 생명이자 가치라고 강조하는 김규동의 시대정신과 시세계는 1950년대 한국문학사에서 한 정신사적 의의를 갖는 것으로 평가된다.

---

28 김훈, 「모더니즘의 시사적 고찰」, 『한국문학사의 爭點』, 장덕순 외, 집문당, 1986, 660쪽.
29 김규동, 「戰爭과 시인」, 『새로운 시론』, 148~149쪽.

# 김규동의 시세계 연구

— 초기 시와 영화의 친연성을 중심으로

김은영

## 1. 서론—영화, 김규동 시에 대한 또 다른 접근법

시적 편력을 고려할 때 김규동[1]은 한국 시단에서 보기 드물게 역동적

---

1 1925년 함북 종성(鐘城) 출생. 1944년 경성고등보통학교 졸업. 1947년 연변의대 수료. 1948년 평양종합대학교 중퇴. 1948년 『예술조선』 신춘문예에 시 「강」이 당선되어 등단. 1950년대에는 박인환(朴寅煥), 김경린(金璟麟) 등과 함께 '후반기' 동인으로 활동하며 모더니즘에 바탕을 둔 주지적이며 초현실주의적인 색채가 강한 작품을 주로 발표. 1960년 4·19혁명 이후부터 1970년대 초까지 작품활동을 중단했다가 1974년부터 자유실천문인협의회, 한국민족예술인총연합, 민족문학작가회의 등에 참여하며 민족주의적 작품 성향을 드러내게 된다. 시집으로 『나비와 광장』(산호장, 1955), 『현대의 신화』(덕련문화사, 1958), 『죽음 속의 영웅』(근역서재, 1977), 『깨끗한 희망』(창작과비평, 1985), 『오늘 밤 기러기떼는』(동광출판사, 1989), 『하나의 세상』(자유문학사, 1987), 『생명의 노래』(한길사, 1991), 『길은 멀어도』(미래사, 1991), 『느릅나무에게』(창작과비평, 2005) 등이 있고, 『새로운 시론』(산호장, 1959), 『지성과 고독의 문학』(한일출판사, 1962), 『문학강화』(한일출판사, 1969), 『현대시의 연구』(한일출판사, 1972), 『어두운 시대의 마지막 언어』(백미사, 1979) 등의 평론집, 이봉래와 함께 펴낸 『영화입문』(삼중당, 1960)이 있다.

인 변모과정을 보여주는 시인이다. 한국 현대시사에서 그가 처음으로 주목받은 시기는 1950년대 '후반기' 동인으로 활동한 때이다. 당시 그는 '새로움'의 가치에 경도된 공인된 모더니스트였다. 그러나 1970년대 초에 이르러 그는 사회 현실과 민족 현실을 표현하는 민중시인으로 매우 극단적인 자기 변신을 꾀한다.[2] 한 시인의 시세계가 변화하는 것은 물론 매우 자연스러운 일이다. 그러나 모더니즘과 리얼리즘의 이질적인 경계를 넘나든 작가가 드물었던 우리 문단사에서 김규동은 매우 진귀한 이력의 시인임에 틀림이 없다.

김규동에 대한 기존의 연구도 1950년대 '후반기' 시절의 모더니즘적 성향이 1970년대 민족문학론이 주창되던 시대를 거치면서 리얼리즘 계열의 시로 변모됐음을 지적하면서 초기 시와 1970년대 이후의 후기 시 사이에 어떤 상관관계가 있는지 분석하는 데 초점을 둔 연구가 많다.[3] 1950년대 모더니즘 시 운동에 대한 비판적 관점에서 김규동의 시세계를 다룬 글도 많다. 대부분 1930년대의 모더니즘 시론과 비교선상에서 김규동 시론의 한계성을 지적하는 글들이다. 이들 연구에서는 대개 1950년대 김규동의 시론이 1930년대 김기림의 초기 시론에서 한 발자국도

---

2 이동순은 이를 가히 '충격적인 변화'이며, 1930년대 김기림의 자기갱신 혹은 자기변화에의 적극성과 비교되는 변화라고 표현하였다. 이동순, 「흰 나비 이미지를 즐겨 쓰는 시인」, 『우리 시의 얼굴 찾기』, 도서출판 선, 2007, 410쪽

3 장사선, 「김규동론」, 김용직 외, 『한국현대시인연구』, 민음사, 1989, 258~271쪽, 김재홍, 「김규동, 통일지향시의 한 표정」, 『한국현대시인비판』, 시와 시학사, 1994, 125~147쪽, 한강희, 「'분열과 부정'에서 '통일염원'에 이르는 도정 — 김규동론」, 『현대문학이론연구』 28권, 2006, 305쪽, 김지연, 「1950년대 김규동 시의 시정신」, 『어문연구』 제28권, 한국어문교육연구회, 2000, 150~169쪽.

나가지 못했다고 지적한다.[4]

본고에서는 이러한 1950년대 김규동 시론의 한계성―이는 '후반기' 동인들에게서 공통적으로 발견되는 시론의 한계성과 일맥상통한다―을 넘어, 모더니스트이면서 현실주의자이기도 했던 그의 시론과 창작방법론이 가장 잘 드러나는 특징적인 지점을 찾는 데 주안점을 두려고 한다. 즉 이 연구는 김규동의 1950년대 초기 작품에서 이미 '내면적 리얼리스트'로서의 면모를 발견할 수 있다고 본 기존의 연구 성과[5]와 후기 시의 세계가 전기 시와 단절적 관계에서 창작된 것이 아니라 이미 이전의 시에서부터 잉태되었다고 지적한 글[6]과 같은 관점에서 출발한다. 초기 시 세계에서 모더니스트이면서 현실주의자이기도 했던 작가적 자세가 이미 드러나고 있었다고 보고, 그러한 양가적 자세가 가장 잘 드러나는 지점을 찾아내려 하는 것이다.

그리고 그 지점을 그의 시론과 시작품 곳곳에서 발견되는 영화와의 친연성(親緣性)에서 찾고자 한다. 굳이 영화와의 관련성에 초점을 두고 그 지점을 찾으려 하는 이유는, 김규동의 시작품 중 모더니즘의 기법적 실험에 치중한 작품과 전후의 현실인식이 두드러지는 작품 중에 특히 영화와의 친연성을 드러내는 작품이 많기 때문이다. 또 김규동을 비롯한 '후반기'의 모더니즘 시론에 가장 영향을 많이 미친 예술이 영화라

---

4 조달곤, 「새롭다는 것의 의미―김규동의 『새로운 시론』 비판」, 『동남어문논집』 제9집, 145~160쪽, 이경수, 「불안과 충돌의 시학」, 『1950년대의 시인들』, 나남출판, 1994, 157~177쪽.
5 박몽구, 「모더니티와 비판 정신의 지형」, 『한중인문학연구』 제19집, 한중인문학회, 2006.12, 395~428쪽.
6 윤여탁, 「1950년대 모더니스트의 자기 모색」, 『선청어문』 제25집, 서울대 국어교육과, 1997.12, 127~147쪽.

는 점에 생각이 닿았기 때문이다.

　영화에 대한 애호와 관심은 '후반기' 동인의 문학활동에서 지나칠 수 없는 부분이다. 영화는 그들의 모더니즘 운동에 직간접적으로 영향을 끼치며 간과할 수 없는 시적 영역의 확대를 가져다주었다. 특히 김규동의 영화에 대한 반응과 관심은 단순한 애호의 차원을 넘어 전문가적 수준에 도달해 있었다. 뿐만 아니라 그의 영화에 대한 인식은 1950년대라는 전후의 현실인식과 결부되어 거부할 수 없는 영향관계를 형성하고 있었다. 김기림의 『시론』(백양사, 1947)이 김규동에게 절대적인 영향을 미친 일종의 교과서적 전범이었다면,[7] 영화는 그가 1950년대라는 전후의 문화적 환경 속에서 직접 찾아낸 새로운 모델이었던 셈이다.

　그러므로 김규동의 초기 시론과 시작품에서 영화와의 친연성을 찾고 그 의미를 분석하는 작업은 그의 시세계를 연구하는 데 큰 의의가 있는 일이다. 기존의 연구가 전통적인 문학연구방법에 의지하여 그의 초기 시세계와 시론의 괴리감, 모더니즘의 피상적 한계를 부각하는 데 주력해 왔다면, 이 연구는 초기 시세계 속에 이미 배태되어 있었던 양가적 자세를 영화라는 색다른 프리즘을 통해 분석함으로써 좀 더 새롭고 객관적인 시선을 확보하려는 의도를 갖고 있기 때문이다. 이 작업을 통해 우리는 그가 다수의 작품에서 표현하려 했던 '달라진 세상 달라진 현실'에 대한 새로운 시적 방법론으로 '카메라의 앵글을 돌려가야' 한다고 외치는 작가적 목소리를 들을 수 있다. 이처럼 그의 시세계에서 영화와의 접점 혹은 흔적을 찾고 그것들이 남기는 메시지를 읽어내는 일은 그가 1950년대 '생활의 주변에서 얻는 가장 절실한 느낌'을 형상화한

---

7　조달곤, 앞의 글, 157쪽.

문학적 결과물을 읽어내는 일이기도 하다.[8]

김규동은 1950년대에 두 권의 시집 『나비와 광장』(산호장, 1955), 『현대의 신화』(덕련문화사, 1958)와 한 권의 평론집 『새로운 시론』(산호장, 1959)을 출간했다. 본고에서는 여기 상재된 시작품과 시론을 대상으로, 김규동이 굳이 영화를 자신의 시론과 작품으로 끌어들인 이유가 무엇인지를 먼저 질문하려 한다. 이에 대한 답변은 그가 누누이 강조해온 '과학적 시학으로서의 방법론'이 구체적으로 무엇을 의미하는지 살펴봄으로써 구할 수 있을 것이다. 그리고 그가 선택한 영화적 방법론으로 자신의 시세계에서 구현하고자 한 정신이 무엇인지 알아보려 한다. 이로써 우리는 김규동이 초기 모더니스트 시절부터 일관되게 견지해온 '현실'에 대한 대응방식을 읽어낼 수 있을 것이다.


## 2. 과학적 시학으로서의 새로운 방법론

어쨌든 영화는 문학과 대단히 친근한 관계에 놓여 있다는 것이 하나의 상식이다. 문학의 도움을 빌리는 일이 많고 또한 문학에 미치는 영향도 적지 않다.[9]


인용한 구절은 김규동과 이봉래가 공동집필한 『영화입문』[10] 중 제8장

---

8 김규동, 「현대시와 주제」, 『새로운 시론』, 산호장, 1959, 11쪽.

9 김규동·이봉래, 『영화입문』, 삼중당, 1960, 144쪽.

10 이들이 쓴 『영화입문』은 세계영화사와 카메라 기법, 편집 기법, 시나리오 작법, 문학과 영화와의 관계 등을 다룬 전문적인 영화입문서였다. 김규동·이봉래, 『영화입문』, 삼중당, 1960.

‘영화와 문학’ 서두에 나오는 말이다. 매우 상식적인 내용이지만, 1950년대가 끝나는 시점에 동시대를 대표하는 모더니즘 시인 2명이 영화입문서를 발간하면서 굳이 영화와 문학의 관계를 논하는 장을 삽입했다는 점이 의미심장하게 다가온다. 이는 김규동의 개인적 관심에서 비롯된 일일 뿐 아니라, 1950년대 당시 ‘후반기’ 동인들의 영화에 대한 선호도와도 무관하지 않은 일이다.

1950년대 ‘후반기’ 동인활동에 참가했던 시인들은 대부분 영화에 관심이 많았다. 그들은 전문영화인들과 함께 ‘영화평론가협회’를 발족하는 한편,[11] 각종 영화잡지와 대중잡지, 문예지, 신문지상에 활발하게 영화평론을 발표하고,[12] 영화와 문학의 갈래 교섭에도 적극적인 인식을 보여주었다.[13] 김규동은 그들 중 유일하게 시론집과 영화입문서를 연달아 출간한 시인이다. 그런 그가 ‘과학적 시학으로서의 방법론’을 설명하면서 20세기 영화예술의 발달상을 예로 들어 설명한 것은 당연한 일

---

11 ‘영화평론가협회’는 박인환, 김규동, 이봉래 등 ‘후반기’ 멤버들과 오종식, 이진섭, 허백년, 유두연, 유한철 등 영화인들이 만든 모임이다. 김규동, 「한 줄기 눈물도 없이」, 『박인환 전집』, 문학세계사, 1986, 240쪽 내용 참조.

12 「아메리카 영화시론」, 『신천지』, 1948. 1, 「미영불에 있어서의 영화화된 문예작품」, 『민성』 6권 2호, 1950. 2, 「한국영화의 현재와 장래」, 『현대공론』, 1954. 5 등 다양한 글을 발표했다.

13 박인환은 전후의 한국 현실을 묘사한 사실주의적 작품들에서 눈에 띄게 영화적인 이미지 전개방식을 시도하였다. 「투명한 버라이어티」, 「한 줄기 눈물도 없이」 등에서 카메라의 눈 기법을 활용한 영화적 시쓰기를 볼 수 있다. 조향은 초현실주의 시쓰기의 방편으로 시네 포임(ciné – poéme)과 같은 시와 영화의 갈래 교섭을 시도하는 작품들을 내놓았다. 「검은 SERIES」 같은 작품은 영화 시나리오가 지키는 약속은 전부 지키면서 시작품으로서도 충분히 독립할 수 있는 형식으로 쓴 것이다. 자세한 내용은 김은영, 「한국 현대시와 영화의 영향관계 연구」, 『배달말』 제32집, 배달말학회, 2003, 260~276쪽 참조.

일 것이다.

옛날에는 幻燈寫眞이나 無聲映畵로밖에 映畵藝術을 지어내지 못하던 것
이 어느 사이에 오늘의 映畵技術은 綜合藝術로서의 映畵를 「시네마스코
프」의 領域에까지 이끌어 올렸다. (…) 藝術의 分野에서 그 모든 「쟝르」가
새로워가고 그 本質의 探求過程에 있어서의 방법이 革新되어가야 한다는
것은 文明과 藝術－文明과 人生이 따로따로 분리되어 살수없음을 말하는
것이다. (…) 새로운 것과 낡은 것에 對한 詩의 槪念의 問題도 마찬가지다.
(…) 그러니까 結局은 方法의 問題를 갖고 다투어야 할것인데 百年前이나
五〇年前 사람들의 方法을 갖고 오늘도 역시 何等의 疑問이 없이 詩를 쓰
는 詩人들과 複雜하고 難解한 思考의 世界를 詩의 領域에 이끌어 드리려는
사람들과의 根本的인 差異點－이것을 우리는 文明과 人生과의 關聯에 서
서 解決해야 할줄 믿는다.[14]

김규동은 영화가 짧은 기간 동안 무성영화에서 발성영화로, 흑백영화
에서 총천연색 시네마스코프로 기술발전을 거듭해 온 것처럼, 문학도
방법론적 혁신을 이루어야 한다고 생각했다. 100년 전, 혹은 50년 전 사
람들이 쓰던 낡은 방법 그대로 영감에만 의지하여 시를 쓰는 낡은 시인
이 될 수는 없다는 것이다.

그렇다면 현대시가 취해야 할 새로운 방법론은 과연 무엇인가? 김규
동은 이 새로운 방법론 역시 영화와의 친연성에서 찾았다. 그는 자신의
시론집에서 20세기를 '시각(視覺)의 시대'로 규정하고, 20세기의 최신예
술인 영화예술을 언급하며 '영상(映像)'을 '시작(詩作)'의 방법론으로 지
목했다.

---

14 김규동, 「현대시와 mechanism」, 『새로운 시론』, 산호장, 1959, 66~58쪽.

> 十九世紀가 聽覺의 時代라고 한다면 二十世紀는 視覺의 時代라 하겠다.
> 二十世紀는 그 映像化의 巨大한 收穫로써 映畵藝術을 創造하였다. 「映像」
> 이야말로 오늘의 詩人의 信念이요 方法인 것이다.[15]

영화는 시각예술이라는 점에서 김규동과 '후반기' 그룹이 공통적으로 추구했던 모더니즘에 중대한 영감을 제공해 주었다. 김창환은 인용한 대목을 근거로 김규동의 시대규정 속에 이미 영화와 시의 친연성이 확보되어 있다고 보았고,[16] '후반기' 동인 중 모더니즘에 대한 문학적 신조가 누구보다 뚜렷했던 김경린 역시 현대시가 회화적 이미지에 관심을 표명하게 된 원인으로 '현대의 모든 사회적 현상의 면모가 사람들로 하여금 시각적인 조형성에 집중하게 만들기 때문'이라고 했다.[17] 여기서 말한 '사회적 현상의 면모'가 20세기 들어 급속하게 변화해온 매체환경을 포함한 말임은 두말할 나위 없다. 20세기는 영화와 같은 시각예술이 지배하는 시대이니만큼 현대시 역시 그러한 시대환경에 맞게 시각적 이미지를 중시하는 흐름 속에 놓이게 된다는 것이다. 그의 주장처럼 김규동의 시와 시론에서 영화와 친연성을 보이는 부분을 집중하여 보면 시적 방법론으로서 영화와 영상의 가치가 곳곳에서 강조되고 있음을 알 수 있다. 그리고 이러한 강조점은 그의 과학적 시론과 같은 맥락에서 다뤄진다.

---

15  김규동, 「시의 음악성」, 『새로운 시론』, 산호장, 1959, 16쪽.

16  김창환, 「'후반기' 동인의 시론과 영화의 상관성에 관하여」, 『사이』 제2권, 국제한국문학문화학회, 2007, 143쪽.

17  김경린, 「현대시의 〈이메이지〉와 〈메타포어〉」, 『자유문학』, 1957. 6, 146쪽.

## 1) 초현실주의 시인의 선택, 아방가르드 영화

김규동의 과학적 시학에 따르면, 시는 '인스피레이숀'이 오기를 기다려서 작시하는 것이 아니라 노력 여하에 따라서 얼마든지 생산할 수 있는 것이다. 그러므로 시인은 '의식적인 행위'로써 수학의 방정식을 계산하는 것처럼 시를 써 나가야 한다. 앞에서 인용한 내용처럼 어차피 결론은 '방법의 문제'를 갖고 다투는 것이다. 그러니 기왕에 서구시를 모방할 바에는 '좀 더 근대 혹은 현대에 속하는 것'으로 하는 것이 맞다. 그렇다면 여기서 그가 제시한 '시의 과학'이란 무엇이며, '좀 더 근대 혹은 현대에 속하는' 방법론은 무엇이며 구체적으로 무엇을 가리키는가?

> 시의 科學—그것은 겨우 오늘에 와서 제창될 문제가 아니라 할지라도 文學史도 詩의 批評도 시의 언어도 좀더 科學에 접근해 졌어야 옳을일이 아니겠는가 생각된다. (…) 낡은 「리얼리즘」의 手法이 아닌 「이매지즘」 및 「다다」와 「슐리얼리즘」등 시운동의 발전 선상에서 어디까지나 시가 나아갈 바 「코—스」를 모색해 보려는 것이다.[18]

김규동이 추구했던 시의 과학적 방법론은 바로 '이매지즘', '다다', '슐리얼리즘'과 같은 모더니즘 시운동이었다. 그리고 그가 가장 선호한 방법론은 궁극적으로 '순수한 영상의 세계'를 추구하는 '슐리얼리즘' 즉 초현실주의의 자동기술법이었다.

> 그러면 시는 現代에 있어서 어떻게 存在해있어야 할것이며 어떠한 方法에 依하여 그것은 지어져야 할것인가.//시의 方法—그것은 어디까지나 純

---

18 김규동, 「현대시의 難解性」, 『새로운 시론』, 산호장, 1959, 54쪽.

粹한 映像의 世界라야만 할 것이다. (…)//「슐리얼리즘」의 自動記述法的 詩
作은 순전히 詩人이 그 ― 자신의 意識을 超越한 無意識의 世界를 그렸던
것이다. 現實의 意味를 넘어선 超現實의 世界―다시 말하면 꿈의 世界를
그림으로써 詩의 意味를 보다 透明한 것으로 만들었던 것이다.[19]


　물론 김규동은 이미지즘·다다·슐리얼리즘이 1930년대에 이미 서구
예술사의 뒤안길로 사라져간 사조들임을 잘 알고 있었다. 그럼에도 불
구하고 그는 이 사조들이 남긴 문학정신이 현대 시인의 사고를 길러주
는 정신적 토양이라고 보았다.[20] 이러한 생각은 초현실주의에 대한 선
호와 함께 '아방가르드(Avant―garde)' 영화에 대한 선호로 구체화되어
나타난다.

　사실 현대시와 영화는 놀랍도록 비슷한 노선을 따라 발전해 왔다. 로
버트 리처드슨은 이에 대해, 대략 1912년부터 1925년까지의 시에서 과
거 시에서는 볼 수 없었던 '고도로 시각적인 이미지'를 발견할 수 있다
고 말하였다. 그리고 같은 시기에 영화 또한 새로운 형식을 실험하며 고
도의 가시성을 고집하고 있었다고 했다.[21] 그의 생각처럼, 역사적으로
1920년대 경에는 시와 영화가 미학적으로 상당히 많은 점을 공유하고
있었던 것으로 보인다. 문학에서의 모더니즘 운동과 더불어 영화에서는
프랑스의 루이 브뉘엘, 장 콕토 등이 이끄는 대대적인 아방가르드 운동
이 일고 있었다.[22] 주지하다시피 아방가르드 영화의 이론적 바탕은 프

---


19　김규동, 「超現實主義와 現代詩」, 『새로운 시론』, 산호장, 1959, 32~33쪽.
20　김규동, 「詩와 生活」, 『새로운 시론』, 산호장, 1959, 59~60쪽.
21　Robert Richardson, 이형식 역, 『영화와 문학』, 동문선, 2000, 137~138쪽.
22　Jack C. Ellis, 변재란 역, 『세계 영화사』, 이론과 실천, 1988, 121~149쪽.

로이드의 심리학에서 나온 것이며, 이는 초현실주의 자동기술법과 정확히 일치하는 부분이다. 결과적으로 이 시기의 아방가르드 영화가 같은 시기 모더니즘 시의 혁신적 표현기법과 절대적인 상호영향관계에 있었음은 두말할 나위 없는 사실이다.

그러므로 김규동의 시론이 초현실주의의 방법론과 아방가르드 영화에 대한 관심을 함께 강조한 것은 당연한 일이다. 그는 '시의 방법은 어디까지나 순수한 영상의 세계'라야만 하는바, 초현실주의의 '자동기술법(Automatism)'이야말로 시인이 그 자신의 의식을 초월한 무의식의 세계 즉 현실을 넘어선 초현실—꿈의 세계를 그림으로써 시의 의미를 보다 투명한 것으로 만들고 순수한 영상의 세계를 가능케 하는 방법이라고 보았다.[23] 그러니 동일한 이론적 바탕 위에 제작된 아방가르드 영화에 관심을 갖고, 자신의 시작품 속에 그러한 관심을 적극 활용한 것은 당연한 일이다.

> 모든 세상의 男性들은 敗殘兵이 올시다. 어쩌면 저렇게도 신나는 호각소리만을 말없이 기다리고 섰을까요? 街路樹처럼 뻗어가는 制帽警官의 平行運動! 발밑을 미끄러져 가는 무수한 自動車의 競技를 위하여 당신이 긋는 直線의 코—스가 한껏 푸른 하늘을 등지고 〈장·콕토〉의 奇智처럼 빛나 갑니다.
>                                                   —「空間의 會話」부분[24]

김규동의 시 「공간의 회화」 중 '교통순경'이란 부제가 붙은 작품이다.

---

23 김규동, 「초현실주의와 현대시」, 『새로운 시론』, 산호장, 1959, 32~33쪽.
24 원래 이 시는 다양한 직업군의 사람들—간호원·여배우·타이피스트·교통순경—을 카메라를 밀착하여 취재하듯 관찰 묘사한 작품이다. 김규동, 「공간의 회화」, 『현대의 신화』, 덕련문화사, 1958, 96쪽.

우리는 이 시에서 상반된 두 이미지—패잔병과 교통순경—를 만나게 된다. 시적 화자는 교통순경의 수신호가 푸른 하늘 아래 직선의 코스를 그리며 '장 콕토'[25]의 기지처럼 빛난다고 표현하고 있다. 이는 바로 프랑스 아방가르드 영화의 대표주자인 장 콕토가 영화와 시를 아우르는 전방위활동을 펼친 것처럼, 시적 화자 역시 새 시대의 문화예술전선에서 패잔병이 아닌 교통순경이 되기를 바란다는 소망을 표현한 것이다.

1950년대는 전후의 참혹하고 암울한 현실이 한국 사회 전반을 뒤덮고 있을 때였다. 김규동은 그러한 혼란격동의 시대에 시인이 감당해야 할 역할을 교통순경의 그것과 같다고 생각했다. 시대의 교통순경이 해야 할 일, 즉 '새 시대가 던지는 문명의 인상과 끊임없이 변모해가는 사회현상의 옳은 파악이야말로 시인의 카메라에 부여된 고귀한 소재'라고 생각했다. 그래서 전쟁 직후 간행한 시집 『나비와 광장』에는 '특히 전쟁이 빚어내는 비참한 현실 속에서 형성된 작품'이 많다.[26] 또 이 시집 1부와 2부에 유난히 아방가르드 영화와의 관련성을 생각게 하는 초현실주의적 작품이 많다. 모두 피난 수도 부산에서 쓴 것들이다.

新聞記者에게/당신은 倚子를 줄것입니다./그 모든 新聞記者와 같은 사람들에게/지리한 韻文으로 사있는 話術데신에/흰「카ー바」른 쓴 倚子를 내어 줄것입니다.//음악은 거치른 그들의 손을 씻어주는/毒한 藥品입니까?//

25 장 콕토(Jean Maurice Eugène Clément Cocteau, 1889~1963)는 시·소설·영화·연극·비평 등 다방면에 걸쳐 활동했던 전천후 예술가로서, 시와 영화를 동질의 예술로 여긴 대표적인 작가이다. 작품으로 〈시인의 피〉(1930), 〈오르페〉(1950), 〈오르페의 유언〉(1960) 등이 있다. 국내에서는 한국전쟁을 전후하여 그의 작품이 수입 상영되었다. 송희복, 『영화, 뮤즈의 언어』, 문예출판사, 1999, 160쪽 참조.
26 김규동, 「시집 「나비와 廣場」에 부치는 試論」, 『나비와 광장』, 산호장, 1953, 3쪽.

바람 속에/固定된 腦室 안에서/水銀柱가 재기는 붉은 信號!//세멘트로 包
裝된/海邊의 散步路에 떨어 지는/女子의 녹크소리//蒼白한 太陽의 溪谷을
뚫고/暴君처럼 疾走하는 國際列車의 窓가에 기대여/아! 나는 起重機에 걸
린/女子의 허리를 眺望 할것입니다.//검은 都市의 建物로 부터/기어나오는
사람들은/武裝 警備隊員의 銃口 앞에/射殺되어 가고,//敎會堂에서/밀려나
온 어린 딸들은/붉은 장미꽃을 뿌리며/바다의 층계를 나려갑니다.//椰子樹
그늘 처럼 잔잔한/검은 運河/星座 위에서/내가 鳥瞰하는 華麗한 爆火!//아
당신은/이 모든 사람들에게 倚子를 내어줄것입니다./그 모든 新聞記者와
같은 사람들에게/흰 「카바—」를 쓴 倚子를 내어 줄것입니다.

—「祈禱」[27]

이 시는 누군가를 향해 '신문기자에게 당신은 의자를 내어줄 것입니
다.'라고 말하는 장면으로 시작한다. 그리고 똑같은 표현을 마지막 연에
서 되풀이하고 있다. 여기에서 신문기자는 바로 비판적 지성을 지닌 관
객을 뜻한다. 즉 첫째 연과 마지막 연에서 시적 화자는 신문기자들을 관
객으로 초청하고, 그들에게 반드시 보여줘야 할 3~9연의 장면들이 있음
을 이야기하고 있다. 그 장면들을 보여주고 사회적 문제로 부각시키기
위해서는 비판적 안목을 지닌 사람들이 필요하다는 것이다. 이렇게 보
면 이 시의 1연은 영화 상영에 앞서 관객을 초청하는 대목이라고 볼 수
있다.

2연 역시 영화 상영을 준비하는 단계이다. 화자는 배경음악을 준비하
며 묻는다. '음악은 거치른 그들의 손을 씻어주는/독한 약품입니까?'
여기서 거친 손을 가졌다는 표현은 그들이 나약한 존재가 아니라는 뜻
이다. 앞으로 보여줄 일련의 장면들을 보고 그것을 기사화할 수 있는 사

---

27 김규동, 「祈禱」, 『나비와 광장』, 산호장, 1953, 22~25쪽.

람들이며 사회적인 문제로까지 부각시킬 수 있는 사람들이라는 뜻이다.

3연부터 우리는 본격적으로 화자가 보여주려고 하는 일련의 장면들과 맞닥뜨리게 된다. 그것은 매 연당 하나씩 모두 7개의 장면으로 구성되어 있다. 편의상 1~10연의 내용에 번호를 매겨 표로 만들면 다음과 같다.

| 상영전 ①~② | ① 관객초청 – 신문기자들에게 의자를 내어줌<br>② 상영준비 – 배경음악 준비 |
|---|---|
| 상영중 ③~⑨ | ③ 온도계의 붉은 수은주<br>④ 해변의 세멘트 길을 걷는 여자<br>⑤ 기중기에 걸린 여자의 허리<br>⑥ 무장경비대원의 총에 사살되는 사람들<br>⑦ 교회당에서 밀려나와 바다에 빠지는 어린 딸들<br>⑧ 검은 운하<br>⑨ 성좌 위에서 조감하는 화려한 폭화 |
| 상영후 ⑩ | ⑩ 종영소감 – (앞으로도 계속) 모든 사람들에게 의자를 내어줄 것임 |

위 표에서 보듯 생경하고 낯선 장면들로 이어진 ③~⑨는 시적 화자가 관객에게 제공하고 싶어 하는 문제적 장면들이다. 어떤 장면도 서사석으로 일관성 있게 연결되어 있지 않을 뿐 아니라 서로 어울리지 않는 장면들끼리 병치되어 있다. 예컨대 초현실주의 화가 살바도르 달리와 루이 브뉘엘 감독이 공동 제작한 아방가르드 영화 〈안달루시아의 개〉(1929)에 나오는 불연속적 장면들처럼 서사적 줄거리보다 기괴하고 묘한 이미지들의 병치로 인간의 무의식을 표현하는 데 주력하고 있는 것이다. 이는 '플롯은 없고 풍자와 악몽의 논리만 있는' 초현실주의 영화

의 기법적 특징을 고스란히 그대로 보여준다.[28]

기법 면에서 볼 때는 '수은주－해변의 여자－기중기에 걸린 여자의 허리－대량학살－바다에 빠져 죽는 여자아이들－검은 운하－폭화' 와 같이 서로 연관성 없는 사물 혹은 장면들이 최면이나 꿈의 여러 장면처럼 무의식적으로 배치되는 특징을 보여준다. 이는 프로이드가 이야기한 꿈의 변형(deformation) 원리를 작시술에 응용한 것으로[29] 초현실주의 자동기술법의 대표적인 예라 할 것이다. 시인은 이러한 기법의 실현을 통해 현실적 의미 전달의 도구가 아니라 이미지 그 자체가 시의 실질이 되는 '절대영상' 의 시, 즉 '초현실' 의 시를 만들고자 하였다. 그리고 이러한 초현실의 세계를 그림으로써 그가 생각한 순수한 영상의 세계를 구축하려 하였다.[30] 그렇다면 이 일련의 이미지 전개를 통해 그가 구체적으로 표현하고자 한 것은 무엇인가?

우선 제3연에서 우리는 체온계의 '수은주가 재기는 붉은 신호' 를 보게 된다. 사람의 뇌가 바람 속에 고정되어 있는데 온도계가 정상적인 체온을 표시할 리 만무하다. 싸늘하게 식어 있거나 비정상적으로 열에 들떠 있거나 할 것이다. 그리고 이어지는 장면에서 우리는 '해변의 산보로에 떨어지는/여자의 녹크소리' 를 듣게 된다. 그런데 이 산보로는 딱딱한 세멘트로 포장되어 있다. 모래밭이 아닌 세멘트 포장도로를 똑똑 노크소리 내며 걷는 여자의 모습은 우리가 흔히 상상하는 해변풍경과 너무나 동떨어져 있다. 다음 5연은 더욱 그로테스크하다. 시의 화자는 지

---


28 Amos Vogel, 권중운 역, 『전위 영화의 세계』, 예전, 1996, 92쪽.
29 조향, 「이십세기 문예사조」, 『조향 전집 2』, 열음사, 1994, 107쪽.
30 김규동, 「초현실주의와 현대시」, 『새로운 시론』, 산호장, 1959, 32~33쪽.

금 '폭군처럼 질주하는 국제열차'를 타고 간다. 창가에 기대앉은 그의
눈에 '기중기에 걸린/여자의 허리'가 보인다. 빠른 속도로 달리는 열차
안에서 바라보는 풍경치고는 너무나 기괴하다. '기중기'와 '여자의 허
리'라니, 충격적인 이미지 병치에 소름이 돋을 정도다. 6연. 지금 '검은
도시의 건물'에서 사람들이 기어 나오고 있다. 그런데 건물 밖에 무장한
경비대원들이 기다리고 있다가 그들에게 총구를 겨눈다. 무차별하게 사
람들이 사살된다. 대량학살의 처참한 현장이다. 7연으로 가면 5, 6연에
서 느낀 공포와 절망이 고통과 슬픔의 감정으로 변한다. 여기에서 우리
는 '어린 딸들'이 교회당에서 밀려나와 '붉은 장미꽃을 뿌리며' 바다의
층계를 내려가는 장면을 보게 된다. 아이들이 바다로 내려가는 일은 곧
죽음을 의미한다. 지금 그들이 뿌리는 붉은 장미꽃은 바로 유혈낭자한
죽음의 현장을 묘사한 것이다. 순진무구한 영혼들이 바다에 빠져 몰살
당하는 장면인 것이다. 8연에서는 5, 6, 7연에 걸쳐 클라이맥스로 치닫
던 화면이 갑자기 '야자수 그늘처럼 잔잔한/검은 운하'로 바뀐다. 앞서
본 장면들과 대조되면서 마음이 어두워진다. 드디어 9연. 카메라의 시선
이 갑자기 높아지며 '조감도 샷'[31]으로 변한다. 지금 카메라의 시선은
'성좌 위'에 있다. 그리고 거기에서 우리는 카메라의 눈을 통해 '화려한
폭화'를 내려다본다. 땅위에서 벌어진 일련의 잔혹한 사건들을 비서사
적 방식으로 나열한 편집자의 시선을 느낄 수 있다. 이제 한 편의 영화
가 끝난 것이다.

---

31 극단적인 하이앵글샷(high angle shot)이다. 하늘을 나는 새의 눈처럼 높은 곳에서 피
　사체를 내려다보며 찍는 것을 말한다. 주로 영화의 도입부나 종결부에서 카메라에
　전지적 신의 관점을 부여함으로써 등장인물의 운명적 상황을 통찰하는 시선을 만
　들어낸다.

총 5개의 시퀀스(sequence)[32]로 이뤄진 이 작품을 시적 화자는 어떤 의도를 가지고 상영했을까? 이에 대한 대답은 마지막 10연에서 찾을 수 있다. 시적 화자는 1연에 비해 더욱 분명한 어조로 말한다. '아 당신은/이 모든 사람들에게 倚子를 내어줄 것입니다./그 모든 신문기자와 같은 사람들에게/흰 「카바―」를 쓴 倚子를 내어 줄 것입니다' 라고 말이다. 가벼운 영탄법을 사용하며 1연에서 했던 말을 다시 한 번 더, 그러나 보다 의지적인 어조로 다짐하듯 이야기하고 있다. 우리는 이 마지막 연에서 시인의 의도를 알게 된다. 그것은 시적 화자가 현재 처해 있다고 생각하는 모든 종류의 무질서와 폭력, 살상, 공포, 고통, 슬픔 등의 현실을 직시하고 신문기자처럼 그것을 사회적인 문제로 부각시킬 수 있는 비판적 관객이 되어야 한다는 말이다. 그리고 시인은 이러한 자신의 염원을 「기도」라는 다분히 신앙적인 제목에 담아내고 있다.

김규동은 이 작품을 수록한 시집 서문에서 '전쟁이 빚어내는 비참한 현실 속에서' 이런 작품을 쓴 것은 '수동적인 의미에서가 아니고 … 능동적인 의욕 속에서' 쓴 것이라고 말했다.[33] 이는 그가 이런 작품을 통해 의욕적으로 전후 현실의 암울과 절망을 표현하려고 했음을 의미한다. 다시 말해 그가 이렇듯 과감하게 아방가르드 영화의 생경스런 장면을 끌어들이면서 적극적으로 초현실주의의 기법적 특징을 활용하려 한 것은 결국 자신의 시에 절대 현실, 곧 초현실의 세계를 구현하고 당대 현실에 대한 부정성과 비판정신을 표명하려 했기 때문이다.

---

32 특정상황의 시작부터 끝까지를 묘사하는 영상의 단락 구분을 뜻하는 용어. 책의 장(chapter)에 비유할 수 있는데 하나의 극적 단위 구실을 하는 장면을 이른다.
33 김규동, 「시집 나비와 광장에 부치는 시론」, 『나비와 광장』, 산호장, 1953, 4쪽.

다음 작품에서도 우리는 김규동이 적극적으로 아방가르드 영화처럼 보이는 장면을 시에 끌어들이려 애쓴 흔적을 발견할 수 있다.

> ─무수한 絞首屍體와 移動하는 頭蓋骨과 女子의 푸른 骨盤으로 形成된 壁속에서 把守兵은 꺼꾸로 서서 馬太福音 第三章을 暗誦한다. ─//푸로이드 博士는 흰 까운에 하얀 마스크를 치고/看護員 큐─리와 함께 層階를 올라오는 것이다.//〈體溫은 零度 平溫입니다.〉//─처음날은 皇帝의 結婚式에 靈柩車를 타고 參席 했읍니다./다음날은 列車의 特等室에서 女子를 강간한 일이 있읍니다./─다음날엔 愛人 나타─리의 乳房을 권총으로 射擊 했지요?/그 다음날 나는 커─피 깡통을 삼켜 버렸읍니다./─그리고 마지막 날 午後엔 大學의 하늘 닿는 高層에서 投身自殺을 企圖하였읍니다. //〈看護員 큐─리! 外科室에서 手術準備를 하십시오. 切斷手術입니다.〉//─絕望입니까? 푸로이드 博士 ……//看護員 큐─리의 뒤를 따라/뚜걱/뚜걱//層階를 밟는 푸로이드 博士 頭上에서는/大理石 圓柱에 부디치는/유리컬 처럼/찬란한 爆笑가 터저나올 뿐이었다.
>
> ─「眞空會談」[34]

「진공회담」은 아방가르드 영화 풍의 엽기적인 상상력이 돋보이는 작품이다. 이 작품에는 세 사람의 등장인물이 나오는데, 그들의 면면이 심상치 않다. 정신분석학자인 프로이드를 외과의사로, 물리학자인 퀴리를 간호사로 등장시킨 것부터가 상식을 뒤엎는 발상이다. 그들이 치료할 환자 역시 '체온 영도'가 평온인 비정상적 인간이다. 그는 황제의 결혼식에 영구차를 타고 참석하는가 하면 열차의 특등실에서 여자를 강간하고, 애인의 유방을 권총으로 쏘고, 대학 건물 위에서 투신자살을 기도하

---

34 김규동, 「眞空會談」, 『나비와 광장』, 1953, 56~58쪽.

는 등 기존의 가치관과 상식을 뒤엎는 행위를 일삼는다. 제르멘 뒬락 (Germaine Dulac)이 1928년에 만든 영화 〈조개와 성직자(La Coquille et le Clergyman)〉에 등장하는 인물처럼 살인, 강간, 자살 등 패륜적인 사건을 연속 자행함으로써 독자의 심기를 불편하게 만든다.[35] 문제는 그러한 환자에게 내린 프로이드 박사의 처방ㅡ정신질환을 치료하기 위해 절단 수술을 감행하겠다는ㅡ역시 전복적이기는 매한가지라는 사실이다. 환자의 정신이 절망적이므로 외과수술로 뇌를 절단하겠다는 발상은 결국 이 작품이 전후의 불안의식과 기존 전통에 대한 조소, 가치전도 현상, 자아분열의 병적 징후 등을 비정상적 인물의 등장과 비정상적 행동방식에 대한 비정상적 진단 및 처방으로 비틀어서 보여주고 있음을 알게 한다. 악몽에서나 등장할 법한 비현실적 정신분열적 인물을 등장시키고 패륜적인 행동을 연기하게 함으로써 1950년대 한국에 불어닥친 전후의 불안의식과 자아분열병적 징후 및 죽음에의 충동, 암울한 역사적 상황 하에 놓인 현대인의 내면세계를 비판하고 있는 것이다.

그런데 다음 작품에서는 이러한 시인의 비판의식이 더 이상 날을 세우지 못하고 있다.

피곤한/體溫을 나부끼며/바람속에 서면/未來의 視線위엔/오늘도/黃土 및 颱風의 遠景이 얹혀지고//파리, 런던, 몬테카르로/都市의 上空마다/煙 氣처럼 어리는/1953년의 飛行雲은/不安한 世代의 氣流위에 떨어지는/不幸 한 低音.//〈나는 당신이 권하는대로 層階를 올라갈수가 있을까요?〉//유리

---

35 프로이드의 정신분석학에 기반한 상징과 사건의 나열로 근친상간, 사디즘 등 인간의 무의식적 욕망과 충동을 표현한 작품이다. Jack C. Ellis, 변재란 역, 『세계 영화사』, 이론과 실천, 1988, 144~148쪽.

창에 밀려오는 무수한 밤의 손/肺血管에 스며드는 女子의 입김//까마귀와
같은 幻想의 行列을 따라/검은 層階를 올라가면/거기 마구네슘처럼 빛나는
//「샨데리아」의 密林이 있고/피묻은 「테 - 불」을 둘러싸고 앉은 사람들은/
저마다 食人種처럼/가벼운 웃음을 웃는다.//〈戰爭은 지금이 한창이라지
요?〉//아무도 귀기우리는 이 없는 空間속에/싸움터의 消息은 깔앉어 가고/
먼 海邊의 月光위에/비나리는/葬送歌 의 餘韻을 들으라!//〈이밤 우리들은
무엇을 이야기 할까요?〉//벗이여 사랑하는 벗이여/너와 나는 또 무엇을
沈?하며/이밤의 階梯위에 서야만 할것인가?

— 「花河의 밤」[36]

전체 10연으로 이루어진 초현실주의 작품이다. 시인은 매 2연마다 누
군가의 독백을 들려주고 그 사이사이에 꿈인지 생시인지 구별되지 않는
몽환적 장면을 영화적인 교차편집 방식으로 제시하고 있다. 먼저 1, 2연
에서 시인은 황토와 태풍, 구름이 전면을 뒤덮은 장면을 보여줌으로써
다가올 미래와 현재의 암울한 상황을 표현하고 있다. 그리고 3연에서 의
심에 가득 찬 여인의 독백을 들려준다. 과연 미래로 향하는 층계를 올라
갈 수 있을지 의심하는 목소리다. 이어 제4, 5연에서는 한밤중 검은 층계
위의 피 묻은 테이블이 배경으로 등장한다. 사람들은 피 묻은 테이블을
둘러싸고 앉아 식인종처럼 웃고 있다. 전쟁과 피로 얼룩진 처참한 살육
의 현장을 일련의 꿈속 장면으로 묘사하고 있는 것이다. 이어 나오는 6
연의 독백 '전쟁은 지금이 한창이라지요?' 라는 말은 앞서 제시한 4, 5연
이 환기하는 현실적 의미를 깨우쳐 준다. 그런 다음 이어지는 8, 9연에서
시인은 전쟁터의 소식에도 귀 기울일 사람 하나 없는 빈 공간을 그린다.

---

36 김규동, 「花河의 밤」, 『나비와 광장』, 산호장, 1953, 18~21쪽.

비 내리는 먼 해변 달빛 아래 장송가만 울려 퍼지는 풍경에서 느끼는 것은 오로지 슬픔과 절망감뿐이다. 결국 다음 연에서 시인은 다시 절망적인 말 한마디를 던진다. 9연. '이 밤 우리들은 무엇을 이야기할까요?'

과연 시인은 이 작품을 통해 무엇을 이야기하려고 하는가? 이 시는 분명 시각적 장면과 독백을 반복시키는 영화적 구성방식을 활용한 작품이다. 특히 무의식적 꿈의 한 장면을 옮겨다 놓은 듯한 4, 5연은 이 시가 아방가르드 영화의 방법론을 적극 활용하였음을 보여준다. 문제는 내용이다. 매 독백 사이 장면이 전환될 때마다 상황이 더욱 암울해진다는 점에 유의하여야 한다는 사실이다.

시인은 이 시의 전체적인 상황을 '밤의 계제'라고 표현하였다. 첫번째 독백 이후 전체 배경이 그로테스크한 흡혈귀 영화의 한 장면처럼 바뀌면서 창밖에는 '무수한 밤의 손'이 다닥다닥 징그럽게 어두운 느낌이고, 검은 층계, 피 묻은 테이블 등 공포영화의 이미지가 화면 전체를 지배한다. 두번째 독백 이후 화면은 더욱 암울한 장면으로 바뀐다. 독백이 등장할 때마다 암울해지던 분위기가 결국에는 캄캄하고 절망적인 '밤의 계제'로 변하고 마는 것이다. 앞서 살펴봤던 시 「기도」, 「진공회담」에서 찾았던 비판정신은 온데간데없이 사라져 버렸다. 악몽 속에서 헤매다가 슬픔과 공포와 절망에 가득 찬 현실을 바라보며 침묵하는 화자의 모습밖에 보이지 않는다.

아방가르드 영화의 분위기를 끌어와 시적 소재로 활용한 다음 작품들에서는 패배적이고 허무주의적인 성향이 더 여실히 드러난다.

> 어리석은 사나이/〈크렐〉의 어두운 映畵에 나오는 사람 처럼/큰 키를 하고 白晝, 초조히 쏘다니던 얼굴//…//그대 남긴 한권의 시집이야/거칠은 세상을 다녀 갔다는/발자취로 남는 것이라 하겠지만/그보다 열렬한 靑春과

藝術에의 꿈이 었기에/고약한 세상에서 외로운 싸움을 싸우며/우리들 한줄기 슬픔에 새삼 젖는다.

—「친구의 이름들」 부분[37]

루네·크렐의 影寫機 처럼/어두운 하늘에 떠스트엡스키의 눈이 나린다.//薔薇같이 고운 꿈은/이제/옛 바다의 眺望과 더불어 사라진지 오래고//오늘밤 내가 걷는 이 뒷골목은/세계의 작은 반도/조고마한 都會의 처마 밑/파란 불빛에/골고다의 외로움이 스민다.

—「죽엄의 그림자」 부분[38]

二○餘年의 세월이/〈크렐〉의 필림 처럼 明滅하는/空間에/그날은—/孤獨한 對話가/透明한 音階를 그었거니—//그로 부터 十年이 지난 오늘,/내가 쳐다보는 하늘엔/무수한 機械가 흩어지고/그 깊은 하늘에/우수수 가을이 오고 있다.

—「가을이 다리고 오는 푸로이드的 幻想」 부분[39]

세 편 다 프랑스의 아방가르드 영화감독인 '르네 크렐'[40]의 이름을 소재로 활용하였다. 김규동은 『영화입문』에서 〈파리의 지붕 밑〉(1930), 〈우리에게 자유를〉(1931) 등 크렐이 만든 영화가 다소 어두운 도피주의적 그림자가 드리운 길을 걸어갔다고 평한 바 있는데,[41] 위 작품들에서도 그러한 이미지를 표현하기 위해 크렐의 이름을 인용한 것을 알 수 있

---

37 김규동, 「친구의 이름들」, 『현대의 신화』, 덕련문화사, 1958, 123~126쪽.

38 김규동, 「죽엄의 그림자」, 『현대의 신화』, 덕련문화사, 1958, 127~128쪽.

39 김규동, 「가을이 다리고 오는 푸로이드적 幻想」, 『현대의 신화』, 덕련문화사, 1958, 80~81쪽.

40 르네 끌레르(René Clair)를 가리킨다. Jack C. Ellis, 변재란 역, 『*A History of film*』, 이론과 실천, 1988, 186쪽.

41 김규동·이봉래, 『영화입문』, 삼중당, 1960, 198쪽.

다. 「친구의 이름들」에서는 어리석고 초조하게 쏘다니던 죽은 시인의 이미지를 표현하고 있다. 「죽엄의 그림자」 역시 크렐의 이미지를 지구 상의 작은 반도 조그마한 도회에서 느끼는 '골고다의 외로움' 과 등가선 상에서 다루고 있고, 「가을이 다리고 오는 푸로이드적 환상」에서는 고독한 가을의 이미지를 표현하기 위한 심상으로 활용하고 있을 뿐이다.

김규동의 시가 이렇듯 쉽게 허무주의로 도피해 버린 이유는, 결국 그 스스로도 말했듯이 '시인도 역시 참혹한 현실사회의 비극과 … 스스로의 절망과 피곤을 면치 못하면서 생을 영위해가는 한 사회의 적은 구성 멤바에 지나지 않' 기 때문일까?[42] 초현실주의 작시법을 과학적 시학의 방법론으로 받아들이면서 자연스럽게 아방가르드 영화와의 친연성을 시세계 속에 내포하게 됐던 그의 입장을 생각할 때, 자신이 원래 추구했던 길이 이 정도 선에서 허무주의로 전락하고 말았다는 점은 매우 유감스러운 일이다.

초현실주의자에게 있어 무의식이나 초현실은 의식이나 현실보다 더 가치 있고 현실적인 것이다. 그러나 어느 순간 그것은 결국 현실적 기반이 없는, 현실의 구체성을 의도적으로 파괴한 무의식과 초현실의 세계라는 점에서 일련의 한계성을 드러내게 된다. 이 지점에서 우리는 김규동이 불가피하게 찾아낸 새롭고도 진정한 현실적 경향과 맞닥뜨리게 된다. 그가 궁극적으로 나타내고자 했던 현대시의 주제가 다름 아닌 '현실에 대한 저항의 자세' [43]였다는 사실을 감안한다면, 초현실주의 및 아방가르드 영화의 '순수한' 영상에서 방향을 선회하여 보다 사실적인 방식

---

42 김규동, 「초현실주의와 현대시」, 『새로운 시론』, 산호장, 1959, 35쪽.
43 김규동, 「현대시와 주제」, 『새로운 시론』, 산호장, 1959, 12쪽.

으로 사회현상을 표현하고 비판할 수 있는 네오리얼리즘에로의 길을 선택한 것은 당연한 귀결이었다.

## 2) 내면적 리얼리스트의 선택, 네오리얼리즘 영화

김규동의 시에서 발견되는 1950년대적 시대상황과 그에 대한 시인의 인식양상에 주목하면, 아방가르드 영화 못지않게 깊은 친연성을 형성하는 새로운 영화 사조가 있음을 알 수 있다. 바로 '네오리얼리즘(Neorealism)' 영화이다. 김규동 초기 시세계에서 눈에 띄게 사실주의적인 경향을 띠는 작품들은 바로 이 새로운 영화 사조의 형식적 특징과 매우 근접하는 경향을 보인다.

네오리얼리즘[44]은 2차 세계대전 전후 이탈리아에서 제작된 사실주의 영화 경향을 일컫는다. 이 새로운 사조는 전후의 폐허와 개개인의 비참한 일상을 적나라하게 포착하여 보여줌으로써 영화가 직접 현실에 대해 말하게 하는 방식을 채택하였다. 사건과 사물들을 '있는 그대로 거의 그들 스스로, 그들 자신의 특별한 의미를 창조하게 하는 것'이 네오리얼리즘의 근본 자세라고 생각했던 것이다.[45] 네오리얼리즘의 이러한 생각은 김규동의 현대시에 대한 진술, 특히 즉물주의에 대한 진술과 거의 일치

---

44 1943년 이탈리아 영화잡지 『치네마(*Cinema*)』에서 네오리얼리즘이란 용어를 처음 사용했다. 이 운동이 시작된 것은 로마에서 독일군이 철수한 직후인 1945년, 로베르토 롯셀리니(Roberto Rossellini)가 〈무방비도시(*Open City*)〉를 발표하면서부터다. 대표작으로 롯셀리니의 〈전화의 저편(*Paisan*)〉(1946), 비토리오 데 시카(Vittorio De Sica)의 〈구두닦이(*Shoe-Shine*)〉(1946), 〈자전거 도둑(*The Bicycle Thief*)〉(1948) 등이 있다.

45 Jack C. Ellis, 변재란 역, 『세계 영화사』, 이론과 실천, 1998, 274쪽.

한다.



　　새로운 詩人들은 좀더 生活의 周邊에서 얻는 가장 절실한 느낌을 詩로 쓸것이다. 그것만이 지금은 우리들의 메마른 情神, 고갈되어 가는 神經을 慰勞해줄수 있는 契機를 지어주겠기때문이다. 卽物主義는 바로 이러한 詩的雰圍氣를 土臺로하고 싹터 올라야할 것이다. 「네오리얼리즘」의 銳利한 視覺도 이속에서 培養될 것이다. 曖昧模糊한 넋두리를 쓰기에는 너무나 때가 늦었다. 달라진 世上 달라진 現實에 대하여 適宜 「카메라」의 「앵글」을 돌려가야 할것이 아니겠는가?[46]

이탈리아의 네오리얼리즘 영화가 미적 장치를 전면 배제하고 전후 인간사회의 피폐와 절망을 가감 없이 카메라 앵글로 포착한 것처럼, 시(詩)도 '달라진 세상 달라진 현실에 대하여 적의 카메라의 앵글을 돌려가야' 한다는 것이 김규동의 핵심 주장이다.

사실 1950년대 전후 한국이 처한 현실은 같은 시기 네오리얼리즘 영화가 포착해낸 이탈리아의 현실과 매우 흡사했다. 2차 대전 당시의 이탈리아처럼 한국 역시 '전란이 시작됨과 동시에 … 불안, 공포, 파괴, 정돈, 단절, 암흑, 무질서 등 이 모든 구비치는 역사의 물굽이는 거침없이 밀려들어 언어생활의 다른 장르인 시의 세계에도 휩쓸어 들어오고야' 말았다. 김규동은 이러한 점을 지적하며, 시인은 '참다운 시의 영토를 전쟁 2년의 폐허 속에서' 찾아야 하며[47] '오늘의 시는 보다 많이 25시(時)적 위기의 공간을 표현하고 … 역사와 현실과 인생에 대한 진실하고

---

46 김규동, 「現代詩와 主題」, 『새로운 시론』, 산호장, 1959, 11쪽.
47 김규동, 「戰爭과 詩人」, 『새로운 시론』, 산호장, 1959, 144~151쪽.

도 깊은 이해'를 표현해야 한다고 말했다.[48] 이 말에서 우리는 그의 시론과 네오리얼리즘의 영화적 인식이 거의 같은 지점에서 만나고 있음을 알 수 있다.[49]

> 現實의 外形에 나타난 印象만을 寫象하는것이 아니라 戰爭이란 헤어날 수없는 도랑에 둘러싸인 신음하는 人間의 앓음소리를 들추어내거나 複雜한 現實의 分析定理와 現實의 超克을 거쳐 人間이 爭取한 높은 信念이나 希望을 가장 近代的인 會話로써 表現해내는 詩人의 躍動을 보게된것은 戰爭二年의 韓國詩壇의 高貴한 收穫이 아닐 수 없을 것이다.[50]

인용문에서 보듯 '전쟁이란 헤어날 수 없는 도랑에 둘러싸인 신음하는 인간의 앓음소리를 들추어내는' 것이 전후 네오리얼리즘 영화의 가장 큰 특징 중 하나였음을 인식한다면, 김규동의 시론과 영화적 인식이 '네오리얼리즘'이라는 기호를 교집합으로 해서 겹쳐 있다는 점을 인정할 수밖에 없다. '네오리얼리즘'이 영화적 맥락에서 표방하는 의미가 김규동의 시론에서 상당부분 같은 뜻으로 사용되고 있는 것이다.

이처럼 김규동의 시세계와 네오리얼리즘 영화의 친연성이 드러나는 내목에시 우리는 그가 모더니즘의 방법론에서 어쩔 수 없는 한계성을 인식하고 있었음을 짐작할 수 있다. 초현실주의와 아방가르드 영화에서 가져온 방법론은 결국 현실의 구체성을 의도적으로 파괴한 초현실과 무

---

48 김규동, 「現代意識과 現實」, 『새로운 시론』, 산호장, 1959, 22쪽.

49 김규동의 이탈리아 네오리얼리즘에 대한 깊은 이해는 이봉래와 공저한 새 세대의 영화인을 위한 영화입문의 6장 「네오리얼리즘」에서도 짐작할 수 있다. 김규동·이봉래, 『영화입문』, 삼중당, 1960.

50 김규동, 「전쟁과 시인」, 『새로운 시론』, 산호장, 1959, 148~149쪽.

의식 세계만을 시적 대상으로 삼는다는 점에서 1950년대의 절박한 사회 현실을 표현하고 비판하는 데 한계성을 노출하게 되기 때문이다.

기실 김규동이 궁극적으로 나타내고자 했던 현대시의 주제가 다름 아닌 '현실에 대한 저항의 자세'였다는 사실은 1950년대 모더니즘 시인으로 활동하던 당시의 그를 다분히 현실주의자로 보게 만든다. 김규동은 물론 이 말을 하면서 리얼리즘적 '편내용주의에의 지향을 고취하려는 의사가 조금도 섞여 있지' 않다고 밝힌 바 있다.[51] 앞에서 이미 살펴보았듯이 그가 추구했던 과학적 시학은 오히려 모더니즘 쪽을 지향하고 있었다.[52] 그렇다면 결국 김규동은 시적 방법으로는 모더니즘을, 시적 주제로는 '현실에 대한 저항의 자세'를 지향하고 있었다고 할 수 있다.

결국 그가 전후 한국의 역사적 상황과 동시대성을 보인 이탈리아 네오리얼리즘 영화에 관심을 갖게 된 것은, 끊임없이 현실에 대한 비판과 저항의 자세를 지향하고자 했던 '내면적 리얼리스트'로서의 선택이었다고 할 수 있을 것이다. 앞서 여러 논자들이 김규동의 1950년대의 작품에 이미 후기 시의 리얼리즘적 면모가 잉태되어 있었다고 본 것도[53] 이런 맥락에서 보면 이해하기가 쉬워진다.

다음 작품을 보면 김규동의 초기 시세계에 간과할 수 없는 리얼리즘적 시각이 분명히 존재함을 알 수 있다.

---

51 김규동, 「현대시와 주제」, 『새로운 시론』, 산호장, 1959, 12쪽.

52 그가 말한 모더니즘의 새로운 방법론은 분명 낡은 '리얼리즘'의 수법이 아닌 '이매지즘' 및 '다다'와 '슐리얼리즘'에 초점을 둔 것이었다. 김규동, 「현대시의 난해성」, 『새로운 시론』, 산호장, 1959, 54쪽.

53 박몽구, 「모더니티와 비판정신의 지형」, 『한중인문학연구』 제19집, 한중인문학회, 2006. 12, 395~428쪽, 윤여탁, 「1950년대 모더니스트의 자기 모색」, 『선청어문』 제25집, 서울대 국어교육과, 1997. 12, 127~147쪽.

그 역시 아무런 재주도 없는 사나이−평범한 가장도 못되는 보잘것 없는 사나이를 소녀는 붙잡고 놓지 않았다.//긴 여름날 하루를 세상모르고 놀다가 이제쯤 잠이 들었을 세 살짜리가 눈앞에 선하여 사나이는 싸이렌 불기 전에 집으로 가야 한다 하였다.//처음 순정을 바친 그 사나이의 자식을 배 속에 품고도 이름도 모르는 객의 손목을 잡고 눈시울이 뜨거워지는 여인−소녀의 이름은 서투른 매춘부−//가장 미련 하면서도 가장 어질고 현명한 체, 일찌기 그런 생활을랑 믿으려들지 않았던 무수한 사나이와 사나이의 분신들−그러나 오늘은 아무리 죽을 죄를 지었다 하더라도 인천서 무슨 회사의 수금원 노릇을 한다는 아버지 슬하로 돌아 가라고 진심으로 달래는 사나이가 있었다.//한달을 더해서 다섯달이 지나면 배속의 애기를 떼어버리고, 그리고 또 가을이 되어서 농촌이 바빠질때는 꼭 돌아가겠노라 살며시 얼굴을 가리는 순진한 소녀의 두눈엔 갑짜기 목놓아 울고 싶은 평화가 깃들어 있었다.//허수룩한 침대 머리에는 삼천환을 놓아 두고 내일을 위하여 밖으로 나오며 사나이는 오직 하루밤이라도 그를 편히 재워줄수 있게 했다는 기쁨 때문에 떳떳할 수 있었다.//지혜로운 것과 미운 것이, 가장 빛나는 것과 어두운 것이 서로 얽혀서 흘러가는 거리의 소음 속을 헤쳐가면서 사나이는 인천 소년형무소 그곳 담안에서 고생하는 마음속의 남편을 위하여 알뜰히 뫃았던 작은 월급의 전부를 바쳐 왔었다는−그것만이 내 지난날의 자랑거리라고 도란 도란 이야기하던 소녀의 내력을 결코 지워 버릴수가 없어 쓸쓸하였던 것이다.

—「人間의 勝利와 愛情이 너에게」[54]

'평범한 가장도 못 되는 보잘것없는 사나이' 가 소녀 매춘부와 하룻밤을 보내면서 주고받는다는 이야기가 단순한 서사적 줄거리로 제시되고 있다. 어린 매춘부와 남자의 만남이라는 에피소드가 로베르토 롯셀리니의 1946년도 작품 〈전화(戰火)의 저편(Paisan)〉에 나오는 장면을 떠올리

---

54 김규동, 「人間의 勝利와 愛情이 너에게」, 『현대의 신화』, 덕련문화사, 1958, 34~35쪽.

게 한다.[55] 소녀는 첫 순정을 바친 남자의 아이를 뱃속에 품은 채 몸을 팔아서 하루하루 연명하고 있다. 사나이는 소녀에게 더 이상 매춘부로 일하지 말고 오늘이라도 속히 아버지 슬하로 돌아가라고 설득한다. 그러나 소녀는 한 달만 더 기다렸다가 5개월 된 뱃속 아기를 지우고 농촌 일손이 바빠질 때쯤 고향에 돌아가겠다고 다짐한다. 소녀의 연인은 지금 인천 소년형무소에 갇혀 있다. 소녀는 하루하루 몸을 팔아 모은 돈을 형무소의 연인을 위해 전부 사용해 왔다. 소녀와 함께 누워 이런 사연을 다 듣게 된 화자는 침대머리에 삼천 환을 놓아두고 그나마 하룻밤이라도 소녀에게 위로가 되어주었다는 기쁨으로 떳떳하게 밖으로 나온다. 전후의 수도 서울―그것도 후미진 뒷골목 사창가에서 하루하루 고단하게 연명해 나가는 개인의 삶이 별다른 극적 장치 없이 담담한 어조로 묘사되어 있다.

김규동은 이 작품에서 분명 네오리얼리즘의 영화에 등장하는 인물과의 동질성을 인지하고 있었던 듯하다. 네오리얼리즘 영화의 등장인물은 이 작품의 인물들이 그렇듯 대부분 평범하고 일상적이다 못해 모자라기까지 한 사람들이다. 평범한 사람의 일상적 삶, 혹은 사회적 소외자의 결핍된 삶이 그들이 사는 시대와 사회의 진면목을 드러내 줄 수 있다고 보기 때문이다. 그것은 아무런 극적 장치나 전개 없이도 진솔하게 전후 한국 사회의 구조적인 모순, 결핍, 가난, 고통 등의 문제점을 상기시킨

---

55 〈전화(戰火)의 저편(Paisan)〉은 제2차 세계대전 때 시칠리아 섬에 상륙한 미군이 이탈리아로 북상하면서 겪는 사건을 6개의 에피소드로 그린 작품이다. 제3화에 인용한 시와 유사한 에피소드가 등장한다. 전시 이탈리아 수도 로마를 배경으로 수백 명의 소녀들이 군인을 상대로 몸을 팔아 하루하루 연명하는 현실을 촬영소 밖 실제 공간에서 비전문배우와 함께 촬영했다.

다. 시인의 의도는 이러한 작품을 통해 전후 한국 현실의 구조적 모순을
표현하고 그 문제점을 비판적으로 인식하게 하는 데 있었을 것이다.

　다음 작품에서는 네오리얼리즘 영화의 등장인물에 더욱 근접한 '전쟁
의 피해로 말미암아 집을 잃고 부모 형제들을 잃어버린 아해들이' [56] 살
아가는 모습을 만날 수 있다.


　　街路를 바람이 꿈틀거리는/曇天의 하늘//거리의 壁에/少年이/수다스런
政治人의 講演 삐라를 붙이고 있었다.//빨갛게 언 손/어려운 象形文字는/
모르지만/풀통을 든 사나이가 뒤에서 시키는 대로/손바닥으로 눌러가며/
그 삐라가 떨어지지 않도록/붙이고 있었다.//아직은 학교의 운동장에서/선
생님의 꾸중도 듣고/漫畵冊이나 冒險小說을 읽으며/세상이 무엇인지/잘난
사람과 못난 사람이/어떻게 다른지/그런 것도 모르고 자라야할 나이에/아
무도 돌아다 보지 않는/虛僞의 삐라를 붙여야 하는/소년의 순진한 눈-//
바람찬 거리에서/그날/나부끼던 소년의 작은 손이/아직은 밖에 내 놓아서
안될/갓난 애기의 두볼 처럼/나의 頭腦의 필림 속에서/오래 오래 지워지지
않았다.

— 「작은 손」 [57]


　이 시를 읽는 독자라면 누구나 어디선가 한번쯤 본 듯한 기시감에 빠
질 것이다. 비토리오 데 시카 감독의 〈자전거 노둑〉(1948). 소년은 그 영
화에 등장하는 아버지와 아들처럼 벽보 붙이는 일을 하고 있다. 영화의
한 장면을 연상하듯 이 작품을 분석해 보면 시인이 의도적으로 네오리
얼리즘 영화의 이미지를 활용했음을 알 수 있다. 등장인물부터가 전형

---

56　김규동·이봉래, 『영화입문』, 삼중당, 1960, 116쪽.
57　김규동, 「작은 손」, 『현대의 신화』, 덕련문화사, 1958, 82~84쪽.

적인 네오리얼리즘 영화의 등장인물들처럼 초췌하고 불쌍한 모습이다.
필시 부모가 없는 고아이거나 가난한 집안의 자식일 것이다. 카메라는
롱샷(long-shot)으로 바람 부는 거리 흐린 하늘을 비추다가 벽에 삐라를
붙이고 있는 소년의 모습을 포착한다. 카메라는 곧 소년이 붙이고 있는
삐라 위 빨갛게 언 손 가까이에서 근접촬영을 해 보인다. 뒤에 풀통을
든 사나이가 지켜 서서 이것저것 간섭을 하고 있다. 아이는 그 사람이
시키는 대로 손바닥으로 삐라를 꾹꾹 눌러 붙인다. 카메라가 더욱 가까
이 다가가 소년의 순진한 눈을 클로즈업한다.

네오리얼리즘의 등장인물은 하나같이 평범하고 일상적인 사람들이
다. 평범한 사람의 일상적 삶이 비범한 주인공들의 비일상적인 삶, 혹은
극적인 사건보다 더 우위에 있다고 간주하기 때문이다. 또 그러한 평범
한 사람들의 '삶'이 있는 그대로 그들 자신의 특별한 의미를 창조한다
고 믿기 때문이다. 세자르 자바티니의 말처럼 삶은 '이야기들'로 창조
되는 것이 아니다. 삶은 또 다른 '문제'이다.[58]

김규동의 시에서 우리가 네오리얼리즘 영화의 인물을 만난다는 것은,
그가 자신의 시에서 평범한 개인의 일상적인 초췌한 삶을 '있는 그대
로' 보여줌으로써 그들의 삶이 어떠한 의미를 창조하는지, 또 '문제'를
드러내는지 보여주려 한다는 뜻이다. 이로써 시인은 '전쟁이란 헤어날
수 없는 도랑에 둘러싸인 신음하는 인간의 앓음 소리를 들추어내거나
복잡한 현실의 분석정리와 현실의 초극을 거쳐 인간이 쟁취한 높은 신

---

58 세자르 자바티니(Cesare Zavattini)는 시나리오 작가로서 네오리얼리즘 영화의 창안자
　　중 한 사람이다. Jack C. Ellis, 변재란 역, 『세계 영화사』, 이론과 실천, 1998, 274쪽에
　　서 재인용.

념이나 희망을 가장 근대적인 회화로써 표현' 해 낼 수 있다고 생각하기 때문이다.[59] 그의 의도대로 「작은 손」을 읽는 독자는 길거리에서 삐라 는 붙이고 있는 소년의 삶을 바라보고 그 삶이 드러내는 특별한 의미와 문제를 찾아내게 된다.

다음 시에서도 그러한 일상적인 개인의 삶을 만날 수 있다.

> 가벼우나 슬픈 晉樂/관객이 손벽을 치며 즐거워 할 때,/곡예사의 가슴엔 /싸늘한 바람이 스쳐 간다.//아슬 아슬한 새技術을 부리기 위하여/파리한 얼굴의 女子와/표정 없는 구리빛 가슴의 사나이가/줄을 타고 오를 때/껌을 씹으며 담배를 치우며 과자를 먹으며/얼마나 신기한 期待를 보내는 觀衆들 이 었던가.//…//이쪽 그네에서/저쪽 그네에로/서로 옮겨 탄 瞬間과 瞬 間.//담배 연기 자욱한/아득한 하늘 위에서/아 저러다 떨어지면 어떡하 나?/그런것은 벌써 잊어버린/곡예사의 어저께와 오늘—//하얀 손의 女子 여/曲藝師에/너의 입술에 어린/떨리는 生命의 포말들을 삼키며/아 人間은/ 왜 이처럼 殘忍해야만 하는가
>
> —「曲藝師」 부분[60]

여자 곡예사의 위험한 공중 곡예장면을 묘사한 시이다. 곡예사의 파 리한 얼굴과 하얀 손, 기대감에 가득한 관중의 대조적인 모습이 포착되 어 있다. 앞서 만나본 소년의 「작은 손」이 빨갛게 얼어 있었다면 여자 곡예사의 손은 하얗게 질려 있는 듯하다. 떨리는 입술, 파리한 얼굴, 하 얀 손의 여자를 지켜보며 시인은 말한다. '아, 인간은 왜 이처럼 잔인해 야만 하는가?' 네오리얼리즘 영화의 방법을 따르자면 여자 곡예사의 삶

---

59 김규동, 「전쟁과 시인」, 『새로운 시론』, 산호장, 1959, 148쪽.
60 김규동, 「曲藝師」, 『현대의 신화』, 덕련문화사, 1958, 20~22쪽.

에서 문제를 파악하고 그것을 비판적으로 인식해야 하는 것은 독자의 몫이다. 그러나 시인은 이 부분에서 자기 감정을 솔직히 토로한다. 인간이 너무 잔인하다고 말이다. 이런 부분에서 시인의 감상이 다소 주관적으로 표출되기는 하였으나, 이 작품에서 우리가 만난 곡예사 역시 우리가 익히 만나온 일련의 네오리얼리즘 영화 등장인물들과 하등 다르지 않다. 김규동은 자신의 시에 등장시킨 매춘부, 소년, 곡예사들을 통해 보이는 현실을 기록할 뿐이다. 네오리얼리즘 영화에서 카메라가 별 볼일 없는 일상적 개인들과 만나는 순간을 관객에게 있는 그대로 보여주듯, 김규동 역시 전후의 도시 곳곳에서 만나게 되는 별 볼 일 없는 개개인의 삶을 있는 그대로 보여줌으로써 그들 삶의 문제를 인식하게 하려는 것이다. 능동적 관객이나 독자가 이들의 삶의 문제를 찾아내도록 말이다.

그가 이처럼 황폐하고 빈한한 도시 변두리의 일상에서 흔히 만날 수 있는 인물들에 천착했던 것은, 결국 이 시기 그의 관심사가 전후 한국 사회의 소외계층 민중의 삶에 매우 가까이 다가서 있었음을 입증한다.

> 우리가 만일 우리들 주위에 派生하는 이러한 뭇 現象들에 대하여 銳利한 눈초리를 돌리고 있었다고 한다면 우리들의 예술은 좀더 現實과 사회의 反映, 내지 批評으로써 그 가치를 발휘 해줄수 있을지 모를일이다. … 쉬운 예를 들어서 新聞이 社會가 낳은 산물이라고 한다면 예술도 인간이 창조하는 사회적 산물인 것일세 옳다.[61]

1958년에 출판한 시집 『현대의 신화』 2부 첫머리에서 인용한 W. H.

---

61 김규동, 「現代詩의 難解性」, 『새로운 시론』, 산호장, 1959, 45쪽.

오든의 '그러나 오늘은 싸움' 이라는 표현이나, 3부 첫머리에서 인용한 에즈라 파운드의 '책장에서 잠자고 있는 것은 시가 아니다.' 라는 표현도 결국 그의 궁극적인 관심이 어디에 있는지를 잘 말해주고 있다. 『새로운 시론』에서 말한 바, '한 시대의 예술정신이란 것은 그 시대의 가장 강렬하고 대표적인 저항정신' 이며, '반항하는 정신이 그 저류에 숨어있지 않은 예술작품은 산 예술일 수가 없다' 는[62] 말도 결국에는 그가 지향한 시세계가 처음부터 끝까지 현실에 바탕을 둔, '생활 주변에서 얻는 가장 절실한 느낌' 의 시였음을 가리킨다. 그리고 그러한 현실주의적 성향을 가장 잘 드러낼 수 있는 길로 선택한 것이 '네오리얼리즘의 예리한 시각' 에 입각한 시 쓰기였다는 사실이다.

## 3. 결론

본고에서는 김규동의 1950년대 모더니즘 시인 시절 작품에서 드러나는 리얼리스트적 면모에 관심을 갖고, 모더니스트이면서 현실주의자이기도 했던 그의 시론과 창작방법론이 잘 드러나는 특징적 지점을 그의 시론과 시작품 곳곳에서 발견되는 영화와의 친연성(親緣性)에서 찾아보려고 하였다.

우선 우리는 김규동이 추구했던 과학적 시의 방법론이 '순수한 영상의 세계' 를 추구하는 초현실주의 자동기술법에 집중되어 있었음을 확인하였다. 그리고 김규동의 이러한 생각은 초현실주의와 동일한 정신분석

---

62 김규동, 「現代詩의 難解性」, 『새로운 시론』, 산호장, 1959, 46~47쪽.

학적 이론을 바탕으로 하는 아방가르드 영화에 대한 선호도로 나타난다는 사실을 알 수 있었다. 김규동이 한국전쟁기에 쓴 작품들 중에는 초현실주의의 기법적 특징을 살리는 한편 아방가르드 영화와의 친연성을 보여주는 작품이 많다. 이는 그가 이런 작품을 통해 전후 현실의 암울과 절망을 표현하려고 했음을 의미한다. 다시 말해 그가 과감하게 아방가르드 영화의 생경스런 장면을 끌어들이면서 적극적으로 초현실주의의 기법적 특징을 활용하려 한 것은 결국 자신의 시에 절대 현실, 곧 초현실의 세계를 구현하고 당대 현실에 대한 부정성과 비판정신을 표명하려 했기 때문이다.

그러나 몇몇 작품에서 그의 시는 자신이 원래 추구했던 현실에 대한 비판의식을 잃어버리고 허무주의로 전락해 버리고 만다. 초현실주의 작시법을 과학적 시학의 방법론으로 받아들이면서 아방가르드 영화와의 친연성을 시세계 속에 끌어들였던 그의 입장을 생각할 때, 이 점 매우 유감스러운 일이다. 초현실주의자에게 있어 초현실은 현실보다 더 현실적인 것이다. 그러나 어느 순간 그것은 결국 현실적 기반이 없는 초현실의 세계라는 점에서 한계성을 드러낼 수밖에 없다. 현실 삶의 구체성을 의식적으로 부정하고 회피하는 초현실의 방법론으로는 현실세계에 대한 구체적인 비판정신을 얻어내기가 어려운 생래적 한계성에 부딪치게 되기 때문이다. 김규동이 궁극적으로 나타내고자 했던 현대시의 주제가 다름 아닌 '현실에 대한 저항의 자세'였다는 사실을 감안하면, 초현실주의 및 아방가르드 영화적 경향에서 방향을 선회하여 보다 사실적인 방식으로 사회 문제를 드러내고 비판할 수 있는 네오리얼리즘에로의 길을 선택한 것은 당연한 귀결이다.

김규동의 시에서 발견되는 1950년대적 시대상황에 대한 시인의 인식

양상에 주목하면, 아방가르드 영화 못지않게 깊은 친연성을 형성하는 새로운 영화 사조가 있음을 알 수 있는데, 바로 네오리얼리즘 영화이다. 김규동 초기 시세계에서 눈에 띄게 사실주의적인 경향을 띠는 작품들은 바로 이 새로운 영화사조의 형식적 특징과 매우 근접하는 경향을 보인다. 네오리얼리즘 영화 이론은 그의 시세계에서 현실을 바라보는 예리한 시각으로 활용되면서 전후 한국 사회의 혹독한 현실을 표현하는 새로운 방법을 찾게 해 준 것으로 보인다.

네오리얼리즘 영화의 영향력은 김규동의 시에 네오리얼리즘의 등장인물과 흡사한 인물군과 그 삶을 그리는 방식으로 구체화되어 나타난다. 그는 자신의 시에 등장시킨 매춘부, 소년, 곡예사 등 네오리얼리즘적 인물들을 통해 전후의 한국 사회에서 만나볼 수 있는 일상적 개개인의 삶을 있는 그대로 보여주고자 하였다. 마치 네오리얼리즘 영화의 카메라가 일상적 개인의 일상적 삶을 관객에게 있는 그대로 보여주고 진정한 문제의식을 찾게 해 주듯이, 전후의 도시 곳곳에서 만나게 되는 소외된 일상인의 소외된 삶을 있는 그대로 보여줌으로써 그들 삶의 문제를 인식하게 하였던 것이다. 김규동의 시에서 이처럼 네오리얼리즘 영화의 인물을 만난다는 것은, 그가 자신이 시에서 평범한 개인의 일상적인 초췌한 삶을 '있는 그대로' 보여줌으로써 그들의 삶이 어떠한 의미를 창조하는지, 또 '문제'를 드러내는지 보여주려 한다는 뜻이다. 결국 그가 전후 한국의 역사적 상황과 동시대성을 보인 이탈리아 네오리얼리즘 영화에 관심을 갖게 된 것은, 끊임없이 현실에 대한 비판과 저항의 자세를 지향하고자 했던 '내면적 리얼리스트'로서의 면모 때문이었다고 할 수 있다. 즉 김규동의 초기 시세계에서 간과할 수 없는 리얼리즘적 시각이 분명히 존재함을 알 수 있는데, 앞서 여러 논자들이 김규동의

1950년대의 작품에 이미 후기 시의 리얼리즘적 면모가 잉태되어 있었다고 본 것도 이런 맥락에서 이해할 수 있다. 이는 분명 그의 초기 시에서 공존하는 초현실주의적 모더니스트로서의 성향과 대조되는 부분인 바, 김규동은 시적 방법론으로서는 초현실주의의 과학적 시학을, 시적 주제로는 현실주의적 자세를 지향하고 있었다고 할 수 있다.

결국 그가 전후 한국의 역사적 상황과 동시대성을 보인 이탈리아 네오리얼리즘 영화에 관심을 갖게 된 것은, 끊임없이 현실에 대한 비판과 저항의 자세를 지향하고자 했던 '내면적 리얼리스트'로서의 선택이었다고 할 수 있을 것이다. 또한 그가 이처럼 황폐하고 빈한한 일상의 문제에 집중했던 것은 결국 이 시기 그의 관심사가 전후 한국 사회의 소외계층과 민중의 삶에 매우 가까이 다가서 있었음을 말해 주는 것이다. 이 점이 우리가 김규동의 1950년대 작품에서 이미 내면적 리얼리스트로서의 면모를 발견할 수 있는 이유가 된다. 또 1970년대 이후 시세계가 1950년대의 초기 시와 단절적 관계에서 창작된 것이 아니라 연속적인 관계에서 창작된 것임을 확인할 수 있다.

제3부
# 시인론

# 시인 김규동

김시철

시인 김규동(金奎東). 그는 한마디로 내 가형(家兄)이나 다름없는 사람이었다. 피차 고향을 이북에다가 두고 온 실향민(失鄕民)이기도 하지만 한평생 나에게 거의 일방적으로 관심과 배려를 해준 선배 시인이요 은인이기도 하다. 그런데 비해 나는 늘 머리에 그 고마움을 담아놓고 있으면서도 단 한 번도 그 고마움의 빚을 갚지 못하고 있다.

그의 고향은 함경북도 종성(鐘城)이요, 나는 그곳에서 100여 리쯤 동해안을 끼고 밑으로 내려오면 있는 신흥 항구도시 성진(城津: 지금은 공산 치하에서 김책이 태어난 고장이라고 해서 金策市라고 개명했음)인데, 김규동은 1945년 8·15해방이 되고 얼마 후 남한으로 내려온 사람이요, 나는 1950년 6·25전쟁이 일어나고 북진했던 국군이 후퇴하던 1951년 1·4후퇴 때, 자유를 찾아 남한으로 내려온 젊은이였다. 그러니까 우리는 둘 다 북쪽 사회가 싫어서 고향마저 등지고 자유를 찾아 남한으로 내려온 소위 그들이 말하는 반동분자(反動分子)들인 셈이다.

해방 후 남한으로 내려온 그는 한때 함경남도 함흥(咸興) 출신 김현송 (金玄松) 씨가 발행하고 그의 이복형인 소설가 김송(金松) 씨가 주간(主幹) 하는 문예지 『백민(白民)』의 기자로 들어가, 소설가 박연희(朴淵禧)와 더불어 일하다가 정부가 환도하고 나서 조선일보사 공무국(朝鮮日報社 工務局)시설을 분가(分家)하다시피 한 서울 종로구 안국동(安國洞) 소재의 '한국일보사'의 문화부장을 지냈다. 그러다가 서재수가 경영하는 도서출판 '삼중당(三中堂)'에서 시인 전봉건(全鳳健)과 임진수(林眞樹)를 수하로 거느리고 대중잡지 『아리랑』을 주관하고 있었는데, 내가 그를 처음으로 알게 된 것도 바로 그 무렵이다. '삼중당'에 갔다가 전봉건 시인을 통해 처음으로 통성명을 하게 된 그는 그때 이미 김광섭(金珖燮) 시인이 위원장인 '전국자유문학자협회(全國自由文學者協會)'의 중앙위원이었고, 나는 '자유문협'에서 나오는 기관지 월간 『자유문학(自由文學)』의 편집을 맡고 있을 무렵인, 정확히 1957년 봄이었다.

처음으로 그를 본 인상은, 너무도 작아 보이는 키에 바싹 마른 체구, 바람이라도 불면 저쯤 밀려갈 정도로 남성 체격 치고는 볼품이 떨어지는 몸매였다. 헌데 그토록 왜소해 보이는 체구와는 달리 팩팩 돌아가는 머리 회전과, 날렵하게 움직이는 몸놀림은 실로 놀라울 정도여서, "아, 저러니까 저 양반 자기보다도 배나 되는 수하들을 꿈쩍도 못할 정도로 통솔하는구나!" 싶어 보였고, 작은 고추가 맵다는 말이 새삼 실감날 정도였다.

그도 나에게 관심을 더러 보이는 듯 싶어 보였다. 그것은, 만만치가 않은 실력 기자들인 전봉건 시인과 임진수가 나와 절친한 친구 사이라는 사실과, 이심전심이라고나 할까 피차 동향쪽 시인들이라는 점이 그로 하여금 더욱 친근감을 가지게 했지 않았나 싶었다. 『자유문학』지를 편집하던 수년간 내내 그는 어쩌다가 나와 마주치거나 마주앉기만 해도, 문단 선배로서 혹은 형님뻘 되는 입장으로서 아우를 대하듯 격의를 두지 않았고, 말 한마디 한마디가 진실함이 느껴질 정도로 다감했다.

1923년 함북 종성(咸北 鐘城) 태생인 그는, 경성중학(鏡城中學) 재학 시절, 내 고향집 농성(農城)이란 곳에서 불과 5리 밖에 안 되는 이웃 동네 임명(臨溟)이란 마을에서 태어난 편석촌 김기림(片石村 金起林: 그는 내 가친과는 임명보통학교 동기동창이었음) 시인의 애제자였고, 당시 경성중학에는 시인 이활(李活)을 비롯해 시인 공중인(孔仲仁), 그리고 영화감독 신상옥(申相玉) 등등과 함께 공부했었던 만치, 이들 역시 나와도 그럴 수 없이 가까운 고향 선배들이어서, 보다 더 친근감을 주지 않았나 싶었다.

그는 누구의 말마따나 머리 회전이 빨라 이재(理財)에 대해서도 만만치가 않았다. 타고난 기질이랄까 사물을 판별하고 세상물정을 바라보는 시각과 분별력이 다른 사람들에 비해 늘 한 수 위에 있었다. 그것은 그가 일생을 걸어온 과정들을 살펴보더라도 짐작되는 일이지만, 결벽증(潔癖症)이랄까, 칼날 같은 타고난 성격 탓이랄까, 체구답지 않을 정도로 날카롭고 비판적인 설난력과 과단성을 가지고 있어서 그의 젊은 시절의 행보는 늘 아슬아슬하게 돌아갈 때가 많았다.

군사정권이 한창 기승을 부릴 무렵의 일이다. 하루는 종로에 살고 있는 시조시인 서벌(徐伐)로부터 전화가 걸려왔다. 몇몇 문인들이 모여 자기 집에서 저녁식사를 하기로 했는데 꼭 참석해 달라는 연락이었다. 누구누구와 뭔 일로 모이느냐고 물었더니, 와보면 알게 되고 모두들 다 잘 아는 문인들이라고 했다. 순간 나로서는 혹시 당사자의 귀빠진 날이라도 돼서 몇몇을 불러 한턱 내는 정도로만 알고, 아무 의문 없이 그의 집으로 가보았다.

한데 이 어찌된 일인가, 모임 자체가 좀 이상해 보였다. 뭔가 귀빠진 날의 회식 같은 것은 아닌 듯 싶은 분위기가 감돌고 있었다. 참석한 면면을 보아하니 모두들 만만치가 않은 얼굴들이다. 시인 김규동을 비롯해 소설가 정을병(鄭乙炳), 이호철(李浩哲), 평론가 김병걸(金炳傑), 임헌영(任軒永) 등등 10여 명 모두가 내로라하는 사람들이 아닌가. 모임의 취지는 대충 다음과 같았다.

"군사독재에 의한 무자비한 탄압을 그냥 묵과할 수가 없는 문학인들로서, 군사체제에 대한 저항을 조직적으로 해나가자!"라는 그런 내용이었다. 한데 당시만 해도 집회의 자유는 물론, 결사의 자유마저 군사정권에 의해 철저하게 통제되어 있는 마당에, 10여 명 문인들이 집회 허가도 얻지 않은 채 모였다는 사실만 가지고도 그들 눈에는 위법일 뿐 아니라, 더군다나 군사정권을 상대로 투쟁을 결의한다는 것은 그야말로 서슬이 퍼런 중앙정보부에 의해 쥐도 새도 모르게 곤욕을 치를 일이었다. 한데 그런 사실을 너무도 잘 알고 있는 소위 지성인이라는 사람들이 마치 결사대라도 만들 듯 서로 간에 사전 예고나 동의도 없이 모인다는 것은, 누가 보아도 무모한 행위였다. 명칭은 가칭 '자유실천문인협의회(自由實踐文人協議會)'였는데, 그것이 오늘날의 '민족작가회(民族作家會)'의 전신이라고 할 수 있다.

아무튼 나는 두 번의 모임에 참석을 하다가 어쩐지 코드가 전혀 맞지 않는 모임이다 싶어서 명단에서 내 이름 석 자를 빼줄 것을 통고하고서는 일체 간여하지 않았던 것이다. 나중에 알고 보니 그러그러하게 생각한 정을병을 비롯한 몇몇이 나처럼 모임에서 빠져나온 모양이었다. 헌데 이런 모임 속에 내 이름을 누가 천거해 넣었는지는 알 수가 없으나,

아마도 김규동 시인이 아니면 평론가 김병걸이 천거하지 않았나 싶었다. 얼마쯤 후에 그 모임은 더 많은 멤버들을 끌어들여 직간접으로 대정부 투쟁에 나섰고, 반체제활동을 한답시고 거리로 나서는 데모 대열에는 늘 그들이 있었고, 거기에는 반드시 좌장격(座長格)인 김규동 시인이 앞장서 있었다. 그러다 보니 경찰서로 중앙정보부로 이리저리 끌려다니기가 마치 밥먹듯 했으니, 이때부터 그에게는 영일 없는 나날들이 이어지고 있었고, 이후 그는 줄곧 요 사찰인물이 되었음을 말할 나위도 없다.

하루는 만나서 얘기나 좀 나누자고 해서 그가 나와달라는 다방엘 나가 보았다. 커피 한 잔씩 앞에다 놓자마자 그는, 너무도 기가 막히고 어이가 없다는 듯 쓰디쓴 웃음을 한 번 웃고서는 입을 열었다. 듣고 보니 그야말로 그가 왜 그토록 반체제활동을 하지 않으면 안 되었는지를 말해주는 내용이었다.

김규동 : 김 시인! 세상에 어찌 이런 일이 있을 수가 있소?

김시철 : 무슨 일인데요?

김규동 : 글쎄 서울 법대를 다니는 우리 둘째아이가, 행정고시 사법고시 모두 합격했으나 부친이 반체제활동을 한다 해서 떨어뜨렸지 뭐요. 이놈 정권이 아무리 이 애비가 밉기로서니 아이에게 무슨 죄가 있다고 면접에서 떨어뜨린다는 말이요?! 상식석으로 이게 말이 되는 소리요?!

김시철 : 뭐라구요? 애비 때문에 떨어지다니?

김규동 : 면접관이 우리 애를 보더니만 대뜸 한다는 소리가, 자네 아버지가 시인 김규동 씨가 맞느냐고 묻더라는 거요. 그래서 그렇다고 했더니 더 이상 묻지도 않고 나가라고 하더래요.

김시철 : 그리고는?

김규동 : 떨어뜨린 거지 뭐, 그러니 이 일 어디다 하소연할 데도 없고 해서, 내 오늘 김 시인을 보자 했소.

우리의 대화는 그칠 줄 몰랐고, 정부의 그 저질스럽고 악랄한 수법에 대해 기탄없는 성토가 이어지고 있었다. 일후 나는 그의 요청에 따라 힘깨나 좀 쓸 만한 서 아무개를 만나 어디 구제할 방법이라도 없겠느냐고 했으나, 이미 그가 손댈 수 있는 사항이 아니었다. 결국 다시 도전하여 사법고시에 합격함으로써 소기의 목적을 달성하기는 했으나, 그러한 예가 비단 그 집안에만 있었던 일은 아닌 모양이었다. 아버지가 블랙리스트에 올라 있다고 해서, 아들의 양시 합격까지 불순하게 보아왔던 당시의 우리 사법계의 한심한 작태를 여실히 보여준 대목이었다.

어느 집안이나 나름대로 고민은 있고 문제가 생기는 법, 아들 셋을 두고 있었던 그의 집안에도 늘 영일이 없었다. 둘째는 법대를 다니면서 노상 학생 데모의 주동자로 몰려 수배령이 내려져 있는 상태요, 또 한 놈은 공부는 뒷전으로 말썽꾸러기가 돼서 부모의 속을 무던히도 끓이게 했는데, 휘문고(徽文高)를 다니는 셋째는 학교에서 퇴학처분을 시킨다고 교직원회의에서 논의가 되면, 담임을 맡고 있던 시인 황명(黃命)은 그 놈을 구제하느라고 진땀을 빼곤 하였다. 피차 동도(同途)의 길을 걷고 있던 시인의 입장에서는, 손이 안으로 굽는다고 수습해낼 수밖에 없는 노릇이기도 했는데, 그럴 때마다 김규동은 황명에 대해 주눅이 들 정도로 면목이 없었다. 하루는 황명이 나와 술 한 잔 나누는 자리에서 이같은 사실을 실토하면서 하소연했을 때, 나 또한 남의 일 같지가 않아서 그의 입장을 이해했지만, 아무튼 김규동으로서는 아이들 문제로 해서 이래저래 고달픈 나날을 보낼 수밖에 없었다. 자식 놈 여럿을 키우다 보면 어느 집안인들 그만한 어려움이야 없을까만, 유독 김 시인은 그 같은 홍역을 가슴 찢어지는 심정으로 치러내곤 하였다. 그래도 지금 아들 셋은 어엿한 어른이 되어 집안의 버팀목이 되고 있는데, 역시 서울대학을 나온 맏아들 김윤은 '사무생산성센터'의 대표로, 차남인 김현은 법무법인 '세창' 대표로, 삼남 김준은 ISO심사원으로 일하고 있는데, 특히 말썽꾸러기였던 막내가 효자 노릇을 더 하고 있다니, 이야말로 물은 건너봐야 알고 사람은 지내봐야 한다는 말이 하나도 틀리지 않는다.

1970년대 후반, 석재 조연현(石齋 趙演鉉)이 '문협(文協)' 이사장으로 선출되었을 때의 일이다. 시인 성춘복(成春福)이 시분과위원장(詩分科委員長)으로 당선되어 마침내 시분과쪽 이사(理事) 열아홉 명을 선정하는 자리에서 나는 성춘복 분과의원장에게, 김규동 시인을 반드시 이사 명단에다 포함시킬 것을 주장했다. 한데 성춘복은 의외로 난색을 표명했다. 그것은 그의 성미로 보거나 반체제 기질이 농후한 성향으로 보아 협조가 순조로울 수 있겠느냐는 것이다. 하지만 나는 도리어 그런 반골적인 분들이 더러 있어야만 견제가 되고 단체가 발전할 수 있을 것이라는 명분을 내세워, 극구 그의 반대를 무릅쓰고 그를 이사로 선임하게 된 것이다.

한데 이사 구성이 되고 나서 첫 번째로 열린 이사회에서 그만 이름 그대로 사단이 나고야 말았다. 그것은 수필분과쪽으로 이사가 되어 올라온 김사달 박사(金思達 博士: 그는 창덕궁 구비 도는 길 건너에서 박애의원(博愛醫院)을 운영하는 의사이자 수필가였다)가 좀 지루할 정도의 의사진행 발언을 하자, 바로 그 뒤쪽에 앉아 짜증스럽게 듣고 있던 김규동 이사가 드디어 김사달 이사를 향해 냅다 소리를 질렀다.

김규동 : 어이! 당신 뭐야! 의사(醫師)면 의사지 무슨 말이 그리 많아! 뭘
　　　　안다고!
김사달 : 뭐가 어쩌고 어째? 나 의사이자 수필가야. 왜?
김규동 : 좆도 모르는 놈이 문학이 뭔지나 알아?
김사달 : 야! 넌 또 얼마나 아는데!?

　육두문자가 빗발치는 가운데 일촉즉발의 아슬아슬한 언쟁이 벌어지고야 말았다. 그러자 회의장은 순식간에 어수선해졌고, 회의는 더 이상 진행될 수가 없는 상황에 이르렀다. 멱살 잡기 직전의 두 사람 간의 싸움은, 몇몇 이사들이 달라붙어 뜯어말림으로써 겨우 일단락은 되었지만, 김규동은 화통을 터뜨리면서 그만 회의장을 박차고 나가버렸다. 우리는 그저 김사달에 대한 감정이 안 좋아서 그러려니 생각할 수밖에…….

　김사달이야 평소 말이 좀 많은 사람인 걸 누가 모를까. 하지만 그렇기로서니 그저 그러려니 생각하면 되는 일을 가지고 김 시인은 그걸 참지 못했던 것이다. 이렇듯 아니다 싶으면 즉석에서 화통을 터뜨리는 불같은 성격, 그는 어떤 자리 어디에서나 비위에 거슬리고 사리에 어긋난다 싶으면 즉석에서 속마음을 쏟아놓는 성미였다. 그날도 성춘복 시분과 회장은 상기된 얼굴이 되어 은근히 나를 훔쳐보며 "이럴 것 같아서 내가 반대했던 것인데…."라는 표정이었고, 나는 성춘복에게 할 말이 없었다. 그 후부터 김규동 이사는, 이사회는 물론이고 '문협' 쪽으로는 아예 얼굴을 내밀지 않았다.

　1960년의 일이다. 4·19가 일어나고 윤보선 정권이 박정희가 이끄는 5·16 쿠데타로 군사정권이 들어서자, 세상은 하루아침에 바뀌기 시작했다. 국회는 즉각 해산되었고, 정계는 물론 문화단체들도 예외는 아니었다. 문화예술의 총본산(總本山)이었던 '전국문화단체총연합회', 약칭

‘문총(文總)’이 자진 해산되고, 산하단체였던 김광섭 위원장의 전국자유문학자협회와, 김동리 회장이 이끄는 한국문학가협회도 자진 해체될 수밖에 없었다. 일이 이렇게 되자 ‘자유문협’의 기관지였던 문예지 『자유문학(自由文學)』은 김광섭 개인의 명의로 바뀌게 되었고, 경제적으로 잡지 운영의 어려움을 예측한 김송 주간(金松 主幹)은 자진 사직하게 되었고, 결국 발행인인 김광섭이 주간 자리를 겸임 운영하게 된 것이다.

한데 그 와중에서 난처하게 된 사람은 바로 나였다. 그것은 그곳으로 나를 끌어들인 김 주간이 물러나는 마당에 나만 그냥 그 자리에 앉아 있는다는 것은 도리가 아니라는 생각에서 김광섭 발행인에게 사표를 내놓을 수밖에 없었다. 그러자 김 발행인은 “김송 주간이 그만두는 마당에 당신마저 그만두면 나더러 어떻게 잡지를 만들라는 말이냐?”며 반려하는 것이다. 하는 수 없이 진행 중에 있는 잡지 제작만을 끝내고 그만둘 요량으로, 머리를 빡빡 깎았다. 그리고는 “신경쇠약 때문에 당분간만이라도 절로 들어가 요양하겠노라”고 하자 그때서야 김 발행인은 내 속내도 모르고 강화도 전등사(傳燈寺)의 주지 고은(高銀) 시인에게. “김 시인을 약 2수신 그곳으로 보내니, 요양을 위해 잘 부탁한다”라는 편지까지 써주었다. 한데 나는 전등사로 가지 않고 홍제동 문화촌 집구석에 한 달 내내 틀어박혀 있었다. 이때의 내 이런 사정을 누구에게도 말하지 않고, 오직 ‘삼중당’에서 문예지 『문학춘추』의 주간직을 맡고 있는 김규동 주간에게만 전후 사정을 말하고, 시간이 좀 지난 다음 취직자리를 마련해 줄 것을 당부했던 것이다. 갈 곳도 미리 마련하지 않은 채, 의리와 도리만을 생각해 만류하는 손을 뿌리쳐야 했던 무모함이나, 절간으로 들어가겠다면서 감쪽같이 속였던 당시의 내 처신으로 하여 나는 스승이자 내 가친(家親)이나 다름없이 모셔왔던 김광섭 발행인에게 죄인 된 마음을 한동안 떨쳐내기가 힘들었다.

이렇듯 난생 처음으로 본의 아닌 실업자를 자초했던 나는, 한 달 동안 시내 아무 데도 못 나가고 집구석에만 내내 틀어박혀 있다가, 한 달 만에 김 주간의 주선으로 '대한출판문화협회'의 홍보부장으로 들어가, 월간 『출판문화』를 창간하게 된 것이다. 이때도 자신의 일처럼 염려해주었던 그때의 그의 배려와 고마움을 지금도 나는 내 나이 80을 넘긴 이 순간까지도 잊지 못하고 있다. 그만큼 잡지계와 출판계에서의 그의 위상은 실로 누구도 넘겨다볼 수 없을 정도였다.

그는 이따금 나에게 그가 읽고 난 외서(外書), 주로 일어(日語)로 된 명시집(名詩集)들과 시론집을 읽어보라면서 보내주곤 했다. 그만큼 그는 외국문학에 대한 공부를 열심히 하고 있었고, 한두 번 읽고 난 책들을 제삼자에게 선물하는 습관이 있었다. 아직도 나는 그가 그때 보내준 일서(日書)들을 고이 간직하고 있지만, 나에게 그토록 배려했던 까닭은, 일어 해독이 가능한 나로 하여금 좀 더 공부해두라는 독려였음이 분명했다. 꼭 읽고 싶어서 우정 구입한 책은 읽고 난 다음, 본인 서가에 소중하게 꽂아두는 것이 상식인데 반해, 그는 다른 사람들에게도 읽어볼 수 있는 기회와 권독(勸讀)하려는 습관이 있었다. 이와 같은 그의 배려는 비단 나에게만 국한되지 않고, 다른 사람들에게도 더러 있었던 것으로 알려지고 있다.

해방 후 월남한 그는, 몇몇 시인들과 함께 '후반기' 동인으로 활동하면서 소위 '모더니즘' 운동에 앞장섰다. 박인환, 김수영, 김경린, 이봉래 등과 함께 시작한 동인활동은, 침체돼 있는 한국 시단에 새로운 바람을 일으키려는 취지에서 시작되었고, 이미 1930년대 김기림에 의해 시작된 '모더니즘' 운동, 즉 그가 주창한 반자연(反自然), 반서정적 시작운동과도

맥을 같이하고 있었고, 그럼으로써 이들의 시작활동은 재래의 한국 시단의 '졸음 시기'를 털어내려는 데 적잖은 자각과 경종을 울림으로써, 박목월, 조지훈, 박두진의 청록파 시인들 시대에 못지않은 주목을 끌었다.

김규동은 확실히 스승이었던 김기림의 영향을 많이 받은 시인임에 틀림없었다. 그것은 그의 대표작이라고 할 수 있는 시집 『나비와 광장』 『현대의 신화』 등의 일련의 작품을 보더라도 그러했다. 주관적인 영탄(詠嘆)에만 매달려 있는 과거의 시풍(詩風)에서 벗어나려는 노력을, 그는 꾸준히 행동으로 옮긴 시인이다. 하지만 그의 그런 노력은 상당 기간 지속되어오다가 만년(晩年)에 와서는 시대적 필연성이라고나 할까 현실적 절박감을 안고 살아가는 현대인들의 애환과 사회적인 부조리를 고발하는 소위 역설시, 풍자시, 고발시에도 손을 대는 가운데 "날로 마멸되어 가는 인간 본연의 정서와 교양 그리고 지성을 다시 일깨워주려는" 노력이 작품마다 확연히 드러남으로써, 읽는 이로 하여금 속이 후련한 감동을 안겨주곤 했다.

시의 완숙은 연륜(年輪)하고 비례가 된다는 사실은, 마치 김 시인을 두고 하는 말 같기도 하다. 이 근자에 와서 불편한 몸을 이끌면서도 왕성한 작품활동을 거의 필사적(?)으로 지속하고 있는 그의 시작품은, 하나같이 가슴에 와 닿는 완숙도의 절정에 달하고 있는 느낌이요, 이는 마치 뭔 소리를 하고 있는지조차도 모를 오늘날의 사이비시(似而非詩) 남발 풍조에 적잖이 경종을 울리고 있는 듯하다.

김 시인의 시에는 애당초 기교 따위는 배제돼 있고, 가식(假飾)이나 군더더기 없는 것이 특징이다. 이를테면 사술(詐術)이 없다는 말이다. 다소 직감적이고 직설적인 기법이기는 하나 언제나 그의 시에서는, 독자를 향한 강렬한 메시지를 감지할 수 있어서 때로는 짜릿할 만큼 공감대를 이끌어내기도 한다. 이렇듯 인생론적이며 교훈적인 시의 경지는, 김 시은 말고도 원로 시인인 김윤성(金潤成)이나 김광림(金光林)의 시에서도 종종 볼 수 있음으로서, 시가 단순히 언어의 마술적 기교만을 가지고는 성공할 수 없음을 잘 보여주는 좋은 예이기도 하다. 연륜이란 이렇듯 오랠수록 은은하고 오묘한 맛을 내는, 묵은 된장 맛 같다고나 할까.

그는 시뿐만 아니라 시론(詩論)에도 밝았다. 또한 전문가 못잖게 전각(篆刻)을 좋아해 몇 번이나 시전각전(詩篆刻展: 조선일보사 미술관에서)을 연 일도 있었다. 그토록 가냘픈 체구로 중노동이나 다름없는 전각 작업을 위해 그는 경기도 양평(楊平)에 있는 그의 휴양가옥에서 수년간 천식(喘息)을 앓아가면서 작업했는데, 완성돼 전시된 작품은 평소 그가 마음에 담아두었던 신인들의 시작품 중 일부와, 짤막한 자작시(自作詩)가 대부분이었다.(필자도 한 점 소장하고 있음) 특히 주목할 만한 것은, 두고 온 고향을 못 잊어 하는 글들과, 평생토록 염원해 온 조국 통일에 대한 소망을 목판에 새겨 넣음으로써, 보는 이로 하여금 더욱 가슴 뭉클하게 만들기도 했다.

필자가 9년 전 서울 생활을 청산하고 홀홀단신 이곳 강원도 평창(平昌)에다가 둥지를 틀고 당호(堂號)를 '공심산방(空心山房)'이라 이름하고 살던 집에 그는, 자신의 글씨체로 당호를 전각해 애제자인 류명환 시인을 통해 보내왔을 때도 그렇고, 몇 년이 지난 후에 이놈 어찌 지내나 싶어서인지, 불편한 몸인데도 부인과 함께 이 산촌(山村)의 우거(寓居)를 찾아와 격려하고 돌아갔을 때도, 나는 정말 지금까지 아랫사람으로서의 도리를 갖추지 못하고 살아온 지난날들을 한없이 자책하곤 했다. 그가 직접 새겨준 '空心山房' 현판은 앞으로도 내 집 현관을 지키는 수문장이 되어, 두고두고 우리집 가보(家寶)로 남아 있을 것이다.

뿐인가. 그는 내가 생각나면 붓을 들어 몇 자 안부를 묻는 편지를 보내오곤 했다. 7년째 『시문학』에 연재되고 있는, 작고 문인들의 문단 인물기(人物記) 「김시철이 만난 원로문인들」을 그는 매호 정독하면서 읽어본 소감을 적어 보내오곤 했는데, 그는 편지마다 "지금 김 시인이 아니면 누구도 쓸 수 없는 귀중한 글을 쓰고 있으니, 가능하면 그냥 지속해서 우리 문학사에 좋은 사료로 남기기를 바란다"는 요지의 편지였다. 하기야 7년간 지속해 온 필자의 속내도 그러했던만치, 처음 77인으로 마감하려던 당초의 약속대로 지금껏 76명 모두가 작고 문인들에 국한되어왔으나, 마지막 한 명 77번째의 인물로는, 생존해 있는 시인 김규동을 선정한 것도, 나로서는 의미 있는 일이 아닐 수 없다. 그는 문학활동이나 업적에 비해 상복(賞福) 없기로 잘 알려져 있다. 그 흔하디 흔한 상들 가운데 "이렇다!" 하게 그에게 주어진 상은 없었다. 필자가 '펜클럽' 회장으로 몸담고 있을 때의 일이다. 마침 '펜' 회장 앞으로 온 '서울시 문화상' 후보 추천의뢰서를 받아놓고 고심 끝에 김규동 시인을 천거하기로 하고, 그에게 필요한 서류를 요청했다. 그랬더니 그는 의외의 요청이라는 듯 "내가 뭐 상 받을 자격이나 있나?" 하면서 정중히 사양하는 것을, 그래도 그렇지 하는 생각에서 극구 설득 끝에 서류를 다 마련해 놓았는데, 그만 '문협(文協)' 쪽에서 성춘복(成春福) 시인을 올린다는 소식을 전해왔다. 일이 이쯤 되자 난감해진 것은 '펜' 쪽에서 올리기로 한 김규동 시인의 입장이었다. 이렇게 되는 경우 김 시인이 수상하게 되면 몰라도, 만의 하나 한참이나 후배가 되는 성춘복 시인에게 돌아가게 된다면, 나로서는 가만히 있던 김 시인을 나무 위에 올려놓고 흔들어버린 꼴이 될 것은 뻔한 일이었다. 생각하다 못해 연락할 수밖에,

김시철 : '문협' 쪽에서 성춘복 시인을 올리는 모양인데 걱정입니다. 그
래서 연락드렸습니다. 아무래도 성 시인과 경합하게 돼서…

김규동 : 아, 그래요? 그럼 내가 포기하지요. 너무 심려치 말아요! 난 누
가 타던 아무렇지도 않으니…

김시철 : 미안해서 어쩌죠?

김규동 : 애당초 받을 생각을 안했으니 염려 말아요. '문협'에서 성 시인
을 올린다니 차라리 '문협'에서 추천을 포기하고 나 대신 '펜'
쪽에서 성 시인을 단일화하는 걸로 하면 더 좋지 않겠소?

김시철 : 그래도 괜찮겠습니까?

김규동 : 김 회장이 내 생각을 해준 것만으로도 나는 만족해요.


그는 아무 미련이 없다는 듯 선선히 물러섰다. 결국 '펜'과 '문협'의
단일화로 성춘복은 '서울시 문화상'을 받게 되었지만, 어쩐지 안하기보
다도 못한 일을 꾸미려다가 낭패를 당한 꼴이었다. 아무튼 김 시인이 지
금껏 '예술원 회원'에 관심을 두지 않는 이유도 그렇고, 이 모두가 오늘
날 우리 문단 사회가 끼리끼리 혹은 학연주의(學緣主義)로 가름하려는 고
질적인 병폐 때문에 일어나는 폐단이라고 한다면, 이 또한 내 지나친 편
견만은 아닐 것이다. 내가 오늘에 이르도록 김규동 시인을 이처럼 존경
하는 이유도 바로 여기에 있다. 문사(文士)로서의 그 도도함과 고고함
을……

제4부
# 대담

# 먼 이야기보다 가까운 이야기를 쓰자

김규동 · 문창길

## 1. 해방 60주년을 넘기면서

**문창길** : 선생님! 안녕하십니까? 오랜만에 인사를 드리게 된 것 같습니다. 본지 창간호에 선생님과 창간 대담을 한 적이 있는데, 다시 이번 특별 대담을 계기로 찾아뵙게 된 것을 기쁘게 생각합니다. 그동안 몸이 편찮으시다는 얘기를 들었는데 지금은 어떠십니까? 자주 찾아뵙지 못한 점 송구스럽습니다. 또한 지난번 출간하신 시집 『느릅나무에게』를 보내주셔서 잘 읽어 봤습니다. 먼저 늦게나마 축하드리고, 올해도 건강하시고 왕성한 작품활동을 기원 드리겠습니다. 선생님, 우선 유년 시절 성장과정과 당시의 시대상황을 소개해주시겠습니까?

**김규동** : 나는 아주 추운 지방 두만강변에서 태어났어요. 함경도 끝이지요. 어린 시절에는 친구들과 놀러 다니느라 글을 배운다든지 글씨를

쓴다든지 하는 것은 모르고 자랐어요. 4남매인데 위로 누님 두 분, 아래로 아우 하나 중 장남입니다. 도무지 철이 들지 않아서 부모님 속을 썩혔다오. 하여튼 공부보다는 장난이 그렇게도 재미날 수가 없었지요. 또 목공이 하는 일을 흉내 내서 체를 만든다든지 썰매, 책상, 스케이트, 팽이, 손수레 따위를 곧잘 만들고 자전거를 분해했다가 다시 조립해보는 등의 일을 무수히 했지요. 그래서 의사인 아버지는 어느 날 왕진을 갔다 돌아와서는 내가 망치질 톱질하는 것을 물끄러미 바라보고 서 계시다가 하시는 말씀이, '그렇구나, 너는 장래 목수나 돼라. 목수가 되면 아마도 큰 목수가 되겠구나, 손놀림이나 성질을 보면 짐작이 간다. 학교 공부는 영 뒷전이니 그래도 내일 풀어보지도 않은 책 보따리 끼고 학교에는 가는 거겠지,' 하시고는 실망스러워 못 견디겠다는 듯 서글픈 얼굴을 하셨다오. 당시 아버지는 우리 고장에서 개업의로 하루에 농민을 중심으로 약 40명 가량의 환자를 매일 진료했습니다. 어쨌든 아버지는 이렇게 한탄은 하셔도 때리거나 야단치는 일은 없었어요. 인자하신 분이었습니다. 그러므로 '그런 따위 장난질은 당장 그만두지 못하겠느냐'고 윽박지르거나 호통 치시는 일이 없었으니 어린 마음에도 나는 이런 아버지를 매우 어려워했어요. 그리고 고맙게 생각했습니다. 만드는 일을 좋아한 그 팔자가 나중에 커서 시를 만드는 이른바 시 제조업자로 이어진 건 아닌지 모르겠습니다. 시도 만드는 거죠. 창조 아닙니까? 목수가 나무로 무엇을 만드는 것도 창조작업이잖아요. 그러니 이 팔자라 할까 운명이란 것은 이상한 징조랄까 무슨 싹 같은, 뿌리 같은 걸 지니고 있는 것만 같단 말입니다.

사실 나는 유년 시절 몸이 약한 편이었어요. 지금도 몸이 약해서 몸무게가 겨우 36킬로밖에 안되지만 유년엔 몸이 약했어요. 그래서 학교에 가서 다른 아이하고 싸워서 코피도 흘리고 그랬어요. 아이들은 싸우면 꼭 얼굴을 때렸다오. 함경도 아이들이란 참 무지하고 못된 데가 있었지. 나는 이런 아이들이 싫었어요. 싸움해서 지고 돌아와서는 어머니한테 울면서 사정했지요. 학교 가기 싫다고. 학교 안 가면 안 되겠느냐고 말입니다. 이러한 유년 시절을 한번 상상해 보세요. 지금도 이 세상의 어딘가에는 내가 겪은 유년과 같은 어린 시절 겪고 있는 가엾은 애들이 있을 것만 같아 가슴이 아픕니다.

문창길 : 선생님은 1925년생이십니다. 올해 82세, 그러니까 8 · 15해방 때는 21살이시겠습니다. 그때의 감격을 한마디로 어떻게 표현하실 수 있겠습니까. 문학을 지향하는 한 젊은이로서 해방 60주년을 넘기시면서 남다른 감정이 있을 수 있겠는데 어떻습니까?

김규동 : 나는 해방 때의 감격을 영원히 잊지 못해. 그런 감격은 생애를 두고 다시 없을 거야. 천지가 확 열린 거지. 백성이 땅을 뚫고 하늘에 솟이오른 거야, 그날이 바로 8월 15일이지요. 우리나라가 독립된다, 우리에게도 나라가 있게 됐다는 체험, 실심은 바로 감격적인 느낌이지요.

문창길 : 안타깝게도 1945년 8 · 15해방의 기쁨을 누리는가 했더니 1950년 6 · 25가 터졌습니다. 한국전쟁에 대해 선생님은 어떻게 생각하십니까? 사실, 베트남전쟁에 대한 시각도 지금은 많이들 달리 해석하고 있습니다. 이는 아시아에서의 전쟁을 주도한 미국의 역할에 대해 부정적 평가를 내리는 것과 연관이 있다고 볼 수 있겠습니다.

문학적 주제에서 다소 벗어나긴 했지만, 한편으로 생각하면 한국전쟁

을 비롯한 다양한 우리의 현대사와 문학은 무관하지 않을 것이란 생각
에서 여쭤봅니다. 선생님의 개인적인 견해를 듣고 싶습니다.

**김규동** : 어려운 질문을 하시는군요. 문예지가 이런 문제를 다루려고
하는 것은 언뜻 보아 패기와 여유를 가진 것처럼 보입니다만 문학의 영
역에서 벗어난 담론에 자칫 소중한 열정을 낭비하는 결과가 되지 않을까
우려됩니다. 문학하는 사람은 역사 문제라든가 현실 문제를 사고할 때
언제든지 문학자로서의 기본 자세와 사고를 일탈해서는 안 된다고 생각
하죠. 문학이라는, 시라는 그릇을 반드시 거쳐서 이야기하는 것이 중요
합니다. 흔해빠진 담론가들 하고는 달리 문학하는 사람의 역사 해석이나
시대적 현실 진단은 어디까지나 리얼리티를 획득하고 있어야 하겠지요.

나는 대학교수나 시사 문제를 논하는 논객들의 연설이라든가 논리학
적 궤변 따위에는 흥미가 없는 사람이에요. 또 동국대 강 교수 같은 사
람의 돌출발언 같은 것도 일찌감치 24, 5세 때에 이미 졸업하였소. 강 교
수는 한마디로 촌사람이요. 어디 가서 묻혀 있다가 이제 와서 그런 식의
발언(담론)을 하는 거요. 6·25전쟁 끝난 지 반세기 넘었소. 반세기라는
시간이 경과했음에도 아직껏 어정쩡하게 그만한 발견밖에 못해냈다면
그분은 교수로서의 자질부터 부족하오. 이것은 여담이고 자, 그러면 본
론에 들어갑시다. 월남전에서 미국은 구사일생으로 발을 뺐지. 수렁에
푹 빠져서 그만 멸망당할 뻔하지 않았소? 처음부터 침략전쟁이지. 이유
야 여러 가지 있지만 미국의 패권주의가 언제나 골칫거리지. 군수산업
이 잘 되려면 어디 가서든지 그 쇠붙이들을 쏟아 부어야 하오. 폭탄을,
대포를, 탱크를, 또 군대를 그렇게 해야만 미국이라는 나라는 제대로 돌
아가는 경제구조를 가졌지요.

이라크전쟁도 마찬가집니다. 테러는 좋은 구실이 되었고 월남전에 맞먹는 양의 쇠붙이를 싣고 가서 사막을 완전 황무지화해버렸어요. 패권이라는 것은 전쟁을 일으켜서 다시금 공고히 되는 것 아니겠소. 그런데 이번에는, 이라크에서 그 꼬리가 완전히 드러나고 말았소. 해서는 안 될 전쟁이라는 딱지가 그만 붙어버린 거지. 그러니 미국의 체면이라는 것이 말이 아니지. 창피한 꼴이 돼버린 거요. 이라크전은 빨리 걷어치워야 그나마 미국이라는 나라의 체면이 겨우 유지될 형편에 와 있구만요.

우리의 6·25전쟁은 한마디로 동족상잔이요. 이것은 다 같이 멸망으로 가는 전쟁이었지. 스탈린과 김일성이 무조건 남으로 밀고 내려가면 반드시 이길 수 있다고 생각했지. 남조선은 건풀 더미 같은 방벽밖에 없고 속전속결로 38선 이남을 석권하고 나면 미군이 개입할 여지가 없다고 판단한 거지. 공산화하고 난 다음에는 중국의 모택동이 대륙을 완전 통일한 것처럼 북조선인민공화국이 한반도를 통째로 얻게 된다고 믿었던 거지요. 그러나 오산이지. 얄타회담이란 게 뭐요. 소련은 38선까지의 이북을, 연합군은 38선 이남의 남조선을 진주 점거하기로 한 것이 아니었소. 그런데 스탈린이 묘수를 써서 자신의 진주한 군대를 얼른 철수 시키는 한편으로 38선 이북에는 김일성을 내세워 공산정권을 쉽사리 수립하게 됐고, 남쪽은 미군정이 머무적거리면서 좌익세력을 밀어내지 못하는 동안 국방이며 치안이며 경제가 엉망이었소.

김구, 여운형 선생 같은 분들이 암살당하고. 이런 틈을 타서 김일성이 밀고 내려온 거지. 그것이 1950년 6월 25일이요. 즉 6·25전쟁이지. 피비린내 나는 동족상잔의 생지옥이었지. 나는 1948년 1월에 평양에서 남으로 내려왔소. 그때 이미 나는 민족 분열이 극에 달해 장차 무슨 일이 나리라는 예감이 들었소. 집회가 열리면 다투어 단상에 올라가서 김구,

이승만 타도를 외치고 스탈린, 김일성 만세만 외쳐대니 이게 어디 보통 일이겠소. 나는 8·15해방과 함께 민청에 적극적으로 가담하고, 문학동맹에 가입하려고 박세영 시분과 위원장의 심사도 받았어요. 한편 최용건이 위원장인 민주당에도 멋모르고 가입했었지. 최용건의 당은 지식분자, 즉 공산주의를 꺼리는 지식분자가 어느만큼 되나 떠보기 위해 노동당이 만든 임시정당이었소. 그때 우리는 이런 속임수를 알지 못했었지.

8·15해방 때, 아! 정말 그날이 그립소. 두만강변 고향에서 우리는 그날 태극기와 붉은 깃발을 휘저으며 감격해서 울었어요. 진주하는 소련 군대를 열렬히 환영했지. 우리나라가 독립된다, 왜놈이 물러갔다, 이것이 현실이니 어찌 통곡하지 않을 수 있었겠소. 그때는 38선이란 관념이 머릿속에 없었지요. 남쪽은 연합군이 들어와 일본군을 몰아내고 북쪽은 소련군이 일군 패잔병을 쫓고 있는 그때의 상황에서는 단지 조선 독립이라는 크나큰 감격 이외에 아무것도 없었다오. 그랬었는데 해방되고 5년 만에 전쟁이 터졌지. 전쟁이 일어나기까지 북과 남은 내부가 너무나 거리가 멀게 변화했었지요. 북에는 인민위원회가 서고 친일파, 민족 반역자, 자본가, 지주놈들은 야밤을 타 남으로 도주했소. 토지 개혁이 되고 화폐 개혁이 됐소. 모두는 평등하게 됐소. 그런데 남쪽은 친일파, 민족 반역자, 매판자본가 이들이 활개치고, 우익은 좌익을 치고, 좌익은 우익을 공격하고 매일같이 테러 아니면 파업과 폭동이요.

이런 형편 밑에서 드디어 전쟁이 일어났으니 남쪽이 역부족, 낙동강까지 쫓겨 내려가서 그 고생 겪은 것 아닙니까? 정말로 이 땅이 공산화될 뻔한 거, 이게 6·25의 참극이라오. 이태준은 「해방전후」(자전적 소설)에서 다음과 같이 말하고 있지요. 아침에 사무실(종로 한청빌딩-문학가동맹이 쓰고 있던 건물, 화신 건너편)에 나오니 이 날은 메이데이 날인데 건물 전면에 공화국 만세라고 쓰여진 커다랗고 시뻘건 플래카드가 내리 걸려 있는데 놀라 옥상으로 달려 올라가 사무국 직원과 함께 그 무거운 것을 간신히 끌어올렸는데 너무나도 성급하게 행동하려는 동료들이 원망스럽기 짝이 없었노라고. 그러면서 이태준은 작품의 주인공을 통해 이렇게 말하지.

이런 식으로 행동해 나가면 우리는 장차 피를 보게 될 것이라고. 나는 이 소설에서 한 양심적 작가의 고뇌와 슬픔을 읽고 깊은 감동을 받은 일이 있소. 물론 6·25전쟁 전 이야기지.


**문창길** : 두만강을 넘어 소련 군대가 막 진주해 들어올 때 선생님은 어떻게 행동하셨습니까? 여러 지면을 통해 선생님께서 쓰신 글을 더러 읽기는 했습니다만.


**김규동** : 붉은 헝겊을 가슴에 붙이고 뛰어나가 만세 불렀지. 그런데 갑자기 붉은 천을 많이 구할 수 있어야지. 붉은 완장, 붉은 깃발도 만들어야 하는데 말입니다. 식민지 36년에 다 뺏기고 여윈 민중이 깃발 만들 헝겊이나 천을 제대로 마련하기는 어려웠다오. 왜놈들은 벌써 다들 내뺐습니다. 패잔병이 군복 위에다 어설프게 바지저고리 걸치고 옥수수밭에 숨었다가 청년자치대에 붙들리고, 소련군들은 큰 길에서 흙먼지를 뽀얗게 뒤집어쓰고 사바께댄스(앉는 자세로 추는 춤)를 막 추더라고. 하모니카를 멋들어지게 불면서 더러는 다 익지 않아 시뻘건 돼지고기를 맛있게 뜯어 먹고, 그러다가 심심하면 하늘에 대고 따따따 따발총 공포를 마구 쏘는데 할머니 할아버지들은 놀라서 도망쳤지, '아이고 저놈들 우둔하기도 해라. 총을 아무 데나 대고 탕탕 쏘니 무서워서 죽겠습네,'

하는 거였지.

동네에서 닭, 오리, 돼지를 막 잡아가고 야단이었지. '다와이'(달라는 소련 말) 한마디로 돈도 안내고 동네 가축을 붙들어 가니 이런 큰일이 있나. 그래도 우리는 이놈들이 일본 군대 쫓아내 준 것만 감사해서 그런 조그마한 손실은 참으려 했지. 손주 아이가 앓아누워도 못 잡아 먹이던 닭이나 오리를 잃고도…. 그저 로스케를 감사히 여겼지. 일본이 망한 날 아니겠소. 이게 두만강변 우리 고향 인심이었다오. 그것이 8·15라는 역사적인 날이었소.

나는 당시 오랫동안 숨겨두고 보던 책들을 다 끌어내서 책상 위에 쌓았다오. 『임꺽정』(홍명희), 『기상도』 『태양의 풍속』(김기림), 『호동왕자』(이태준), 『운현궁의 봄』(김동인), 『흙』(이광수), 『문장』 잡지, 또 『인문평론』 등을. 이밖에도 지금 기억나는 것은 염상섭, 한설야, 이기영, 안회남, 김남천, 박화성의 소설들도 있었지요. 이것들은 내가 일제의 눈을 피해가며 애독했던 조선 문학서적이지. 서울 '한성도서' 책은 거의 다 갖고 있었으니까. 함경도 오지에서 이만하면 대단한 책 수집가이기도 했어요. 나이는 어리지만 …….


## 2. 책 만들기는 하나의 본능

**문창길** : 해방을 맞은 북한, 즉 38선 이북쪽 문인들은 어떤 작품들을 주로 발표했습니까? 북쪽에는 기라성 같은 문인들이 조직적으로 활동하던 시기가 아니었나 생각 됩니다.

**김규동** : 소설가 한설야가 『로농신문』에 「김일성 인상기」라는 글을 썼

지. 김일성이 원산항으로 입성할 때 한설야가 마중 나가 그를 보고 그 인상을 대서특필한 글이지요. 한 일주일 연재했을 거요. 시인 작가들이 '문학동맹'을 결성하고 문화계몽 운동을 펼쳤지. 평양에 본부가 있고 도마다 도단위 문학동맹이 생겼어. 함북에서는 현경준, 황민 같은 작가 시인들이 농촌을 돌며 연극을 지도했지. 농민들이 연극조직을 만들어 소인극을 하는 걸 무척 장려했어요. 그 바람에 나도 1946년도에는 연극을 해봤지요. 우리는 「춘향전」을 공연했어요. 중앙에서는 안함광, 민병균, 한설야, 이기영, 김조규, 안막, 박세영 등 문인들이 활발하게 글을 발표했는데, 그 내용은 화폐 개혁과 토지 개혁을 찬양하고 인민의 생활이 해방과 함께 광명세계에 들어섰다는 것이 태반이야.

**문창길** : 선생님께서는 특별히 고향에서도 문예활동을 하시면서 동인지를 발간하신 적이 있는 걸로 알고 있습니다. 그 당시 어떤 활동을 하셨으며, 동인지의 이름은 어떻게 지으셨나요?

**김규동** : 내 고향 마을에도 문학 청년들이 조금 있었어요. 그들은 나보다 10년 이상 연상이었고 책두 많이 읽고, 습작도 했던 형님뻘 되는 이들이지. 해방 되던 해 겨울에 이 분들의 글을 받고 나도 시를 써서 동인지 『백안(伯顔)』을 만들었지. 『백안』이라는 제목은 제일 나이 많은 한의원집 아들이 지었어요. 그 사람은 산문을 아주 잘 썼어요. 나중에 인민위원회 간부가 됐지. 다섯 사람이 동인인데 두 사람은 시를, 세 사람은 산문을 썼는데 나는 시를 썼어요. 「눈길」이라는 시야. 공출을 바치기 위해 곡식을 싣고 농민조합으로 눈길을 헤치고 소달구지를 몰고 가는 어느 열성 농군 이야기지요. 유치한 시지, 창피할 정도로 미숙한 시인데

이게 나중에 『청년동맹』 신문에 다시 발표돼서 못나게도 잠시 우쭐해본 적이 있었다오. (웃음)

『백안』은 50페이지 부피 잡지인데 전적으로 나 혼자서 만들었어요. 밤을 새워가며 등사판 글씨를 긁어서 그것을 곤색 잉크로 밀어가는 거지요. 이게 보통작업이 아니에요. 며칠을 이렇게 해서 제책 단계에 들어갔는데 어머니는 방바닥이 잉크 투성이 된다고 걱정이 대단했었지. 등사판 동인지는 완성돼서 배포됐어. 모두들 내 노력에 놀랬었지. "규동이는 한번 한다 하면 어떤 일이고, 저질러 놓고 본다. 무서운 데가 있지." 이렇게들 나의 끈질긴 성질을 칭찬들 해줬어요. 책을 만드는 일은 문학을 지향하는 사람에게 있어 어쩔 수 없는 하나의 본능인가 봐요.

그것은 지금까지 남이 쓴 숱한 시와 소설을 읽었고, 평론 따위도 읽지 않았겠어요? 그러므로 이번엔 나도 책 한 권 써봐야겠다는 야심이랄까 궁리가 왜 나지 않겠어요. 그러니 그 자신도 미숙한 대로 책을 만들어보는 거겠죠. 요즘 시인 작가들이 새로 많이 나오고 따라서 책도 수 없이 많이 나오지 않아요? 이게 바로 본능 같은 현상이 아닌가, 그렇게 봐요. 그러니까 신인이 많이 나오는 것, 시집 많이 나오는 것, 이것을 욕할 필요 없어요. 한번 해보고 싶은 사람 해보겠다는 걸 왜 나쁘다고 해야 합니까? 그냥 내버려 두면 돼요. 그러다 보면 솟아오르는 자가 있는가 하면 그만 집어치우고 딴 길로 들어서는 자가 생기게 마련이니 책 많이 나오는 걸 가지고 이러쿵저러쿵 시비할 것은 없는 일입니다. 21살에 동인지 해본 내 체험으로 봐서 그래요. 그러니까 문학 좋아하는 젊은이들 막 아무거나 해보도록 자유를 줘보라는 겁니다. 그래서 나는 동인 운동 하는 걸 오래전부터 누구에게나 권장해 왔습니다.

# 3. 북의 이념 문학과 남쪽의 순수 문학

**문창길** : 선생님께서는 1948년 1월에 남쪽으로 나오셨습니다. 북쪽의
문학상황을 잘 이해하시고, 또 월북한 문인들의 많은 활동을 주목하시
다 남쪽으로 나오셨겠는데 당시 북쪽의 문학세계와 비교하여 남쪽 문학
동향은 어떠했습니까?

**김규동** : 남쪽 문학은 이른바 순수 문학이란 것이었지요. 진보적 경향
의 시와 소설은 거의 찾아보기 어렵고 문학을 위한 문학(좋게 말해서 말
입니다) 이런 걸 추구하고 있었어요. 조국이 해방됐는데도 건설이라든
가 사회개혁 또는 교육에 대한 열기는 아주 미온적이었어요. 시를 보면
1940년대의 서정시를 그대로 인계한 듯한 감상주의적 로맨티시즘이 퍼
져 있는가 하면, 이유도 모를 고독, 슬픔, 그런 걸 많이들 노래하고 있었
고 소설 역시 1940년대식이었어요. 사소설이 많고 그 테마나 내용도 진
취적인 것이 못되고 낡은 테마를 다룬 것이 태반이었어요.

　나는 1948년 1월에 남쪽으로 나와 이러한 문학풍토를 체감하고 많이
낙심이 됐었습니다. 지금이 이느 땐데 이렇게 한가한 문학을 생각하고
있어도 될까, 이것을 가지고는 안 된다, 좀 더 내용이 있어야 할 것 아닌
가 하고 말입니다. 이때의 감회는 내가 쓴 시 「플라워다방」에 조금 나와
있으니 한번 읽어주세요.

　　1948년 여름에/소공동 '플라워다방' 에/들렀다//정월달에 남으로 온 나
　는/남쪽 문인들은 어떤 사람들인가 하고/그 곳을 찾았다// '플라워다방' 에
　는/〈문예〉 잡지 필진들이 모인다 했다/과연 그 곳에는/김동리 조연현 곽종
　원 조지훈/서정주의 아우 서정태, 이정호 이한직 등이/모여 있었다//(…중

략…)/김동리는 수인사 끝나자/이태준의 안부를 묻고/북에서 「농토」를 발
표했는데/어떤 내용이냐고 물었다/서울 물정에 어두운/초면의 문학청년에
게/김동리는 비교적 친절했다/(이하 생략)

—「플라워다방」 일부

해방이 됐으나 38선이란 뜻하지 않은 장벽으로 남북이 갈려버렸어요.
그런데 북에서는 사회주의 건설에 문화인이 총동원 되어 있고, 남에서
는 이것과는 정반대의 예술지상주의를 추구하고 있었는데 이같은 큰 비
극이 어디 있습니까? 민족의 통일을 위해서 문학하는 사람들이 머리를
맞대고 고민하는 시와 소설을 써내야 옳지 않습니까? 그렇지 못했다는
것입니다. 남쪽에서는 사회주의 건설을 우습게 보고 북에서는 남쪽 문
화예술을 허수아비나 팔자 타령쯤으로 밖에 보지 않는 현실이 참으로
안타까웠어요. 좌우를 통합하고 이념을 조국 건설을 위해 하나로 묶어
나가려는 진정한 양심 세력이 있었어야 하지 않아요. 그런데 남쪽 문인
들은 그저 문학 그것에만 도취해 사는 듯 싶더라구요.

나는 김기림 선생이나 정지용, 박태원, 염상섭, 김광섭 같은 문인들의
새로운 활동을 많이 고대했었지요. 또 신석정, 이병기, 박화성 같은 시
인, 작가도 남한에 살고 있었고. 이런 분들이 남북을 아우르는 큰 문학
의 대안을 내놓아야 하는데 하고 기대도 해봤지만 2년 남짓한 시간이 경
과하자 그만 6·25전쟁이 터지고 말았어요. 허무한 세월이었고 답답한
시간들이었습니다. 전쟁이 나서 국토는 잿더미가 돼버렸어요.


## 4. 모더니즘에 대한 반성과 회고

**문창길** : 1950년 초반부터 선생께서는 '후반기' 동인이라는 모더니즘

운동을 하셨습니다. 모더니즘을 생각하신 것은 무슨 이유입니까? 김수영이라든가 이한직, 조병화도 같은 동인이었나요. 그리고 얼마동안 활동하다가 해체되었습니까?

**김규동** : 동인은 여섯 사람이었습니다. 김경린, 조향, 박인환, 이봉래, 김차영, 그리고 나인데 수영과 병화는 생각해보자면서 입회하지 않았고, 이한직은 자기는 밖에서 돕겠다는 말로 동인을 좋게 여기면서도 가담하지는 않았어요. 한마디로 '후반기'는 새로운 것을 하자는 것이 목표였습니다. 과거의 전통주의를 인계하는 것으로는 새로운 나라의 문화예술을 건설할 수 없다, 세계 속의 한국, 세계 속의 조선을 우리 마음속에 그려보면서 이에 걸맞는 시를 써보고자 했던 것입니다만 그다지 성공하지는 못했습니다.

우리말에 대한 연구가 너무 미약했고, 정지용 같은 시인의 태도를 중시했어야 하는데 그런 주의력이 결핍되었고, 사상적인 깊이랄까 이른바 근대문학의 새로운 이념이 취약했던 점이 결함으로 지적될 수 있고, 언뜻 보아 무슨 외국시의 번역 같은 시를 많이 써내고 있었으니 오늘에 와서 생각하면 참 무모한 일을 했다는 느낌이 들지요. 하지만 당시에 주류를 이루다시피한 '청록파'(조지훈, 박목월, 박두진) 계열에 간접적으로 타격을 준 것만은 사실로 인정이 됩니다. 모더니즘의 대두에 순수파는 약간의 위협을 느끼고 우리 동인들의 눈치를 살피게 되었으니까요. 결론으로 말하면 시인이나 작가는 근대문학 즉 모더니즘의 세례를 받아야 한다는 것이 저의 철학입니다. 모더니즘을 모르고는 낡은 문학을 계속해 갈 수밖에 없는 일이지요. 르네상스 정신을 이해하지 못하고는 근대로 나오지 못하는 것과 같은 이치겠습니다. 지성이 없이는 문인이나 예술이 되지 못해요. 원시적인 무지가 지배하는 곳에서 어떻게 새 문명의 꽃이 피어나겠습니까? 지성을 말하지만 지금 우리가 새삼스럽게 주지주의를 해야 한다는 것은 아니지요. 폴 발레리나 엘리엇 같은 시를 모방해야 한다는 것이 아니에요.

역사 현실에 부합되는 이성과 지(知)로 현실에 임해서 문학을 생각하고 또 써야 한다는 것이지요. 있어도 좋고 없어도 좋은 문학은 오늘 우리가 갈구하는 문학의 양식이 아닙니다. 읽어서 살이 되고 양식(정신)이 되는 시와 소설이 진정한 모더니즘을 거쳐서 비로소 나온다는 것이올시다. 모더니즘은 어렵다, 까다롭다, 무슨 소린지 모르겠다, 그러니까 이것은 나쁘다, 이렇게 생각하고 있는 사람들은 영원한 원시에 머물고 말 수밖에 다른 도리가 없지요. 공부를 해야 합니다. 책 한 권 읽지 않고 시를 쓰고, 소설 쓰고, 평론 쓴다는 문인에게서 무슨 새로운 진리를 바란다는 말입니까?

오늘날의 사회는 뜻밖에도 깊고 유연한 데가 있어요. 교육 수준도 높아졌고 첨단과학이 자꾸만 앞으로 나아가고 있어요. 그러나 우리가 하고 있는 문화과학(文化科學)은 제자리걸음 하고 있는 건 아닌지 모르겠어요. 문학도 과학정신에 의존해서 발전을 꾀해야 한다고 봅니다. 소설의 과학, 시의 과학, 평론의 과학이 왜 나쁘다는 것입니까? 청풍명월을 읊던 시대는 아득한 옛날 일이에요. 오늘날에 있어서도 청풍명월 읊는 시의 스타일이 상존해 있는 처지니 우리의 이런 현상은 근대 이전 아니고 뭡니까?

# 5. 역사에 기여하는 문예창작 운동

**문창길** : 선생님은 시집 『느릅나무에게』 후기 시인의 말에서 "통일이 없이는 인간 교육과 문화, 아름다운 사회 건설은 지난한 과제다"라는 말씀을 하셨습니다. 통일 없이는 진정한 의미에 있어서의 독립국가 건설이 어렵다는 지적도 하셨는데 무슨 의미입니까? 우리나라는 예전에 비해 민주화도 되고 산업생산이 많이 고조되었는데, 이만하면 해방 60년 동안 큰 발전을 이뤄낸 긍정적인 사실도 평가해야 되는 건 아닌지요?

**김규동** : 만일 8·15해방을 맞으며 우리 민족이 좌우로 갈리지 않고, 다시 말해 38선이란 분단선 없이 하나의 민족국가로 독립이 되었더라면 어떤 나라가 되었을 것이라 상상하십니까? 아마도 동북아의 대국 중 대국이 되었을지 모릅니다. 그것이 둘로 쪼개졌기 때문에 우리 겨레는 형언할 길 없는 고통을 겪은 것 아닙니까? 동족상잔의 기막힌 전쟁도 치렀고, 역대 독재정권에 시달리며 온갖 시련을 다 겪었습니다. 남한은 자본주의 체제를 철두철미 굳혀 온 반면, 그래서 빈부의 격차를 하늘과 땅 사이만큼 늘려왔고, 북쪽은 사회주의─전제적 사회주의를 하는 동안 인민의 생활을 기아선상에 몰아넣고 있습니다. 계급을 타파하자는 목적은 뜻하지 않게 새로운 계급사회를 만들어 놓았어요. 당원은 상류계급이고 당원 못된 쪽은 하층계급 즉 빈민계급입니다.

평양에 사는 사람은 이른바 부유층입니다. 그밖의 지방에 사는 인민들은 배급을 제대로 못 받는다는 말도 들립니다. 그러니까 인민의 사상도 알게 모르게 둘로 갈리게 마련입니다. 반정부파가 날로 늘어가는 거지요. 하지만 그 쪽의 조직이 워낙 강경한 것이어서 우리 남한에서 감행되었던 것과 같은 민주화운동은 일어날 길이 없습니다. 통일이 되어서 민주 사회가 실현된다면- 그래서 그 모든 사람이 자유와 평화를 누리며 더불어 잘살 수 있게 된다면 그 사회는 그야말로 이상사회를 방불게 할 것입니다. 그러면 교육도 아주 쉬워질 것이고 또 자연스러워지리라 믿습니다. 학생은 선생을 공경하고 자식은 어버이를 잘 받들게 될 것입니다. 기성세대는 분단도 해소 못했으면서 큰소리만 친다는 젊은이들의 불평불만도 듣지 않게 됩니다. 강도, 살인, 황금만능 풍조가 사라지고 예의와 도덕이 중심이 되는 사회가 도래하리라 생각합니다. 분단을 그냥 놓아두고, 극복 못한 채 무슨 이상적 교육을 한다는 것입니까?

**문창길** : 선생님 말씀에 전적으로 동감합니다. 그럼 앞으로 어떤 문학적 자세를 취해야 하는지, 그리고 민중문학이나 리얼리즘 문학의 전망은 어떻게 바라보고 계신지 말씀해주시기 바랍니다.

**김규동** : 아름다운 사회 건설은 분단이 해소되는 그 날에 이뤄질 열매올시다. 우리는 역사에 기여하는 문학창작을 많이 해야 합니다. 있으나마나한 시와 소설이 아니라 이거야말로 새롭게 역사에 접근하는 시다 소설이다. 이런 감격에 찬 소리를 듣게 될 문학을 지어내야 한다고 믿습니다. 먼 이야기 대신 가까운 이야기를 써야지요. 남북한 인민의 고통이 오늘 무엇 무엇입니까? 이를 알고자 노력하는 일은 매우 중요합니다. 인민의 소리, 민중의 소리를 정확히 듣고 그들에게 위로가 되고 도움이 되는 시와 소설을 쓰면 그 문학은 통일 뒤에도 남북한 민중이 함께 읽는 문예작품이 될 것입니다.

좋은 작품이란 별 것 아닙니다. 그 시대를 이해하고 생활화하여 어떤 예술 형식을 빌려 형성화한 것에 불과합니다. 그것은 고통 받는 사람들에게 감동을 줄 것이고 또 희망을 내다보게 할 것입니다. 가까운 이야기라는 것은 언제나 감격을 수반하고 오는 법입니다. 작가가 실제의 생활 속에서 감동을 느꼈다면 그것은 써볼 만한 것이겠고 그렇지 못한 것은 소재나 테마에 오를 수 없게 되는 거죠. 요즘 문인들의 방북이 허용되고 그래서 시인 작가들이 평양을 방문하고 옵니다. 오랫동안 고대했던 일들이 실현되고 있습니다. 문화인들이 북쪽을 많이 돌아보고 와야 합니다. 그래서 북쪽 문화인들하고 신뢰와 친교를 쌓고 우리가 해온 문화예술의 내용이라든가 형식을 많이 보여주는 것이 좋을 것입니다.

앞으로는 한 걸음 더 나아가 인민들이 사는 실제 모습을 보고 돌아오는 일입니다. 그래서 협동농장이라든가 탄광, 어촌을 돌아보면서 그들의 실상을 살폈으면 싶어요. 통일을 이루기 위해서는 피차간에 격의 없이 상황(제도, 법, 행정, 인민생활)을 깊이 이해하는 것이 중요합니다. 우리는 북한 작가들을 초청하면 서울에만 머물게 할 것이 아니고, 저 멀리 남쪽 어촌마을이나 탄광지대에도 안내해서 우리의 실정을 그대로 보여줄 필요가 있겠지요. 자동차와 고층빌딩만 많은 서울 하나만 보여주는 건 아무 의미가 없다고 생각합니다.


**문창길** : 최근 세계적 현상 중 하나가 제국주의 부활이 아닌가 하고 생각해봅니다. 미국은 아직도 이라크에서 많은 양민 학살과 침략을 일삼고 있습니다. 또 북한에 대해서도 핵 문제를 제기하면서, '악의 축이다' 라는 식의 발언을 하면서 지속적인 압력을 행사하고 있습니다. 문제는 남한에게도 적지 않은 위험 요소로 등장하고 있는 것입니다. 일본의 우경화 현상도 우려하지 않을 수 없습니다. 이러한 국제 질서의 혼란과

첨예한 남북 갈등이 현존하고 있는 우리의 특수한 상황을 올바로 인식하고 이를 극복하기 위한 민족문학의 정체성을 회복하는 것은 물론, 시대와 역사에 충실하게 복무하는 노력이 필요하지 않을까 생각합니다. 그렇지만 문학이 사회 현실에 참여해야 하는 당위성을 확보하는 계기가 다양하게 주어졌음에도 불구하고 쉽지 않은 것이 오늘의 현실인 것 같습니다. 덧붙여 말하면 지난 1970~1980년대 문학적 저항정신을 유산으로 이어받지 못하고, 물론 여러 가지 환경이 달라졌다고 하지만 점점 약화되어가는 아쉬움이 없지 않습니다. 사실 우리 민족 내부의 갈등도 극복되어야 하지만 국제관계 속에서의 강대국들의 지배 권력에 싸워야 하는 문제가 더 시급하게 고민되어야 하는 게 아닌가 하고 생각해보기도 합니다. 선생님께서는 어떤 견해를 갖고 계십니까?

**김규동** : 1970년대나 1980년대 문학이 저항정신이 강했던 데 비해 1990년대 이후는 이런 게 좀 시들해졌다는 견해는 더러 맞는 말이기도 하나 대내외상황이나 우리의 조건이 1980년대 군사정권 붕괴 이후 많이 달라졌다는 것도 이유가 되겠습니다. 한마디로 우리 현실이 민주화를 이룬 것이 사실이고, 경제가 과거에 비해 나아진 것도 문인들에게 어떤 안정이랄까 낙관적 자세를 취하게 만들었습니다. 간단히 말해 숨 좀 돌리고 살 만큼 된 것이 아닌가 하는 생각들을 공유하게 한 것 같아요. 살 만하다는 이야기는 급하지 않다는 안도감 같은 것이겠죠. 학생 데모에 같이 참가하고 노동자 농민 시위에 함께 가담해서 싸우던 지난날은 실제로 희망이 없는 답답한 세월 아니었어요? 그런데 요즘 와서는 먹고 조용히 글 쓰며 살 만하다는 생각이 두루 퍼져 있는 듯이 보여요.

많은 문인이 대학에 나가거나 비교적 생활이 안정된 직업을 찾아가고 있습니다. 또 문예지 같은 것도 수백 종씩 간행되고 매우 흥청거립니다. 한편으로는 참여다, 저항이다. 이런 문학태도나 생각이 문학의 본도를 향해 자리를 잠깐 바꾼 느낌도 있고요. 그래서 지금의 상황은 1970~1980년대에 썼던 시와 소설, 평론에 대한 반성이랄까 재검토 같은 것을 모두 조용히 진행시켜 나가고 있는 시간이 아닌가 싶습니다. 나 자신도 거리에서 쓴 격문시들은 이번에 간행한 시집 『느릅나무에게』에서는 다 빼버렸어요. 문학의 본령에서 그것들은 좀 벗어나 있더군요. 그러나 지금은 오늘의 사회 현실에 충실하면서도 진짜 문학을 써보겠다는 지향이 매우 강해진 것 같아요. 다시 말해 억압과 굴욕, 극복할 수 없는 모순의 시대가 다시 우리 앞에 그림자를 드리우게 된다면 작가나 시인은 정의감과 작가적 양심에서 다시금 궐기하게 되겠지요. 큰 저항, 그런 것을 지향하게 되는 것이죠. 잘 쓰는 것, 한 시대를 잘 써내는 것, 이것이 바로 작가가 자기 조국에 봉사하는 길입니다.

**문창길** : 상당히 긍정적인 느낌을 말씀해주시는 것 같습니다. 선생님, 한국 문학의 성체성을 회복하는 것도 중요한 과제 중의 하나일 것 같습니다. 지적하신 것처럼 시대 모순에 따라 시인이나 작가가 정의감과 양심에 충실할 수 있어야 하는데, 지금의 상황은 그렇지 않고 문학의 본질 바깥 부분에 만족해 하는 것이 아닌가 생각됩니다. 어떻게 보면 관심의 대상들이 다양하게 드러나 있는 시대임에도 문학이 정신이나 의식의 문제보다는 생존의 도구처럼 다르게 발전된 모습도 보입니다. 그리고 문학인들의 계파적 이해관계에 따라 세력화되어가는 과정도 문제로 지적될 수 있을 것 같습니다. 선생님께서는 현재의 전체 문학진영을 어떻게 진단하고 계십니까?

**김규동** : 앞에서 말씀드린 것과 같이 이른바 휴식기 바로 그것이 아닐까요? 지금 이 시간은, 현실을 여유 있게 관망한다는 태도, 이런 것이 오늘의 모습이 아닌가 짐작됩니다.

**문창길** : 한국 사회에서 민주화가 어느 정도 정착되어 가고 있는 건 사실입니다. 하지만 문학인들이 제국주의 국가의 정치적 침략과 지배 권력에 대해 비판하고, 제3세계 혹은 자국의 정치적 식민지에서 극복하려는 '탈식민주의적' 정신을 문학작품 속에서 더욱 구체적으로 표현하고, 강화시켜야 한다고 봅니다. 덧붙여 우리는 지금 북한 핵 문제, 한국에서의 미국 주둔군 문제, FTA와 농민 문제, 이라크전쟁 파병 등 이미 피부에 닿고 있는 당장의 문제들이 있습니다. 선생님, 어떻게 생각하십니까?

**김규동** : 제국주의와 침략에 대한 이야기는 지금까지 적지 않게 쓰여졌고 앞으로도 쓰여질 것입니다. 중요한 것은 모든 정세를 종합적이고 또 객관적으로 봐야 한다는 것입니다. 제 개인적인 생각을 말하면 한반도에서 전쟁은 일어나지 않을 것 같습니다. 한번 해보지 않았어요? 어느 쪽도 승리하지 못했어요. 끔찍한 희생만 보았지요. 그러므로 평화를 추구해서 연방제 같은 통일의 길을 터야 합니다. 공존해 가자는 우리의 뜻이 강력하기만 하다면 제국주의자들이 무슨 딴 짓을 저지를 수 있겠어요. 남쪽은 빈부격차를 철저히 해소해 나가고, 북은 아무리 어렵더라도 민주화를 이뤄야 합니다. 지금은 철통같이 농성을 하고 있는 사회 아닙니까? 농성하고 있는 거지.

**문창길** : 군사정권 치하에서 '유신독재'를 경험하셨고, 1980년대 군부

권력의 엄혹한 시대를 문단의 원로로서 힘들게 지나 오셨으리라 짐작 됩니다. 그 당시 독재에 대한 항거(저항)의 정신이 선생님의 문학에서 차지하는 비중은 어느 정도였습니까? 또한, 선생님의 작품 중에 저항시 로서 대표적인 작품을 소개해주시면 고맙겠습니다.

**김규동** : 반독재 투쟁 시기 나는 시를 많이 쓰지 못했어요. 그것은 거 리(데모)의 시가 돼야 하는데 그런 게 그리 쉽게 쓰여지는 것은 아니더 라구요. 김지하가 굵은 목소리 냈지. 김남주 또 젊었고, 나는 이런 후배 들의 목소리를 가슴 울렁이며 들었어요. 그렇지만 작품을 써서 발표는 했어도 진짜 제격인 작품은 못 만들어 봤어요. 안타깝고 답답했지요. 모 더니즘의 잔재가 남아서 민중시에의 열망을 방해하는 거요. 시집 『생명 의 노래』는 이 시기에 쓰여진 작품들인데 아무리 훑어봐도 만족할 만한 건 없고, 그냥 기록으로나 남을 것들이 태반이지요. 이 가운데서 「그 자 리」라는 시 한 편 읽어 볼게요.

시멘트 계단은/피 한방울 없이 말끔하다/햇살이 잠시 머문다/그를 아는 사람보다는/모르는 사람이 더 많이/오르내린다/세월이 지나면/여기도 헐 려 새 집이 들어선 다음/이 자리는 없어질 것이다/그 날 그는/군사 파쇼타 도/해방통일을 외치며/이 4층 건물 옥상에서/계단 아래로 투신했다/망가 진 꽃송이 같이/그는 사라졌다/기적처럼 말끔한 이 계단길/허나 아직도 / 불같은 목소리로/외치고 있는 그가 있다/독재정권 물러가라/자주 평화통 일 만세……

이런 시 어떻습니까? 거리에 매일같이 청년 학생들의 데모가 있고 분 신자살이 불길같이 번지던 시기의 시올시다.

**문창길** : 우문이 될지 모르겠지만 선생님께서는 '부조리한 시대에 저항의식이 참된 문학을 낳는다'고 생각하십니까? 아니면 '시인의 언어와 문학적 신념이 시대에 대한 참된 저항을 낳는다'고 보십니까?

**김규동** : 이 질문은 두 가지 경우에 다 저항문학이 생긴다고 생각해요. 저항이 문학으로 표현되는 경우도 있고, 문학적 신념이 저항정신을 고양해 가는 경우도 있지요. 요는 문학적 양심의 문제입니다. 양심에서부터 저항을 지향하는 문인은 어차피 저항적인(참여적인) 작품을 쓰게 되겠지요. 까뮈는 반항함으로 내가 존재한다는 말을 했지요.

**문창길** : 선생님! 우리는 1980년대 중요한 두 가지 민주항쟁과정을 소중하게 간직하고 있습니다. 하나는 5·18민주화운동과 두 번째는 6·10민중항쟁입니다. 이 시점에서 돌이켜보면 그 당시 일반 국민을 비롯 문화예술인들의 저항정신은 정점에 달했던 것 같습니다. 특히 문인들은 펜을 접어두고 길거리로 뛰쳐나와 군부독재에 대해 몸으로 항거하며 싸워야만 했던 절실한 시기도 있었습니다. 선생님께서 당시 광화문, 종로 등의 집회에서 열정적인 목소리로 독재타도를 외치던 모습을 지켜봤습니다. 이 두 사건이 선생님 개인적으로 어떤 의미가 있다고 생각하시는지요?

**김규동** : 5·18광주민주항쟁이나 6·10민주항쟁은 자연발생적인 것입니다. 역사가 그렇게 만든 것이지요. 민주화운동 전 과정을 통해서 위두 항쟁은 하나의 절정을 이룬 사건들이었습니다. 이 민주화 투쟁에 대한 기록이라든가 문학작품은 결코 적지 않게 생산되었죠. 앞으로도 이

러한 작품들에 대한 관심과 열의는 면면히 이어져 가리라 믿습니다. 시
도 많이 쓰여졌지만 소설과 기록문학도 양적으로 결코 적지 않아요.

**문창길** : 선생님의 작품들을 읽다보면 모성에 대한 그리움을 발견할
수 있습니다. 저항정신이 투철하심에도 불구하고 언어가 정제되어 있
고, 품격 있는 민중의식을 잃지 않고 있습니다. 제가 볼 때는 선생님 시
의 서정성과 저항정신이 오히려 독자들의 가슴에 선생님의 문학정신을
더욱 강렬하게 각인시키는 성과를 낳는다고 봅니다. 선생님께서는 개인
적으로 시의 서정성과 현실참여정신, 시의 예술성과 비판정신의 상관관
계에 대해 어떻게 생각하십니까? 양쪽 모두 밀접한 상관성이 있는 것은
아닌지요. 또는 서로 다른 독립적 세계라고 보십니까?

**김규동** : 과찬이십니다. 다만 사실이 있었던 대로 씁니다. 어머니에
대한 글은 돌아가지 못하는 이북 고향 땅을 그리면서 쓴 것이 태반인데
이런 것들이 서정성을 지녔다면 다행한 일이지요. 시는 원래 서정시로
부터 시작되는 것 아닙니까? 또 비평정신과 저항정신은 시인이 살아 숨
쉬는 존재인 이상 그 누구에게 있어서든 침전물처럼 시인의 내부에 존
재해 있기 마련이지요. 저항시는 비평정신 내지 반항정신 없이는 분출
되지 않아요. 동시에 그것은 예술성을 잃지 말아야 좋은 작품이라 말할
수 있겠습니다. 다시 말하면 비평정신이자 예술정신, 반항정신이자 예
술적 승화라는 공식을 생각해 볼 수 있겠군요.

**문창길** : 선생님께서는 몇 해 전 본지의 창간 대담을 하신 바 있습니
다. 생태 및 생명사상에 대해서도 많은 관심을 갖고 계신 것을 확인할

수 있었던 의미 있는 시간이었다고 생각합니다. 알다시피 우리는 산업화 과정에서 많은 자연 환경이 파괴되고, 이로 인해 생태계의 불균형이 일어나고 있는 상황입니다. 예를 들어 미군 기지, 시화호, 새만금 방조제, 천성산 터널 같은 경우 상당한 문제가 지적되었음에 불구하고 여전히 진행 중에 있습니다. 한 말씀해주시죠?

**김규동** : 자연을 파괴하고 환경을 오염시키는 발전구조는 전 세계에 퍼져 있는 현상입니다. 우리만의 문제가 아니죠. 그러나 우리 경우는 말씀하시는 대로 미군 기지 문제가 심각합니다. 환경 파괴는 극심합니다. 매향리 훈련장을 보면 무서운 생각이 듭니다. 국토와 생태계를 더 이상 파괴해서는 멸망밖에 없습니다. 시인은 이런 관점에서 환경과 생태계 사수 운동에 동참해야 마땅합니다. 전 세계 인류는 지구를 이 이상 파괴해서는 생존할 수 없게 됩니다. 자연재해는 이윽고 우리 모두를 죽음으로 내몰 것이니 어찌 가만히 앉아 보고만 있을 수 있겠어요. 무제한적 개발은 죽음으로 가는 길이라고 나는 감히 단언합니다.

**문창길** : 문단의 큰 원로이자 대선배의 위치에서 오늘날 한국 문인들이 통일문제와 분단 극복을 문학작품으로 옮길 때에 어떤 형식, 어떤 내용이 필요하다고 보십니까? 요즘 발표되고 있는 이른바 '통일시'의 부족한 점에 대해 평가를 해주시면 고맙겠습니다.

**김규동** : 첫째도 둘째도 감격이 있어야 합니다. 이론이 아닌 정서가 요긴하고 남북 형제가 1945년 8월 15일로 돌아가 그날의 감격을 소생시켜 내야겠습니다. 그때 우리들은 오직 한마음이었어요. 일본이 물러가

고 우리나라가 독립이 됐다는 감격과 감사, 이 정서와 관념이 오늘의 통일시에 많이 파고들어야 하겠어요. 정서와 눈물이 없이 어떻게 통일시를 써낸다는 것입니까? 뼈 앙상한 통일시 밖에 못써요. 진실로 그리움과 눈물 없이는…… .

**문창길** : 현재 남한 정부는 DJ정권에서부터 참여정부에 이르기까지 남북 화해를 위해 북쪽에 적지 않은 경제적 지원을 하고 있습니다. 상호 민간교류도 활발하게 이루어지고 있는 것을 볼 수 있습니다. 지난해에는 남북 작가들끼리 평양을 비롯 백두산 등지에서 민족작가대회가 열린 바도 있습니다. 온 민족이 열망하는 통일을 위해서 여러 가지 다양한 노력들이 펼쳐지고 있는데, 선생님께서는 노무현 정부가 벌이고 있는 통일정책이나 방향을 어떻게 평가하고 계십니까? 그리고 문학인들은 이 시점에서 어떤 노력과 실천이 뒤따라야 한다고 보시는지요?

**김규동** : 이 문제들에 대해서는 당최 뭐라 말할 거리가 없습니다. 잘하고 있다고 해 두죠. 시인은 통일을 마음속의 뜨거운 눈물로 항상 빛내 가고자 애쓰는 존재입니다. 통일은 결코 말이나 돈으로 되는 게 아닙니다.

**문창길** : 사회 일각에서는 한반도 통일을 이루기 위해서는 독일 통일을 표본으로 삼자고 합니다. 한편으로 생각하면 통일을 위해서는 매우 고난한 과정이 예상됩니다. 또 남북한 정치 통합은 물론이지만 문화, 정서적 통합도 이에 못지않은 중요한 과제입니다. 우선 남북한의 정치적 통합과 함께 양쪽 주민들의 정서적 통합에 기여하기 위해 문인들은 어떤 노력을 기울여야 하며 통일문학을 위해서는 무엇을 준비해야 한다고

보시는지요?

**김규동** : 경제 원조는 계속되어야 합니다. 못사는 아우나 형을 잘사는 쪽이 돕는 것은 인륜이고요. 그러면서 서로 간에 의심을 버리고 신뢰를 쌓는 일이 중요합니다. 지금 많이 달라진 상황 아닙니까. 더욱 박차를 가해야 하겠지요. 한편 인권 문제를 쉬지 않고 꺼내서 그쪽의 민주화에 불을 붙여야 해요. 보수주의자들도 북한이 민주화가 되어간다면 아마도 감격해서 북한을 수용하려고 발 벗고 나설 것이외다. 문인은 남한 사회가 더욱 살기 좋은 사회가 되도록 항상 문필로서 독려해 나가는 한편 북한이 민주주의에의 문을 열어갈 수 있도록 애정을 가지고 음양으로 도와나가야 한다고 생각합니다.

**문창길** : 마지막 질문이 될 것 같습니다. 선생님의 시는 지금도 남북통일을 열망하는 문학작품의 표본이자 중심적 위상을 굳건히 지키고 있습니다. '분단 극복과 통일의 지향'이라는 주제를 문학적으로 승화시키고자 할 때 문학인들의 창작방식에서 나타나는 문제점과 개선해야 할 점들을 충고해주시면 고맙겠습니다. 덧붙여, 후배 작가나 시인이 가져야 할 역사의식과 문학정신에 대해 한 말씀해주십시오.

**김규동** : 통일 문제가 지상과제인 이상 시인이 이 문제에 깊이 인식하고 활동하는 것은 너무나 당연한 일이겠습니다. 평화로운 민주적 통일을 원하지 않는 사람은 없습니다. 시인은 알게 모르게 통일에 기여하는, 그것을 앞당기는 일에 마음을 써야 하겠지요. 한 편의 서정시를 쓰되 그것이 남북한 동포가 다 같이 읽고 기쁨이 될 수 있는 것, 그런 것을 모색

하고 싶군요. 반드시 통일시가 아니라도 좋아요. 우리 겨레의 불행과 슬픔을, 그 고뇌를 노래했다면 그것 역시 통일을 지향하는, 문학의 범주에 들어요. 개인의 고뇌, 고독, 고통을 쓰는 것도 좋은 일이나 될 수 있다면 많은 사람들이 함께 갖는 고통, 고독, 슬픔을 시로 써보고 싶군요. 통일을 염원하는 시인들의 애정과 헌신은 앞날에 큰 기쁨을 맞게 될 것입니다. 한국인인 이상 우리는 분단 문제를 기본과제로 안고 나가지 않을 수 없습니다. 감동의 계제를 찾아 나섭시다. 감동이 있어야, 눈물이 있어야 참다운 시는 쓰여진다고 믿고 있습니다. 감사합니다.


**문창길** : 선생님, 오늘 좋은 말씀 많이 들었습니다. 문학이 가야 할 길에 대한 선생님의 평소 소견을 오늘 다시금 듣게 되어 후학들에게 많은 도움이 되리라 생각합니다. 선생님 목각 작업도 많이 진척 되었는지요. 지난번 전시에 이어 두 번째 전시회를 계획하고 있는 걸로 알고 있습니다. 혹시 전시회를 열게 되면 꼭 가보도록 하겠습니다. 오랜 시간 불편하셨을 텐데 수고 많으셨습니다. 앞으로 본지 편집진들은 선생님의 충고를 깊이 새겨서 훌륭한 문학지를 펴내는 데 심혈을 기울이도록 하겠습니다. 감사합니다

# 다시 보는 박인환 시인

김규동 · 맹문재

**맹문재** : 지금까지 선생님께서 말씀해주신 것은 『현대시』 2006년 12월
호에 발표될 예정입니다. 다소 힘드시겠지만, 이제부터는 박인환 시인
에 대한 말씀을 부탁드리고자 합니다. 박인환 시인과 함께 활동했던 분
들 중에서 유일하게 생존하시는 선생님으로부터 실제의 일들을 들을 수
있다니 다소 설렙니다. 올해는 박인환 시인의 탄생 80주년이자 타계 50
주년이 되는 해입니다. 저는 박인환 시인에 대한 기존의 문학사적 평가
가 모더니즘에 치우쳤다고 생각하고 있습니다. 그래서 저는 새로운 관
점을 제시하기 위해 얼마 전 『박인환 깊이 읽기』란 연구서를 편저로 간
행했는데, 선생님의 글을 수록할 수 있도록 허락해주셔서 감사드립니
다. 선생님께서는 박인환 시인을 언제 어디에서 처음 만났는지요?

**김규동** : 1948년 정월에 내가 이남으로 왔거든요. 그래서 그해 여름
명동에서 만났지요. 그전까지는 모르다가, 내 시 중에 「플라워다방」이

있는데, 그 시에서 나온 상황 이후에 만났지요. '플라워다방'에서 본 문인들 외에 또 어떤 문인들이 있는가 하고 알아보려고 하는데 김기림 선생님이 말씀하셨어요. 박인환과 조병화란 젊은 시인이 있는데 공부를 좀 하는 친구들이니 만나 보라구요. 그래서 내가 명동의 '모나리자다방'에 가서 찾았지요. 키가 커다란 친구가 자기가 박인환이라고 하며 일어서더군요. 그렇게 해서 첫 만남을 가졌는데, 김기림 선생 얘기를 했더니 금방 친해지게 되었어요.

 

**맹문재** : 독자들의 이해를 돕기 위해서 「플라워다방」을 다소 길지만 전문을 인용해보겠습니다.


1948년 여름에
소공동 '플라워다방'에
들렀다


정월달에 남으로 온 나는
남쪽 문인들은 어떤 사람들인가 하고
그곳을 찾았다


'플라워다방'에는
『문예』잡지 필진들이 모인다 했다
과연 그곳에는
김동리 조연현 곽종원 조지훈
서정주의 아우 서정태, 이정호 이한직 등이
모여 있었다


안쪽 구석 테이블에서

한창 원고를 갈기고 있는
베토벤같이 헝클어진 머리를 한 이는
중국서 온 소설가 김광주라 했다
처음에 나는
저 사람이야말로
남쪽 큰 작가가 아닌가 하고
그쪽만 주목했다

김동리는 수인사 끝나자
이태준의 안부를 묻고
북에서 「농토」를 발표했는데
어떤 내용이냐고 물었다
서울 물정에 어두운
초면의 문학청년에게
김동리는 비교적 친절했다
그의 경상도 말씨는
여기가 과연 '남조선' 이구나 싶은
감명을 안겨줬다

내과의사 같은 인상을 한
깡마른 조연현은
콧등에 밴 땀방울을
훔칠 생각도 않고
임화 안막 최승희는
어떻게 하고 있느냐
호기심을 갖고 물었다

내가 학교시절 김기림 선생한테 배웠다니까
그분은 지용과 함께 문학가동맹을 해서
요즘은 활동 못하게 됐다고

잘라 말했다
다른 테이블로 옮겨 가더니
두 다리를 탁자 위에 올려놓고
누구보곤지
경주 갈라나? 나 안 갈련다 마
하고 소리쳤다
아마 조지훈 보고 건네는 말이 아니었던가 싶다
오늘도 서울역에 나가
우리 쪽이 좌익 네댓 명 잡았다고
무용담을 비쳤다
그가 쓰는 평론은 읽은 적이 없으나
네모반듯한 얼굴이 아주 건장해보였다

미쓰 윤이라는 자칭 시인이
머리를 올 백으로 곱게 빗어 올린 이정호를
사모하는 모양으로 애교를 한창 떨었다
서정태는 윗서고리에
장미꽃 한 송이를 꽂고 좋아했다
과연 문예파들이구나 싶은 감흥이 솟았다

검은 안경테가 유난히 굵어 보이는
조지훈의 턱은 고고하게 긴데
창백한 얼굴의 지식인 시인 이한직이
그와 다정스레 담소했다

촌놈이
다방이 무엇인지 알기나 했으랴
두어 시간 땀을 흘리며
이 사람 저 사람 두루 인사 나누며
된소리 안 된소리 지껄인 후에

카운터에 가 접대한 분들 커피값을 계산하니
일금 900원이라
수중에 단돈 100원밖에 없는
이북내기는 참으로 큰일이었다

아리땁게 생긴 마담이
향수냄새를 확 풍기며
다방이 처음이신 모양이죠 하고
비웃는 눈치로 살짝 웃었다

창졸지간 무슨 궁린들 나겠나
겨드랑에 끼고 갔던
책을 꺼내놓으며
이걸 맡기고 내일 돈 갖고 와
찾아가겠노라는 궁색한 사정을 하고
겨우 다방문을 나섰다
현기증이 났다
그 책은
보들레르의 호화 양장 『악의 꽃』 시집이었다

내무부 들어가는 골목 '문예빌딩' 에서
(박종화 김영랑 모윤숙 유치환
이분들이 하는 시낭송회를 보러 갔다
처음 보기는 했으나
생각하면 태반의 글쟁이들이 월북하고
남은 문인이 얼마 안 되는구나
하니 절로 쓸쓸해졌다
어두워지는 거리에 발을 옮기며
하나 나는 이제 여기서 살아야만 한다
라고 멋없는 한마디 중얼거려보았다)

이 '남조선' 첫 체험담을
김기림 선생한테 얘기하니
김군 친구를 아무나 사귀면 안돼요
차차 내가 좋은 친구를 소개할 테니
너무 서둘지 마시오
라고 훈계하였다

—「플라워다방」 전문

그래 첫 대면에서 무슨 말씀들을 나누셨어요?

**김규동** : 이북에 대해 많은 관심을 가지고 묻더군요. 북한의 인민위원회가 어떻게 하고 있느냐, 문학가동맹 사람들의 안부는 어떤지 등등. 또 오장환 시인의 안부를 물었어요. 박인환이 오장환 시인하고 친했거든요. 그래서 내가 해주도립병원에 입원해 있다고 했지요. 내가 내려올 때 오장환 시인이 폐냉으로 입원해 있었거든요.

**맹문재** : '후반기' 동인은 부산에서 결성되어 활동한 것이지요. 그러면 그와 같은 모더니즘 운동이 부산에서 본격적으로 이루어지기 이전에 서울에서도 있었는지요?

**김규동** : 그 이전에도 김경린을 위시해 모더니즘 시에 관심이 있는 시인들이 자주 만났지요. 새로운 문학을 지향하려는 것이었는데, 그때 나는 참가하지 않았어요. 그 모임에는 양병식 씨가 많은 도움을 주었어요. 양병식 씨는 김경린 시인과 같은 고향이었는데, 즉 함북 청진이었는데, 불란서 문학을 했기 때문에 많은 자료를 가지고 있었어요. 그래서 뒤에

서 이론이라든가 자료라든가 정보라든가 또 후원을 많이 했지요. 양병식 씨 부인이 의사였고, 그도 의사였기 때문에 경제적으로 여유가 있었지요.

**맹문재** : 새로운 사실이네요. 그러니까 일반적으로 '후반기' 동인은 김경린과 박인환 시인이 이끈 것으로 알고 있는데, 실제로는 양병식 시인이 배후에서 많은 역할을 했고 또 도움을 주었군요. 그러면 이왕 말씀해주시는 김에 함께했던 다른 시인에 대해서도 들려주시지요. 김경린, 김차영, 조향, 임호권, 이봉래 등을 들 수 있는데요.

**김규동** : 김경린은 일본에서 모더니즘 공부를 했지요. 일본에는 모더니즘을 대표하는 계간 잡지 『시와 시론』이 있었는데, 김경린은 그 멤버 중의 한 사람에게 개인적으로 지도를 받았지요. 그래 귀국해서 김기림 이후의 한국 모더니즘을 새롭게 해보자고 했던 것이지요. 거기에 조향이 가담했구요. 김경린의 직업은 수도 관계 공무원이었어요.

김차영은 인천 출신이었고 신문기자였어요. 시를 많이 쓰지는 못했지만 모더니즘에 푹 빠져 있었어요. 1년에 1, 2편밖에 못 썼지만 철저한 모더니스트였지요. 얼마 전에 세상을 떴습니다.

조향 시인은 동아대학교 교수였습니다. 초현실주의밖에 몰랐지요.

임호권은 월북했어요. 행방불명이에요.

이봉래는 일본에서 해방된 뒤 돌아왔는데, 일본의 『시와 시론』에 매혹되어 혼자 모더니즘 공부를 했어요. 난해한 시를 쓰고 그랬는데, 중간에 문화단체에 흥미를 느껴 예총 회장도 되고 했지요. 이봉래의 형님이 원양 어업의 배를 가지고 있어서 언제든지 자본을 끌어올 수 있었어요.

'후반기' 동인들의 술값을 주로 이봉래가 냈지요.

**맹문재** : 그런데 혹 김병욱 시인이라고 아시는지요? 박인환의 글에도 나오지만 김수영의 시나 산문에도 여러 번 나오는데, 후학들에게는 상당히 낯선 이름이거든요.

**김규동** : 김병욱은 계급문학에 철저한 사람이었어요. 모더니즘과는 반대였지요. 새로운 계급문학을 썼는데, 괜찮은 시인이었습니다. 이병철과 함께 북으로 넘어갔는데 행방불명이지요.

**맹문재** : 박인환 시인과의 일화가 있을 텐데, 재미있는 것 한두 가지 들려주시지요.

**김규동** : 박인환은 아주 특별한 성격을 가지고 있었어요. 박인환은 국민학교 때부터 전학을 많이 다녔어요. 그래서 친구가 없었는데, 그래서인지 사람을 사귀어도 의식적이었지요. 주로 자기보다 나이가 많은 사람들하고 사귀었어요. 그래서 "왜 너는 노털들하고 밤낮없이 다니느냐?" 하고 놀리면, "네가 몰라서 그런다. 너하고 다녀봐야 담배가 나오냐 술이 나오냐. 노털들하고 다녀야 그래도 얻는 게 있지." 그랬어요. 나이 든 사람들은 자리를 잡고 있으니까 물질적으로 득을 볼 수 있다고 여긴 것이었지요.

박인환과의 일화는 이런 것이 있어요. 가령 다방에 앉아서 원고를 쓰고 있다 보면 박인환이 들어왔다가 "나 간다." 하고 금방 일어서서 나가는 거예요. 그래서 원고를 한참 쓰다가 보면 담배가 없는 거예요. 금방

산 미제 말보로 담배인데 그만 가져간 것이지요.

또 책 빌리는 일이 유명하지요. 책을 보다가 맘에 들면 하루만 보자고 주머니에 넣어요. 그러면 아무리 독촉해도 돌려주지 않아요. 아주 애서 가였지요. 이 점은 다시 볼 점입니다. 집에 가보면 호화 양장본이라든가 희귀본 책이 꽤 모아져 있었어요. 책을 보다가 표지가 좋으면 손으로 만지면서 "참 이 책의 표지 잘되었다."라고 부러워했어요. 그러면서 요즘에 나오는 시집 표지 그게 뭐냐고 비난했지요. 그러면서 시집 표지는 자기에게 부탁하라고 했어요.


**맹문재** : 그런데 조병화 시인의 산문(「나를 부르는 소리」)을 읽어보면 박인환 시인은 자기에게 친한 사람에게는 책도 빌리고 돈도 빌리고 했지만, 싫어하는 사람에게는 물 한 잔도 얻어먹지 않을 정도로 자존심이 강했다고 하던데요. 정신적 귀족주의라고 할까요.


**김규동** : 그랬지요. 가령 명동에서 길을 가다가 저 앞에 노천명 시인이 걸어오면 "야 전도사 온다. 나 가." 하고 도망갔어요. 노천명 시인이 항상 까만 보자기에 책을 싸서 다녔는데, 그 모습을 전도사라고 놀린 것이지요. 노천명 시인은 박인환의 그 모습을 다 보고 있었겠지요. 나는 박인환과 다르게 기다렸다가 노천명 시인에게 공손하게 인사를 했어요. 그래 다음날 만나면 박인환은 "야, 뭣 때문에 그 전도사에게 인사를 하냐. 그이가 시인이냐." 하고 나를 나무랐어요. 일제 때 친일문학을 했다고 시인으로 인정하지 않은 것이었지요.

또 공초 오상순 선생한테도 안 갔어요. 공초 선생이 늘 명동의 다방에 나와서 담배를 피우고 있었는데, 박인환은 "야, 공초가 무슨 시인이냐.

너희들 공초 공초 하지 마라. 아무것도 아냐. 놀고먹는 영감탱이일 뿐이야. 우리는 그래도 얻어먹으려고 걸어다니기나 하는데 공초는 누가 와서 도와주기만을 기다리지 않느냐.” 하며 쓸데없는 시인이라고 비난했지요. 이 얘기를 공초 선생이 들으면 노여워할 걸요. (웃음)

박인환 시인은 이렇게 독특한 데가 있었어요. 할 말은 하는 성격이었지요. 놀고먹는 시인하고 놀려면 차라리 연극배우나 영화배우 하고 사귀는 게 났다고 했어요. 그들은 아주 열심히 연습을 한다는 것이었지요. 실제로 박인환은 가수 현인을 비롯해 영화배우들과 친했어요. 유행가 가수하고 친했던 시인은 아마 박인환밖에 없었을 걸요.

**맹문재** : 박인환 시인이 정말로 남다른 데가 있었네요.

**김규동** · 박인환 시인이 영화를 아주 좋아했어요. 서양 영화는 수입되는 대로 달려가 봤구요. 영화평론가협회를 결성해 활동하기도 했지요. 한번은 케롤 리드 감독이 만든 〈제3의 사나이〉를 문인들이 단체로 보았어요. 영화사에서 문인들을 초청해 영화 시사회를 연 것이었어요. 그런데 영화가 한참 진행되는데 박인환이 갑자기 일어나 뒤에 앉아서 영화를 보고 있던 백철 선생을 가리키며 “백철 씨, 바로 저거예요. 저걸 알아야 해요!” 하는 것이었어요. 모두들 웃을 수밖에 없었지요. 아마 박인환이 보기에 어떤 장면이 아주 멋있었던가 봐요. 그래서 참지 못하고 일어나 “백철 씨!” 했던 것이지요. 백철 선생은 우리보다 나이가 18살이나 많은데다가 문학평론가이자 중앙대학교 교수였는데, 박인환의 무안에 얼굴이 벌겋게 달아올랐어요. 그래도 백철 선생이 무던한 분이고 성품이 좋은 분이여서 그냥 넘어갔지요. 박인환은 그처럼 눈치가 없다고 할

까, 건방지다고 할까, 싱겁다고 할까, 그런 독특한 성격이 있었어요. 이
봉래가 만나면 "싱거운 자식!"이라고 늘 놀렸는데, 그게 맞는 것 같아요.


**맹문재** : 박인환 시인이 해방 후 상경해서 연 서점이 '마리서사'인데,
좀 들려주시지요. 한자로 읽으면 '말리서사'인데 왜 '마리서사'라고 부
르는지요?


**김규동** : 그 서점은 오장환 시인이 경영하던 것인데, 월북하면서 박인
환에게 주고 간 것이지요. 박인환이 아버지한테 돈을 좀 얻어 오장환 시
인의 여비를 주고 인수한 것이었어요. 사실 박인환도 월북을 생각했었
지요. 오장환 시인이 자꾸 가자고 하니까 흔들린 것이었지요. 그렇지만
박인환은 신혼생활이라 부인을 두고 갈 수 없다고 했지요. 물론 오장환
시인은 부인과 함께 월북했구요.

'말리서사'를 '마리서사'라고 한 것은 불란서식으로 읽어 그렇게 되
었지요. 그런데 서점은 1년도 못하고 문 닫았어요. 장사가 안 되었으니
까요. 손님이 책을 사러왔다가 관심 있는 것을 골라 책값을 물어보면 박
인환은 팔지 않았어요. 그 책이 희귀본이니까 "그거 안 팔아요. 비매품
이에요." 이러는 거예요. 책 욕심이 많았던 것이지요. 그러니 장사가 되
겠어요. 거기다가 술까지 먹지요. 그래서 서점에 있던 대부분의 책을 자
기 집의 책장으로 가져갔지요.


**맹문재** : 박인환 시인과 김수영 시인의 사이가 좋지 않았다고 알려져
있습니다. 김수영 전집에 들어 있는 「박인환」「말리서사」「벽」 같은 산
문을 보면 박인환 시인에 대해 아주 부정적으로 쓰고 있거든요. 저는 계

간지 『시평』(2006년 겨울호)에서 조명해보기도 했는데, 실제 두 시인의 관계는 어떠했는지요?

**김규동** : 내가 보기에는 서로가 이해하지 못한 점이 있었던 것 같아요. 김수영은 박인환이 프롤레타리아문학에 대한 열정이라고 할까 관심이라고 할까 그런 것이 희박하다고 보았고, 박인환은 김수영이 모더니즘에 대한 공부를 제대로 하지 않는다고 보았던 것이지요.

**맹문재** : 그런데 '후반기' 동인의 활동이 서구 문예사조와 같은 운동인지, 아니면 새로운 창작방법의 차원으로 보아야 하는 매우 궁금합니다. 다시 말해 서구 문예사조에 나타난 것과 같은 차원의 운동인지, 아니면 국내의 서정시나 참여시 그룹과 대항하기 위한 문단적인 운동인지가 궁금한 것입니다. 박인환 시인의 경우를 보면 문예사조상의 모더니즘이 아니라 사회 참여의 시들이 많거든요.

**김규동** : 네, 그런 점이 있지요. 박인환의 경우는 참여인데, 그래도 표현이 모더니즘을 거친 것이라고 봐야 하지요. 박인환의 시에는 토속적이거나 민중의 언어가 없고, 대체로 중간 계층 사람들이 사용하는 말을 가지고 시를 썼지요. 따라서 1970년대의 김지하나 김남주의 언어와는 다른 서구적 언어인 것이지요. 박인환은 언어의 미학이라는 점에 많은 관심을 가지고 있었습니다.

'후반기' 동인은 모더니즘을 추구했지만 구성원들 간에 방향이 일치하지는 않았어요. 김경린은 일본의 『시와 시론』의 흐름을 그대로 한국에 옮겨오려고 했었지요. 그 이념이나 방법 등을 한국에 이식해 모더니즘을 추구해 나가려고 했던 것이에요. 그에 비해 조향은 처음부터 프랑스 초현실주의에 매혹되어 앙드레 부르통을 많이 연구했지요. 그것으로 한국의 모더니즘을 뚫고 나가려고 했구요. 김기림 선생님은 시의 사회성이나 시의 국제성을 지향해 초현실주의 같은 시를 별로 중요하게 여기지 않았지요. 저는 그 점에서는 약간 다르게 생각하고 조향이 추구하는 초현실주의를 좋아했어요. 인간의 내면에 대해 그려보는 것이 의미 있다고 생각했지요. 그래서 「보일러 사건의 진상」이나 「진공회담」 같은 작품을 써본 거예요.

그런데 한편으로는 모더니즘을 하다보니까 현실이 허락하지 않는 거예요. 한국전쟁이 일어나 우리와 같은 젊은이들이 전쟁터에 나가 죽어가는데 우리는 과연 무엇을 하고 있는가, 이래서 되겠는가, 현실이 이러한데 우리는 무엇을 하고 있나 하는 공포가 드는 거예요. 또 우리는 지금 밥을 굶고 있는데 프랑스를 따라간다는 것이 무엇인가 하는 회의도 들었어요. 그래서 조향과 많이 싸우기도 했지요. 조향 씨에게 차라리 파리로 가시오 했지요. 부산에서는 모더니즘이 안 된다고. 그래서 저는 전쟁에 대해서 쓰자, 전쟁의 질곡을 무슨 말로든지 써내지 못하면 '청록파'를 이기지 못한다, 처음에는 '청록파'를 이겨보려고 모더니즘을 했지만 하다보니까 우리 자신이 청록파보다 더 무서운 일을 하고 있지 않느냐, 다른 사람들에게는 우리의 시가 겁을 주는지 몰라도 우리 자신이 무엇을 하고 있느냐, 젊은이들은 전쟁터에서 죽는데 우리는 다행히 전쟁터에 나가지 않고 모더니즘 운동을 하고 있는데, 반성해야 되지 않느냐라고요.

**맹문재** : 박인환 시인이 첫 시집 『선시집』을 발간했을 때 출판기념회에 참석하셨는지요? 그때의 분위기가 어떠했는지요?

**김규동** : 저도 참석했지요. 1955년 늦가을에 열렸지요. 처음 만든 시집
은 제본소에서 화재가 나 타는 바람에 다시 만들었지요. 물에 젖고 해서
못쓰게 되어 얼마만 건졌지요. 조연현, 김동리 등 '문예' 파 쪽 사람들은
전혀 안 왔어요. '청록파'도 안 왔고, 소설가도 안 왔어요. '후반기' 동
인들이 중심이 되었고, 연예인들이 좀 왔지요. 화가들도 좀 왔구요.

**맹문재** : 그러면 새로 만든 시집으로 출판기념회를 가진 건가요? 그리
고 새로 만든 시집은 표지나 장정이 달랐는지요?

**김규동** : 출판기념회를 일단 열고나서 다시 만들었지요. 표지나 장정
은 처음 것과 똑같았고요.

**맹문재** : 박인환 시인이 술을 좋아한 것으로 전해지고 있습니다. 사망
한 원인도 술을 사흘 동안 마시는 바람에 심장마비를 일으킨 것으로 알
려져 있습니다. 실제 술을 많이 마셨는지요? 술을 많이 마셨다면 왜 그
랬는지요? 어떤 글에서 보니까 실제 박인환 시인은 술을 못 마셨는데
한국전쟁이 끝난 뒤 허무해서 술을 마셨다고 되어 있던데요.

**김규동** : 술은 매일 마셨지. 내가 보니까 술을 좋아한다기보다는 항상
울분 같은 것이 있어서 마시는 것 같았어요. 마음이 가라앉지 않고 욱
하는 데가 있었지요. 우리는 왜 이러냐, 우리는 왜 이리 처참하냐, 우리
는 왜 이리 가난하냐 하곤 했지요.

**맹문재** : 이봉구의 추도문을 빌린 장만영 시인의 「박인환 회고」에서

보니까 박인환 시인의 생활이 아주 가난했는가 봅니다. 좋은 옷을 입고 조니 워커를 마시는 등 외형적인 면에서 보면 풍요로운 것 같았지만, 실제의 삶은 가락국수 한 그릇 사먹기 힘들 정도로 어려웠다고 하던데요.

**김규동** : 직업이 없었으니까요. 술까지 마셨구요. 부인도 신식여성이어서 좀 쓰는 편이었지요. 연애 결혼했어요.

**맹문재** : 동시대의 문단에서 박인환 시인이 차지하는 위치는 어느 정도였나요? 가령 새로운 시인으로 주목받은 것인지, 아니면 가십거리의 대상 정도였는지요.

**김규동** : 모두들 알아주지 않으려고 했지요. 왜 그러냐 하면 건방지다고, 싱겁다고, 거들먹거린다고요. 박인환은 남에게 존경을 좀처럼 표시하지 않거든요. 그러니 누가 좋아하겠어요. 만나면 무슨 창피를 당할 줄 모르니까 모두 피하려고 했었지요. 아까 얘기한 "백철 씨, 저거예요." 같은 일을 당할지 모르잖아요. 우리는 그래도 남의 입장을 보는 편이었는데, 박인환은 그런 게 없었어요. 좋아하는 사람은 좋아하지만 대체로 인정하지 않으려고 했지요. 공초 오상순 선생에게 가지 않은 것도 그런 것이었어요. "「아시아의 밤」, 그게 어쨌다는 거냐. 그 한 편 쓰고 무슨 시인이냐." 그런 식이었지요.

**맹문재** : 그러니까 박인환 시인은 열심히 하는 사람을, 즉 성실한 사람을 좋아했네요?

**김규동** : 아니, 그것보다는 능력을 따졌지요. 뭐든지 한가락 하는 사람을 좋아했어요. 그래서 손기정 선수를 굉장히 좋아했어요. 손기정 선수가 명동에 자주 나왔거든요. 박인환은 손기정 선수가 나오면 찻값도 없으면서 차 한 잔 대접한다고 자기 자리로 끌고 가고 그랬지요. 손기정 선수가 보기에 젊은 사람이 하는 행동이 기특하잖아요. 그래서 막걸리를 되려 한 잔 사주곤 했지요. "너희들 히틀러하고 악수해본 사람 있어? 손기정 선수는 히틀러 하고 악수해본 사람이야." 하고 우리들에게 싱거운 말을 했지요. 박인한은 그렇게 엉뚱한 데가 있었어요.

**맹문재** : 박인환 시인의 미망인 이정숙 여사 등 가족의 현황은 어떤 지요?

**김규동** : 박인환 시인의 부인은 지금 미국에서 살고 있지요. 딸도 그렇고요. 아들 하나도 미국에 가 있지요. 장남인 박세형만 한국에 남아 있어요. '현대건설'에 다니다가 지금은 나아서 놀고 있지요. 아버지를 닮아서인지 당돌한 데가 있어요. 술도 많이 마시고. 부인과 헤어지는 등 어렵게 생활하고 있어요.

**맹문재** : 1950년대의 시인으로서 박인환 하면 후학들이 어떤 점에서 재조명해야 될까요? 다시 말해 박인환 시인의 시문학사적 의의는 무엇일까요?

**김규동** : 1930년대의 모더니즘을 민중적으로 새롭게 전개시켰다는 점을 들 수 있지요. 모더니즘의 민중성을 발견한 것, 이것이 소득이지요.

모더니즘 계열이면서도 민중성, 리얼리즘의 측면이 있어요. 이 점은 김수영도 마찬가지에요. 김수영은 의식적으로 '창비' 젊은이들과 교류했지요. 1970년대 전반기 '창비'가 나올 때 김수영이 가장 앞장서서 젊은이들을 가르쳤지요.

**맹문재** : 만약 박인환 시인이 살아 있었다면 김수영 시인 못지않게 민중문학에 영향을 끼치지 않았을까요? 선생님께서는 「잡설－박인환」에서 그런 견해를 밝히시기도 했지요. 독자들의 이해를 돕는 차원에서 작품의 전문을 인용해보겠습니다.

나이를 먹으니
제 팔자는 개뿔도 모르면서
남의 사주팔자 관상 따위를
흥미 있게 엿보는 괴이한 버릇이 생겼다
박인환이 '목마와 숙녀'를 쓴 것은
아직 철이 덜 들었거나
서양문학에 섣불리 매료된 탓이었을 게다
그가 30살에 죽지 않고
여태 살았다면
진짜 좋은 민중시인 되었을 것이다
이 길밖에 그가 가야 할 길은
없었을 게다
모더니즘도 모더니즘이려니와
사회에 대한 관심이 남달랐던 그가
민족현실을 저버릴 리 만무했을 게다
오장환이니 배인철이
그의 눈에는 다 모더니스트였고
김기림 역시 두려운 근대파 시인이었다

사주관상쟁인 아니지만 가끔
옛 친구들의 모습을 떠올려보며
그들의 생애에 이런저런 상념을 담아보는 것도
한 기쁨이다
인환이 간 지도 30여 년
그가 살아 있다면 틀림없이
분단시대를 떠메는
참다운 모더니스트가 되었을 것이다
민족현실을 간파한
참 사실주의 시인 되었을 것이다
다른 사람은 몰라도
그에 대해서만은
어쩐지 이런 장담을 해보고 싶다

— 「잡설―박인환」 전문

**김규동** : 그렇지요. 박인환은 사회주의적 성격이 강한 데다가 당돌한 면이 있었어요. 열정이 많았지요. 그러니까 1970년대, 1980년대의 학생운동 같은 것에 큰 역할을 했을 것입니다.


**맹문재** : 박인환 시인은 영화 평론에도 많은 관심을 가졌습니다. 영화 평론을 하게 된 동기는 무엇이고 활동상황은 어떠했는지요?


**김규동** : 좋아서 했지요. 영화가 새롭다는 것이었어요. 그래서 문학하는 사람은 영화에서의 새로운 기법을 배워야 한다는 거였어요. 프랑스나 이태리의 모더니즘 기법을 공부해야 된다는 것이었지요. 영화가 좋아서 영화판에 가서 공짜로 일을 많이 해줬지요. 영화평도 써주고 번역도 해주었구요. 외국 영화가 들어오면 얼른 달려가서 보았지요. 영화광이었어요.

**맹문재** : 박인환 시인에 대해 더 하실 말씀이 있으면 들려주세요. 가령 이상 시인과의 관계라든가요.

**김규동** : 박인환은 정신적으로 공허함을 느끼고 있는 사람이었어요. 어디 안주하지를 못했어요. 정신적인 착란증세라고 할까, 보통 사람과는 달랐어요. 상식선에서는 살지 못하는 사람이었던 것이지요. 얌전해야 할 때는 얌전해야 되는데 그러하질 못했어요. 그런 점에서 이상 시인과 닮은 데가 있지요. 박인환 시인은 이상에 대해 심취해 있었어요. 말하자면 숭배자였지요. '이상의 밤'을 1952년 부산에서 한 번, 1956년 서울에서 한 번 열었지요. 순전히 박인환의 창안에 의해서였습니다. 그때 성대하게 했지요. '후반기' 동인들이 이상의 시를 낭송했고, 영화배우들이 이상의 소설 「날개」를 낭독했지요. 내가 『한국일보』에 있을 때 서울에서 연 '이상의 밤'에 쓴 「죽은 아폴론」이라는 박인환의 시를 발표해주기도 했지요. 김수영은 이상에 대해 별로 관심이 없었지만, 박인환은 이상에 대해 많은 관심을 가지고 있었어요. 이상보다 적극적인 데가 있었지요. 박인환이 사회주의적인 데에 관심을 가지고 있었으므로 보다 적극적이었다고 볼 수 있는 것입니다. 이상이 주의나 이념을 포기한 성격이라면 박인환은 어떻게 해보자 하는 쪽이었지요.

**맹문재** : 오늘 귀한 말씀을 많이 해주셔서 감사드립니다. 내내 건강하세요. 언제 다시 찾아뵙도록 하겠습니다.

1925년  2월 13일(음력 1월 21일) 함북 종성에서 의사인 아버지 김하윤(金河潤)과
　　　　어머니 김옥길(金玉吉) 사이에서 장남으로 출생. 누나 둘과 남동생 있음.

1932년(8세) 3월 향리의 보통학교에 들어감.

1940년(16세) 3월 경성고보 입학. 김기림(金起林) 시인에게 수학 및 영어를 배움.
　　　　영화감독 신상옥(申相玉), 시인 이활(李活), 이용악 시인의 동생 이용해
　　　　(李庸海) 등이 동기.

1942년(17세) 10월 1일 부친 별세(향년 51세)

1944년(20세) 경성보고 졸업. 2월 경성제대 예과에 응시했으나 불합격. 집으로 돌
　　　　아와 의사검정시험 준비를 함. 5월 연변의대 청강생으로 다님.

1945년(21세) 8·15해방 후 농민연극 운동을 벌임. 의학서를 계속 읽고 진찰법을
　　　　배움. 두만강 일대에서 시국강연회, 마르크스 레닌주의 강좌 등을 펼침.

1947년(23세) 1월 의학 공부를 그만두고 김일성종합대학 조선어문학과 2학년에
　　　　편입. 11월 ‘문학동맹’ 가입 심사를 받았으나 김기림이 제자라는 이유로
　　　　통과하지 못함. 11월 『대학신문』에 시 「아침의 그라운드」 발표.

1948년(24세)  2월 김일성종합대학 교복을 입은 채 단신으로 월남함. 같은 대학
　　　　의학부 3학년인 아우 김규천(金奎天)이 노잣돈을 보태줌. 3월 김기림 시
　　　　인의 주선으로 상공중학(현재 중대부고) 교사로 부임. 『예술조선』에 시
　　　　「강」 발표.

1949년(25세) 4월 신상옥에게 ‘귀재 나운규’ 영화 스토리 100매를 써주고 원고료
　　　　받음.

1950년(26세) 한국전쟁으로 김기림 시인 납북됨. 평양에서 가깝게 지낸 인민위원
　　　　회 보건국장 유채룡이 서울대병원 총책임자로 왔다는 소식을 듣고 찾아

갔는데 반갑게 맞아줌. 의리가 강한 공산주의자를 가슴에 새기며 한강을
건넘.

1951년(27세) 1 · 4후퇴. 교사직 사퇴. 인천으로 가 이인석(李仁石) 시인의 도움으
로 전차상륙함을 타고 부산으로 감. 박인환, 조향, 김경린, 김차영, 이봉
래 등과 '후반기' 동인 운동 시작. 10월 『연합신문』 문화부장으로 취임.

1952년(28세) 5월 18일 강춘영(姜春英)과 혼인.

1953년(29세) 정부 환도에 따라 서울로 올라옴. 정국은 편집국장이 간첩죄로 몰
려 특무대에 붙잡힘. 신문사를 그만둠. 12월 '후반기' 동인 해체.

1954년(30세) 봄에 정국은 편집국장이 총살형에 처해져 큰 충격을 받음. 6월 『한
국일보』 창간에 합류해서 문화부장으로 취임. 매우 바쁜 기자 생활. 10월
12일 큰아들 윤(潤) 출생.

1955년(31세) 10월 20일 시집 『나비와 광장』(산호장) 출간. 11월 13일 명동 '동방
문화살롱'에서 '시집 『나비와 광장』 비평의 밤' 개최.

1956년(32세) 1월 17일 둘째아들 현(炫) 출생. 오종식 주필의 배려로 15일간의 여
름 휴가 받음. 6월 25일 『나비와 광장』(위성문화사) 출간.

1957년(33세) 11월 『한국일보』 사직. 12월부터 도서출판 삼중당 편집주간으로 근무.

1958년(34세) 월간 대중지 『아리랑』 『화제』 『소설계』 등이 인기리에 발간됨. 12월
20일 시집 『현대의 신화』(덕연문화사) 출간.

1959년(35세) 7월 30일 시론집 『새로운 시론』(산호장) 출간

1960년(36세) 1월 15일 셋째아들 준(峻) 출생. 7월 30일 삼중당 사직. 8월 15일 한
일출판사 창업.

1962년(38세) 4월 20일 수필집 『지폐와 피아노』(한일출판사) 출간. 12월 25일 평론
집 『지성과 고독의 문학』(한일출판사) 출간.

1964년(40세) 1월 15일 월간 『영화잡지』 창간.

1968년(44세) 하이데거 전집(14권) 읽음. 야스퍼스, 릴케, 카뮈를 다시 읽음.

1972년(48세) 3월 1일 『현대시의 연구』(한일출판사) 출간.

1974년(50세) 11월 27일 '민주회복국민선언대회'에 김정한, 고은, 김병걸, 백낙
청, 김윤수 등의 문인과 함께 참가.

1975년(51세) 3월 15일 자유실천문인협의회 '165인 문인선언' 에 서명하고 참가.
　　　　이후 고문에 추대됨.

1976년(52세) 앤솔로지 『실험실』 출간. 3월 한일출판사 경영에서 물러남.

1977년(53세) 8월 10일 시집 『죽음 속의 영웅』(근역서재) 출간. 김광균 『시전집』
　　　　(근역서재)을 엮고 발문을 씀.

1978년(54세) 3월부터 야스퍼스 『실천철학』을 번역하다가 중단하고 헤겔의 『역사
　　　　철학』 『대논리학』을 읽음

1979년(55세) 6월 카터 미국 대통령 방한 반대 집회로 문동환, 고은, 김병걸, 박태
　　　　순, 안재웅, 이석표 등과 함께 10일 구류 처분 받음. 8월 24일 내외 기자
　　　　회견에서 자유실천문인협의회를 대표하여 '문학인 선언' 낭독. 10월 15
　　　　일 평론집 『어두운 시대의 마지막 언어』(백미사) 출간.

1980년(56세) 5월 15일 '지식인 134인 시국선언' 서명하고 참가.

1981년(57세) 이백, 두보, 소동파 등의 당시(唐詩) 번역을 시도함.

1983년(59세) 8월부터 월간 『마당』에 에세이를 연재함.

1984년(60세) 5월 20일부터 27일까지 로스앤젤레스 여행. 12월 19일 자유실천문
　　　　인협의회 확대개편 대회에서 고문으로 추대됨.

1985년(61세) 3월 10일 시선집 『깨끗한 희망』(창작과비평사) 출간. 3월 30일 흥사
　　　　단 강당에서 회갑 출판 기념회 가짐.

1986년(62세) 도스토예프스키의 『백치』 『악령』 『미성년』 『카라마조프의 형제』를
　　　　다시 읽음. 이상의 산문과 소설을 정독하고, 박태원이 북에서 쓴 『갑오농
　　　　민전쟁』(전 8권)을 읽음.

1987년(63세) 1월 28일 산문집 『어머님전 상서』(한길사) 출간. 11월 10일 시선집
　　　　『하나의 세상』(자유문학사) 출간.

1988년(64세) 3월부터 시 전각[詩刻] 작업 시작.

1989년(65세) 5월 31일 시집 『오늘 밤 기러기떼는』(동광출판사) 출간. 민족문학작
　　　　가회의 고문과 한국민족예술인총연합 고문으로 추대됨.

1991년(67세) 9월 15일 수필집 『어머지 지금 몇 시인가요』(도서출판 나루) 출간.
　　　　10월 5일 시집 『생명의 노래』(한길사) 출간. 10월 30일 시선집 『길은 멀어

도」(미래사) 출간.

1992년(68세) 오른팔 인대가 늘어나 중단했던 시각 작업 다시 시작.

1994년(70세) 5월 28일 산문집 『시인의 빈손—어느 모더니스트의 변신』(소담출판사) 출간.

1996년(72세) 10월 19일 정부로부터 은관문화훈장 받음.

2001년(77세) 1월 30일부터 2월 4일까지 조선일보사 미술관에서 '통일염원시각전' 개최. 출품 작품 총 119점.

2002년(78세) 11월 22일 폐기종으로 입원.

2004년(80세) 2월 13일 폐기종 및 기관지염으로 입원. 8월 20일 재차 입원.

2005년(81세) 4월 20일 시집 『느릅나무에게』(창비) 출간. 11월 20일 가슴 통증으로 입원, 심장 수술 받음. 심한 기침과 고열로 12월 18일 다시 입원.

2006년(82세) 11월 29일 만해문학상 수상.

2008년(84세) 9월 24일 호흡곤란으로 입원. 폐렴으로 10월 28일 재차 입원.

2011년(87세) 2월 『김규동 시전집』(창비) 출간. 9월 28일 타계함.

강정구 · 김종회, 「1950년대 김규동의 문학담론에 나타난 과학 표상 고찰」(우리말글, 54호, 2012)

강정구 · 김종회, 「1950년대 김규동의 문학에 나타난 모더니티 고찰」(외국문학연구, 46호, 2012)

김규동 · 문창길, 「먼 이야기보다 가까운 이야기를 쓰자」(창작21, 2006년 봄호)

김규동 · 맹문재, 「다시 보는 박인환 시인」(내린문학, 2006년 겨울)

김시철, 「시인 김규동」(시문학, 2011년 4월호)

김은영, 「김규동의 시세계 연구−초기 시와 영화의 친연성을 중심으로」(국어국문학, 156, 2010)

김지연, 「1950년대 김규동 시의 시정신」(어문연구, 108, 2000년)

김홍진, 「모더니티에서 민중적 현실인식으로의 시적 갱신−김규동의 시적 편력과 변신의 의미 차상」(시와사람, 2011년 겨울호)

김효은, 「허망의 광장에서 희망의 느릅나무에게로−김규동의 후기 시세계」(시와사람, 2011년 겨울호)

맹문재, 「나비와 광장의 시학−김규동의 시」(시학의 변주, 서정시학, 2007)

박몽구, 「모더니티와 비판정신의 지평−김규동론」(한중인문학연구, 29권, 2006)

박윤우, 「1950년대 김규동 시론에 나타난 현실성 인식」(비평문학, 33, 2009)

윤여탁, 「1950년대 모더니스트의 자기 모색−김규동의 경우」(선청어문, 25호, 1997)

이동순, 「김규동 시세계의 변모 과정과 회복의 시정신」(동북아문화연구, 26집, 2011)

한강희, 「'분열과 부정'에서 '통일 염원'에 이르는 도정−김규동론」(현대문학이론연구, 28권, 2006)

### 강정구

강원도 춘천에서 태어나 경희대학교 국어국문학과 및 같은 대학원을 졸업했다. 2004년 『문학수첩』 신인상 등단으로 문학평론 활동을 시작했다. 평론집으로 『문학과 서정의 이면』이 있다. 경희대학교 학술연구교수이다.

### 김종회

경남 고성에서 태어나 경희대학교 국어국문학과 및 같은 대학원을 졸업했다. 1988년 『문학사상』으로 문학평론 활동을 시작했다. 평론집으로 『위기의 시대와 문학』 『문학과 전환기의 시대정신』 『문학의 숲과 나무』 『문화 통합의 시대와 문학』 『문학과 예술혼』 『디아스포라를 넘어서』 등이 있다. 경희대학교 국어국문학과 교수이다.

### 김시철

1930년 함북 성진에서 태어났다. 1956년 시집 『임금(林檎)』으로 작품 활동을 시작했다. 시집으로 『남의 밥그릇』 『그때 그 사람들』(4권) 『개꿈』 『어디로 가셨을까 이 집 주인은』 등이 있다. 국제펜클럽 한국본부 회장을 역임했다.

### 김은영

부산대학교 국어국문학과 및 창원대학교 대학원 국어국문학과를 박사과정을 졸업했다. 저서로 『1950년대 모더니즘 시의 표정(후반기)』이 있다. 경남도립남해대학 초빙부교수이다.

### 김지연

1963년 서울에서 태어나 성심여자대학교(가톨릭대학교의 전신) 국어국문학과 및 숙명여자대학교 대학원 국어국문학과 박사과정을 졸업했다. 저서로 『한국의 현대시와 시론 연구』 『작가의 이상과 현실』(공저) 『문예사조로 조명한 한국문학』(공저) 『한국문학에 나타난 죽음』 등이 있다. 가톨릭대학교 국어국문학과 교수이다.

### 김홍진

충남 홍성에서 태어나 한남대학교 대학원 국어국문학과를 졸업했다. 2004년『시와 정신』으로 문학평론 활동을 시작했다. 평론집으로『부정과 전복의 시학』『오르페우스의 시선』『계승의 형식, 형식의 위반』『현대시와 도시체험의 미적 근대성』 등이 있다. 한남대학교 문예창작학과 교수이다.

### 김효은

1979년 목포에서 태어나 서강대학교 대학원 국어국문학과 박사과정을 수료했다. 2004년『광주일보』 신춘문예 당선으로 시작 활동을, 2010년『시에』로 문학평론 활동을 시작했다. 경희대학교 강사이다.

### 문창길

전북 김제에서 태어나 1984년『두레시』로 작품 활동을 시작했다. 시집으로『철길이 희망하는 것은』이 있다.『창작21』 발행인이다.

### 박몽구

광주에서 태어나 전남대학교 영어영문학과 및 한양대학교 대학원 국어국문학과를 졸업했다. 1977년『대화』로 작품 활동을 시작했다. 시집으로『개리 카를 들으며』『마음의 귀』『봉긋하게 부픈 빵』『수종사 무료찻집』, 연구서로『모더니즘과 비판의 시학』『한국 현대시와 욕망의 시학』 등이 있다.『시와 문화』 주간이며 순천향대학교 강사이다.

### 박윤우

1960년 서울에서 태어나 서울대학교 국어교육과 및 같은 대학원 국어국문학과를 졸업했다. 1991년『시와시학』으로 문학평론 활동을 시작했다. 저서로『한국 현대시와 비판 정신』『서정시와 대화적 상상력』『현대시와 문화교육』 등이 있다. 서경대학교 국어국문학과 교수이다.

### 윤여탁

1955년 충남 논산에서 태어나 서울대학교 국어교육과 및 같은 대학원 국어국문학과를 졸업했다. 저서로『리얼리즘 시의 이론과 실제』『시교육론』(1, 2)『리얼리즘의 시 정신과 시 교육』『외국어로서의 한국 문학교육』『현대시의 내포와 외연』 등이 있다. 서울대학교 국어교육과 교수이다.

## 이동순

1950년 경북 김천에서 태어나 경북대학교 국어국문학과 및 같은 대학원 국어국문학과를 졸업했다. 1973년 『동아일보』 신춘문예 당선으로 시작 활동을, 1989년 『동아일보』 신춘문예 당선으로 문학평론 활동을 시작했다. 시집으로 『개밥풀』『물의 노래』『지금 그리운 사람은』『철조망 조국』『그 바보들은 더욱 바보가 되어간다』『봄의 설법』『꿈에 오신 그대』『가시연꽃』『기차는 달린다』『미스 사이공』『마음의 사막』, 저서 및 평론서로 『민족시의 정신사』『시정신을 찾아서』『한국인의 세대별 문학의식』『잃어버린 문학사의 복원과 현장』『우리 시의 얼굴 찾기』 등이 있다. 영남대학교 국어국문학과 교수이다.

## 한강희

1961년 전남 구례에서 태어나 성균관대학교 및 같은 대학원 국어국문학과를 졸업했다. 저서로 『한국 현대비평의 인식과 논리』『한국 근현대문학의 맥락과 쟁점』『소통과 성찰의 상상력』『그늘과 상처의 미학』『스토리, 스토리텔링, 스토리디자인』 등이 있다. 전남도립대학교 교육복지학부 교수이다.

**엮은이 약력**

**맹문재**(孟文在)

1963년 충북 단양에서 태어나 고려대 국문과 및 같은 대학원을 졸업했다. 편저로 『박인환 전집』 『박인환 깊이 읽기』 『김명순 전집―시·희곡』 『한국 대표 노동시집』(공편) 『페미니즘과 에로티즘 문학』(공편) 『한국 근대여성의 일상문화』(9권, 공편), 『한국 현대여성의 일상문화』(8권, 공편) 『한국 현대 대표 시선』(공편), 시론 및 비평집으로 『한국 민중시 문학사』 『패스카드 시대의 휴머니즘 시』 『지식인 시의 대상애』 『현대시의 성숙과 지향』 『시학의 변주』 『만인보의 시학』 『여성시의 대문자』, 시집으로 『먼 길을 움직인다』 『물고기에게 배우다』 『책이 무거운 이유』 등이 있다. 현재 안양대 국문과 교수로 있다.

푸른사상 깊이 읽기 1

# 김규동 깊이 읽기

인쇄 2012년 9월 20일 | 발행 2012년 9월 25일

엮은이 · 맹문재
펴낸이 · 한봉숙
펴낸곳 · 푸른사상사
주간 · 맹문재 | 편집 · 지순이 | 마케팅 · 박강태

등록    제2―2876호
주소    서울시 중구 초동 42번지 아시아미디어타워 502호
대표전화    02) 2268―8706~7 | 팩시밀리 02) 2268―8708
이메일    prun21c@yahoo.co.kr / prun21c@hanmail.net
홈페이지    www.prun21c.com

ⓒ 맹문재, 2012

ISBN 978―89―5640―945―0 93810
값 22,000원

김규동 깊이 읽기